山上憶良と大伴旅人の表現方法

和歌と漢文の一体化

廣川晶輝 著

和泉書院

目次

第三章　大伴旅人作品に見られる趣向・構成

凡例

一、各章・節・項にて扱う『万葉集』の当該作品の本文を掲出するにあたり、鶴久氏・森山隆氏編『萬葉集』(おうふう)を底本として閲覧可能な写本は複製にて確認し閲覧不可能な写本は『校本萬葉集』の記述を参照し本文校訂作業を施した。題詞・漢文序文はその校訂作業を施した原文を掲げた。歌は校訂作業を施した原文を基にして、小島憲之氏・木下正俊氏・東野治之氏校注『萬葉集』(新編日本古典文学全集　小学館)の書き下しに拠り適宜書き下した。

一、右の当該作品以外の『万葉集』の用例の掲出においては、題詞や左注の記述は基本的に鶴氏・森山氏編『萬葉集』(前掲)に拠り、また、歌は新編日本古典文学全集版『萬葉集』(前掲)の書き下しに拠り適宜書き下した。

一、『万葉集』の歌番号は、旧編国歌大観番号に拠る。

一、『古事記』の引用は、原則として、山口佳紀氏・神野志隆光氏校注『古事記』(新編日本古典文学全集　小学館)に拠る。

一、『日本書紀』の引用は、原則として、小島憲之氏・直木孝次郎氏・西宮一民氏・蔵中進氏・毛利正守氏校注『日本書紀』(新編日本古典文学全集　小学館)に拠る。

一、『風土記』の引用は、原則として、植垣節也氏『風土記』(新編日本古典文学全集　小学館)に拠る。

一、『続日本紀』の引用は、原則として、青木和夫氏・稲岡耕二氏・笹山晴生氏・白藤禮幸氏校注『続日本紀』(新日本古典文学大系　岩波書店)に拠る。

一、『懐風藻』の引用は、小島憲之氏校注『懐風藻　文華秀麗集　本朝文粋』(日本古典文学大系　岩波書店)に拠る。

一、律令の条文の引用は、『律令』(日本思想大系　岩波書店)に拠る。

一、『令集解』の引用は、『令集解』(新訂増補国史大系　吉川弘文館)に拠る。

一、『類聚国史』の引用は、『類聚国史』（新訂増補国史大系　吉川弘文館）に拠る。
一、『説文解字』の引用は、『説文解字注』（上海古籍出版社）に拠る。
一、『芸文類聚』の引用は、『芸文類聚』（上海古籍出版社）に拠る。
一、人名は、氏で統一した（明治時代以降）。
一、引用文献において、適宜現在の字体に改めたところもある。
一、文中に引用した注釈書は次の通り。用いた略称をあわせて示す。

仙覚『萬葉集註釈』
北村季吟『萬葉拾穂抄』—『拾穂抄』
契沖『萬葉代匠記』—『代匠記』
荷田春満『萬葉集童蒙抄』—『童蒙抄』
賀茂真淵『萬葉考』—『考』
橘千蔭『萬葉集略解』—『略解』
上田秋成『楢の杣』
同　『金砂』
岸本由豆流『萬葉集攷証』—『攷証』
鹿持雅澄『萬葉集古義』—『古義』
井上通泰氏『萬葉集新考』—『新考』
折口信夫氏『口訳万葉集』—『口訳』
鴻巣盛広氏『萬葉集全釈』—『全釈』
諸氏『萬葉集総釈』—『総釈』
武田祐吉氏『萬葉集新解』
金子元臣氏『萬葉集評釈』—『金子評釈』

窪田空穂氏『萬葉集評釈』―『窪田評釈』
佐佐木信綱氏『評釈萬葉集』―『佐佐木評釈』
武田祐吉氏『増訂萬葉集全註釈』―『全註釈』
森本治吉氏・佐伯梅友氏・藤森朋夫氏・石井庄司氏『萬葉集』（日本古典全書）
―日本古典全書版『萬葉集』
土屋文明氏『萬葉集私注』―『私注』
高木市之助氏・五味智英氏・大野晋氏『萬葉集』（日本古典文学大系）―日本古典文学大系版『萬葉集』
澤瀉久孝氏『萬葉集注釈』―『注釈』
小島憲之氏・木下正俊氏・佐竹昭広氏『萬葉集』（日本古典文学全集）―日本古典文学全集版『萬葉集』
中西進氏『万葉集　全訳注原文付』（講談社文庫）
青木生子氏・井手至氏・伊藤博氏・清水克彦氏・橋本四郎氏『萬葉集』（新潮日本古典集成）
―新潮日本古典集成版『萬葉集』
諸氏『萬葉集全注』―『全注』
伊藤博氏『万葉集』（角川文庫）―『角川文庫』
小島憲之氏・木下正俊氏・東野治之氏『萬葉集』（新編日本古典文学全集）
―新編日本古典文学全集版『萬葉集』
伊藤博氏『萬葉集釈注』―『釈注』
佐竹昭広氏・山田英雄氏・工藤力男氏・大谷雅夫氏・山崎福之氏『萬葉集』（新日本古典文学大系）
―新日本古典文学大系版『萬葉集』
稲岡耕二氏『萬葉集』（和歌文学大系）―和歌大学大系版『萬葉集』
阿蘇瑞枝氏『萬葉集全歌講義』―『萬葉集全歌講義』

第一章　本書の目的と視座

一　本書の目的・意義

「やまとことば」による和歌のみが表現手段であった和歌史において、和歌に漢文・漢詩を接合させ一体化させるという新たな形式、すなわち、

「漢文＋漢詩＋題詞＋長歌・反歌」

「題詞＋漢文＋歌＋題詞＋歌＋題詞＋歌…」

「漢文＋歌＋題詞＋歌＋題詞＋歌…」

などが獲得された時、作品世界は刷新され新しく構築された。その様相を分析し日中文化交流研究に資する。これは意義深い研究課題であると思量され、本書はこれを最大の目的とする。

具体的に述べよう。周知のように、『万葉集』に収載される歌は年代によって四期に区分される(1)。その『万葉集』第二期には柿本人麻呂によって、長歌と反歌（「短歌」と記されることもある）とによる長歌作品が数多く作られた。そして、人麻呂の長歌作品の中には、「吉野讃歌」（『万葉集』巻1・三六～三七、三八～三九）、「石見相聞歌」（『万葉集』巻2・一三一～一三四、一三五～一三七。なお、「或本歌」として、一三八～一三九がある）、「泣血哀慟歌」（『万葉集』巻2・二〇七～二〇九、二一〇～二一二。なお、「或本歌」として、二一三～二一六がある）のように、長歌作品が第一群・第二群というように二つ連ねられることによって全体の作品世界が形成される作品もあり、その時代の特徴を成していた。

では、『万葉集』第三期はどうか。もちろん、笠金村や山部赤人という宮廷歌人による、行幸従駕歌の長歌作品がある。これらは、右の人麻呂「吉野讃歌」に見られる行幸従駕歌の伝統を継承したものである(2)。しかし、この第

三期において、最も特徴的なのは、和歌史の中に、右のような新たな形式が取り入れられた、ということである。

これらの形式では、漢文や漢詩が和歌に合わせられる。そして、その漢文や漢詩の表現が作品の展開において重要な役割を担う。また、新たに導入された漢文・漢詩との相互作用により、冒頭の題詞の表現も作品を展開させる新たな役割を担うようになる。さらには、これらの形式が獲得されることで、それまでは単に和歌が詠まれた状況を示していた題詞の役割も変容する。つまり、漢文に導かれて続く作品において、題詞は短い漢文のように和歌の前に置かれ、その「題詞＋和歌」の組合わせが複数回連ねられたりもする。そして、その複数回の連続が、作品の展開を担うこともあるのである。

これらの新たな形式に最も鋭敏であり、そして、これらの新たな形式を和歌史上に出現させたのが、山上憶良と大伴旅人であった。

土屋文明氏は早くに、

漢文の序を附したのは、文章と歌詞とによつて効果を強めようとした憶良の発明で勿論漢文の法を輸入したのであらう。

と指摘していた(3)。また、伊藤博氏「憶良歌巻から万葉集巻五へ(4)」では、「筑紫新文芸歌巻」と題する項において、「漢倭併用体・書牘体」という術語を用いる。そのうちの「漢倭併用体」は、

「漢倭併用体」とは、ここでは、漢詩文と倭歌とで連作をなすもの、漢文序と倭歌とによって構成されるものの双方の種類を含めていう。

と定義され、また、「書牘体」についても、同論文の「歌稿の共有性」と題する項において、

万葉人の書牘歌は今日の実用的な書簡文とちがう。それは、「作品」を相手に送るという面を常に帯びる。それ自体が一つの文学的営為だったのだ。

と述べられている。

この伊藤氏論文の「筑紫新文芸歌巻」という術語がよく表わしているように、伊藤氏論文は、右に見た形式が採用されていることに、『万葉集』第三期の新たな文学の相を見出そうとしているわけである。加えて、伊藤氏の和歌史的把握が最もよく記されている記述として、「万葉集のなりたち」(5)を引用しておこう。そこでは、

すなわち、巻五は、漢倭併用体・書牘体の作をもって一巻としようとした歌巻であったということができる。漢倭併用体・書牘体は、奈良朝神亀の世に、筑紫の旅人と憶良とのあいだに開けた新文芸であった。

と述べられている。

こうした指摘に鑑みても、やはり、日本上代の歌人が和歌史上において、新たな形式を獲得した時、その形式の中で何がどう表現され得るのかを問うことは、研究課題として意義あるものと言うことができよう。

二　山上憶良作品・大伴旅人作品を論じるために

(一) 伝記的研究に対して

本書は、山上憶良と大伴旅人の名を冠している。しかし、決して、これら『万葉集』の歌人を伝記的に扱おうというのではない。もちろん、本書としても、二人の閲歴は十分に把握しているが、二人を伝記的に扱わないことについても、本書を始めるにあたって述べておかなければならないだろう。というのも、出自も歩んだ生活もまったく対照的な二人であるだけに、二人はよく伝記的に論じられてしまうからだ。

現代においてよく閲覧される新編日本古典文学全集版『萬葉集②』(6)の「人名一覧」の記述を、あくまでも便宜と

して引用しておこう。そこには、大伴旅人・山上憶良両者について、

大伴宿禰旅人　安麻呂の長男。万葉集では大伴卿として見え、また、淡等（八一〇序）と自署する（東大寺献物帳にも「大伴淡等」とある）。和銅三年（七一〇）左将軍。翌年従四位下。中務卿、中納言を経て養老四年（七二〇）征隼人持節大将軍。翌年従三位。神亀元年（七二四）正三位。同四年頃大宰帥として筑紫に下る。天平二年（七三〇）冬、大納言となって帰京。翌年秋、従二位で薨。年六十七歳。筑紫に赴任早々、妻の大伴郎女を失い、自らも脚瘡のために死に瀕したことがある。酒を讃え、また望郷の念をしばしば素直に歌に託しており、特異な作風で注目される。

山上臣憶良　大宝元年（七〇一）四十二歳の時、遣唐少録となり、粟田朝臣真人に従って翌二年渡唐。慶雲四年（七〇七）頃帰朝したらしい。和銅七年（七一四）従五位下、霊亀二年（七一六）伯耆守となり、養老五年（七二一）佐為王らと共に退朝（公務終了退出）後、東宮（後の聖武天皇）に侍した。神亀末年に筑前守に任ぜられ、同じ頃大宰帥として下った大伴旅人と交遊し、漢文的色彩の濃い、特色ある巻第五の成立の原動力となった。大陸的教養と謹直な性格とが融け合って、人間性に富んだ道徳的・思想的内容を詠んだ長歌や漢文に特色があり、注目すべき作風がうかがわれる。『類聚歌林』七巻は彼の編で、万葉集編纂の際に参考されたが、今日伝わらない。

という記述が載せられている。

佐保大納言家の嫡流としての大伴旅人と、一字の姓がよく表わすように弱小の山上氏出身で苦労人の山上憶良。しかも、その二人が神亀から天平にかけて日本の版図の中の西の地筑紫で交流したわけである。この交流を「筑紫歌壇」と称することもあるが、大久保廣行氏は「筑紫文学圏」と称す(7)。

二人が右のように相反する出自と生活を営んでいたことに接して、二人の間にどうしても対比を見出したくなる

のであろう。例えば、高木市之助氏「二つの生」(8)では、「対蹠的」「反撥」という用語をもって二人を把握し、

……文芸の道に於て、二つの生は相接し相触れる事によつて時としては却つて相反撥して火花を散らしながら一層持前の姿を輝かす事があり、さうして憶良の場合が丁度それだからである。

と把握するのである。

しかし、そうした出自と生活に基づく対比を前提にして歌に接することは、はなはだ危険だ。作品の外側にあるこうした個人の生活史を無批判的に作品内に持ち込もうとする態度に対して、身﨑壽氏「作者／作家／〈作家〉」(9)は手厳しくも、

能天気に家系などをもちだしたり、作品内容をそのまま作家の生活史に直結させての「伝記」的考証らしきものをふりまわす体の万葉「歌人」論は役にたたない。

と述べる。また、菊川恵三氏「作品と歌人」(10)も、「歌を歌人の実体験の反映として享受しがちになる」あり方を戒め、「歌人の具体的・伝記的な人物像に迫る」ことは「ある断念の上でなされる作業であることに自覚的であるべきだ」と述べている。

こうした点で、近時の神野志隆光氏『万葉集をどう読むか―歌の「発見」と漢字世界』(11)で示されている、

『万葉集』の構成する歌の世界
あらしめられた歌、歌人
―――――
（現実の歌の世界
あった歌、歌人）

という図式も、両者をそれこそ無批判的に混同してしまうことを忌避するための意識化をはかる点では、一応、納

得できる。

（二）山上憶良と大伴旅人の作品を同一の書物で論じることについて

本書としては、ここで、なぜ、山上憶良と大伴旅人の二人の作品を一つの書物の中で同居させて論じるのかについても述べておかなければならないだろう。

その際、参照されるのが、前掲伊藤博氏「万葉集のなりたち」の、

すなわち、巻五は、漢倭併用体・書牘体の作をもって一巻としようとした歌巻であったということができる。

漢倭併用体・書牘体は、奈良朝神亀の世に、筑紫の旅人と憶良とのあいだに開けた新文芸であった。

という理解であり、また、右の神野志氏著書の「あらしめられた」という把握である。つまり、『万葉集』という書物の中の、「漢倭併用体・書牘体の作をもって一巻としようとした歌巻」である巻五において、「漢倭併用体・書牘体」を「奈良朝神亀の世」の「新文芸」として開花させた二人の歌人として、山上憶良と大伴旅人は「あらしめられ」ている、ということになるからだ。

論者は先ほど、

これらの新たな形式に最も鋭敏であり、そして、これらの新たな形式を和歌史上に出現させたのが、山上憶良と大伴旅人であった。

と述べた。こうした二人のあり方も、『万葉集』の巻五において「あらしめられ」ていると言えようし、そう把握しておいて不都合はない。

ここで、『万葉集』を享受するうえで、現代の一般的なテキストの一つである、おうふう版『萬葉集』(12)を例にとって述べてみよう。おうふう版では、一五四ページで巻四が終わり、次の一五五ページから巻五が始まる。見開

きの右側に巻四があり左側に巻五があるのであり、二つの巻は連続している。また、一八三ページで巻五が終わり、次の一八四ページから巻六が始まる。一ページをめくれば、巻五から巻六へと続くわけである。

ここにこそ、現代人が陥る陥穽がある。現代人が与えられている『万葉集』のテキストによる絶対的な陥穽である。つまり、『万葉集』を考えるならば、巻子本として存在していたのであり、巻四と巻五、巻五と巻六は、別の巻子本であったわけである。それぞれが別々のありよう・世界を具有し、別々に存在していたわけである。『万葉集』というテクストを論じる場合には、まずこのミニマムの完成体としての「巻」ごとに論じる視座が求められるであろう。

ゆえに、すでに、

「やまとことば」による和歌のみが表現手段であった和歌史において、和歌に漢文・漢詩を接合させ一体化させるという新たな形式、すなわち、

「漢文＋漢詩＋題詞＋長歌・反歌」

「題詞＋漢文＋歌＋題詞＋歌＋題詞＋歌…」

「漢文＋歌＋題詞＋歌＋題詞＋歌…」

などが獲得された時、作品世界は刷新され新しく構築された。その様相を分析し日中文化交流研究に資する。

これは意義深い研究課題であると思量され、本書はこれを最大の目的とする。

と言挙げしておいて本書としては、少々禁欲的に過ぎるかもしれないが、「漢倭併用体・書牘体の作をもって一巻としようとした」ところの巻五に載る山上憶良の作品と大伴旅人の作品とに限定して、まとめて扱うことにしよう。

本書の各章・節・項で扱う山上憶良の作品・大伴旅人の作品が巻五に限定されているのは、このような処置に拠るためである。

（三）同一署名を持つ作品を論じることについて

さて、本書は、山上憶良という同一署名を持つ作品を扱い、また、大伴旅人（淡等）という同一署名を持つ作品を扱う。この点についても、論じる際の意識化が求められよう。

廣川晶輝『万葉歌人大伴家持―作品とその方法―』[13]では、「作品と作家との間にある深くて暗い谷をめぐる諸般の問題」に関わって、

テクスト論のように作家をまったく切り捨ててしまうのでもなく、また、作家に関わる情報を無批判的に作品内に持ち込むのでもなく、我々は、『万葉集』における作品と作家との間のこの問題に対して、どのような視座を設定しなければならないのだろうか。

と述べ、問題を提起した。そして、この問題に対する解答のあり方として、身﨑壽氏の前掲論文「作者／作家／〈作家〉」のうちの、

だが、それならば、万葉集研究では作家論的な研究などというものは一切不可能だ、として、きりすててしまうべきかというと、そうでもないようにおもわれる。同一「作者」署名による作品群の個々の分析から、相互検証へとすすんだとき、わたくしたちがそこに、まぎれもなくひとつの表現主体の存在を認識できるなら、つまり一種の仮説検証法によって同一署名作品群に共通の個性を、あるいは一貫した表現意識の展開といったものを発見できるとしたら、そこに、その時代に現実の存在としていき、表現者としてのみちをあゆんだ一人の作家の存在をみとめてもいいのではないだろうか。ここでは、「作家」と区別するために、これをかりに〈作家〉としておきたい。

という記述を参照した。

本書では、〈作家〉というタームを用いないが、もしも、「同一署名作品群に共通の個性を、あるいは一貫した表現意識の展開」を求めることができるならば、それを求めたいと思う。廣川晶輝前掲書においても、「付けられている署名をもとにして、『万葉集』に多くの作品を遺す大伴家持の作品そのものを考察の対象に」し、「それぞれの作品の表現を分析しそれぞれの作品に採られている方法を析出したい」と述べておいた。そして、

　それぞれの作品から析出されるのは「ひとつの点」であるかもしれないが、それぞれの「点」が相互に関連し合い、いくつかの「軌跡」を見出すことができたとしたら、そこにこそ万葉「歌人」として歩んだ家持の姿を見定めるきっかけがあるのではなかろうか。

と述べ、「方法」の繋がりを論じることの可能性を指摘しておいた。

ところで、こうした視座と最も対立する視座が、左に掲げる神野志隆光氏の座談会における発言(14)に現われている視座である。神野志氏は、

　たとえば誰でもいい、「作者」という標識で歌を集めてきて、集めてきた上で、それで何か論議する、「歌人」として、編年で整理してみて考えたり、あるいは、方法を考えたりする、というふうなやりかたでいいのかということです。

と発言し、右の「やりかた」を批判している。しかし、本当に「方法」を論じることはできないのであろうか。確かに、たとえば、

　編年で整理してみて考えて、若い頃は出来なかった表現を老いてから出来るようになった、歌人として成長がある。

などと論じるのならば、それはその歌人の物語を勝手に作り上げてしまうことに他ならない。しかし、それぞれの作品で採られているその「方法」を問い、その「方法」の繋がりを論じることは可能なのではなかろうか。

前掲の神野志氏著書で指摘されている「テクストにおいて見出され、あらしめられた」という把握を十分に考慮に入れよう。というよりも、「テクストにおいて見出され、あらしめられた」ものを論じるということ自体は、至極当たり前の部類に属すことだ。

これまで述べたように、ミニマムの完成体としての巻ごとに論じる視座を禁欲的に維持・保持することとしよう。つまり、和歌に漢文・漢詩を接合させ一体化させるという新たな形式が新文芸として出現し展開したという相を「あらしめられ」ているところの巻五に限定するならば、その中の山上憶良の作品を論じ、大伴旅人の作品を論じることは可能であろう。なぜならば、その巻五において、山上憶良と大伴旅人は和歌に漢文・漢詩を接合させ一体化させるという新たな形式に鋭敏であり新文芸として和歌史上に出現させた存在として「あらしめられて」いるのであり、その方法を問うことは可能であろうはずだからだ。

以上の検討を綿密に経たうえで、本書は、山上憶良作品と大伴旅人作品にどのような表現方法が採られているのかを論じたい。

ここまでの本書の記述は、ともすると、予防線を張りすぎているように見えるかも知れない。しかし、現在の研究の水準は決して無視できるものではない。現在の研究の水準に鑑みるという姿勢を持ち、自らの研究の視座を見つめる苦悩や努力を厭うべきではない。ゆえに、この第一章を設け「本書の目的と視座」について述べた次第である。

三　新たな形式が可能にする構成・趣向

本章の冒頭で本書の目的と意義について述べた際、『万葉集』第三期の山上憶良と大伴旅人とによって獲得された新たな形式について言及した。その新たな形式を獲得することによって、和歌史上においてどのような作品に仕立てることが可能となったのか。詳しくは各章・各節において論じることになるわけであるが、概略を述べておきたい。

第二章では、「山上憶良作品に見られる趣向・構成」と題して山上憶良の作品を論じる。

その第一節は「日本挽歌」と題して、「漢文＋漢詩＋題詞＋長歌・反歌」という形式が採用されている作品について、漢文・漢詩と歌との対応について論じる。そこでは、対応は決して〈見えるもの〉だけではなく、漢文中の「ある記述」の作用により、歌に「ある表現」が〈無いこと〉にも〈対応〉は見出せるということを指摘する。

第二節から第四節までで、いわゆる「嘉摩三部作」のうちの「令反或情歌」「思子等歌」「哀世間難住歌」を扱う。これら三作品では共通して「題詞＋漢文＋長歌・反歌」という形式が採用されている。

第二節「令反或情歌」では、漢文の序文冒頭の「或有レ人」において早くも〈設定〉を施そうとする要素が見られ、その要素に基づき、序文において「自称二畏俗先生一」という人物が〈設定〉され、また、その人物がいる空間の〈設定〉がなされる。当該作品では、そのように設定された人物をとりまく現実世界の〈しくみ〉が解き明かされ、現実世界に生きる人間の現状を克明に描き出し得ていることを指摘する。

第三節「思子等歌」では、まず題詞において「子ども達を〈思〉」という問題系が提示される。そして次の漢文の序文では、「子ども達への愛」の内実が示される。その愛の内実とは、「煩悩の義」と「いとおしく思う義」とが混然となっているものであり、その両義が、長歌と反歌に分担されて描かれるという特徴がある。つまり、「題詞＋漢文＋長歌・反歌」という形式を採るこの作品では、その形式を十全に活用することによって、「世間蒼生」が抱く「子ども達への愛」の実相が見事に表わし出されているのである。

第四節「哀世間難住歌」では、まず、題詞において、「哀」のテーマ性が提示される。周知のように、中国には、

「哀」という「主題」をもとに作品を作り上げるという文学的営為の産物である「七哀詩」があった。その文学的営為の産物が日本にもたらされ日本における新たな作品として作品化されるその結節点に、万葉歌人山上憶良がいたのである。漢文の序文には、「所以因作二一章之歌一　以撥二一毛之歎一　其歌曰」と記されている。ここには、ひとつの作品を作り上げようとする文学的営為の「言挙げ」が存在する。序文の「易レ集難レ排八大辛苦」「難レ遂易レ盡百年賞樂」が題詞の「世間」を注釈する働きを成し、その両者の相互関連によってテーマが明瞭となっていることを考え合わせれば、題詞の「哀」のテーマ性と序文の文学的営為の「言挙げ」とが相互に関連し響き合っているという構図を見出すことができる。そうした「言挙げ」を受けて長歌冒頭では、「世間の　すべなきものは　年月は　流るるごとし　取り続き　追ひ来るものは　百種に　逼め寄り来る」と歌い出される。長歌においては以降、〈娘子の描写の部分〉と〈ますらをの描写の部分〉が展開し、それぞれの部分の中で、〈盛→衰〉という変化が、「時の盛りを　留みかね　過ぐし遣りつれ」「世間や　常にありける」という表現とともに歌われる。反歌においても「常磐なす　かくしもがもと　思へども　世の事なれば　留みかねつも」と歌われる。これらの長歌と反歌の表現は、題詞と序文との相互関連の中で発現されたテーマを明確に受ける形で歌われていることが、これら長歌と反歌の表現から明瞭に見て取れる。山上憶良が採用した「題詞＋漢文＋長歌・反歌」という形式を獲得することで初めて、「哀」を主題とする文学が日本において花開いたと言えるのである。

第五節「「サヨヒメ物語」の〈創出〉」では、「漢文＋歌＋題詞＋歌＋題詞＋歌……」という形式が採られている作品を扱う。この作品の最も顕著な特徴は、題詞に見られる「後人追和」「最後人追和」「最々後人追和」という一連の設定である。「後人」「最後人」「最々後人」が、それぞれの前の歌との時間的な隔たりを作り出す記号として機能しているのであり、そこに〈語る時間の多元化〉を見出せる。また、この時間の多元化に漢文の序文も機能している。図式化すれば、次のとおりである。

〔図〕

0・なまのサヨヒメ伝説

1・序文を記し八七一番歌を歌う〈いま〉

2・「後人」が追和する〈いま〉

3・「最後人」が追和する〈いま〉

4・「最々後人」が追和する〈いま〉

そして、多元化され仮構された時間から、サヨヒメのヒレフリの一点に〈多元焦点化〉[15]がなされている。これは、この作品自体が、この〈サヨヒメ物語〉が創り出される過程、まさに〈創出〉の過程自体を示すことを体現しているのである。

第六節「熊凝哀悼歌」では、「題詞＋漢文＋長歌・反歌」という形式が採られている。この作品の特徴は、故郷を離れて客死した十八歳の熊凝青年自身に「語らせる」ということである。つまり、漢文の序文の中ほどの「長歎息曰」によって熊凝の〈発話〉が導かれ、また漢文の序文の最末尾の「乃作㆓歌六首㆒而死　其歌曰」によって長歌八八六番歌・および反歌八八七～八九一番歌の六首が熊凝自身によって歌われたという体裁になっている。熊凝の〈発話〉および歌が、再現されているのだ。つまり、この作品の大部分が「熊凝自身が語っている〈発話〉」および「熊凝自身が作った歌そのもの」として構成されているのである。これを、作品を制作する側の観点に立って捉え直せば、登場人物に直接語らせるという「劇的再現」が企図されていると言えよう。

第七節では「貧窮問答歌」を扱う。この作品は、最初に掲げた漢文や漢詩と共に和歌があるという新たな形式を採っているわけではない。しかし、この作品では、長歌前半部が〔問う者〕の〈発話〉、長歌後半部が〔答える者〕

の〈発話〉という体裁を採る。つまり、第六節で分析する「熊凝哀悼歌」に見られる、登場人物に直接語らせるという「劇的再現」という方法の延長上にあると言えよう。また、それればかりではない。この作品では、「窮」のありようを形作るものとして、父母・妻子・里長による束縛が十分に機能している。「何も無いのに束縛は有る」というこの世間の様相が明らかにされる。短歌は、「貧」にして「窮状を呈している」この世間が束縛に満ちているありようを示し得た題詞と長歌を統合して一段高い位相から、その束縛からは決して逃れられないことを言い表わしている。このように、当該作品は、「題詞＋長歌前半・長歌後半＋短歌」という形によって、束縛に満ち「窮」している世間であってもこの世間から逃れられず、この世間で生きて行かなければならないという現状が顕わにされた作品となっているのである。この縛著・束縛に関連して一点付け加えておきたい。当該作品は「令反或情歌」の続編としてのあり方を示しているわけだが、その「令反或情歌」では、人間がこの世の中に存在することによって生じる関係性が顕わし出されており、「もち鳥の　かからはしもよ」（5・八〇〇）という表現が明瞭に示しているように、この世の中の束縛に満ちた現状が示されていた。山上憶良の作品には、他に、「もとなかかりて」（5・八〇二、「思子等歌」）、「取りつつき」（5・八〇四、「哀世間難住歌」）、「逼《せ》め寄り来たる」（同）というように、ひっつく・くっつくという粘着質的要素が存在する。「束縛」という要素と関わり合うこうした要素が、山上憶良作品には色濃く存在しているのである。この要素は、今後の山上憶良論のために極めて有効な切り口を提供するであろう。

第三章では「大伴旅人作品に見られる趣向・構成」と題して大伴旅人の作品を論じる。

その第一節では「歌詞両首」を扱う。これは、漢文の書簡（書牘）に題詞＋歌が付けられた書牘歌であり、大宰府にいる大伴旅人から都の某氏に送られたものである。そして、都の某氏からの返歌が合わせられている。ここでは、前掲伊藤博氏「憶良歌巻から万葉集巻五へ」の、

万葉人の書牘歌は今日の実用的な書簡文とちがう。それは、「作品」を相手に送るという面を常に帯びる。そ

れ自体が一つの文学的営為だったのだ。

という記述が、改めて参照されよう。旅人からの漢文書簡の「忽成二隔レ漢之戀一」および「去留」という表現は〈距離〉を基盤とする。また、その漢文書簡に付けられた歌では、「龍の馬」という表現が用いられているが、その表現を用いることによって、大宰府と奈良の都との間の〈距離〉を、書簡の中だけでなく歌の中にも構築している。さらに、「龍馬」「天馬」を産する所として「西極」があったという観念が中国においてあったことは、『史記』、『漢書』、李善注を含めた『文選』、『芸文類聚』の記述によりわかるが、『史記』、『漢書』、李善注を含めた『文選』が日本上代の貴族官人必読の書であったこと、および、『芸文類聚』が奈良朝貴族によく読まれた書であったことは、日本においてもこうした観念が底流していたことを物語る。つまり、このコードに基づいて、大宰府において「龍の馬も今も得てしか」と歌うことは、大宰府が〈日本〉の版図の「西極」であることを強く喚起させる。ここには、大宰府と奈良の都との間の〈距離〉の認識を基盤としての〈趣向〉が存在することを指摘できよう。

第二節「日本琴の歌」では、大宰府の大伴旅人から都の藤原房前に送られた「題詞＋漢文＋歌＋題詞＋歌……」の形式となっている書牘歌を扱う。最初の題詞「梧桐日本琴一面」の下には「對馬結石山孫枝」と注されているが、そのことで、「対馬」の持つ「日本の版図の最果ての地」という意味要素と「日本」という表記とが、新たな接点を切り結ぶこととなる。つまり、日本琴を都の藤原房前に贈る時、「この琴が日本の版図の最果ての地で産した桐から作ったものだ」とすることのおもしろさ、〈趣向〉がある。漢文書簡では、『文選』「琴賦」から引用されるが、『文選』「琴賦」では「峻嶽」となっているところを、大伴旅人は「遥嶋」と置き換えていた。この書き替えも趣向を支えている。大伴旅人によるこうした文学的営為は、大宰府という地にあることを、いわば地の利として利用し、〈趣向〉にまで昇華させている。

第三節「「松浦河に遊ぶ歌」の〈仕掛け〉」では、「題詞＋漢文＋歌＋題詞＋歌……」の形式を採用している作品を扱う。この作品の大きな特徴を一言で言い表わせば、読者に対する〈はぐらかし〉という〈仕掛け〉である。つまり、最初の題詞と漢文の序文において、中国唐代の『遊仙窟』の語句が用いられ『遊仙窟』的趣味の作品としている。そこからこの作品を享受する読者は、『遊仙窟』的趣味ゆえに男女の逢会を期待する。しかし、作品では、「ひたすらに求婚する男」と「ひたすらに待ち続けると言う女」という齟齬が語られ、ふたつの線はついぞ交わらない。この作品世界の構成に寄与しているのが、この作品の後の方の題詞「後人追和」およびその題詞によって導かれる三首（5・八六一〜八六三）である。「後人」という設定によって時間的に後の時間が〈仮構〉され、作品のそれまでに「昔」という枠組みを与える。また、この三首では、作品のそれまでとは異なる空間が現在視界外推量の助動詞「らむ」によって〈仮構〉される。このように、この作品では、時間と空間を〈仮構〉する手法が、作品の〈仕掛け〉を支えている。

「第四章　時間と空間を方法化しての虚構の仕立て方―大伴家持作品―」では、これら山上憶良と大伴旅人によって成し遂げられた時間と空間を方法化し虚構に仕立て上げる営為をさらに推し進めた和歌史上のあり方を析出するために、大伴家持の作品を挙げて分析する。これは、高岡市万葉歴史館開館二十周年記念行事「大伴家持研究の最前線Ⅱ」における講演を原稿化したものであり、『高岡市萬葉歴史館叢書23　大伴家持研究の最前線』に掲載された。そのために敬体になっている。右記叢書の体裁をそのままに残すべきであるために、そのままの敬体の文章となっていることを御了承願いたい。

四　まとめ

「やまとことば」による和歌のみが表現手段であった和歌史において、和歌に漢文・漢詩を接合させ一体化させ

るという新たな形式、すなわち、

「漢文＋漢詩＋題詞＋長歌・反歌」

「題詞＋漢文＋歌＋題詞＋歌＋題詞＋歌…」

「漢文＋歌＋題詞＋歌＋題詞＋歌…」

などが獲得された時、作品世界は刷新され新しく構築された。その様相を分析し日中文化交流研究に資する。これは意義深い研究課題であると思量され、本書はこれを最大の目的とする。著者廣川晶輝は、「中国碑文↓日本上代文学」という、従来指摘されていない日中文化交流の明確な道筋を、既に見出している。本書の独創性の一つと言えよう。その意味において本書は、科学研究費補助金交付を受けて研究課題としている「日中文化交流の基礎的研究」において得た知見の確かな公表となっている。科学研究費補助金交付に基づく研究成果を集めた本書を上梓し、研究成果を公表できることを幸甚のことと思う。

〈多元焦点化〉はジェラール・ジュネット氏『物語の詩学　続・物語のディスクール』でも理論上では指摘されるが、氏は「例を一つも知らない」と述べている。本書においてその存在を指摘できる点、西洋文学理論と東洋の作品という垣根を越えての文学研究に資するわけであり、西洋文学理論にも建設的提言が可能となる。ここに、国際文化交流に果たす本書の役割についても、主張できよう。

注

（1）周知のように、第一期：舒明朝（六二九～六四一年）から壬申の乱（六七二年）まで。第二期：壬申の乱以後平城遷都（七一〇年）まで。第三期：平城遷都から天平五年（七三三）または天平八年（七三六）まで。第四期：天平宝字三年（七五九）まで。という区分が一般的である。もちろん、雄略天皇の歌や仁徳天皇の皇后磐姫皇后の歌は後世の人がその人の立場に立って作った仮託歌である。

（2）第三期の行幸従駕歌としての〈創造〉も盛り込まれている笠金村の作品もある。詳しくは、廣川晶輝「笠金村『播磨国印南野行幸歌』について」（『美夫君志』八九、二〇一四年一二月）を参照願いたい。
（3）土屋文明氏『旅人と憶良』（一九四二年五月、創元社）
（4）伊藤博氏「憶良歌巻から万葉集巻五へ」（『萬葉集の構造と成立 上』、一九七四年九月、塙書房。初出、一九七一年六月）
（5）伊藤博氏「万葉集のなりたち」（『萬葉集釈注十一』、一九九九年三月、集英社）
（6）小島憲之氏・木下正俊氏・東野治之氏、新編日本古典文学全集版『萬葉集②』（一九九五年四月、小学館）
（7）大久保廣行氏の著書『筑紫文学圏論 山上憶良』（一九九七年三月、笠間書院）、『筑紫文学圏論 大伴旅人 筑紫文学圏』（一九九八年二月、笠間書院）などを参照のこと。
（8）高木市之助氏「二つの生」（『吉野の鮎』、一九四一年九月、岩波書店）
（9）身﨑壽氏「作者／作家／〈作家〉」（『別冊国文学［必携］万葉集を読むための基礎百科』、二〇〇二年一一月、学燈社）
（10）菊川恵三氏「作品と歌人」（『別冊国文学［必携］万葉集を読むための基礎百科』、二〇〇二年一一月、学燈社）
（11）神野志隆光氏『万葉集をどう読むか―歌の「発見」と漢字世界』（二〇一三年九月、東京大学出版会）
（12）鶴久氏・森山隆氏編『萬葉集』（一九七二年四月、桜楓社より初版発行。引用は、二〇〇〇年一月、おうふうより発行の補訂版重版）
（13）廣川晶輝『万葉歌人大伴家持―作品とその方法―』（二〇〇三年三月、北海道大学より各大学図書館への寄贈用として発行。二〇〇三年五月、北海道大学図書刊行会）
（14）内田賢德氏・神野志隆光氏・坂本信幸氏・毛利正守氏「座談会 萬葉学の現況と課題―『セミナー万葉の歌人と作品』完結を記念して―」（『萬葉語文研究 第2集』、二〇〇六年三月、和泉書院）のうちの神野志氏の発言部分。
（15）〈多元焦点化〉はジェラール・ジュネット氏『物語の詩学 続・物語のディスクール』（一九八三年。和泉凉一氏・神郡悦子氏訳、一九八五年一二月、書肆風の薔薇）でも理論上では指摘されるが、氏は「例を一つも知らない」と述べている。その存在を指摘できる点に本書の独創性および意義を主張できる。

第二章　山上憶良作品に見られる趣向・構成

第一節　日本挽歌

一　はじめに

本節は、『万葉集』巻五に載る山上憶良の左の作品を考察の対象とする。

蓋聞　四生起滅方二夢皆空一　三界漂流喩二環不レ息　所以維摩大士在二于方丈一　有レ懐二染疾之患一　釋迦能仁坐二於雙林一　無レ免二泥洹之苦一　故知　二聖至極不レ能レ拂二力負之尋至一　三千世界誰能逃二黒闇之捜来一　二鼠競走而度レ目之鳥旦飛　四蛇争侵而過レ隙之駒夕走　嗟乎痛哉　紅顔共二三従一長逝　素質与二四徳一永滅　何圖　偕老違二於要期一獨飛生二於半路一　蘭室屛風徒張　断腸之哀弥痛　枕頭明鏡空懸　染筠之涙逾落　泉門一掩　無レ由二再見一　嗚呼哀哉

愛河波浪已先滅　苦海煩悩亦無レ結　従来猒二離此穢土一　本願託二生彼浄刹一

日本挽歌一首

大君の　遠の朝庭と　しらぬひ　筑紫の国に　泣く子なす　慕ひ来まして　息だにも　いまだ休めず　年月もいまだあらねば　心ゆも　思はぬ間に　うち靡き　臥やしぬれ　言はむすべ　為むすべ知らに　石木をも　問ひ放け知らず　家ならば　かたちはあらむを　恨めしき　妹の命の　吾れをばも　いかにせよとか　にほ鳥の

ふたり並び居　語らひし　心背きて　家離りいます（5・七九四）

反歌

家に行きて　いかに吾がせむ　枕付く　つま屋さぶしく　思ほゆべしも（七九五）
はしきよし　かくのみからに　慕ひ来し　妹が心の　すべもすべなさ（七九六）
悔しかも　かく知らませば　あをによし　国内ことごと　見せましものを（七九七）
妹が見し　楝の花は　散りぬべし　我が泣く涙　いまだ干なくに（七九八）
大野山　霧立ちわたる　我が嘆く　おきその風に　霧立ちわたる（七九九）

神龜五年七月廿一日　筑前國守山上憶良上

この一連の、「漢文＋漢詩＋歌」に対して、伊藤博氏「学士の歌」(1)は、「漢詩文と倭歌とには、表現の上で対応する点がある」と述べている。一方、中西進氏「日本挽歌」(2)は、「当面の日本挽歌と悼亡詩とは、何の関係もなく並べられている別の作品に過ぎない」と述べている。また、芳賀紀雄氏「憶良の挽歌詩」(3)は、「対応」はごく限られたものであり、「序を付した詩と歌とは、おのおの創作意図を異に」すると指摘している。このように、この一連の「漢文・漢詩・歌」をどのように扱うかは、決して一様ではない。

本論としては、近時の、鉄野昌弘氏「日本挽歌」(4)が、「言わば、ここでは、和漢の対照という形自体が、表現の眼目であるかのようである。憶良にとって、かかる構成を選ぶ必然性が何だったのかが、この作品の最大の問題であるだろう」と指摘し、「総体としてのこの作品をいかに捉えるか」を「大きな課題」として把握する、そうした論の立場に従うことにしたい。

本論は、〈対応〉は決して〈見えるもの〉だけではないと考える。たとえば、漢文の「ある記述」の作用により、歌に「ある表現」が〈無いこと〉にも〈対応〉は見出せると考える。具体的な分析の対象とするのは、漢文の末尾の「泉門一掩　無レ由二再見一」という記述である。以下、分析してゆくこととするが、この記述は、後ろに付けられている歌「日本挽歌」の作品世界を規定する意味を持ち得ていると考えられる。

二　漢文中の「再見」の考察

（一）日本の用例

今右に示した漢文の末尾「泉門一掩　無レ由二再見一」では、「あの世へと行けば死者に二度と会うことは無い・死者は二度と現われない」ことが示されている。その「再見」という表現について考察することとしたい。

この「再見」の『万葉集』中の用例は当該例のみである。また、『古事記』『日本書紀』『風土記』『日本霊異記』『懐風藻』『続日本紀』の日本上代の文献の中にも見つけられない。さらに、成立年代未詳であるもののその古さが知られる『上宮聖徳法王帝説』の中にも見つけられない。

そこで、後代の文献にも調査の手を拡げてみた。まず、史書について。六国史のうちの『日本後紀』以降の史書にも見つけられない。ただし、『日本後紀』の欠佚部分を補うのに有益な『類聚国史』には、『日本後紀』の逸文を見出すことができ、そこに「再見」の用例を一例、見つけることができる（『類聚国史』巻一八五、仏道一二、高僧）[5]。

嵯峨天皇大同四年四月丙申。賜二書玄賓法師一曰。太上天皇。寧濟為レ心。咸凞在レ慮。憂二勤庶績一。達レ旦忘レ寝。舊疹相仍。聖體不豫。……仍有レ詔延請。公扶レ老就レ輿。允当二聖望一。朕昔即レ事。耽二賞清風一。一別之後。忽焉数年。夢中無レ路。増二傾欽一耳。託二此因縁一。冀得二再見一。公廬山栖レ心。襄陽晦レ跡。弗レ為二久留一。不レ可二煩想一。

右の「書」によって嵯峨天皇は、隠遁していた高僧玄賓を、「太上天皇」の病気平癒のために招請した。(6) この「書」で嵯峨天皇は、「冀得二再見一」と記し、玄賓との再会を願っている。上代の文献においては見出すことができなかった「再見」の用例を、平安時代初期の大同四年（八〇九）に見つけることができたのであり、注目に値しよう。

次に、後代の日本漢詩文集の調査もおこなった。『凌雲集』『文華秀麗集』『田氏家集』『新撰万葉集』『紀家集』『千載佳句』『和漢朗詠集』『新撰朗詠集』に用例を見つけることができない。ただ、平安後期成立で、弘仁年間から長元年間（八一〇〜一〇三七年）の詩文四二七編を収める『本朝文粋』には、「再見」の用例を一例見つけることができる。(7)「天元五年（九八二）七月十三日」の日付を持つ、「奝然上人入唐時為母修善願文」（巻十三、慶滋保胤）である。

佛子不レ知下天加二慈母数年一。全二佛子余命一。自二唐朝一還二吾土一。再見二母面一。終遭母喪上。……

この用例では、自分が唐から日本に帰って母の顔を再び見る、つまり再会できるかどうかわからない、と記されている。

以上、後代の史書や日本漢詩文集に「再見」の用例を見つけることができた。しかし、これらは、再会を期しての「再見」の用例である。当該憶良作の漢文の、「泉門一掩　無レ由二再見一」、つまり「あの世へと行けば死者に二度と会うことは無い・死者は二度と現われない」という用例のあり方と同一とは、決して認められないだろう。

ここまで、日本の用例を調査・検討してきた。以上、見てきたように、山上憶良の「再見」の用例は、特異な用例であると言えよう。

この憶良漢文中の「再見」は、後ろに付けられている歌、「日本挽歌」の作品世界を規定する意味を持ち得ていると考えられる。その点からも、この「再見」について考察しなくてはならない。

ところで、右に述べたように、上代日本において、憶良の用例は特異であり孤例である。そこで、漢籍に通じ、また後述するように遣唐使の一員として渡唐している憶良であるだけに、本論としても、漢籍に目を向けての調査が求められるところであろう。

（二）漢籍の用例

まずは、『万葉集』に与えた影響が大きい『文選』『玉台新詠』『芸文類聚』『初学記』を調査した。しかし、この「再見」の例を見つけることはできない。そこで、経書(8)、そして『万葉集』の成立以前にすでに編纂されていた中国史書(9)にも調査の手を拡げ、この語のあり方を分析することとしたい。以下、その分析結果を摘記する。

①「再び現われる」意

『春秋公羊伝』（僖公五年）

秋．八月．諸侯盟于首戴．諸侯何以不序．一事而再見者．前目而後凡也．鄭伯逃歸不盟．其言逃歸不盟者何．不可使盟也．不可使盟．則其言逃歸何．魯子曰．蓋不以寡犯衆也．

『春秋公羊伝』（宣公元年）

春．王正月．公即位．繼弑君不言即位．此其言即位何．其意也．公子遂．如齊逆女．三月．遂以夫人婦姜至自齊．遂何以不稱公子．一事而再見者．卒名也．夫人何以不稱姜氏．貶．曷為貶．譏喪娶也．喪娶者公也．則曷為貶夫人．內無貶于公之道也．內無貶于公之道．則曷為貶夫人．夫人與公一體也．其稱婦何．有姑之辭也．

『後漢書』（巻二十八上、列伝第十八上、馮衍伝）

衍不從，或訛言更始隨赤眉在北，永、衍信之，故屯兵界休，方移書上黨，云皇帝在雍，以惑百姓。永遣弟升及子壻張舒誘降涅城，舒家在上黨，邑悉繫之。又書勸永降，永不荅〔李賢注あり[10]〕，自是與邑有隙。邑字伯玉，馮翊人也，後為漁陽太守。

〔李賢注〕東觀記載邑書曰：「愚聞丈夫不釋故而改圖，哲士不徼幸而出危。今君長故主敗不能死，新帝立不肯降，擁衆而據壁，欲襲六國之從。與邑同事一朝，内為刎頸之盟，興兵背畔，攻取涅城。破君長之國，壞父母之鄉，首難結怨，輕弄凶器。人心難知，何意君長當為此計。昔者韓信將兵，無敵天下，功不世出，略不再見，威執項羽，名出高帝，知天時，就亨於漢。……」

②「天変地異が再び現われる」意

『史記』（巻二十七、天官書）

漢之興，五星聚于東井。平城之圍，月暈參、畢七重。諸呂作亂，日蝕，晝晦。呉楚七國叛逆，彗星數丈，天狗過梁野；及兵起，遂伏尸流血其下。元光、元狩，蚩尤之旗再見，長則半天。

『漢書』（巻二十七下之下、五行志第七下之下）

成帝永始二年二月癸未，夜過中，星隕如雨，長一二丈，繹繹未至地滅，至雞鳴止。谷永對曰：「日月星辰燭臨下土，其有食隕之異，則遐邇幽隱靡不咸睹。星辰附離于天，猶庶民附離王者也。王者失道，綱紀廢頓，下將叛去，故星叛天而隕，以見其象。春秋記異，星隕最大，自魯嚴以來，至今再見。……」

『後漢書』（巻三十下、列伝第二十下、郎顗伝）

六事：臣竊見今月十四日乙卯巳時，白虹貫日。凡日傍氣色白而純者名為虹。貫日中者，侵太陽也；見於春者，政變常也。方今中官外司，各各考事，其所考者，或非急務。又恭陵火災，主名未立，多所收捕，備經考毒。尋火為天戒，以悟人君，可順而不可違，可敬而不可慢。陛下宜恭己内省，以備後災。凡諸考案，并須立秋。又易傳曰：「公能其事，序賢進士，後必有喜。」反之，則白虹貫日。以甲乙見者，則譴在中台。自司徒居位，陰陽多謬，久無虛己進賢之策，天下興議，異人同咨。且立春以來，金氣再見〔李賢注あり〕，金能勝木，必有兵氣，宜黜司徒以應天意。陛下不早攘之，將負臣言，遺患百姓。

〔李賢注〕謂元年閏十二月己丑夜，有白氣入玉井，二年正月乙卯，白虹貫日，此金氣再見。

『晋書』（巻七十二、列伝第四十二、郭璞伝）

璞復上疏曰：……往年歲末，太白蝕月，今在歲始，日有咎謫。曾未數旬，大眚再見，日月告釁，見懼詩人，無曰天高，其鑒不遠。……

『隋書』（巻二十三、志第十八、五行下、常風）

後齊河清二年，大風，三旬乃止。時帝初委政佞臣和士開，專恣日甚。天統三年五月，大風，晝晦，發屋拔樹。天變再見，而帝不悟。明年帝崩。

『隋書』（巻七十八、列伝第四十三、藝術、張胄玄伝）

胄玄所為曆法，……其超古獨異者有七事：……其二，辰星舊率，一終再見，凡諸古曆，皆以為然，應見不見，人未能測。胄玄積候，知辰星一終之中，有時一見，及同類感召，相隨而出。即如辰星平晨見在雨水氣者，應見即不見，若平晨見在啟蟄氣者，去日十八度外，三十六度內，晨有木火土金一星者，亦相隨見。

③「瑞祥が再び現われる」意

『後漢書』（巻三、粛宗孝章帝紀、元和三年）

五月戊申，詔曰：「乃者鳳皇、黄龍、鸞鳥比集七郡，或一郡再見，及白烏、神雀、甘露屢臻。……」

『後漢書』（巻三十六、列伝第二十六、賈逵伝）

時有神雀集宮殿官府，冠羽有五采色，帝異之，以問臨邑侯劉復，復不能對，薦逵博物多識，帝乃召見逵，問之。對曰：「昔武王終父之業，鸑鷟在岐，宣帝威懷戎狄，神雀仍集，此胡降之徵也。」［李賢注あり］帝勅蘭臺給筆札，使作神雀頌，拜為郎，與班固並校祕書，應對左右。

［李賢注］仍，頻也。宣帝時神雀再見，改為年號，後匈奴降服，呼韓入朝也。

④「再び謁見・接見する」の意

『春秋左氏伝』（文公十七年）

雖敝邑之事君．何以不免．在位之中．一朝于襄．而再見于君．夷與孤之二三臣．相及於絳．

『史記』（巻七十四、列伝第十四、淳于髡伝）

淳于髡，齊人也。博聞彊記，學無所主。其諫說，慕晏嬰之為人也，然而承意觀色為務。客有見髡於梁惠王，惠王屏左右，獨坐而再見之，終無言也。惠王怪之，……

『史記』（巻七十六、列伝第十六、虞卿伝）

虞卿者，游說之士也。躡蹻檐簦說趙孝成王。一見，賜黃金百鎰，白璧一雙；再見，為趙上卿，故號為虞卿。(11)

『三国志』（巻十四、魏書十四、劉曄伝）

［宋裴松之注］(12)

傅子曰：太祖徵曄及蔣濟、胡質等五人，皆揚州名士。每舍亭傳，未曾不講，所以見重；內論國邑先賢、禦賊固守、行軍進退之宜，外料敵之變化、彼我虛實、戰爭之術，夙夜不解。而曄獨臥車中，終不一言。濟怪而問之，曄答曰：「對明主非精神不接，精神可學而得乎？」及見太祖，太祖果問揚州先賢，賊之形勢。四人爭對，待次而言，再見如此，太祖每和悅，而曄終不一言。四人笑之。後一見太祖止無所復問，曄乃設遠言以動太祖，太祖適知便止。若是者三。其旨趣以為遠言宜徵精神，獨見以盡其機，不宜於猥坐説也。太祖已探見其心矣，坐罷，尋以四人為令，而授曄以心腹之任；每有疑事，輒以函問曄，至一夜數十至耳。

『三国志』（巻三十二、蜀書二、先主備伝）

先主至京見權，綢繆恩紀。の〔宋裴松之注〕

山陽公載記曰：備還，謂左右曰：「孫車騎長上短下，其難為下，吾不可以再見之。」乃晝夜兼行。臣松之案：魏書載劉備與孫權語，與蜀志述諸葛亮與權語正同。劉備未破魏軍之前，尚未與孫權相見，不得有此説。故知蜀志為是。

『梁書』（巻五十六、列伝第五十、侯景伝）

五月，高祖崩于文德殿。初，臺城既陷，景先遣王偉、陳慶入謁高祖，高祖曰：「景今安在？卿可召來。」時高祖坐文德殿，景乃入朝，以甲士五百人自，帶劍升殿。拜訖，高祖問曰：「卿在戎日久，無乃為勞？」景默然。又問：「卿何州人，而敢至此乎？」景又不能對，從者代對。及出，謂廂公王僧貴曰：「吾常據鞍對敵，矢刃交下，而意氣安緩，了無怖心。今日見蕭公，使人自慴，豈非天威難犯。吾不可再見之。」高祖雖外跡已屈，而意猶忿憤，……遂憂憤感疾而崩。[13]

『南史』（巻五十三、列伝第四十三、梁武帝諸子、武陵王紀伝）

武陵王紀字世詢，武帝第八子也。少而寬和，喜怒不形於色，勤學有文才。天監十三年，封武陵王。尋授揚州刺史。中書詔成，武帝加四句曰：「貞白儉素，是其清也；臨財能讓，是其廉也；知法不犯，是其慎也；庶事無留，是其勤也。」紀特為帝愛，故先作牧揚州。

大同三年，為都督、益州刺史。以路遠固辭，帝曰：「天下方亂，唯益州可免，故以處汝，汝其勉之。」紀歔欷，既出復入。帝曰：「汝嘗言我老，我猶再見汝還益州也。」紀在蜀，開建寧、越嶲，貢獻方物，十倍前人。朝嘉其績，加開府儀同三司。

⑤「再婚」の意

『隋書』（巻八十、列伝第四十五、列女、鄭善果母伝）

鄭善果母者，清河崔氏之女也。年十三，出適鄭誠，生善果。而誠討尉迥，力戰死于陣。母年二十而寡，父彥穆欲奪其志，母抱善果謂彥穆曰：「婦人無再見男子之義。且鄭君雖死，幸有此兒。棄兒為不慈，背死為無禮。寧當割耳截髮以明素心，違禮滅慈，非敢聞命。」善果以父死王事，年數歲，拜使持節、大將軍，襲爵開封縣公，邑一千戶。開皇初，進封武德郡公。年十四，授沂州刺史，轉景州刺史，尋為魯郡太守。(14)

⑥「死者に二度と会えない・死者は二度と現われない」ことを表わしている例

『魏書』（巻四十八、列伝第三十六、高允伝）

允以高宗纂承平之業，而風俗仍舊，婚娶喪葬，不依古式，允乃諫曰：……前朝之世，屢發明詔，禁諸婚娶不得作樂，及葬送之日歌謠、鼓舞、殺牲、燒葬，一切禁斷。雖條旨久頒，而俗不革變。將由居上者未能悛改，為下者習以成俗，教化陵遲，一至於斯。昔周文以百里之地，修德布政，先於寡妻，及於兄弟，以至家邦，三分天下而有其二。明為政者先自近始。詩云：「爾之教矣，民胥效矣。」人君舉動，不可不慎。

……

萬物之生，靡不有死，古先哲王，作為禮制，所以養生送死，折諸人情。若毀生以奉死，則聖人所禁也。然葬者藏也，死者不可再見，故深藏之。……(15)

適宜分類すれば、右記のようになるが、御覧のように、⑥の「「死者に二度と会えない・死者は二度と現われない」ことを表わしている例」が特記される。

ここで、改めて、当該山上憶良作漢文を見てみよう。「紅顔」にして「素質」（つまり色白）であり、「三従」「四徳」を備えていた美しい妻は、「偕老」（偕老同穴）の約束を違えて「長逝」「永滅」してしまったとある（また、この漢文の後の漢詩には、「愛河波浪已先滅」とあり、妻の死が述べられている）。そして、「泉門」つまりあの世への門がひとたび閉じられてしまえば、と述べられた後、「無レ由二再見一」とあるのである。愛する妻が死者となってしまい、その死者に二度と会う術が無いこと、死者は二度と現われ得ないことが、明言されていると言えよう。

さて、この点、同じように、「死者に二度と会えない・死者は二度と現われない」ことを表わしている⑥の『魏書』（巻四十八、列伝第三十六、高允伝）の例が参照される。ただ、この高允の諫言の例は、あくまでも諫言のための喩えとして出された一般的言辞に過ぎず、当該山上憶良のように「作品の中に実際の死者がいる」[16]例との間には、逕庭があるように感じられる。

そこで、ここまでは、「『万葉集』の成立以前にすでに編纂されていた」漢籍という限定を設けていたわけであるが、山上憶良が遣唐使の一員として在唐の経験があることに鑑み、初唐の用例にも目を向けてみることとしよう。

（三）初唐の用例

まずは、山上憶良が遣唐使の一員として唐に渡ったことの確認から始めよう。

『続日本紀』（大宝元年〈七〇一〉正月）の記述には、

以二守民部尚書直大弐粟田朝臣真人一為二遣唐執節使一。左大弁直広参高橋朝臣笠間為二大使一。右兵衛率直広肆坂合部宿禰大分為二副使一。参河守務大肆許勢朝臣祖父為二大位一。刑部判事進大壱鴨朝臣吉備麻呂為二中位一。山代国相楽郡令追広肆掃守宿禰阿賀流為二小位一。進大参錦部連道麻呂為二大録一。進大肆白猪史阿麻留・无位山於億良為二少録㆒。

とある。傍線のように、この一行の末尾に「无位山於憶良為㆓少録㆒。」と、表記は異なるものの、憶良の名が見える。
また、『続日本紀』翌大宝二年（七〇二）六月二十九日の記述には、

遣唐使等、去年従㆓筑紫㆒而入㆑海、風浪暴険、不㆑得㆑渡㆑海。至㆑是乃発。

とあり、大宝二年六月に、山上憶良はいよいよ唐に向けて海を渡ったことがわかる。そして、無事に都長安に辿り着いたとおぼしい。『旧唐書』（巻六、本紀第六、則天皇后、大足二年〈七〇二〉）の記事には、

冬十月，日本國遣使貢方物。

とある。
では、憶良の帰国はいつか。これは定かではない。遣唐使帰国の記事は、『続日本紀』慶雲元年（七〇四）に、

秋七月甲申朔、正四位下粟田朝臣真人自㆓唐国㆒至。

とあり、また、『続日本紀』慶雲四年（七〇七）に、

三月庚子、遣唐副使従五位下巨勢朝臣邑治等自㆓唐国㆒至。

とある。ところで、先に引いた『続日本紀』大宝元年（七〇一）正月の記述には、

左大弁直広参高橋朝臣笠間為㆓大使㆒。右兵衛率直広肆坂合部宿禰大分為㆓副使㆒。参河守務大肆許勢朝臣祖父為㆓大位㆒。

とあった。『続日本紀』大宝元年（七〇一）正月の記述に「許勢朝臣祖父為㆓大位㆒」とあったのに、『続日本紀』慶雲四年（七〇七）の記述には「遣唐副使従五位下巨勢朝臣邑治」とあるわけであり、同人物であるにもかかわらず記述に相違が見られるのである。これについては、中西進氏の論が参照される。中西氏は、

この一行は出発時において、顔ぶれが変ったようである。すなわち大宝二年八月の続紀には笠間を造大安寺司

に任命しており、対して養老二年十二月の続紀では大分のことを「大使」と称し、慶雲四年八月のそれでは祖父が「副使」となっている。つまり、笠間が脱け、それにともなって順次昇格したわけである。

と述べている。[17]

遣唐使帰国の記事は、右の慶雲元年（七〇四）・慶雲四年（七〇七）の他に、中西論文にもあるとおり、『続日本紀』養老二年（七一八）十二月に見られる。

壬申、多治比真人県守等自二唐国一至。甲戌、進二節刀一。此度使人、略無二闕亡一、前年大使従五位上坂合部宿禰大分、亦随而来帰。

とあるように、大使従五位上坂合部宿禰大分は、十八年の歳月をかけて、次期の遣唐使とともに帰国したのであった。

では、憶良はいつ帰国したのか。『続日本紀』和銅七年（七一四）正月の記述には、

授二……正六位上春日椋首老、正六位下引田朝臣真人・小治田朝臣豊足・山上臣憶良・荊義善・吉宜・息長真人臣足・高向朝臣大足、従六位上大伴宿禰山守・菅生朝臣国益・太宅朝臣大国、従六位下粟田朝臣人上・津嶋朝臣真鎌、波多真人餘射、正七位上津守連道並従五位下一。

の記事が見えるから、それ以前に帰国したことがわかる。慶雲元年（七〇四）・慶雲四年（七〇七）のいずれかの機会に帰国したのであろう。

ところで、憶良の在唐の時期は、どのような時代であったのか。さきの『続日本紀』慶雲元年（七〇四）の正四位下粟田朝臣真人帰国の記事の後には、次のような記述がある。

初至レ唐時、有レ人、来問曰、何処使人。答曰、日本国使。我使反問曰、此是何州界。答曰、是大周楚州塩城県界也。更問、先是大唐、今称二大周一。国号縁レ何改称。答曰、永淳二年、天皇太帝崩。皇太后登レ位、称号二聖

神皇帝一、国号二大周一。

このような激動の時期、憶良は唐の都長安に在った。また、神龍元年（七〇五）、則天武后は退位し、同年崩御する。

さて、初唐のこの頃の用例を、『全唐文』によって探してみよう。(18)『全唐文』（巻二三九）には、「大周無上孝明高皇后碑銘（幷序）」という武三思の作になる碑銘がある。武三思は、『旧唐書』（巻一八三、列伝第一三三、外戚、武三思伝）に、

三思，元慶子也。少以后族累轉右衛將軍。則天臨朝，擢拜夏官尚書。及革命，封梁王，賜實封一千戸。尋拜天官尚書。證聖元年，轉春官尚書，監修國史。聖暦元年，檢校内史。二年，進拜特進、太子賓客，仍並依舊監修國史。三思略涉文史，性傾巧便僻，善事人，由是特蒙信任。則天數幸其第，賞賜甚厚。時薛懷義、張易之、昌宗皆承恩顧，三思與承嗣毎折節事之。懷義欲乘馬，承嗣、三思必為之執轡。又贈昌宗詩，盛稱昌宗才貌是王子晉後身，仍令朝士遞相屬和。三思又以則天厭居深宮，又欲與張易之、昌宗等扈從馳騁，以弄其權。乃請創造三陽宮于嵩高山，興泰宮于萬壽山，請則天毎歳臨幸，前後工役甚衆，百姓怨之。

と記される人物である。則天武后から厚く遇せられ、また、「國史」を「監修」したとあるように、文化の中枢にいた人物と判断されよう。その武三思の作になる「大周無上孝明高皇后碑銘（幷序）」が『全唐文』に載っており、その「碑銘」に、

……大帝親御横門。開軒悲哭。紫宸哀痛。黄色屋淒涼。天地爲之寢光。烟雲由其輟色。聖上以幽明永隔。屺岵長辭。終無再見之因。鎮結千秋之恨。奔曦已遠。薦霜堇而無年。逝水難追。……

という記述を見出すことが出来る。「幽明」を「永」く「隔」てられたとあるように、死者との離別が記されており、その死者と「再見之因」が「無」いと記されているのである。

ここに、当該憶良の用例と近似する用例を、七世紀から八世紀にかけての中国において見つけることができるのである。ただし、本論としては、この「碑銘」が憶良の用例の直接に拠って来たるところ、すなわち直接の出典であると主張するものではない。憶良が実際に在った唐の都長安において、その当時に、右のような表現が成されていたことを確認しておきたいのである。憶良が接したであろう都長安については中西進氏の論に詳しい[19]。都長安のさまざまな文化・文物に憶良が触れていたことは想像に難くない。憶良は、そうした表現の空気の中にあって、そうした表現を吸収していたことであろう。吸収したそうした表現の発露が、当該憶良作の「漢文＋漢詩＋歌「日本挽歌」」の中にあるのではないか。

（四）表現の布置

ここで、本論としては、次のことがらを強調しておきたい。つまり、「二　漢文中の「再見」の考察　（一）日本の用例」のところで調査しておいたように、日本上代の文献には「再見」の用例を見つけることができなかった。また、後代の用例、大同四年（八〇九）四月二十一日の嵯峨天皇の「書」、および、天元五年（九八二）七月十三日の慶滋保胤「奝然上人入唐時為母修善願文」に、「再見」の例を見つけることができたのだが、それらの用例は、当該憶良漢文のような「死者に二度と会えない・死者は二度と現われない」という意味の用例ではなかった。このように、憶良のこの用例は特異なものであるのであり、その点、特別な働きを為す表現として、この漢文中に布置されたとおぼしい。

そして、さらには、「泉門一掩　無㆑由㆓再見㆒」の置かれている位置についても考えておきたい。憶良の漢文の最末尾は、「嗚呼哀哉」であるが、この句について、小島憲之氏「山上憶良の述作[20]」は、「文選の『誄』や『哀』の文の、中間の部分に『嗚呼哀哉』とみえ、最後に更にこの同じ句をもつて結ぶ手法に類似する」と述べている。また、

「憶良の文を誄・哀策に引きつけること自体が、はなはだ不審といわざるをえない」と指摘する前掲芳賀氏論文も、「誄・哀策」「のばあい、鉄則ともいえるほどに、『嗚呼哀哉』のみを挿入する」と指摘している[21]。このように、憶良の漢文の最末尾「嗚呼哀哉」は極めて慣用的な表現であると言えよう。この点を考え合わせれば、今問題としている「泉門一掩　無レ由二再見一」は、憶良漢文の実質の最末尾ということになろう。漢文の総括・綴じ目の表現として布置されているのが、この「泉門一掩　無レ由二再見一」という表現なのである。

本論は、以後、この漢文の後に載せられている漢詩、そして歌を分析してゆくが、テクストを、まずその現存する「ありよう」を尊重して分析してゆくのが鉄則であることを考えれば、布置されている憶良漢文中の「泉門一掩　無レ由二再見一」という表現が、後ろに付けられている、漢詩と歌の作品世界を規定する意味をも持ち得ていると考えてよいであろう。

三　漢詩について

では、漢文の後に置かれている漢詩の表現について検討しよう。一句目・二句目の「愛河波浪已先滅　苦海煩悩亦無レ結」についてである。まず、一句目の「愛河」について。前掲小島氏「山上憶良の述作」は、「『愛河』は愛欲を河にたとへたもの」と指摘する。また、前掲芳賀氏論文も、漢詩を漢文との〈対応〉において捉えて、「愛河波浪已先滅」に「妻の死」を見出す。

次に、「苦海煩悩亦無レ結」について。『萬葉集攷証』は、「華厳経世主妙厳品に、消二竭無窮諸苦海一、此離二垢塵一入二此門一云々。文殊所説最勝名義経下に、尽二諸煩悩結一、出二流転苦海一云々とありて、これも世間の苦しきを、海にたとへしなり」と述べる[22]。また、『萬葉集全註釈』は、「死によつて愛も消滅したので、この世の悩みもまた生じない意である」と指摘し、さらに『萬葉集私注』は、「『結』を『終』の意に取るのは、ここの仏教的考方と違ふことになるので従へない」という注目すべき指摘をおこなっている。

一方、小島憲之氏「上代に於ける詩歌の表現[23]」は、「苦海の煩悩もまた結ぼほるといふことなし」と訓読したうえで、「この世の煩悩も尽くるところを知らない」（波線、廣川。以下同じ）と訳す。そして、「第二句の『無レ結』には問題がある」と認めたうえで、右の『全註釈』と『私注』を紹介するものの、次のように述べて否定する。

「無レ結」は、苦悩が「結ぼほる」即ち「一定の場所に凝結して留まること」が無い、不定の状態を示す意に解すべきである。苦悩が尽きないからこそ、第三句以下の仏果を得たいと続くわけである。

この見解は、前掲芳賀氏論文「憶良の挽歌詩」の「さしずめ、悩みが尽きることはないの意がこめられていると察せられる」という記述に引き継がれている。しかし、この「無レ結」の解釈については、小島氏論文自身が認めているように、問題があろう。この点を、前掲鉄野氏論文「日本挽歌」は鋭く突く。つまり、

しかし、この見解には、やはり無理があると言わざるを得ないのではなかろうか。『私注』の引く『文殊所説最勝名義経』の例、また芳賀の挙げる「無結離煩悩」（『雑阿含経』巻五〇）の例、いずれも「結」は、煩悩が人間を結縛する意なのであって、「無結」の語が、煩悩からの解放以外の意味で用いられているとは考えにくい。

と指摘するのである。また、

芳賀「理と情」（前掲『萬葉集における中國文學の受容』所収論文。初出、一九七三年四月。廣川注）は、当該詩冒頭の「愛河」が、「一切の煩悩は、愛を根本と為す」（『大集経』巻三一）などとされる、仏説の「愛」とは本質的に違って、あくまで妻との「愛」を言うに過ぎないと述べている。それは正しいと考える。同時に、だからこそ、第二句の「煩悩」もまた、妻との「愛」の言い換えと見てよいのではないかと思うのである。子等へ

の「愛」が苦悩でもあったと同様、妻への「愛」もまた「波浪」であり、「煩悩」であったはずである。初二句はともに、そうした妻への様々な「愛」の感情が、その死によって消滅してしまったことを言うのではないか。

と述べている。本論としても、この鉄野氏論文の解釈に従っておきたい。つまり、この漢詩においては、「愛河波浪已先滅」によって妻の死が示され、「苦海煩悩亦無〻結」によってその死ゆえに妻に関する煩悩が生じなくなってしまったことが述べられるのである。この点を確認しておきたい。

四　歌における「妹の死・不在」

次に、歌において、「妹の死・不在」がつづられているところを確認したい。

長歌の末尾には、「家離りいます」という表現があり、従来、この「家」が奈良の都の家を指すのか、筑紫の家を指すのかについて問題とされてきた。この表現については、村田右富実氏「山上憶良日本挽歌論」(24)が、「この長歌末尾に関しては、積極的に奈良の家であることを論証することも難しい」としたうえで、

自己を中心とした空間的なヒエラルヒーの頂点を「家」と把握しそこから離れていってしまうことを見出して、

長歌末尾の「家離りいます」は、話者である夫をヒエラルヒーの頂点と把握した抽象的な「家」と理解すべきであろう。

と述べていることが参照されよう。「話者である夫」すなわち叙述の主体「我れ」から、「妹の命」が遠く離れていることが示されているのである。まさに、「妹の死・不在」がつづられているのである。

また、「妹の命」という表現によっても、妹が「死」によってかけ離れた存在となってしまっていることが示されていると言えよう。岡内弘子氏「『命』考—萬葉集を中心に—」[25]は、「挽歌においては、死者に対して『命』を用いるのが一般的であるといえる」と述べており、当該歌において「命」が付けられて「妹の命」と呼ばれることで、「死者」としての位置付けがなされていることが確かめられる。

さらに、反歌七九五番歌の「つま屋さぶしく」の「さぶし」にも着目しておきたい。この「さぶし」について、大野晋氏「さびしい」[26]を参照しよう。大野氏著書は、

幾山河越えさり行かば
寂しさのはてなむ国ぞ今日も旅ゆく

若山牧水がここで使っている「寂しさ」とは、漢語でいえば寂寥とか孤独感とかに当るだろう。孤独だとは、人々との間の繋がりがみな切れていて、どこかでその繋がりを求めている状態である。……「さびしい」とは孤独だということで、奈良時代には「さぶし」といった。

と述べている。また、

山の端に　あぢ群騒き　行くなれど　我れは左夫思ゑ　君にしあらねば（4・四八六）

に対して、「山の端を味鴨が声をたてて鳴いて騒いでいくのが聞えるけれども、それはあなたではない。その中にあなたがいない。それで私はさびしい」と説明している。

ここで、本論としても、『万葉集』中の「さぶし」について用例を見ておこう。参照するのは、

書殿餞酒日倭歌四首
言ひつつも　後こそ知らめ　とのしくも　佐夫志けめやも　君いまさずして（5・八七八）
天平二年十二月六日　筑前國司山上憶良謹上

いにしへに　妹と我が見し　ぬばたまの　黒牛潟を　見れば佐府下（さぶしも）（9・一七九八　柿本人麻呂歌集）

愛しと　思ふ我妹を　夢に見て　起きて探るに　無きが不怜（さぶしさ）（12・二九一四）

四月廿六日掾大伴宿祢池主之舘餞㆓税帳使守大伴宿祢家持㆒宴歌幷古歌四首

我が背子が　国へましなば　ほととぎす　鳴かむ五月は　佐夫之けむかも（17・三九九六）

右一首介内蔵忌寸縄麻呂作之

四月三日贈㆓越前判官大伴宿祢池主㆒霍公鳥歌不㆑勝㆓感舊之意㆒述懐一首　幷短歌

我が背子と　手携はりて　明けくれば　出で立ち向ひ　夕されば　振り放け見つつ　思ひ延べ　見なぎし山に　八つ峰には　霞たなびき　谷辺には　椿花咲き　うら悲し　春し過ぐれば　ほととぎす　いやしき鳴きぬ　ひとりのみ　聞けば不怜（さぶし）も　君と吾れと　隔てて恋ふる　礪波山　飛び越え行きて　……（19・四一七七　大伴家持）

ひとりのみ　聞けば不怜（さぶし）も　ほととぎす　丹生の山辺に　い行き鳴かにも（19・四一七八　同）

という用例である。巻5・八七八番歌の用例は、大伴旅人がいなくなった後のことを想像しての歌である。巻9・一七九八番歌の用例は、「いにしへ」は妻と二人で見たが、今はその妻がいないので「さぶし」と歌われている歌である。巻12・二九一四番歌の用例は、「愛し」と思っている妻を夢に見て、その夢から醒めたときに、その妻が実際はそばにいない、つまり妻の不在に対しての思いが述べられた歌である。巻17・三九九六番歌の用例は、税帳使として都に出かける守大伴宿祢家持に対しての餞宴での用例である。ほととぎすが鳴く良い季節としての五月の直前、四月二十六日に作られたこの歌は、せっかくの五月にそのほととぎすの鳴き声をともに賞美すべき人としての家持がいないことに対して「さぶし」と述べられている歌である。巻19・四一七七番歌とその反歌四一七八番歌の用例は、家持の用例である。ほととぎすの鳴き声を、ともに賞美すべき池主は、今、越前の地にある。季節の美景を共に賞美し得る友の不在に対して、「さぶし」という言葉が用いられている。

　これらの『万葉集』中の用例を参照すれば、当該七九五番歌「家に行きて　いかに吾がせむ　枕付く　つま屋さぶしく　思ほゆべしも」の「さぶし」にも、本来ならば「妻屋」にいるべき「妹」の不在ということがらが、色濃く含まれているということに理解が届くと言えよう。

　本論は、ここまで、漢文・漢詩・歌の表現を、それぞれの〈対応〉の相において追って来た。漢文末尾の「泉門一掩　無㆑由㆓再見㆒」では、「死者に二度と会えない・死者は二度と現われない」ことが述べられていた。また、漢詩の「愛河波浪已先滅　苦海煩悩亦無㆑結」では、「妹の死」と、「その妹の死のために、妹に関する煩悩が生じなくなってしまったこと」が述べられていた。そして、歌でも、「家離りいます」「さぶし」という表現に如実に見られるように、その「妹の不在」は確固たる前提として存在していた。このように、この「漢文＋漢詩＋歌」の一連の作品においては、妹は、二度と逢えない（現われない）存在として作品の中に位置付けられている。そして、これと呼応して、作中の叙述の主体である「夫たる我れ」も、〈妹に再び逢うことを期待して行動することをしない〉存在となっている。これは、「妹は、二度と逢えない（現われない）、そうした存在なのだ」という「諦念」に基づいていると言えよう。

　こうした当該作品のあり方については、次の「五」で示す「亡妻挽歌」の〈系譜〉の作品と比較対照することで、この作品の「特色」として指摘することができる。

五　「亡妻挽歌」の〈系譜〉上の作品として

早くに、橋本達雄氏「めおとの嘆き―万葉悼亡歌と人麻呂―」[27]は、「限られた四作家のつながりなどを考えてみなくてはなるまい」と指摘し、柿本人麻呂・山上憶良・大伴旅人・大伴家持の四作家に、「つながり」を見出した。そして、この「つながり」に〈系譜〉という名を与えたのが、青木生子氏「亡妻挽歌の系譜―その創作的虚構性―」[28]であった。その青木氏論文は、左に引用する、孝徳紀歌謡への目配りをも示し、「亡妻歌の実質をはっきり担ったものである」と述べている。

ゆえに、本論としても、まず、「亡妻挽歌」の〈系譜〉の始発と位置付けられる「孝徳紀歌謡」について考察しよう。『日本書紀』（孝徳天皇、大化五年三月）の記述を左に示す。

造媛遂因二傷心一而致レ死焉。皇太子聞二造媛徂逝一、愴然傷怛哀泣極甚。於レ是野中川原史満進而奉レ歌。々曰、

山川に　鴛鴦二つ居て　偶ひよく　偶へる妹を　誰か率にけむ　其の一　（一一三）

本毎に　花は咲けども　何とかも　愛し妹が　また咲き出来ぬ　其の二　（一一四）

皇太子慨然頽歎褒美曰、善矣、悲矣、乃授二御琴一而使レ唱、賜二絹四匹・布二十端・綿二褁一。

この「孝徳紀歌謡」と当該の山上憶良との関係について、大浦誠士氏「初期万葉の作者異伝をめぐって」[29]は、

造媛を「偶ひよく偶へる妹」「愛し妹」と呼び得る人物は中大兄のみであり、作者野中川原史満は、歌の主体とは異なる位置に立ちつつ、歌の主体を中大兄に設定して代作を行っているのである。……『日本書紀』に見られる代作に通じる質を持つ代作は、万葉集では憶良において本格的に展開される。

と、「自己ならざる他者に成り代わるという意味での代作」という観点から、「孝徳紀歌謡」と当該憶良歌とのつな

がりを指摘する。また、前掲村田右富実氏論文「山上憶良日本挽歌論」は、「造媛挽歌」における「鴛鴦」の景をあらたに「にほ鳥」の景として亡妻挽歌の系譜上に再生したといってよかろう。当該歌に先行する挽歌に二羽並ぶ水鳥を夫婦の仲睦まじい様子として描いた歌が「造媛挽歌」以外にないことを視野に入れる時、それは当該歌の表現の鮮度の高さを裏打ちすることにもなる。

と、歌表現に注目して、「孝徳紀歌謡」と当該憶良歌とのつながりを指摘する。

さて、このように、当該の憶良作品が、この「孝徳紀歌謡」を十分に意識しての作品であること、その「孝徳紀歌謡」の表現に対しての十分な理解・把握に基づいての作品であること、これらを確認したうえで、この「孝徳紀歌謡」について考察しよう。内田賢徳氏「孝徳紀挽歌二首の構成と発想—庾信詩との関連を中心に—」[30]は、

二首は、端的に示せば、

（偶へる妹を）誰か率にけむ（紀113）

（愛し妹が）また咲き出来ぬ（紀114）

という内容である。……

要約的に示せば、「匹偶—死別」「再生—不帰」という対立を対称的にもって、二首は意味の形式においてよく似ているのである。……

紀114のように再び咲き出る花と比した帰り来ぬ人の無常を言うことは、上代の歌の中で極めて独自的だとしなければならない。

と述べている。「再生—不帰」と鮮やかに析出し、「対立」という局面で把握するのは、一面において有効であろう。しかし、その把握によって削ぎ落とされてしまう点もあることについて、我々は自覚的であらねばならない。その削ぎ落とされてしまう点とは、この日本書紀歌謡一一四番歌においては、「何とかも……また咲き出来ぬ」と、疑

問の念が投げかけられているという点である。内田氏論文の傍線部ように、「帰り来ぬ人の無常を言うこと」と把握すると、この日本書紀歌謡一一四番歌の作中の叙述の主体にも「諦念」があるかのように見えてしまう。しかし、この日本書紀歌謡一一四番歌では、「何とかも……また咲き出来ぬ」と、疑問の念が投げかけられているのである。一方の当該憶良の「漢文＋漢詩＋歌」では、そうした疑問の念が投げかけられることも無い。この点を見逃してはならないだろう。当該憶良の「漢文＋漢詩＋歌」では、まさに、「妹の欠落・不在」が〈作品の中のあらがえない事実として前提とされている〉のであり、そうした前提に基づいての作品となっていることに注意の目を向けておくべきであろう。

さて、では、次に、「泣血哀慟歌」という大きな「亡妻挽歌」の作品を作った柿本人麻呂の作品への考察に移ろう。前掲青木生子氏論文「亡妻挽歌の系譜―その創作的虚構性―」は、「日本挽歌は人麻呂挽歌の伝統を憶良なりにしかも正統に継承した第一作である」と指摘する。また、五味保義氏『万葉集作家の系列』[31]は、早くに、「泣血哀慟歌」と当該憶良「日本挽歌」との間の個々の表現の類似について指摘し、「この憶良の歌はあきらかに人麿の妻死後泣血哀慟作歌（二一〇）をよんで、之に傾倒しての上の作である」と述べていた。しかし、これまで論述を重ねて来た本論としては、その「傾倒」という把握だけでは、ことの内実を摑みきれないと考える。つまり、人麻呂「泣血哀慟歌」では、

……音のみを　聞きてありえねば　我が恋ふる　千重の一重も　慰もる　心もありやと　我妹子が　やまず出で見し　軽の市に　我が立ち聞けば　玉たすき　畝傍の山に　鳴く鳥の　声も聞こえず　玉桙の　道行く人もひとりだに　似てし行かねば　すべをなみ　妹が名呼びて　袖ぞ振りつる（2・二〇七）

秋山の　黄葉を繁み　惑ひぬる　妹を求めむ　山道知らずも　一云「道知らずして」（二〇八）

……嘆けども　為むすべ知らに　恋ふれども　逢ふよしをなみ　大鳥の　羽がひの山に　我が恋ふる　妹はい

ますと　人の言へば　岩根さくみて　なづみ来し　よけくもぞなき　うつせみと　思ひし妹が　玉かぎる　ほのかにだにも　見えなく思へば（二一〇）

の傍線部のように、妹の姿・幻影を追い求める作中の叙述の主体「我れ」があるからである。二〇七番歌と二一〇番歌の傍線部について、もう少し詳しく見ておこう。双方に共通して用いられている語として「だに」がある。『時代別国語大辞典 上代編』は、この「だに」について、

ダニを含む句の述語が意志・命令・願望であるときも、仮定であるときも、その句の事態の実現が望まれていて、そのことが、最小限を指示するダニの意味を決定している。述語が否定の表現であるときも、否定的事態に前提しうる意味として、やはり実現希望の意味が考えられる。たとえば「履をだにはかず」には履なりとはけばいいという希望の意味を前提的に考えうる。

という考察を示している。これが参照されよう。つまり、人麻呂「泣血哀慟歌」では、「軽の市」の雑踏の中に、「妹」の幻影を追い求め、山の中に、たとえ「ほのか」にであっても妹の姿を見たいと願っている。作中の叙述の主体「我れ」は、〈妹に再び逢うことを期待して行動する〉存在となっている。人麻呂「泣血哀慟歌」の作中の叙述の主体「我れ」には、「妹は、二度と逢えない（現われない）、そうした存在」なのだという「諦念」は無い。当該山上憶良の作品のあり方とは、極めて対照的であると言えよう。

なお、「泣血哀慟歌」に見られるこうした柿本人麻呂の歌い方は、人麻呂の他の挽歌作品にも見られる。参照しておきたいのは、「そこゆゑに　慰めかねて　けだしくも　逢ふやと思ひて〔一云「君も逢ふやと」〕　玉垂の　越智の大野の　朝露に　玉裳はひづち　夕霧に　衣は濡れて　草枕　旅寝かもする　逢はぬ君ゆゑ」という表現を持つ「献呈挽歌」（2・一九四）である。

ただ、柿本人麻呂の作品が、すべて右のような表現を採用しているのかと言えば、そうではない。本論の「四

歌における「妹の死・不在」ですでに掲げた「柿本人麻呂歌集歌」では、「いにしへに　妹と我が見し　ぬばたまの　黒牛潟を　見ればさぶしも」（9・一七九八）のように表現されていた。「四　歌における「妹の死・不在」で分析したように、この歌では、「さぶし」が使われており、「妹の不在」が前提とされている。人麻呂にこうした表現を採っている歌もあることは看過できない。「泣血哀慟歌」は長歌作品であるから「亡妻挽歌」の〈系譜〉に乗るが、この巻九の歌は短歌であるから〈系譜〉には乗らない、と捉えてしまうのでは本質を見誤ることになろう。それでは、〈系譜〉を「創る」ための分析となってしまう。

ここでは、次のように捉えたい。憶良の前には人麻呂の、〈妹に再び逢うことを期待して行動する〉作品もあれば、〈妹の不在を前提としている〉歌もあった。いわば、「選択可能」なあり方である。しかし、「選択」と言っても、憶良の当該作品が、巻9・一七九八番歌の歌い方を「選択」し、その歌い方への追随の域を全く出ていないという訳でないことは、これまでの本論の論述により明らかであろう。当該の憶良作品は、漢文・漢詩・歌の〈対応〉によって、「妹の不在・欠落」が、作品の中のあらがえない事実として前提とされているのである。つまり、巻9・一七九八番歌のような〈妹の不在を前提としている〉歌への十分な理解に基づいて、「泣血哀慟歌」のような〈妹に再び逢うことを期待して行動する〉主体を設定しなかったという「選択」がおこなわれていると捉えられよう。前掲五味保義氏著書『万葉集作家の系列』が指摘するように、当該憶良作品には、同じく挽歌長歌作品であり大部な作品である「泣血哀慟歌」への「傾倒」があったことが明らかだ。だが、それを表面上の表現の摂取によって「傾倒」と捉えておくのだけでは足りない。ここでは、憶良の前に選択可能な形で存在していたからこそ、作中の叙述の主体の設定においては、「泣血哀慟歌」のような〈妹に再び逢うことを期待して行動する〉主体を採用しなかったことが考えられよう。

憶良の当該作品の歌においては、漢文の「死者に二度と会えない・死者は二度と現われない」という記述や、漢詩の「妹の死ゆえに妹に関する煩悩が生じなくなってしまった」という記述に〈対応〉して、〈再び逢うことを期待して行動することをしない〉という作中の叙述の主体、すなわち「諦念する夫」の〈像〉が、鮮明な形で造型されているのである。

六　まとめ

当該、漢文・漢詩と歌との〈対応〉は、決して〈見えるもの〉だけではない。漢文中の「ある記述」の作用により、歌に「ある表現」が〈無いこと〉にも〈対応〉は見出せる。その具体的な分析の対象として本論は、漢文中の「泉門一掩　無㆑由㆓再見㆒」という表現、および漢詩の表現を分析した。漢文最末尾の「泉門一掩　無㆑由㆓再見㆒」によって、「死者に二度と会えない・死者は二度と現われない」ことが示され、漢詩の「愛河波浪已先滅　苦海煩悩亦無㆑結」によって、「妹の死とその死ゆえに妹に関する煩悩が生じなくなってしまったこと」が述べられる。こうした漢文・漢詩のあり方に、まさに〈対応〉して、歌では、「孝徳紀歌謡」の「何とかも……また咲き出来ぬ」のように死者に二度と会えないことに対して疑問を投げかけるということもない。「泣血哀慟歌」のように再び逢うことを期待して行動することもない。当該の憶良作品では、「漢文＋漢詩＋歌」という構成における、漢文・漢詩と歌との〈対応〉により、作品中で、「諦念する夫」の〈像〉が鮮明に造型されているのであった。そして、憶良のこうした作品創作の背景には、「亡妻挽歌」の〈系譜〉の表現のあり方を受け止め理解しているという裏付けがあると言えよう。こう述べて、本論のまとめとしたい。

注

（1）伊藤博氏「学士の歌」（『萬葉集の歌人と作品 下』、一九七五年七月、塙書房。初出、一九六九年三月）

（2）中西進氏「日本挽歌」（『山上憶良』、一九七三年六月、河出書房新社。初出、一九七一年九月）

（3）芳賀紀雄氏「憶良の挽歌詩」（『萬葉集における中國文學の受容』、二〇〇三年一〇月、塙書房。初出、一九七八年六月）

（4）鉄野昌弘氏「日本挽歌」（『セミナー万葉の歌人と作品 第五巻』、二〇〇〇年九月、和泉書院）

（5）引用は、新訂増補国史大系『類聚国史 第四』（一九七九年二月、吉川弘文館）に拠る。

（6）辻善之助氏『日本仏教史 第一巻 上世篇』（一九四四年一一月、岩波書店）の第四章「平安時代初期」第一節「桓武天皇の教界革新」に、この「書」についての記述がある。

（7）索引は、土井洋一氏・中尾真樹氏共編『本朝文粋の研究 漢字索引篇 上』（一九九九年二月、勉誠出版）を使用。引用は、柿村重松氏『本朝文粋註釈 下』（一九二二年四月初版発行、一九六八年九月新修版発行。冨山房）に拠る。また、『身延山久遠寺蔵 重要文化財 本朝文粋』（一九八〇年九月、勉誠社）も参照した。

（8）「十三経」のうち、「再見」の用例を見出し得たものは、掲げたように、『春秋左氏伝』『春秋公羊伝』のみ。引用は『十三経注疏』（中文出版社版）に拠り、『断句十三経経文』（台湾開明書店版）を参照し句点を付した。なお、『周易』『尚書』『周礼』『礼記』『儀礼』『毛詩』『論語』『孝経』『孟子』『爾雅』には「再見」の用例を見出せない。

（9）引用は中華書局版に拠る。

（10）小島憲之氏『上代日本文學と中國文學 上―出典論を中心とする比較文學的考察―』（一九六二年九月、塙書房）の第三篇「日本書紀の述作」第三章「出典考」（二）「日本書紀と中国史書」には、「後漢書は、史記漢書などとはちがひ、わが国に古鈔本が残らず、如何なる注本が用ゐられたかはよくわからない。しかし恐らく旧唐書経籍志にみえる皇太子賢注本（唐章懐太子賢注本）が主として用ゐられたものではないかと推測される」という指摘があり、また、『日本国見在書目録』に「後漢書百卅巻范曄本唐臣賢太子、但志卅巻梁剡令劉昭注補」とあることを参照している。本論としても、こうした小島論文の指摘に鑑み、『後漢書』の李賢注の部分の用例に対しても目を向けている次第である。

（11）この記事、『史記』（巻七十九、列伝第十九、范睢伝）に、「一見趙王，賜白璧一雙，黄金百鎰：;再見，拝為上卿：;三見，卒受相印，封萬戸侯。」と引かれている。また、『後漢書』（巻六十下、列伝第五十下、蔡邕伝）の李賢注には、

「史記曰：「虞卿説趙孝成王，一見賜黄金百溢，再見賜白璧一雙。」」と引かれている。さらに、『三国志』（巻三、魏書三、明帝紀、太和元年十二月）の記事に対しての宋裴松之注には、「昔虞卿入趙，再見取相，」という記述を見る。

（12）小島憲之氏『上代日本文學と中國文學 上―出典論を中心とする比較文學的考察―』（一九六二年九月、塙書房）の第三篇「日本書紀の述作」第三章「出典考」（二）「日本書紀と中国史書」には、

三国志（隋書経籍志「三国志六十五巻叙録一巻、晋太子中庶子陳壽撰、宋太中大夫裴松之注」）は、劉知幾の「史通」に「世言二三国志一者、以二裴注一為レ本焉」（正史）とあり、またわが平安時代の日本書紀講書の際に於ても論議された如く（釈日本紀開題）、恐らく裴松之注の三国志が当時通行してゐたものと思はれる

という記述がある。本論としても、こうした小島論文の指摘に鑑み、『三国志』の裴松之注の部分の用例に対しても目を向けている次第である。

（13）この記事、『南史』（巻八十、列伝第七十、賊臣、侯景伝）にも「謂其廂公王僧貴曰：「吾常據鞍對敵，矢刃交下，而意了無怖。今見蕭公，使人自慴，豈非天威難犯。吾不可以再見之。」出見簡文于永福省，簡文坐與相見，亦無懼色。」」の記事あり。

（14）この記事、『北史』（巻九十一、列伝第七十九、列女、隋、鄭善果母崔氏）にもあり。

（15）この諫言の記事は、『北史』（巻三十一、列伝第十九、高允伝）に、「凡萬物之生，靡不有死，然葬者藏也，死者不可再見，故深藏之。」と、途中を省略した形で引用されている。

（16）この妻を、この漢文の作者である山上憶良の妻とするか、「上（たてまつ）」られた大伴旅人の妻とするかの論議があるが、そうした点がいまここでは重要なのではない。ここでは、作品中で〈妻の死〉が語られていること自体が重要なのである。本論で、「実際の死者がいる」と述べたのは、この点を確認強調しておきたかったからである。なお、大浦誠士氏「初期万葉の作者異伝をめぐって」（『万葉集の様式と表現 伝達可能な造形としての〈心〉』、二〇〇八年六月、笠間書院。初出、二〇〇四年四月）は、「自己ならざる他者に成り代わるという意味での代作が明確に見て取れる」ものとして、当該の「日本挽歌」を挙げ、「旅人の立場で亡妻を悼む」ものとしている。

（17）中西進氏「渡唐」（『山上憶良』、一九七三年六月、河出書房新社。初出、「憶良の渡唐」、一九六九年一一月）

（18）引用は、『欽定全唐文』（中文出版社版）に拠り、句点を付した。

（19）中西進氏「長安の生活」（前出『山上憶良』。初出、「長安の憶良」、一九六五年三月）
（20）小島憲之氏「山上憶良の述作」（『上代日本文學と中國文學 中―出典論を中心とする比較文學的考察―』、一九六四年三月、塙書房）
（21）なお、日本古典文学大系版『萬葉集 二』（一九五九年九月、岩波書店）は、漢文半ばの「嗟呼痛哉」に対しての「補注」で、「この句を文の中に置き、最後に再びこの句或いは類句で結ぶのは、死者をいたむ哀悼文・誄（いる）の類に用いる手法」であると指摘している。
（22）『萬葉集私注』は、「攷証の引く文殊所説最勝名義経下には『尽諸煩悩結、出流転苦海』と煩悩結と熟してゐるのが注意される」と指摘している。なお、引用されている「文殊所説最勝名義経」の記述を、「大正新脩大藏經テキストデータベース」（http://www.l.u-tokyo.ac.jp/~sat/japan/）（密教部三）において、「諸衆生心行刹那能了知　三乘方便門清淨行微妙　覺法無自性住於一乘道　盡諸煩惱結出流轉苦海　離繫縛稠林種種諸苦等　方便智大悲能普遍饒益攝受諸有情令悟無生忍」のように、確認することができる。
（23）小島憲之氏「上代に於ける詩歌の表現」（『國風暗黒時代の文學 上―序論としての上代文學―』、一九六八年一二月、塙書房）
（24）村田右富実氏「山上憶良日本挽歌論」（『女子大文学 国文篇』五五、二〇〇四年三月）
（25）岡内弘子氏「『命』考―萬葉集を中心に―」（『萬葉』一一〇、一九八二年六月）
（26）大野晋氏「さびしい」（『日本語の年輪』、一九六六年五月、新潮文庫）
（27）橋本達雄氏「めおとの嘆き―万葉悼亡歌と人麻呂―」（『国文学 解釈と鑑賞』三五―八、一九七〇年七月）
（28）青木生子氏「亡妻挽歌の系譜―その創作的虚構性―」（『萬葉挽歌論』、一九八四年三月、塙書房。初出、一九七一年一月）
（29）前掲注（16）論文
（30）内田賢徳氏「孝徳紀挽歌二首の構成と発想―庾信詩との関連を中心に―」（『萬葉』一三八、一九九一年三月）
（31）五味保義氏『万葉集作家の系列』（一九五二年四月、弘文堂）

第二節　令反或情歌

一　はじめに

第二節から第四節までで、いわゆる「嘉摩三部作」のうちの「令反或情歌」「思子等歌」「哀世間難住歌」を扱う。これら三作品では共通して「題詞＋漢文＋長歌・反歌」という形式が採用されている。本節で対象とする山上憶良の手になる作品を次に掲げる[1]。

令レ反二或情一歌一首　幷序

或有レ人　知レ敬二父母一忘二於侍養一　不レ顧二妻子一軽二於脱屣一　自称二畏俗先生一　意氣雖レ揚二青雲之上一　身體猶在二塵俗之中一　未レ験二修行得道之聖一　蓋是亡二命山澤一之民　所以指二示三綱一更開二五教一　遺レ之以レ歌令レ反二其或一　歌曰

父母を　見れば尊し　妻子見れば　めぐし愛し　世間は　かくぞ理　もち鳥の　かからはしもよ　行くへ知らねば　うけ沓を　脱き棄るごとく　踏み脱きて　行くちふ人は　石木より　生り出し人か　汝が名告らさね　天へ行かば　汝がまにまに　地ならば　大君います　この照らす　日月の下は　天雲の　向伏す極み　たにぐくの　さ渡る極み　聞こし食す　国のまほらぞ　かにかくに　欲しきまにまに　しかにはあらじか（5・八〇

〇）

　反歌

ひさかたの　天道は遠し　なほなほに　家に帰りて　業をしまさに（八〇一）

従来の当該作品をめぐる研究史においては、この作品の「作歌動機」をいかに求め出すかということがらに、論の中心が置かれることが多かった。たとえば、外部的動機を重く見て取ろうとして『萬葉集評釈』（窪田空穂氏）は、巻5・八〇五番歌の左注に「於二嘉摩郡一撰定」とあることとかかわらせて、「国守たる者は、その職分の一つとして、治下の民に、三綱五教を教ふべきことが定められた。筑前守である憶良は、務としてそれを行ふべきであつた。この歌を作つた動機はそこにあつたので、創作欲からではなく、義務の遂行の為だつたと見える」と述べている。また、『萬葉集私注　新訂版』も、「戸令国守遺行の条」を紹介し同様の見解を示している。たしかに、「戸令」を参照すると、

凡国守。毎レ年一巡二行属郡一。観二風俗一。問二百年一。録二囚徒一。理二冤枉一。詳察二政刑得失一。知三百姓所二患苦一。敦喩二五教一。勧二務農功一。部内有下好学。篤道。孝悌。忠信。清白。異行。発二聞於郷閭一者上。挙而進之。有下不孝悌。悖レ礼。乱レ常。不レ率二法令一者上。糺而縄之。

とある。また、『続日本紀』（養老元年五月十七日）には「詔曰、率土百姓、浮二浪四方一、規二避課役一、遂仕二王臣一、或望二資人一、或求二得度一。」、『同』（養老二年十月十日）にも「任レ意入レ山、輙造二菴窟一」とあり、人民が戸籍を抜け出て浮浪していた事実があったことがわかる。『窪田評釈』や『私注』は、こうした社会状況に合致させて、当該作品の作歌動機を導き出しているのである。

一方、作者の内面の発露という作歌動機を見て取ることに重点を置いたのが次に挙げる中西進氏や村山出氏の見

解である。中西進氏「嘉摩三部作[2]」は、

すでに「日本挽歌」において儀礼的な要請を果たし、ここでは専ら内的衝迫をのみ歌えばよかったのだから、この三作は純粋に憶良の内心の吐露であってよかった

と述べ、また、村山出氏「惑情を反さしむる歌[3]」は、

憶良がこの一篇において意図したのは、「倍俗先生」の「惑い」を批判しながら、自己内在の懐疑に与えた現実肯定の一つの帰結を形象化することにあったと思うのである。

と述べている。

外部的動機は、当時の社会的状況を背景としている分、たしかに蓋然性があるとは言えよう。しかし、「社会的状況がそうだったから、山上憶良の作歌の『動機』もそうだ」という論理は余りにも性急な論理と言えよう。外部的動機によってすべて解決できるわけではない。また、作品のありようから「生身の作者の内面」をそのまま論じること自体にもおのずと限界があろう。このように、外部からにしても作者の内面からにしても、この作品の「作歌動機」を求め出すことを論の中心に置くことには困難さが付きまとうのではなかろうか。

この作品の分析者にまずできることは、「序文＋長歌・反歌」という形を採る当該作品が、その形を採ることによってどのような作品に仕上がっているのかについての分析を目指すことであろう。その表現方法や作歌方法を問うことは可能である。本論はそれを目指したい。その分析の遠い先には、「生身の作者」という位相ではない、〈そうした作歌方法を採り得る歌人としての山上憶良〉の把握[4]、という目標があるのだが、本論における分析は、その目標に近付くための一歩である。

二　人物設定

（一）或有レ人

ここでは、当該作品における人物設定について分析する。まず、「或有レ人」という冒頭の表現について確認しておきたい。『万葉集』中の「或有＋（人物）」の用例には次のような例がある。

右傳云　時有二娘子一　夫君見レ棄改二適他氏一也　于レ時或有二壮士一　不レ知二改適一此歌贈遣請二誂於女之父母一者於レ是父母之意壮士未レ聞二委曲之旨一　乃作二彼歌一報送以顕二改適之縁一也（16・三八一四～五左注）

この左注の用例は、ひとつの「伝え」の筋を語り明かすことに中心があるのであり、この「壮士」は、その物語の中の「あるひとりの人物」となって登場している。また、井村哲夫氏担当『萬葉集全注　巻第五』は、この箇所に、「こんな人が居るそうな」という現代語訳を付けているが、この現代語訳は、この冒頭の「或有レ人」が持つ〈設定〉の要素をよく顕わし出しているものと思われる。

（二）自称二畏俗先生一

(1)「畏俗先生」について

次に、当該作品で「こんな人」として〈設定〉されている人物の分析に入りたい。まずは、その「畏俗先生」に「仮に設けた名前」という要素があることを確認しておこう。早く、岡田正之氏『日本漢文学史』[5]は、空海の『三教指帰』における「亀毛先生」の設定が、『文選』の司馬相如の「子虚賦」「上林賦」に倣ったものであることを指摘した。また、小島憲之氏『上代日本文學と中国文學　下』[6]は、「子虚賦」李善注の「子虚、虚言也、為レ楚称、烏有先生、烏《ナニゾ》有二此事一也、為レ斉難、亡是公者、亡《ナキ》二是人一也、欲レ明二天子之義一、故虚二藉此三人一、為レ辞以風諫焉」（○印、小島論文。廣川注）の○印の三人の名が「仮に設けた名前」であることを指摘する。そして、「三教指帰の亀毛先生・兎角《トカク》公・蛭牙《シツガ》公子・虚亡《キヨブ》隠士・仮名乞児」に対しても、「仮に設けた名前」であると指摘している。こうした指摘を受けて本論も、当該作品の「畏俗先生」にも、「仮に設けた名前」という把握を当てはめてよいと考える。『萬葉集攷証』の「畏俗は俗をおそる、よしにて、仮にたはぶれ名づけし也」という解説は、この点をきちんと把握してのものであろう。

では、その「仮に設けた名前」としての「畏俗先生」とはどのような意味を持つのか。『萬葉代匠記』（精撰本）は「畏俗怖二畏汙俗一之義耶」とし、『全注』は、「畏は悪（ニクム）、忌（イム）などの意味の文字であること辞書類に言い、代匠記が言う『汚俗を怖畏する義』で十分意は通る。つまり塵俗世間に低迷することを怖れる意味で、裏返して言えば、我は悪を作《な》さずの決心を表明する命名となる」と述べている。このように、「畏俗先生」とは、ずいぶん大それた名前であることになろう。(7)

(2) アイロニー・皮肉

① 諸注の見解

さて、この「先生」という言葉に対して、諸注は「アイロニー・皮肉」という要素を見出そうとしている。しかし、それぞれの捉え方には随分と違いがあり、またその説明にも中途半端な点もあるようだ。たとえば『私注』は、『先生』仮定人物によく用ゐる例であるが、ここでは幾分のアイロニーをも含めてもちゐたのであらうか」と述べるのだが、なぜ「幾分のアイロニー」の要素を汲み取るのかの説明が無い。日本古典文学大系版『萬葉集』は、「先生は隠居者、隠逸者をさし（鬼谷先生・東郭先生・五柳先生などその一例）」という説明の後、いきなり「ここでは皮肉的に用いた」とするのだが、なぜ「皮肉的」なのかの説明が無い。また、『萬葉集注釈』は、『代匠記』（初稿本）が指摘した（後述）「文選（四十五）皇甫士安の三都賦序」の「玄晏先生曰」に付けられた李善注の「先生《ハ》学人之通称也《ナリ》」に注目し、「但しここの先生はむしろ皮肉的にみてゐる」と説明するのだが、やはり、なぜ「皮肉的」なのかの説明は宙に浮いている。日本古典文学全集版『萬葉集』は、「この『先生』は隠遁者につけた敬称。ただし、皮肉をこめた表現」と述べている。「敬称」なのに「皮肉」ということはわかるにしても、この『全集』の記述には、これが「畏俗先生」自身によって「自称」されたものであることへの配慮が無い。このように、研究史を概観すると、これら「アイロニー」「皮肉」の中身を明瞭な形で把握することが必要であることがわかる。

　ここで、右に一部触れた『代匠記』（初稿本）の記述を左に掲げておこう。

先生《ハ》、韓子外伝曰(8)。古之謂《ニ》二知《テル》レ道《ヲ》者《ヲ》一曰《ハ》二先生《ト》一何《ソ》也。猶《シ》二先醒《ノ》一也。……三都賦注善曰《カ》。先生《ハ》学人之通称也《ナリ》。

このように、『代匠記』（初稿本）は、まず、一つ目の説明として、その道に秀でた先覚者の意味を説明する。そして、二つ目の説明として、『文選』の「三都賦序」の李善注にある「学人之通称」という意味を説明しているのだ。諸注の中には、「スペースの都合上」ということもあるのであろうが、この『代匠記』（初稿本）の二つ目の説明の要素のみを掲げる注釈書もある。たとえば、新潮日本古典集成版『萬葉集』は「『先生』は学人の自称」とだけ記し、新日本古典文学大系版『萬葉集』は「『異俗先生』の『先生』は自称の語（「三都賦序」『文選』李善注・文選四十五）」とだけ記している。しかし、二つ目だけを記すこのようなありかたでは、ともすると、『文選』「三都賦序」李善注に典拠があるので、「○○先生」と自称するのが「先生」の一般的なあり方なのだ。と捉えられてしまいかねないのではないだろうか。もしもそう捉えられてしまうならば、これは大きな誤りとなろう。「先生」とは、前掲の『代匠記』（初稿本）が指摘する「韓詩外伝」に見られるように、その道に秀でた人に対する敬称や、先に生まれた人への敬意が、その根幹にあると言えよう。『文選』李善注の記述を読むことが大切なのはもちろんだが、その記述のみを捉え過ぎると事の真相を見誤ってしまうこともある。そして、「アイロニー・皮肉」の理解へと届くこともできないであろう。本論としては、ここではやはり、「○○先生」と「自稱」していること、それ自体を問うべきだと考える。以下、その点について分析していこう。

②「自稱」について

そこで、この②の項目を設けて、「自稱」について分析しよう。(9)『礼記』「玉藻」を見ると、次のような「自稱」についての記述がある。(10)

凡自稱、天子曰二予一人一、謙自別二於人一而已。伯曰二天子之力臣一。伯上公九命、分レ陝者。諸侯之於二天子一、曰二某土之守臣某一、其在二邊邑一、曰二某屏之臣某一。其於二敵以下一曰二寡人一、小國之君曰レ孤、擯者亦曰孤。邊邑謂二九州之外一。大國之君、自稱曰二寡人一、擯者曰二寡君一。

冒頭部分「自稱、天子曰二予一人一」に対しての鄭玄注には、二重傍線部「謙」のように、これが「謙称」であると記されている。また、以下、「自稱」として、「伯」は「天子の力臣」、「諸侯」は天子に対して「某の土の守臣某」、邊邑に在る者は「某の屏の臣某」、自分と対等以下の相手に対しては「寡人」、小国の君は「孤」、取り次ぎをする「擯者」もまた「孤」、とそれぞれ自称することが記されている。これらのように、「自稱」する時には、へりくだるべきことが明記されているのである。同じく『礼記』「曲礼下」でも、

五官之長曰レ伯。（鄭玄注アリ。省略）是職レ方。（鄭玄注アリ。省略）其擯於二天子一也、曰二天子之吏一。（鄭玄注アリ。省略）天子同姓謂二之伯父一、異姓謂二之伯舅一。自稱於二諸侯一、曰二天子之老一、……九州之長、入二天子之國一曰レ牧。（鄭玄注アリ。省略）天子同姓謂二之叔父一、異姓謂二之叔舅一。……其在二東夷北狄西戎南蠻一、雖レ大曰レ子。（鄭玄注アリ。省略）於レ内自稱曰二不穀一、與レ民言之謙稱。穀善也。於レ外自稱曰二王老一。（鄭玄注アリ。省略）庶方小侯、入二天子之國一曰二某人一、於レ外曰レ子、自稱曰レ孤。（鄭玄注アリ。省略）

とあり、「自稱」においてはへりくだるべきことが示されている。中でも、東夷・北狄・西戎・南蠻における諸国の長は、大国であっても「子」といい、領地の内の人々に対しては「不穀」と自称するとある、この部分の鄭玄注を見てみよう。二重傍線のように「謙稱」が用いられるべきことがはっきりと記されている。

経書としての『礼記』の位置付けについて、芳賀紀雄氏「典籍受容の諸問題[11]」では、「唐の律令を継受し、儒教的な体制を整えた上代において、教養の基本は、経書にあった」と述べ、「官人養成機関である大学寮で教授すべき典籍を定めた『養老令』の『学令』（5経周易尚書条）に、集約的に示されている」として、「学令」の「凡経、周易・尚書・周礼・儀礼・礼記・毛詩・春秋左氏伝、各為二一経一。孝経・論語、学者兼習之」という記述を引用している。このように、『礼記』などの経書が「教養の基本」であったことがわかる。そして、その『礼記』は誰の注によって読まれていたのかといえば、芳賀論文が「学令」（6教授正業条）の「周易鄭玄・王弼注、尚書孔安国・鄭玄注、三礼・毛詩鄭玄注、左伝服虔・杜預注、孝経孔安国・鄭玄注、論語鄭玄・何晏注」を引用して説明するように、「三礼」は鄭玄注で読まれていたのである。つまり、奈良時代の貴族、律令官人にとっては、いま確認して来た、鄭玄の注が付された『礼記』の記述は必読のものであり、「自稱」においては謙称を用いること、すなわち「へりくだって自称すること」という教養もまた、しごく当たり前のことがらだったことがわかる。

しかるに、この作品で設定されている人物は、「畏俗先生」などという大それた名前を、こともあろうに「自稱」しているのだ。ここには、「きわめておかしな人物」として〈設定〉されているという要素を見出すことができよう。また、この「自稱二畏俗先生一」という人物は、序文において「知レ敬二父母一忘二於侍養一　不レ顧二妻子一軽二於脱屣一」「意氣雖レ揚二青雲之上一　身體猶在二塵俗之中一　未レ驗二修行得道之聖一」というように〈造型〉される。「先生」と「自稱」するくせに、「意氣雖レ揚二青雲之上一　身體猶在二塵俗之中一」という中途半端な状態であることが、作品において示されているわけである。

以上、諸注が当該作品に対して指摘していた、しかし、明確には説明されて来なかった「アイロニー・皮肉」のなかみについて分析して来た。こうした分析をもって、「自稱㆓畏俗先生㆒」という人物の設定、その人物造型の方法について明らかになったと思う。

三　空間設定

このように〈設定〉されている作品内の人物がいる作品内の「空間」についても、どのような〈設定〉が施されているのか、これは重要な論点となろう。次には、この点について分析してみたい。

天へ行かば　汝がまにまに　地ならば　大君います　この照らす　日月の下は　天雲の　向伏す極み　たにぐくの　さ渡る極み　聞こし食す　国のまほらぞ

この部分の「地ならば　大君います」について、『増訂萬葉集全註釈』は「上の天ナラバ云々の文と対している」と述べ、「天地《あめつち》」とひとまとまりに示されるのではなく「天《あめ》」と「地《つち》」というように分けられて対置されている当該作品の表現の特色を指摘している。本論としても、当該作品の表現のこの特色に着目しておきたい[12]。次に、「日月の下」という表現の把握に移ろう。『萬葉集略解』は「このてらす日月の下云々は、天の下といふが如し」と述べている。『全註釈』も「日月の下は、地上」と把握している。また、『窪田評釈』は、「天下といふ意を上の『地《つち》』を受けて具体的に厳かに云つたもの」と述べ、対置されている一方の「地ならば　大君います」の「地」と関連させて把握する重要な説明を施している。また、『私注』も「天へゆかば」に対して、「之も序と照応して居る」と述べ、序の「意氣雖㆑揚㆓青雲之上㆒　身體猶在㆓塵俗之中㆒」との「照応」を指摘している。

これら先学の知見を参照し、そしてさらに、当該作品が、「漢文＋長歌・反歌」の形式を採っていることを考え合わせれば、当該作品ではどのような作品内空間が〈設定〉されているかが明瞭になりそうだ。その作品内空間把握の要点を、次の〔図1〕にまとめた。

〔図1〕

〔漢文〕	意氣雖レ揚二青雲之上一	身體猶在二塵俗之中一
〔長歌〕	天へ行かば　汝がまにまに この照らす　日月	世間は　かくぞ理 地ならば　大君います 日月の下 国のまほら
〔反歌〕	（ひさかたの）天	家に帰りて

当該作品では、「漢文＋長歌・反歌」を通して、「天」と「地」、つまり、「天上」と「地上の世の中」という、きわやかな二項対立が貫かれていると言える。当該作品には、このような作品内空間の〈設定〉が施されているのである。

さて、ここまで、「畏俗先生」などという大それた名前を、こともあろうに「自称」しているきわめておかしな人物の〈設定〉、および、そのような人物が配置されている作品内空間の〈設定〉について確認して来た。次には、これまでの考察をふまえて、その「畏俗先生」をとりまく作品内の世界、いわば作品内の〈現実〉の把握に向かいたい。

四　「自称畏俗先生」をとりまく〈現実〉

（一）この世の中の〈しくみ〉

当該の「令反或情歌」つまり、序文、八〇〇番歌・八〇一番歌の作品世界の中の人物としては、「畏俗先生」の他に、父母・妻子・大王が登場する。本論では、それら全体についての体系的な把握を目指したい。

母親にしろ父親にしろ、いつ〈親〉になったのかと問われれば、〈子〉が出来て初めて〈親〉になったと答える。

〈親〉と〈子〉は、このような関係性に支えられて存在する。また、夫婦の関係性を考えれば、〈妻〉が出来て初めて〈夫〉になる。〈夫〉が出来て初めて〈妻〉になる。ということでもある。さらには、人間をとりまくさまざまな関係性もあろう。人間は、この世の中において、さまざまな関係性によってその「位置付け」を規定され、生きている。

当該作品に「父母・妻子」が登場することをさきほど述べたが、この「父母・妻子」は、この地上世界、つまり、序文で言う「塵俗之中」、長歌で言う「世間」「地」「日月の下」「国」における関係性を顕わし出している。次の〔図2〕を参照願いたい。

〔図2〕

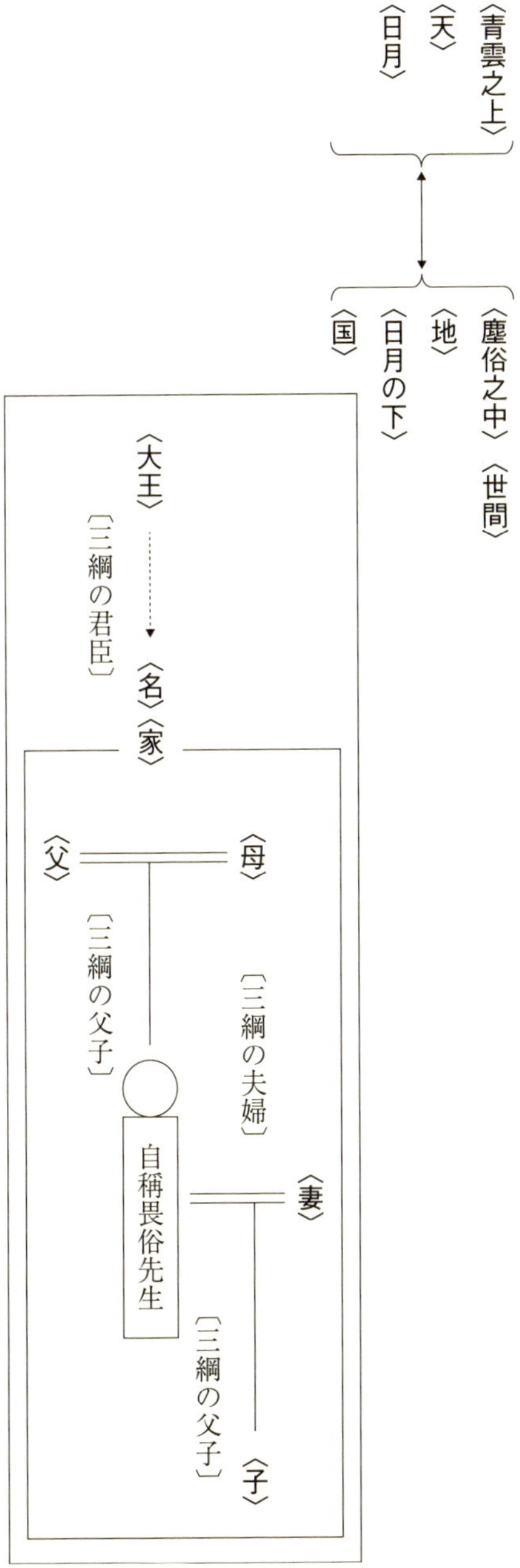

〔図1〕で確かめたように、当該作品には、「天」と「地」、つまり、「天上」と「地上の世の中」という、きわやかな二項対立が貫かれていた。そして、「自称畏俗先生」は、序文に「意氣雖レ揚二青雲之上一　身體猶在二塵俗之中一」とあるように、その「地上の世の中」の側に、いるのであった。その「自称畏俗先生」が、この「地上の世の中」において関係性を持つ存在が、〈父母〉〈妻子〉〈大王〉である。当該作品では、序文において「三綱」とあったが、それと対応して、その「三綱」のうちの〔父子〕〔夫婦〕〔君臣〕の関係性なのである。

「関係性」という要素で分析して来た時、作品の中で「汝が名告らさね」と「名」が採り上げられていることにも注意の目が向けられることになる。その〈名〉については、少々わかりにくいところがあるかもしれない。後で詳しく説明するが、〈大王〉からの支配という関係性においては、〈名〉によって、大君の支配の側に回収されてしまうという点で、〈大王〉との関係性を良く顕わし出している。

（二）「父母・妻子」とのかかわり

それでは、まず、「父母・妻子」とのかかわりについて確認しよう。さきほども述べたが、これは、序文の「三綱」のうちの〔父子〕〔夫婦〕と対応するのであり、八〇〇番歌では、「父母を　見れば尊し　妻子見れば　めぐし愛し」「もち鳥の　かからはしもよ」という形で、言い表わされている。

ここでは、「もち鳥の　かからはしもよ」についての研究の歴史の確認が肝要であろう。「もち鳥のように」という比喩が込められているこの表現については、例えば『萬葉集新考』（井上通泰氏）のように、「カカラハシはワヅラハシといふ意」と捉えるのが一般的であった。これに対して、五十嵐力氏『国歌の胎生及び発達』[13]は、「吾々は鳥が黐にかゝつたやうに、かかはり合ひ親しみ合うて仲好く暮らさうではないか」（傍点、原文。以下同じ。廣川注）と述べた。その論拠として五十嵐論文が挙げたのは、「父母を尊み、妻子を愛する事を自然当然の貴い道徳と見る作者が、兄妹、親族、老幼の関係を遁れ得ぬ、據ろない、仕方なしの義務と見る理由はない」という考えであった。しかし、この論拠に対しては、

> 「作者」像を安易に歌の解釈の大切な部分に持ち込むべきではない。

という厳しい批判を投げかけることが可能であろう。もっとも、五十嵐論文は、「黐に鳥のかゝつたといふ譬喩は、親しみ合ふ方に引くには適《ふさ》はないといふ嫌ひはある」というように、自分の説の弱点をある程度は自覚していたことが明瞭である。

この五十嵐論文を修正し継承したのが、佐伯梅友氏「可可良波志考」[14]であった。佐伯論文は、「『かゝらはし』が、『わづらはしい』『手足纒ひだ』といふやうな意味でなく、それとは反対な意味になる方が穏かなのではないかと思はれる」と述べ、論を展開する。その論理の是非を検討することは当該表現の性質を追ううえで重要であり、また、現代の注釈書や研究論文にも、発表後七十年以上を経た佐伯論文の影響はいまだに顕著であるゆえに、本論としても、その論理を追って見なければなるまい。

まず、佐伯論文は、

> この形容詞の成立はどうであらうかといふに、まづ「かゝる」といふ語があり、それにハ行四段に活用する「ふ」といふ助動詞（奈良朝文法史に、「作用の継続をあらはす複語尾」とあるもの）がついて、「かゝらふ」といふ語が出来、それが形容詞となつて、「かゝらはし」といふ語になつたものであらうと考へられる。

と述べ、「かからはし」を形容詞とする。これは妥当な見解である。しかし、その後に、

> 強ひて換言するなら、「かゝるべくあり。かゝりたくなる。」といふやうなことになるべきものであらう。

と説明する。波線部のように「かゝりたくなる」とするのは、はなはだ強引なのではないだろうか。佐伯論文は、続けて、「類例を二三あげるならば」として、

笑《ゑ》む　ゑまふ　ゑまはし
ねぐ（祈）　ねがふ（願）　ねがはし
歎《なげ》く　なげかふ　なげかはし
忌《い》む　（いまふ）　いまはし

というように挙げる。この例のうちの「ねがはし」は、たしかに「願わしい」「そうありたいと思う」と捉えられよう。しかし、隣に並んでいる「なげかはし」を「なげきたくなる」と一義的には言えないだろう。「自然と歎いてしまう。自然と泣けてくる」と言う方がふさわしい。佐伯論文は該当部分を、「黐にかゝつた鳥のやうに、ほんに互にかかり合ひたいことだ」と解釈するのだが、「互にかかり合ひたいことだ」と一義的に解釈する根拠はどこにもない。「かからはしもよ」という言葉の中に継続を表わす「ふ」が入っている点を考えれば、「自然とかかわり合い続けるものなのだ。そうした存在なのだ」といった意味でおさえて置くべきであろう。佐伯論文は、

かう見ると、五十嵐博士の「黐に鳥のかゝつたといふ譬喩は、親しみ合ふ方に引くには適はないといふ嫌ひはある」といはれた、その嫌ひも消え、……

と述べるのだが、当然、「その嫌ひも消え」にも信憑性が見出せない。五十嵐論文が危惧の念を述べていたように、やはり、「黐にかかった鳥のように」という比喩は、佐伯論文のような「互にかかり合ひたいことだ」という解釈とは打ち合わないのである。

この「黐にかかった鳥のように」という比喩の典拠を、井村哲夫氏「令反或情歌と哀世間難住歌」(15)は、仏典に求めている。

処々の五欲は自ら纏縛すること猶ほ飛鳥の羅網《あみ》を犯す如く亦猟師の黐膠《とりもち》を布くが如し（仏本行集経・空声勧厭品）

諸の獼師純《もつぱ》ら黐膠を以て之を案上に置き、用て獼猴を捕ふ。獼猴癡なるが故に往きて手之に触る。触れ已りて手を粘ず。手を脱せんと欲するが故に脚を以て之をふむ。脚復随つて著す。脚を脱せんと欲するが故に口を以て之をかむ。口復粘著す。是の如きの五所悉く脱することを得ること無し。……獼猴とは諸の凡夫を譬へ、獼師とは魔波旬を喩へ、黐膠とは貪結欲を譬へ……（涅槃経・高貴徳王菩薩品）

このように仏典を引用紹介した後、

父母・妻子の存在、又その関係、これが色であり、それを見れば「たふとし」「めぐし愛し」と執着する、これが触である。我々を纏縛して、黐膠の如く離さない恩愛の絆なのである。

と述べている。この把握は、当該作品における〈現状〉をよく表わしている。芳賀紀雄氏「理と情―憶良の相剋」(16)も右の井村論文引用の仏典例を参照引用したうえで、当該表現の特色について、「愛を悟りに到達するのを妨げる情意的な煩悩として退ける」「表現を逆用した」という貴重な指摘をおこなっている。(17)

このように、当該作品では、父母や妻子への「愛」が避けられないものであることの提示において、この世の中とはそういうものだという仏典の現実認識をうまく利用したのだと把握しておくべきであり、当該の「もち鳥のかからはしもよ」という表現が作品における〈現状〉を顕わし出すことにおいて有効に機能していると指摘することができよう。

以上のように捉えてくると、当該作品において解き明かされる、この世の中の〈しくみ〉のうち、父母・妻子とのかかわりは、次のような「対比」を通して明らかになると言えよう。つまり、

この世の中に生きる人は、この世の中の絶対的なことわり（道理）として、「父母を　見れば尊し　妻子見れば　めぐし愛し」という感情をいだくわけであり、「もち鳥の　かからはしもよ」というのが〈現状〉なのだ。

それにもかかわらず、「自称畏俗先生」は、いとも簡単に捨て去ってしまう。

という「対比」である。そして、そのようなおこないをする「自称畏俗先生」は「石木より　生り出し人」つまりは人間としてあるべき心が無いと述べられる。当該作品ではそう述べることを通して、この世の中の道理、そしてこの世の中の〈現状〉がかえって鮮明に浮き彫りにされていると言えよう。

（三）「大王」とのかかわり

次に、「大王」とのかかわりについて確認したい。このかかわりについては、序文「三綱」のうちの〈君臣〉、および、八〇〇番歌「天へ行かば　汝がまにまに　地ならば　大君います　この照らす　日月の下は　天雲の　向伏す極み　たにぐくの　さ渡る極み　聞こし食す　国のまほらぞ　かにかくに　欲しきまにまに　しかにはあらじか」によって、この世の中、つまり、地上世界の人が置かれている〈現実・現状〉が示されていると言える。

　また、ここでは、「汝が名告らさね」と、「自称畏俗先生」に対して、この世の中における〈名〉を問うているわけだが、これについては、序文の、「亡二命山澤一之民」についての確認が必要である。「賊盗律」には、

凡謀レ叛者絞。……已上道者。皆斬。……即亡レ命山沢。不レ従二追喚一者。以二謀叛一論。……其抗二拒将吏一者。以二已上道一論。

とあり、「山沢に亡命」して、呼び戻しに応じずに抵抗した場合、謀反と同じく、絞首や斬首の処刑がなされることが明記されている。ここでは、この部分の日本思想大系『律令』の頭注に、

　亡命は名籍を脱して逃亡すること。命は名に同じ。

とあることが注意される。ここに〈名〉が現われているからである。『続日本紀』（慶雲四年七月、元明天皇即位時の大赦の条）には、

　自二慶雲四年七月十七日昧爽《よあけ》一以前大辟罪以下、罪無二軽重一、已発覚・未発覚、咸赦除之。……亡二命山沢一、挟二

蔵軍器一、百日不レ首、復罪如レ初。

とあり、「亡二命山沢一」が、大赦の対象にならないことが記されている。それほどに、「亡二命山沢一」とは重罪なのであり、ここに、〈名〉の重要性が立ち現われて来よう。

ここで、戸籍をめぐる論考をいくつか確認しておきたい。岸俊男氏「律令制の社会機構」[18]は、「戸籍」が、「大化改新後における律令体制の形成において」ばかりでなく、大化改新以前の「古代国家の形成過程において」も、「古代国家の基礎構造」にかかわる極めて重要な意義をもつものであることを指摘している。また、南部昇氏「戸籍・計帳研究史概観―岸・平田理論いわゆる『歪拡大説』・『家族構成非再現説』の検討を中心に―」[19]の記述を読むと、「律令国家による領域支配」においての「戸籍・計帳の作成や班田収授の施行」の重要性についても理解が届く。また、杉本一樹氏「戸籍制度と家族」[20]は、

見知らぬ他者を支配するさいにはじめてそれが必要になる、という意味で、いわば、戸籍は「冷たい」関係の所産である。

と指摘している。こうした論考を参照すると、民を朝廷の権力の側に回収するその手段として、〈名〉の回収たる戸籍の作成があったという〈現実・現状〉に理解が届く。つまり、〈名〉とは、この世の中の人間にとって、〈大王〉から支配を受けるという関係性において、まさにその支配の接点の役割を果たしてしまっているのである。当該作品では、その要素がはっきりと見えているのだと言えよう。[21]先の【図2】では、〈父〉〈母〉〈子〉と引き継がれる〈家〉全体が〈名〉という接点によって〈大王〉の支配を受けるという構図を図示しておいた次第である。[22]

五　まとめ

　さて、ここまで指摘してきたことがらを最後にまとめて、結びとしたい。当該作品では、序文の冒頭の「或有レ人」においてすでに、「〈設定〉するという要素」が見られていた。その要素に基づき、「自稱二畏俗先生一」という人物の〈設定〉、「自稱二畏俗先生一」がいる空間の〈設定〉がなされていた。また、「父母」「妻子」「名」「大王」も作品内に現われるのだが、これらの語によって、人間が「この世の中」に存在することにおいて生じる関係性が顕わし出されていた。その関係性の全体を〔図2〕で示しておいた次第である。

　この作品では、題詞に「令レ反二或情一」とあり、序文末尾に「令レ反二其或一」とあるように、その〈設定〉された「自稱二畏俗先生一」という人物を教え諭す形式を採っている。当該作品では、この世の中における絶対的な道理が示されるのだが、「自稱二畏俗先生一」という人物は、序文において「知レ敬二父母一忘二於侍養一　不レ顧二妻子一軽二於脱屣一」「意氣雖レ揚二青雲之上一　身體猶在二塵俗之中一」、八〇〇番歌において「うけ沓を　脱き棄るごとく　踏み脱きて　行くちふ人」「かにかくに　欲しきまにまに」と〈設定〉されている。こうした存在は、「この世の中の道理」と対置されることにおいてうってつけの存在であったと言えよう。そして、ここに、「自稱二畏俗先生一」という人物の〈設定〉〈人物造型〉の巧みさを見出すことができよう。当該作品では、「畏俗先生」をとりまく〈現実世界〉〈塵俗之中・世間・地・日月の下・国・家〉の〈しくみ〉が解き明かされる。

　この作品は、そうした〈現実世界〉に生きる人間の〈現状〉を克明に描き出した一つの「作品」となり得ている。こう述べて、結びとしたい。

注

（1）本文の題詞・序文の表記は、凡例のとおり、おうふう版『萬葉集』に拠ることを基本とするが、本文校訂作業を経て私に変えたところもある。つまり、序文中の「畏俗」は、次点本の細井本・廣瀬本、仙覚寛元本系統の神宮文庫本、仙覚文永本系統の西本願寺本以下の諸本に「畏俗」とあることに拠る。この本文校訂その他については、本節の直後に掲載している「補説「畏俗先生」について」を参照いただきたい。

（2）中西進氏「嘉摩三部作」（『山上憶良』、一九七三年六月、河出書房新社。初出、一九七一年三月）

（3）村山出氏「惑情を反さしむる歌」（『万葉集を学ぶ 第四集』、一九七八年三月、有斐閣）

（4）この把握については、廣川晶輝『万葉歌人大伴家持―作品とその方法―』（二〇〇三年五月、北海道大学図書刊行会）の「序 大伴家持への視座」に詳述している。御併読いただければ幸いである。

（5）岡田正之氏『日本漢文学史』（一九二九年九月、共立社書店）

（6）小島憲之氏『上代日本文學と中國文學 下―出典論を中心とする比較文學的考察―』（一九六五年三月、塙書房）

（7）注（1）論文において詳述するが、本論の論述の都合上、「畏」の字義について挙げておきたい。『説文解字注』（九篇上、由部）には「畏悪也。从由、虎省。鬼頭而虎爪。可畏也。」、『篆隷万象名義』（第五帖一二〇オ）には「畏　於貴反　懼、敬、悪、罪、難、威、忘、」、『新撰字鏡』（天治本　巻六、九ウ）にも「畏　於貴反　敬也　懼也　刑也　威也　忌也　悪罪也　難也」とある。『全注』の指摘が妥当であることが証される。また、『類聚名義抄』（観智院本　仏中五七オ）には「カシコマル　オソル　オヅ」の訓を見る。

（8）『代匠記』（精撰本）では、「韓詩外伝」となっている。

（9）この「自稱」についての分析は、これまでの研究史において見過ごされて来た。

（10）引用は、全釈漢文大系版『礼記』に拠る。以下、同じ。

（11）芳賀紀雄氏「典籍受容の諸問題」（『萬葉集における中國文學の受容』、二〇〇三年一〇月、塙書房。初出、「万葉集比較文学事典」、一九九三年八月）

（12）万葉集中の「あめつち」は六十二例。「あめ」を取り出しているのは「天をば　知らしめすと」（2・一六七、柿本人麻呂「日並皇子挽歌」）のみであり、対比させているのは「天仰ぎ　叫びおらび　地を踏み　牙喫みたけびて」

（9・一八〇九、高橋虫麻呂「菟原娘子挽歌」）のみである。

(13) 五十嵐力氏『国歌の胎生及び発達』（一九四八年一二月、改造社。初出、一九二四年八月）

(14) 佐伯梅友氏「可可良波志考」（『萬葉語研究』、一九六三年四月、有朋堂。初出、一九三〇年一〇月）

(15) 井村哲夫氏「令反或情歌と哀世間難住歌」（『憶良と虫麻呂』、一九七三年四月、桜楓社。初出、「憶良『令反或情歌』と『哀世間難住歌』」、一九六八年一二月）

(16) 芳賀紀雄氏「理と情—憶良の相剋」（『萬葉集における中國文學の受容』、二〇〇三年一〇月、塙書房。初出、一九七三年四月）

(17) 芳賀論文には、「仏説に対する反発」「憶良には、かえってそれを支えとして生きようとする姿勢が窺える」という憶良の心性に帰着しようとする記述が見える。そうした文脈における「逆用」という用語には、前掲佐伯論文に見られるような「むしろそうありたい」というような解釈に流れてしまう危惧も無いわけではない。しかしここは、仏典に示される現実認識の「利用」という側面を指摘し得た貴重な先行研究として紹介するものである。

(18) 岸俊男氏「律令制の社会機構」（『日本古代籍帳の研究』、一九七三年五月、塙書房。初出、「古代後期の社会機構」、一九五二年九月）

(19) 南部昇氏「戸籍・計帳研究史概観—岸・平田理論いわゆる『歪拡大説』・『家族構成非再現説』の検討を中心に—」（『日本古代戸籍の研究』、一九九二年二月、吉川弘文館。初出、一九七六年三月）

(20) 杉本一樹氏「戸籍制度と家族」（『日本の古代　第11巻　ウヂとイエ』、一九八七年八月、中央公論社）

(21) 『万葉集』巻1・一番歌では、大泊瀬稚武天皇（雄略天皇）によって「この岡に　菜摘ます子　家告らせ　名告らさね」というように「名」が問われている。「名」を天皇に教えることが、天皇との結婚の承諾を意味し、また、服属を意味してしまうことになるという、この一番歌の「名」についての周知の理解も、〈名〉をめぐる背景として把握しておくことが必要であろう。また、体系的に「名」について考察する鉄野昌弘氏「古代のナをめぐって—家持の『祖の名』を中心に—」（『大伴家持「歌日誌」論考』、二〇〇七年一月、塙書房。初出、一九九七年三月）は、石母田正氏『日本古代国家論　第一部』（一九七三年五月、岩波書店）の指摘を紹介しつつ、「天皇が、諸氏族をナづける超越的位置に立つこと」を指摘しているが、こうした天皇と諸氏族との〈名〉をめぐる関係性についても、背景として把握しておくことが必要であろう。

（22）　右の注（21）の一番歌において「家告らせ　名告らさね」というように「家」と「名」が並置されていることが参照される。また、大伴家持の「賀二陸奥國出レ金　詔書一歌」（『万葉集』巻18・四〇九四～四〇九七）にある「ますらをの　清きその名を　古《いにしへ》よ　今の現《をつつ》に　流さへる　祖の子どもぞ　大伴と　佐伯の氏は」という表現にも注目しておきたい。ここには〈家〉という表現は無いものの、この大伴家持の作品の表現は、昔から現在へと引き継がれる〈名〉（および〈家〉）と〈大王〉との関わりについての示唆を与えてくれよう。

補説　「畏俗先生」について

一　はじめに

「第二節　令反或情歌」で考察した作品は、題詞に「令レ反二或情一歌」とあり、序文末尾に「令レ反二其或一」とあるとおり、ある〈設定〉された人物を教え諭す形式を採っている。そして、その〈設定〉された人物が、序文の「自称二畏俗先生一」という人物である。この作品の作歌方法については、第二節において詳述している。本論では、この〈設定〉されている「畏俗先生」について、本文校訂を中心とした分析を報告することとしたい。

二　諸本の状況

まず、当該作品の「畏俗先生」の「畏俗」の部分の校異について確認しておきたい。当該の序文を有する主な諸本は、『校本萬葉集』に拠れば、左に掲げるとおりである。

〔次点本〕紀州本、細井本、廣瀬本
〔仙覚新点本〕
　〔寛元本系統〕神宮文庫本
　〔文永本系統〕西本願寺本、陽明文庫本、温故堂本、近衛本、大矢本、京都大学本

〔活字本・版本〕活字無訓本、活字附訓本、寛永版本

これらの諸本の状況を示すと、左のようになる。

「倍」となっているもの＝紀
「畏」となっているもの＝細、廣＝宮―西、陽、温、近、矢、京―無、附、寛

なお、次点本のうちの紀州本と廣瀬本、仙覚新点本のうちの西本願寺本の該当部分を掲げておく。(1)

紀州本 　廣瀬本 　西本願寺本 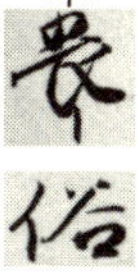

右に見るように、「倍」となっているのは、次点本の紀州本の一本のみである。一方、「畏」となっているのが、次点本では、細井本と廣瀬本、そして仙覚寛元本系統の神宮文庫本、仙覚文永本系統の西本願寺本以下の諸本となっている。廣瀬本の写真に載っている書き込み「異カ」は、よく知られているように別筆の書き込みである。

三　注釈書および現行テキスト

次に、諸注釈書の当該箇所の本文の処置について見てみよう。

〔注釈書名〕	〔採用本文〕〔※備考〕
『萬葉拾穂抄』	「離」
『萬葉代匠記』（初稿本）	「異」
『萬葉代匠記』（精撰本）	「畏・異」

『萬葉集童蒙抄』　「畏」

『萬葉考』　「異」

『萬葉集略解』　「畏」

『楢の杣』　「畏」（釈の中で「異」）

『金砂』　「畏」

『萬葉集攷証』　「畏」

『萬葉集古義』　「異」

『萬葉集新考』（井上通泰氏）　「畏」

『口訳万葉集』　「畏」

『萬葉集全釈』　「異」

『萬葉集総釈』（森本治吉氏担当）　「異」

『萬葉集新解』（武田祐吉氏）　「倍」　※一九三九年九月。確認は一九四二年二月の第十一版に拠る。

『萬葉集評釈』（金子元臣氏）　「異」　※一九四〇年一一月
『萬葉集全註釈』（武田祐吉氏）　「倍」　※一九四九年七月。増訂版（一九五七年六月）も同様。

『評釈萬葉集』（佐佐木信綱氏）　「倍」　※一九四九年一一月
『萬葉集評釈』（窪田空穂氏）　「異」　※一九五〇年七月
日本古典全書版『萬葉集』　「異」　※一九五〇年八月。確認は一九六六年三月の第七版に拠る。

『萬葉集私注』　「異」（「倍」も重視）※一九五〇年十月。新訂版（一九七六年七月）も同様。

日本古典文学大系版『萬葉集』　「倍」（「異」「でもとける」とする）

『萬葉集注釈』　「倍」
『窪田空穂全集』（窪田空穂氏）　「倍」　※一九六六年六月
日本古典文学全集版『萬葉集』　「倍」
新潮日本古典集成版『萬葉集』　「倍」
『萬葉集全注』（井村哲夫氏担当）　「畏」
新編日本古典文学全集版『萬葉集』　「倍」
『萬葉集釈注』　「倍」
新日本古典文学大系版『萬葉集』　「異」
和歌文学大系版『萬葉集』　「異」
『萬葉集全歌講義』　「倍」

『萬葉拾穂抄』の「離」は、よくある北村季吟独自の処置である。先に見たどの諸本にも無い字であり、無視することができよう。『萬葉代匠記』以下を見てみよう。そこには本文決定の歴史が垣間見られる。『代匠記』（初稿本）が「異」として以来、『萬葉考』『萬葉集古義』『萬葉集全釈』『萬葉集総釈』などが従っている。次には、『代匠記』（精撰本）の記述を見てみよう。

自称畏俗先生。畏俗怖二畏《スル》汙俗《ヲ》一之義耶《カ》。今按、畏《ハ》疑《ラクハ》異《ノ》魯魚耶《カ》。荘子云《ニ》。刻意尚行、離世異俗、高論怨誹、為亢而已矣。此山谷之士、非世之人、枯槁赴淵者之所好也。又云天下大器《ハナリ》也。而不二以易《ヘ》レ生《ニ》。此有《レ》道《ノ》者《ノ》、所三以《ノ》異《ナル》二乎俗《ニ》一者也

このように、精撰本では、初稿本と違って、二つの方針を示しているわけである。まず、

　自称畏俗先生。畏俗怖二畏《スル》汙俗《ヲ》一之義耶《カ》。

つまり、「汚れた俗世間をおそれるという意味か」としているわけである。もうひとつは、

　今按、畏《ハ》疑《ラクハ》異《ノ》魯魚耶《カ》。

つまり、「よく似た字体なので、それゆえの誤りか」としているわけである。そして、その「異俗」の用例として、『荘子』（外篇、刻意）、『同』（雑篇、譲王）を参照するわけである。

　この『代匠記』（精撰本）の前半の解釈を引き継いだのが、次に挙げる『萬葉集攷証』である。『攷証』には、

　畏俗は俗をおそるゝよしにて、仮にたはぶれ名づけし也。

とあり、本文としては「畏」を採用するのだが、

　拾穂本、畏俗を離俗に作れり。離俗の字は、淮南子□篇に、單豹倍レ世離レ俗、巖居谷飲云々と見えたり。

とも述べている。北村季吟『萬葉拾穂抄』の「離俗」説に言及するのだが、この指摘は、岸本由豆流の意図するところとは違って、結果として『淮南子』（人間訓篇）の「倍レ世離レ俗」の用例を示すこととなった。そしてこれは、後で挙げる「倍俗」説の根拠となっているのである。

　一方、『代匠記』（精撰本）の後半の解釈を引き継いだのが、次に挙げる『萬葉集私注』や新日本古典文学大系版『萬葉集』である。

　……多くの本が畏俗と伝へるが意通じないので、代匠記の説に従つて異俗とした。……（『私注』）

　……「異俗」の「異」は、諸本「畏」、紀州本「倍」。「畏」を「異」の誤字と見る代匠記説に従う。「畏俗」は漢語としての用例を他に見ない。「異俗」は、荘子・刻意に「……」とある。（『新大系』）

このように、ごく近年の『新大系』、さらに同じくごく近年の和歌文学大系版『萬葉集』が「異」を採用している。その『新大系』では波線を付けた部分が根拠となっている。しかし、「『畏俗』は漢語としての用例を他に見ない。」

だから、採用しない。というのは、はなはだ薄弱な根拠と言えよう（2）。一覧表を見ると、武田祐吉氏が『萬葉集新解』において「倍」を提示し、以後、これに従う諸説が出て来たことがわかる。その『新解』は、掲出本文で「倍俗」とし、その頭注に、

　神田本による。

と注記する。また、

　倍俗先生　もと原文畏俗先生とあつた。俗を畏るでは意を成さぬので代匠記等に異俗先生の誤であらうと云つてゐる。異俗は、世間の習俗と異つてゐるといふ意である。今は神田本に倍俗先生とあるに従つておく。倍は背く義で、倍俗は、世俗に違背する義である（ママ）、……

というように述べる。つまり、「神田本」（＝紀州本）一本の「倍俗」を重視するわけである。この処置に『評釈萬葉集』（佐佐木信綱氏）、日本古典文学大系版『萬葉集』、『萬葉集注釈』、『窪田空穂全集』、日本古典文学全集版『萬葉集』、新潮日本古典集成版『萬葉集』、新編日本古典文学全集版『萬葉集』、『萬葉集釈注』、『萬葉集全歌講義』が従った。

また、現行の『万葉集』テキストとしても、塙書房版『萬葉集』が旧版・補訂版ともに、底本である西本願寺本の「畏」を「倍」に校訂している。また、おうふう社版『萬葉集』も同様の処置を施している。

しかし、紀州本一本の「倍」を重視して、本文として採用することに問題はないのだろうか。先に見ておいた諸本の本文のありかたとしては、つまり、低部批判においては、圧倒的に「畏」の字が採用されるべきわけである。もしも、「畏」が字義として、そして文脈的に、ふさわしくないならば採用できない根拠ともなろう。そこで、次には、この「畏」の把握に努めたい。

四　「畏」について

ここは、次に掲げる井村哲夫氏担当の『萬葉集全注 巻第五』の意見を聞いてみることとしよう。『全注』は、

畏俗先生　紀州本は「倍俗」に作る。そこで俗世に倍《そむ》く意の名称とみて、淮南子の語例「単豹《ぜんぺう》世ニ倍《そむ》キ俗ヲ離ル」をもあげ、紀州本の文字に従うのが諸注の大勢である。畏俗のままで攷証は「俗をおそるるよしにて、仮にたはぶれ名づけし也」と言う。代匠記は汚俗を怖畏する義かとしながら、一方で、畏は異の魯魚《ろぎょ》の誤りかとし、荘子の「離世異俗」の語例をあげている。私注はこれに従い、畏俗では意が通らないとしている。しかし、畏は悪（ニクム）、忌（イム）などの意味の文字であること辞書類に言い、代匠記が言う「汚俗を怖畏する義」で十分意は通る。つまり塵俗世間に低迷することを怖れる意味で、裏返して言えば、悪を作《な》さずの決心を表明する命名となる。紀州本の文字倍はさかしらに改めたものと思われる。

と述べている。その指摘に導かれて、辞書・字書の記述を見ておきたい。

『説文解字注』（九篇上、由部）には、

畏悪也。从由、虎省。鬼頭而虎爪。可畏也。

というようにあり、「悪也」の記述を見つけることができる。また、『篆隷万象名義』（第五帖一二〇オ）には、

畏　於貴反　懼、敬、悪、罪、難、威、忌、

とある。『玉篇』の内容もまた推し量られる。同様の記述を『新撰字鏡』（天治本 巻六、九ウ）にも、

畏　於貴反　敬也　懼也　刑也　威也　忌也　悪罪也　難也

と見つけることができる。また、『類聚名義抄』（観智院本　仏中五七オ）には、

畏　亠尉　カシコマル　……オソル……オヅ

とあり、「オソル」「オヅ」の訓を見出す。つまり、『全注』が指摘するように、『攷証』の、

俗をおそる、よしにて、仮にたはぶれ名づけし也。

という指摘や、『代匠記』（精撰本）の「汚俗を怖畏する義」で十分に意は通るものと理解できよう。

こうした理解に立つ時、『万葉集』中の「畏」の用例において、山上憶良自身が、「沈痾自哀文」（巻5）という長大な漢文において、

帛公略説曰　伏思自勵以㆓斯長生㆒〻可㆑貪也　死可㆑畏也……

と記していることは見逃せないこととなろう。もちろんこれは、今となっては不明の『帛公略説』という書物を引用しての記述ではあるが、引用する文章を織り成して作り上げたのがこの「沈痾自哀文」というテクストであることを考え合わせれば、やはり、見逃すことができない用例である。(3) この「死可㆑畏也」は、文脈としては「死はオソルべきものである」「死はニクムべきものである」「死は忌み嫌うべきものである」ということになる。こうした憶良自身の作品における用例の存在は、先に挙げた古辞書・古字書に見られる「畏」の字義を憶良がきちんと把握していたということの証しとなろう。そして、このような「畏」の字義をきちんと把握しているならば、この「畏俗」は、憶良の作り出した用語であるということも十分に考えられるのではなかろうか。

五　まとめ

本論としては、先に見ておいた諸本の本文のありかたをやはり十分に考慮すべきものと考える。つまり、低部批判においては、圧倒的に「畏」の字が採用されるわけである。また、高部批判においても、その「畏」が十分耐え

られる字義を持つ字であることを、『全注』の指摘に導かれながら確認した。本論としても「畏」を採用すべきと考え、当該箇所の本文を「畏俗」と定めることとし、この小考を結ぶこととしたい。なお、冒頭「はじめに」にも述べたとおり、前の第二節において、この作品の構成と作歌方法について詳述している。御併読を願う次第である。

注

（1）紀州本の写真は財団法人後藤安報恩会発行の複製（一九四一年八月）に拠る。廣瀬本の写真は『校本萬葉集　別冊一　廣瀬本萬葉集一』（一九九四年九月、岩波書店）に拠る。西本願寺本の写真は竹柏会発行の複製（一九三三年四月）に拠る。

（2）『新大系』が指摘するように、「畏俗」の用例を、漢籍で見つけることができない。『周易』『尚書』『毛詩』『周礼』『儀礼』『礼記』『春秋左氏伝』『春秋公羊伝』『春秋穀梁伝』『論語』『孝経』『爾雅』『孟子』の「十三経」に無いばかりか、『周易正義』『尚書正義』『毛詩正義』『周礼注疏』『儀礼注疏』『礼記正義』『春秋左伝正義』『春秋公羊伝注疏』『春秋穀梁伝注疏』『論語注疏』『孝経注疏』『爾雅注疏』『孟子注疏』にも見つけることができない。また、『文選』『芸文類聚』『初学記』『北堂書鈔』『先秦漢魏晋南北朝詩』『漢魏南北朝墓誌彙編』『全上古三代秦漢三国六朝文』『全唐詩』『全唐文』にも見つけられない。さらに、「二十五史」にも見つけられない。もちろん、「畏俗」ばかりではなく「畏」＋「俗」の形でも調べたが、見つけることができない。しかし、これらの漢籍に見つけることができないという理由から、この「畏俗」を本文として採用しないのは、根拠薄弱に過ぎない処置であると言えよう。後で指摘するように、憶良が「畏」の字義の把握に基づいて「畏俗」という語を作ったという要素も十分に考えられるからである。

（3）この巻五の「沈痾自哀文」を持つ諸本は、『校本萬葉集』に拠れば、紀州本、細井本、廣瀬本、神宮文庫本、西本願寺本、陽明文庫本、温故堂本、近衛本、大矢本、京都大学本、活字無訓本、活字附訓本、寛永版本であるが、すべて「畏」となっており、校異事項は無い。

第三節　思子等歌

一　はじめに

本節は、題詞に「思子等歌」とあり、「題詞＋漢文＋長歌・反歌」という形を採る、『万葉集』巻五に載る山上憶良の左の作品を考察の対象とする。

思㆓子等㆒歌一首　并序

釋迦如来金口正説　等思㆓衆生㆒如㆓羅睺羅㆒　又説　愛無㆑過㆑子　至極大聖尚有㆓愛㆑子之心㆒　況乎世間蒼生　誰不㆑愛㆑子乎

瓜食《うりは》めば　子《こ》ども思《おも》ほゆ　栗食《くりは》めば　まして偲《しぬ》はゆ　いづくより　来《きた》りしものぞ　まなかひに　もとなかかりて　安眠《やすい》し寝《な》さぬ（5・八〇二）

反歌

銀《しろかね》も　金《くがね》も玉《たま》も　何《なに》せむに　まされる宝《たから》　子《こ》に及《し》かめやも（八〇三）

この作品に対しては、従来、大きく分けてふたつの見解が対立している。井村哲夫氏は、「そのテーマとしては、盲目的に子どもに執着して止まぬ親の愛の愚かしいまでの苦悩を孕んだ姿、というような説明が宜しいのではなかろうか」と述べ(1)、芳賀紀雄氏は、「長歌は、……底を流れる主調は、喜びの情感に他ならず、それを正面切って発揚するのが、反歌の占める位置だろう」と述べて(2)、それぞれが主張する主題が当該作品全体を貫いていると把握する。本論は、これらの把握に一定の留保を設けたい。つまり、長歌と反歌の目指す内容が異なる場合もあり得るのではないかと考えるのである。

本論は、「題詞＋漢文＋長歌・反歌」という形を採るこの作品の読解を目指したい。

二　題詞について

その読解として、最初に題詞に注目しておかなければならない。題詞の訓みについてだが、乾善彦氏の(3)、「『思い』のあり方を総合する形で題詞の『思』は、『おもほゆ』と『しのはゆ』とに対応している」という指摘を参照すれば、題詞の「思」の字は、かえって訓読すべきではないであろう。問題は、この「思」によってどのような内容が示されているかということである。

この「思」について詳しく指摘するのが、新日本古典文学大系版『萬葉集一』(4)である。その指摘を検討してみよう。そこでは、

> 中国の漢魏晋の時代に見える「思友詩」「思子詩」などの詩題は、いずれも離別している人、または故人を思うことを意味し、万葉集の題詞中の「思」も、八九七以外は同様。この「思子等歌」もまた、遠くにいる子どもたちを遥かに思い偲んだ歌の意であり、歌詞の「思ほゆ」「偲はゆ」に対応する。

と指摘されている。確かに、『芸文類聚』（巻三十四、人部十八、哀傷、晋潘岳）には、「又思子詩曰：造化甄㆓品物㆒

天命代二虚盈一、奈何念二稚子一、懐奇隕二幼齢一、追想存二髣髴一、感道傷二中情一、一往何時還、千載不二復生一」とある。しかし、死んだ我が幼子への思いを詠んだこの詩の「思」をもって、当該作品のあり方と同一に論じるには躊躇せざるを得ない。加えて、遠く離れた友を思う「思友詩」は「交友」の範疇であり性質を異にする。これも同一に論じるには躊躇せざるを得ない。(5) また、確かに『万葉集』中の「思」の用例は、

　但馬皇女在二高市皇子宮一時思二穂積皇子一御作歌一首（2・一一四題詞）

　在二久迩京一思下留二寧樂宅一坂上大嬢上大伴宿祢家持作歌一首（4・七六五題詞）

などのように、その用例の大部分が、会うこと叶わない恋しい人を思う例である。しかし、新日本古典文学大系版『萬葉集一』のように「八九七以外は」とし、山上憶良の作品である巻5・八九七番歌題詞の用例「老身重レ病経レ年辛苦及思二兒等一歌七首　長一首　短六首」を例外とする立論の是非はどうであろうか。この題詞に括られた長歌八九七番歌には「五月蠅なす　騒く子ども」とあり、この長歌作品の中の「子ども達」は、作中の叙述の主体の眼前にいると言えよう。この長歌作品の最後の反歌九〇三番歌の後ろには「去神龜二年作之」とあり、当該作品は八〇五番歌の左注にあるように「神龜五年」の作品である。『新大系』には、この巻5・八九七番歌題詞の用例を例外とする理由は何も示されていない。

　さて、右の諸点を考慮すれば、『新大系』が示す根拠に基づいての、「この『思子等歌』もまた、遠くにいる子どもたちを遥かに思い偲んだ歌の意」という把握には、簡単に従えない次第となろう。そして、さらに怖れるのは、この把握を根拠として、例えば、「この時山上憶良は幼い子どもを都に残して、筑前国に赴任していたのだ」や、あるいは、「山上憶良は幼い子どもを国府に残して、遠くの嘉摩郡に巡行していたのだ」という「実体論」がまことしやかに語られてしまうことである。

　巻5・八九七番歌題詞の用例のように、眼前の子ども達を思うのにも「思」は使われている。そのことに自覚的

であるべきだろう。その用例を例外として、当該作品を「遠くにいる子どもたちを遥かに思い偲んだ歌」と把握するのでは、問題の真のありか自体を捉え損ねることになりかねない。眼前の子ども達を思うのにも「思」が使われ得ることを考え合わせれば、遠くに居るとか居ないとかという局面が問題なのではないのであろう。むしろ、当該作品においては、そうしたことがらを超越して「思」を考えておくべきことに、自覚的でなくてはならない。ここは、前掲の乾善彦氏の、「『思い』のあり方を総合する形」という指摘が貴重な提言ということになろう。

本論としては、当該作品の題詞において「子ども達を〈思〉」という問題系が提示されている、この点をまず確認しておくこととしたい。

三　序文について

（一）「釋迦如来金口正説　等思二衆生一如二羅睺羅一」について

次に、序文に移り、その冒頭部分「釋迦如来金口正説　等思二衆生一如二羅睺羅一」について論じたい。この部分の出典について、『萬葉代匠記』（初稿本・精撰本）は、「最勝王経曰。普観二衆生一愛無二偏党一如二羅怙羅一。」と指摘し(6)、日本古典文学大系版『萬葉集二』(7)は、「合部金光明経（隋大興善寺沙門釈宝貴合、北涼天竺三蔵曇無讖訳）の寿量品『等観二衆生一　如二羅睺羅一』によったと見る方がよい。」と指摘している。井村哲夫氏は、この『代匠記』や『大系』の指摘を、「それは釈迦如来その人の言葉でなくて、一婆羅門の仏を礼したてまつって申したとの言葉の中にある」という点から退け、「大般涅槃経巻第一寿命品（北本、北涼天竺三蔵曇無讖訳。南本にては序品に入る部分）に『等視衆生如羅睺羅』とあるのを挙げたい。」と述べて、釈迦如来自らの言葉の例である「大般涅槃経巻第

一寿命品」の用例を指摘する。(8)

出典については、井村氏の指摘のとおりであるが、左の図式で示す違いは重要であろう。

金光明最勝王経如来寿量品…「普観㆓衆生㆒…如㆓羅怙羅㆒」
金光明最勝王経捨身品………「等視㆓衆生㆒如㆓一子㆒」
大般涅槃経巻第一寿命品……「等視㆓衆生㆒如㆓羅睺羅㆒」
↔
当該憶良作品………………「等思㆓衆生㆒如㆓羅睺羅㆒」

つまり、当該作品では、題詞の「思子等」に合わせて、「観や視」という「見る」という局面ではない、子どものことを思う「思」の局面へと、問題自体を改変している、そうした点を指摘することができよう。

(二)「又説　愛無㆑過㆑子」をめぐって

次に、序文の「又説　愛無㆑過㆑子」の部分に移ろう。諸注が指摘するように、この部分の出典は確認できない。しかし、出典を指摘できないという段階で止まってしまうべきではなかろう。あたかも「仏説」や「仏典」を実際に引用したかに見せかける、いわば作為的な〈引用〉によって、結果、テキスト上で、釈迦は、「子どもへの愛」を論じる局面に立ち会わされることとなる。このことがらを重視すべきである。いわば「確信犯」としてのこの〈引用〉は、そうした方便から出たものであろう。

井村哲夫氏はこのことがらについて鋭く指摘している。(9) その記述を左に掲げよう。

彼は花を愛人のように思って愛する

という文から、

　　彼は愛人を愛している

という判断が導かれぬように、(イ)「等思二衆生一、如二羅睺羅一」から、「釈迦如来が羅睺羅を愛された」という判断は導かれないのである。

と述べ、本来は「釈迦如来が羅睺羅を愛された」とはならないのに、当該の序文では「釈迦如来が羅睺羅を愛された」となっている、と指摘する。さらに、

　釈迦如来が口づから「我が子羅睺羅が一番可愛い」と仰言ったら困るのである。然るにそれを(ハ)「至極大聖、尚有二愛レ子之心一。」という判断の論拠として提出している以上、憶良は(10)(ロ)をば釈尊その人の愛子の念の述懐であるかのように受け取って引用していると言う事になる。即ち、解釈の仕替えがあるのである(11)。

と指摘する。また、芳賀紀雄氏は、「『法愛』の比喩と『欲愛』とのすりかえがなされる」というきわめて重要な指摘をおこなっている(12)。

　このように、当該作品の序文の「愛」は、決して、一筋縄ではいかないものと思われる。井村氏指摘の傍線部「解釈の仕替え」にならって言えば、いわば「愛の仕替え」を、また、芳賀氏指摘の傍線部「すりかえ」にならって言えば、いわば「愛のすりかえ」を、山上憶良は他の作品でおこなっている(13)。ここでは、この「愛」をめぐっての複雑な様相を把握することに努めておきたい。参照すべきは、『万葉集』巻五の「日本挽歌」前置の漢詩の用例である。

　愛河波浪已先滅　苦海煩悩亦無レ結　従来猒二離此穢土一　本願託二生彼浄刹一

この「愛河」について、小島憲之氏は、「『愛河』は愛欲を河にたとへたもの」と指摘し(14)、芳賀紀雄氏は、

　ここで注意せねばならないのは、起句の「愛河」の「愛」が、

　　一切煩悩、愛為二根本一（大集経巻三十一・日密分中護法品一、大正蔵十三巻二一三頁下）

などとされる愛とは、本質的に違うことである。それは、本来の義とはすりかわった、妻との愛として提示されているのみである。

と指摘し(15)、鉄野昌弘氏は、

子等への「愛」が苦悩でもあったと同様、妻への「愛」もまた「波浪」であり、「煩悩」であったはずである。初二句はともに、そうした妻への様々な「愛」の感情が、その死によって消滅してしまったことを言うのではないか。

と指摘する(16)。ここには、「愛」をめぐっての複雑な様相があると言えよう。

また、次の例も合わせて参照されよう。

父母を　見れば尊し　妻子見れば　めぐし愛し　世間は　かくぞ理　もち鳥の　かからはしもよ……（5・八〇〇　山上憶良「令反或情歌」）

この用例について、井村哲夫氏は、「父母・妻子の存在、又その関係、これが色であり、それを見れば『たふとし』『めぐし愛し』と執着する、これが触である。我々を纏縛して、黐膠の如く離さない恩愛の絆なのである。」と指摘する(17)。また、芳賀紀雄氏は、「仏教では、愛を悟りに到達するのを妨げる情意的な煩悩として退けるが、憶良には、かえってそれを支えとして生きようとする姿勢が窺える」と指摘し、さらに、「ここは挙例のごとき表現を逆用したと見るべきではなかろうか」と指摘する(18)。この芳賀氏の指摘は、山上憶良と仏典の「愛」をめぐる一筋縄ではいかない様相を明らかにし得た貴重な先行研究である。廣川晶輝も右の芳賀氏の指摘に示唆を受けて、「父母や妻子への『愛』が避けられないものであることの提示において、この世の中とはそういうものだという仏典の現実認識をうまく利用した」ことを指摘しておいた(19)。

本論としても、この「愛」を、重要な論点と考え、これから、論じて行く次第である。

当該作品には、子どもへの「愛」が三箇所ある。

又説　愛無レ過レ子
至極大聖尚有二愛レ子之心一
況乎世間蒼生誰不レ愛レ子乎

この「愛」の中身とは一体何なのであろうか。

この点を考えるとき、このテキスト自体が、「釋迦如来金口正説」「又説」というように、テキストの外部へと向かって開いていることから目を逸らしてはならないであろう。テキストの外部へ向かって開かれている作品自体のありように従って、「仏説」および「仏典」への目配りをしておくことが大切である。

（三）「子どもへの愛」について

（1）「仏説」および「仏典」において

①「子を愛すということ」が「煩悩」の義となる例

芳賀紀雄氏が指摘するように、[20]『大方等大集経』（巻三十一）には、「一切煩悩愛為根本」とある。この芳賀氏の指摘に導きを受けて、「子どもへの愛」について見て行こう。

「愛」一般のみならず、「子どもへの愛」についても、「煩悩」として扱われている例を見出すことができる。仏書・仏典のそうした用例を見てみよう。[21] なお、用例の確認の便宜を図るため、『国訳大蔵経』の書き下し文を併記しておくこととする。

『佛本行集経』[22]（巻第三十五　耶輸陀因縁品下）には、

爾時世尊。河邊遙見其耶輸陀善男子父向佛而來。世尊見已。作如是念。此耶輸陀善男子父。既來求子。以愛念故。或能倉卒不避好惡。抱耶輸陀善男子身。……

爾《そ》の時《とき》、世尊《せそん》、河邊《かへん》に遙《はるか》に其《そ》の耶輸陀善男子《やしゆだぜんなんし》の父《ちち》の、佛《ほとけ》に向《むか》ひて來《きた》るを見給《みたま》ひ、見已《みをは》りて是《かく》の如《ごと》き念《ねん》をなし給《たま》ふ、『此《こ》の耶輸陀善男子《やしゆだぜんなんし》の父《ちち》、既《すで》に來《きた》りて子《こ》を求《もと》む。愛念《あいねん》を以《もつ》ての故《ゆゑ》に、或《あるひ》は能《よ》く倉卒《さうそつ》に好惡《かうを》を避《さ》けず、耶輸陀善男子《やしゆだぜんなんし》の身《み》を抱《いだ》かん。……』と。（『国訳大蔵経　経部　第十四巻』[23]）

とある。ここでは、耶輸陀善男子の父親が抱いている耶輸陀善男子への取り乱した「煩悩」の思いが、二重傍線部のように、世尊釈迦自身によって、四角囲みの「愛念」というように表わされている。同じく『佛本行集経』（巻第二十　車匿等還品下）には、子である釈迦が出家したことを知った、父浄飯王の行動が左のように綴られている。

時淨飯王。説是語已。因愛子故。苦切所逼。臥在於地。作如是等。受苦惱事。擧聲大哭。乍撲乍起。言音哽咽。

……時《とき》に淨　飯王《じやうぼんのう》、是《こ》の語《ご》を説《き》き已《をは》り、愛子《あいし》に因《よ》るが故《ゆゑ》に、苦切《くせつ》に逼《せま》られ、臥《ふ》して地《ち》に在《あ》り。是《かく》の如《ごと》き等《とう》の苦惱《くなう》を受《う》くる事《こと》を作《な》し、聲《こゑ》を擧《あ》げて大哭《だいこく》し、乍《たちま》ち撲《う》ち乍《たちま》ち起《た》ち、言音哽咽《ごんおんあうえつ》す。（『国訳大蔵経　経部　第十三巻』[24]）

このように、ここでは、「子を愛す」ことによる煩悩が具体的に語られている。同じく『佛本行集経』（巻第五十三　優陀夷因縁品下）でも、世尊による大衆への説法にもかかわらず、

輸頭檀王。爲於愛子煩惱羅網之所覆故。遂不獲果。坐世尊前。以哀愍音悲泣哽咽。……

輸頭檀王《しゆづだんのう》のみ、子《こ》を愛《あい》する煩惱羅網《ぼんなうらまう》に覆《おほ》はるるが爲《ため》の故《ゆゑ》に、遂《つひ》に果《くわ》を獲《え》ず。世尊《せそん》の前《まへ》に坐《ざ》して、哀《あん》（ママ）愍《みん》の音《おん》を以《もつ》て、悲泣哽　咽《ひきふきやうえつ》して、……（『国訳大蔵経　経部　第十四巻』[25]）

とあり、子を愛する煩悩が述べられている。

このように、「仏説」および、範囲を拡げて「仏典」においては、予想通り、「子どもを愛す」ことを「煩悩」として退ける記述を目にすることができる。しかし、仏説および仏典には、そうした義の例ばかりなのかというと、

決してそうではない。仏説および仏典において、「子どもへの愛」は複雑な様相を呈していると言える。次の②に移り、改めて論じたい。

②「子を愛すということ」が「子をいとおしく思う」義となる例

引き続いて仏書・仏典の用例を見てみよう。なお、ここでも、用例の確認の便宜を図るため、『国訳一切経』の書き下し文を併記しておくこととする。

唐の永淳二年（六八三）に中印度の沙門地婆訶羅が訳出した(26)『方廣大荘嚴経』(27)（巻第八　詣菩提場品第十九）には、

爾時世尊欲重宣此義。而説偈言
……煩惱所擾者　便得大安樂　狂亂得正念　貧賤得富貴　病苦得痊除　禁囚得解脱　一切無忿競　展轉起慈心　如父母愛子　菩薩光明網　遍滿於十方　普照恒沙界　暎蔽無邊土

爾の時世尊、重ねて此の義《ぎ》を宣《の》べんと欲して、偈を説いて言はく、
『……煩惱《ぼんなう》に擾《みだ》さるる者は、便、大安樂を得たり。狂亂《きやうらん》は正念を得、貧賤は富貴《ふうき》を得、病苦は痊除《せんぢよ》を得、禁囚は解脱を得。一切《さい》忿競《ふんきやう》無《な》く、展轉《てんでん》して慈心《じしん》を起す、父母《ふも》子を愛するが如し。菩薩の光明の網は、十方に遍滿《へんまん》して、普く恒沙《ごうじや》の界を照し、無邊《むへん》の土を暎蔽《えいへい》す。……（『国訳一切経印度撰述部　本縁部　九(28)』）

とある。二重傍線部のように、これは、世尊釈迦自らの口から語られた言葉であることが判る。世尊の教えのおかげにより民衆は慈しみの心を起こすのだが、その心の喩えとして、「父母が子どもをいとおしく思い愛する心」を世尊自らが挙げているのであり、世尊自らが父母が子どもをいとおしく思い愛する心を讃えていることとなる。ここには、「煩悩」として退けるのではない要素があるわけである。

また、釈迦の法愛・慈愛を讃える文脈における「子どもへの愛」の例を多く指摘できる。中村元氏は、「於㆓諸衆生㆒愛㆑之若子」（『維摩経』問疾品）という記述を引用し、「子に対する愛（sneha）が尊ばれているとともに、一切衆生に対して子に対するような愛情を以て対せよ、というのである」と述べており(29)、藤田宏達氏は、

親の子に対する愛は、仏の衆生に対する愛、すなわち慈悲のこころを表わす譬えとして用いられる。サンスクリット文「法華経」……によると、仏は「父が愛するひとり息子に対するように」（piteva priya ekaputrake）、あわれみ（karuṇā）を生じて、三界に現われ、輪廻の輪の中に輪転している生ける者たちを見る」という。

と述べている(30)。世尊釈迦の法愛・慈愛を讃える文脈における「子どもへの愛」の例について見てみよう。『僧伽羅刹所集経(31)』（上巻）には、

爾時世尊獨遊無侶亦無有師。功徳無量欲訓誨衆生。於佛法衆皆悉成一智成就成等正覺。最尊微妙無等者。……除去有無有愛。亦無有伴侶。一切功徳智成就。等擁護一切衆生如父母愛子。展轉功徳力成就。無貪憍慢故曰最勝。……

爾の時、世尊獨遊して、侶《ろ》無《な》く、亦師有る無し。功徳《くどく》無量《むりやう》にして、衆生を訓誨《くんげ》せんと欲す。佛法衆に於て皆悉く成じ、一切智《さいち》成就《じやうじゆ》し、等正覺を成ず。最尊微妙《さいそんみめう》にして、等しき者無し。……有を除去して、愛有ること無く、亦伴侶有ること無し。一切の功徳智《くどくち》成就《じやうじゆ》し、等しく一切衆生を擁護《えうご》すること、父母の子を愛するが如し。展轉《てんでん》して功徳力《くどくりき》成就《じやうじゆ》し、貪・憍慢《きやうまん》無《な》きが故に、最勝と曰ふ。……（『国訳一切経印度撰述部　本縁部　九(32)』）

とある。ここでは、世尊の法愛が述べられる文脈において、傍線部のように子を慈しみいとおしく思う義が述べられている（なお、波傍線部の「愛」は煩悩の義である）。

また、左の『増一阿含経(33)』（巻第三十二　力品第三十八之餘）を見てみよう。鬼神の害により死者多数の毘舎離城

の人民は、鬼神を追い払うために世尊に来訪を請願することを協議する。左の例は、その折のある人物の発言の部分の例である。

或復有作是説。如來有大慈悲愍念衆生遍觀一切。未度者使令得度。不捨一切衆生如母愛子。設當有人請者如來便來。……

或は復《また》是の説を作《な》す有り、「如來は大慈悲有りて、衆生を愍念《みんねん》したまひ、遍《あまね》く一切を觀じて未だ度せざる者をして、度することを得使《し》め、一切衆生を捨てざること、母の子を愛するが如し。設《も》し當に人有りて請じまつれば、如來は便ち來りたまはん。……」と。（『国訳一切経印度撰述部　阿含部　九』）[34]

さらに、同じく『増一阿含経』（巻第四十七　放牛品第四十九之餘）には、

目連報曰。提婆達兜勿懷恐怖。地獄極苦無過斯處。彼釋迦文佛如來至眞等正覺。愍念一切蜎飛蠢動。如母愛子心無差別。以時演義終不失敘。亦不違類所演過量。……

目連報《こた》へて曰く、「提婆《だいば》達兜《だつと》、恐怖を懷くこと勿れ。地獄の極苦斯の處に過ぐるは無し。彼の釋迦《しやか》文佛《もんぶつ》・如來・至眞・等正覺は、一切の蜎飛《けんび》蠢動《しゆんどう》をも愍念したまふこと、母の子を愛するが如く、心に差別無し。時を以て義を演《の》べんに、終に敘を失はず、亦類に違せず、演《の》ぶる所過量なり。……」と。（『国訳一切経印度撰述部　阿含部　十』）[35]

ともある。

ところで、松下貞三氏は、「漢訳仏典は翻訳文という中国文の一種で、従来使ってきた伝統語を用いないと、愛情のことを書き表わせない」という重要な点を指摘している。[36]つまり、〔サンスクリット語仏典〕には、子どもへの思いを①煩悩として退ける例、②讃える例、この双方が存在する。〔漢訳文典〕では、この右の①②とも「愛」という漢字によって表出したわけである。右の松下貞三氏の指摘は、こうした内容を我々に改めて知らしめるもの

である。山上憶良も〈漢訳仏典〉に触れていたのであろうから、〈サンスクリット語仏典〉ではなく、〈漢訳仏典〉の位相において、「愛」を確認するので問題なかろう。

ここまでの考察をまとめよう。すなわち、山上憶良をとりまく仏書および仏典における「子どもへの愛」は、確認して来たように、煩悩として退ける例ばかりでなく、世尊釈迦自身が、「父母が子どもをいとおしく思う心」を慈しみの心として讃えている例もあるのであり、とても複雑な様相を呈しているのである。

（2）「日本の散文」において

当該作品では、見て来たように、「釋迦如来金口正説……」「又説……」と、仏説が、日本の散文としての序文に〈引用〉されている。であるので、今度は、「日本の散文」において、「子どもへの愛」がどのような様相であるかを確認しなければならないであろう。

以下、日本の上代における「子どもへの愛」をつづった散文の例を、『日本書紀』(37)『古事記』『日本霊異記』(38)『続日本紀』の順に、すべて挙げておく。

『日本書紀』（景行天皇四十年是歳条）

（日本武尊崩の報せを。廣川注）天皇聞《きこ》しめして、寝席安からず、食味甘《うま》からず。昼夜に喉咽《むせ》ひて、泣悲《なきかな》しび摽《みむ》擗《ねう》ちたまふ。因りて大きに歎きて曰はく、「我が子小碓王《をうすのみこ》、昔熊襲の叛《そむ》きし日に、未《いま》だ総角《あげまき》にも及《いた》らぬに、久しく征伐に煩《なつ》み、既にして恒《つね》に左右に在りて、朕《わ》が不及《かけたる》を補ひき。然るに東夷騒動み、討たしむる者勿し。愛（かなしき）〈日本古典文学大系版『日本書紀』(39)、愛（めぐみ）〉を忍びて賊の境に入らしむ。一日の顧《しの》はずということ無し。……」とのたまふ。

『日本書紀』（景行天皇五十三年秋八月条）

丁卯の朔に、天皇、群卿に詔して曰はく、「朕《われ》、愛子（かなしご）〔大系、愛子（めぐみしこ）を〕顧《しの》ふこと何《いづれ》の日にか止《や》まむ。冀《ねが》はくは、小碓王の平《ことむ》けし国を巡狩《めぐりみ》まく欲《ほ》し」とのたまふ。

『日本書紀』（応神天皇四十年春正月条）

辛丑の朔にして戊申に、天皇、大山守命《おほやまもりのみこと》・大鷦鷯尊《おほさざきのみこと》を召して、問ひて曰《のたま》はく、「汝等《いましたち》、愛レ子（こをうつくしぶる）〔大系、愛レ子（こうつくしき）〕や」とのたまふ。対《こた》へて言《まを》したまはく、「甚《はなは》だ愛（うつくしぶ）〔大系、愛（うつくし）〕」とまをしたまふ。

『日本書紀』（仁徳天皇即位前紀）

誉田天皇崩《かむあが》ります。時に太子《ひつぎのみこう》菟道稚郎子《ぢのわきいらつこ》、位《みくらゐ》を大鷦鷯尊《おほさざきのみこと》に譲《ゆづ》りまして、未《いま》だ即帝位《あまつひつぎしろしめ》さず。仍りて大鷦鷯尊に諮《まを》したまはく、「……其れ、先帝の我を立てて太子としたまひしは、豈能才有《あによきかどあ》りとしてならむや。唯《ただ》愛（めぐし）〔大系、愛（めぐみし）〕としたまひつればなり……」とまをしたまふ。

『日本書紀』（継体天皇八年春正月条）

妃の曰《まを》さく、「余事《あたしこと》に非《あら》ず。唯妾《ただやつこ》が悲《かな》しぶる所《ところ》は、飛天之鳥《あまとぶとり》も、愛ニ養児一（こをうつくしばむ）〔大系、愛ニ養児一（おのがこをうつくしぶる）〕が為に、樹巓《こずゑ》に巣作《すく》ふは、其《そ》の愛（うつくしび）〔大系、愛（うつくしび）〕の深《ふか》きなり。伏地之虫《つちはふむし》も、子を護衛らむが為に、土中に窟作るは、其の護《まもり》の厚《あつ》きなり。乃ち人に至りては、豈《あにおも》慮無《ひはかりな》きこと得むや。嗣《みつぎ》無き恨《うらみ》、方《まさ》しに太子に鍾《あた》れり。妾が名《な》も随《したが》ひて絶《た》えなむ」とまをす。

『日本書紀』（欽明天皇即位前紀条）

天国排開広庭天皇は、男大迹天皇《をほどのすめらみこと》の嫡子なり。母《はは》は手白香皇后《たしらかのきさき》と曰《まを》す。天皇、愛（うつくしび）〔大系、愛（うつくしび）〕て、常《つね》に左右《さいう》に置《お》きたまふ。

『日本書紀』（欽明天皇六年冬十一月条）

膳臣《かしはでのおみ》巴提便《はすひ》、百済より還《かへ》りて言《まを》さく、「……『敬《つつし》みて糸綸《みことのり》を受け、陸海《くぬがうみ》に劬労《たしな》み、風《かぜ》に櫛《くしけづ》り雨《あめ》に沐《ゆするあみ》して、草《かや》を藉《まくら》にし荊《うばら》を班《しきゐ》にすることは、愛㆓其子㆒（そのこをめで）〔大系、愛㆓其子㆒（そのこをめで）〕て、父《おや》の業《わざ》を紹《つ》がしめむが為《ため》なり。惟《おもひみ》るに、汝《いまし》威《かしこ》き神も、愛㆑子（こをめぐむ）〔大系、愛㆑子（こをめぐむ）〕ことは一《ひとつ》なり。今夜《こよひ》、児《わがこ》亡《う》せたり。蹤《あと》を追《お》ひて覓《ま》ぎ至《いた》る。命《いのち》亡《う》せむことを畏《おそ》りずして、報《むく》いむが故《ゆゑ》に来《き》つ』といふ。……」とまをす。

『日本書紀』（推古天皇元年夏四月条）
庚午の朔にして己卯に、廐戸豊聡耳皇子《うまやとのとよとみみのみこ》を立てて皇太子としたまふ。……橘豊日天皇《たちばなのとよひのすめらみこと》（用明天皇。廣川注）の第二子なり。……父の天皇、愛（めぐみ）〔大系、愛（めぐみ）〕て、宮《みや》の南《みなみ》の上殿《うへのみや》に居らしめたまふ。

『日本書紀』（推古天皇二十九年春二月条）
己丑の朔にして癸巳に、半夜《よなか》に廐戸豊聡耳《うまやとのとよとみみの》皇子命《みこのみこと》、斑鳩宮《いかるがのみや》に薨《かむさ》りましぬ。是の時に、諸王・諸臣と天下の百姓《おほみたから》、悉《ことごとく》に長老《おきな》は愛児（めぐきこ）〔大系、愛兒（めぐきこ）〕を失へるが如くして、塩酢《しほす》の味《あじはひ》、口に在れども嘗《な》めず。

『日本書紀』（舒明天皇元年春正月条）
癸卯の朔にして丙午に、……群臣、伏して固く請《まを》して曰《まを》さく、「大王《きみ》は、先朝《せんてう》鍾愛（しようあい）〔大系、鍾愛（めぐしとおもほし）〕したまひ、幽顕《いうけん》心を属《つ》けたり。皇綜《くわうそう》を纂《つ》ぎたまひ、億兆《おくてう》に光臨《くわうりん》したまふべし」とまをす。

『古事記』（上巻　大国主神条）
其の大神、呉公《むかで》を咋《く》ひ破り唾《は》き出《いだ》すと以為《おも》ひて、心に愛（うつくし）と思ひて、寝《い》ねき。

『古事記』（中巻　応神天皇条）

是に、天皇、大山守命《おほやまもりのみこと》と大雀命《おほさざきのみこと》とを問ひて詔《のりたま》ひしく、「汝《なむち》等は、兄の子と弟の子と孰《いづ》れか愛（うつくしぶる）」とのりたまひき……。爾《しか》くして、大山守命の白《まを》ししく、「兄の子を愛（うつくしぶ）」とまをしき。次に、大雀命、天皇の問ひ賜へる大御情《おほみこころ》を知りて、白ししく、「兄の子は、既に人と成りぬれば、是悒《おほつかな》きこと無し。弟の子は、未だ人と成らねば、是愛（うつくし）」とまをしき。

『日本霊異記』（上巻「人畜《ケモノ》ニ履《ふ》まるる髑髏《ヒトカシラ》救ひ収められ、霊《めづら》しき表《しるし》を示して現に報ずる縁　第十二」）

母、長子を詈《の》りて曰はく「呼矣《あ》我が愛子（まなご）〔新潮日本古典集成版『日本霊異記』(40)、愛子（まなご）〕、汝の為に殺さる。他《ほか》の賊《あた》に非《あら》ざるなり」といふ。

『日本霊異記』（上巻「法花経《ほけきやう》を憶持し、現報を得て奇《めづら》しき表《しるし》を示す縁　第十八」）

（日下部猴が、死んだ我が子の生まれ変わりの青年を目の前にして。廣川注）猴、愛之（めで）〔集成、愛（め）で〕て喚び入れ、床《とこ》に居《す》ゑて瞻《まば》りて言はく「若《も》し死にし昔の我が子の霊か」といふ。

『日本霊異記』（中巻「女人、大蛇《をろち》に婚《くなか》はれ、薬の力に頼りて、命を全くすることを得る縁　第四十一」）

……昔人の兒有《あ》り。其《そ》の身甚《はなは》だ軽く、疾《はや》く走ること、飛ぶ鳥の如し。父常に重みし愛（うつくしび）〔集成、愛（うつく）しみ〕、守り育つること、眼《まなこ》の如し。父、子の軽きを見て、譬へて言はく、「善きかな、我が兒、疾《はや》く走ること、狐の如し」といふ。其《そ》の子命終はりて、後に狐の身に生まる。善き譬《たとへ》を願ふ応《べ》し。悪しき譬を欲《おも》は不《ざ》れ。必《かなら》ず彼《そ》の報を得むが故なり。

『日本霊異記』（下巻「髑髏《ひとかしら》の目の穴の笋《タカンナ》を掲《ヌ》キ脱《ハナ》チテ、祈《ねが》ひて霊《めづら》しき表《しるし》を示す縁　第二十七」）

父母聞きて「嗟呼《あ》、我が愛子（まなご）〔集成、愛子（まなご）〕、汝が為に殺さる。他の賊《あた》に非《あら》ず」といふ。

『続日本紀』（文武天皇大宝三年閏四月条）

辛酉の朔、……新羅の客を難波館に饗《みあへ》す。詔して曰はく、「新羅国使《しらきのくにのつかひ》薩飡金福護《さつさんこむふくご》が表《へう》に云はく、「寡君《くわくん》不幸にして、去にし秋より疾みて、今春を以て薨《こう》して、永く聖朝《ひじりのみかど》を辞《わか》る」といへり。朕《われ》思ふに、其れ蕃の君は異域に居りと雖も、覆育《ふういく》に至りては、允《まこと》に愛子（あいし）に同じ。……」とのたまふ。

まず、『日本書紀』の「子どもへの愛」の用例について見てみよう。これらは、文脈に即して、「うつくしぶ」「かなし」「めぐし」「めぐむ」「めづ」というように、さまざまに訓読されている。諸注釈書が、いかに訓を付けるべきかに心を砕いていることを考えれば、すべての用例を詳しく分析したいところではあるが、紙数の関係により、今は、これらのすべての用例に煩悩の意味は無いということを確認するに留め、これらの用例の根底に子どものことをいとおしく思う意味を見出しておくに留めておきたい。

次に、『古事記』の「子どもへの愛」の用例について見てみよう。中巻、応神天皇条の用例も、『日本書紀』の用例と同様に、子どものことをいとおしく思う例と言える。上巻、大国主神の条の用例については一言説明が必要である。須佐之男大神は、大穴牟遅神が自分のために呉公を咋ひ破って吐き出していると勘違いするのだが、その時の心情として、「心に愛（うつくし）と思ひて」とある。須佐之男大神と大穴牟遅神とを、「義父と娘婿」として擬似的な父と子と認めれば、これも扱ってよい用例となり得よう。この用例は、父が子をいとおしいと思っている例となる。

さらに、『日本霊異記』の「子どもへの愛」の用例について見てみよう。これらも、子どものことをいとおしく思う例である。ただ、中巻第四十一話の用例について、松下貞三氏は、「この話は父の子を愛する態度が執着的であること、疾く走る様を狐にたとえたので、この子が狐に生まれかわったという悪報を得ることになったのであるから仏教的意味の『愛』とみるべき」と指摘している。[41] この「愛」については、判断の分かれるところであろう。

最後に、『続日本紀』の「子どもへの愛」の用例について。これも子どものことをいとおしいと思う例と言える。

以上、日本の散文における、「子どもへの愛」を把握して来た。これらには、判断が分かれる一例（『日本霊異記』

中巻第四十一話）を除き、すべて「煩悩」の要素を見出すことができない。これらには、「愛」に付訓し得る「うつくし」「うつくしぶ」「かなし」「めぐし」「めぐむ」「めづ」などをふまえての、「いとおしく思う」義があると判断される。『篆隷万象名義』[42]（第二帖、八四オ）には、「愛」に、「隠、□、傷、親、憐念、僾、仁、」とあるが、その字義のうちのいくつかと重なると言えよう。

ここまでの「子どもへの愛」の考察をまとめよう。「仏説」および「仏典」における「子どもへの愛」は、「煩悩」の義の例があるが、「いとおしく思う」義の例もある。双方が有るわけである。また、日本の散文における「子どもへの愛」は、判断が分かれる一例（『日本霊異記』中巻第四十一話）を除き、すべて、「愛」に付訓し得る「うつくし」「うつくしぶ」「かなし」「めぐし」「めぐむ」「めづ」などをふまえての、「いとおしく思う」義である。

（四）当該作品の「子どもへの愛」について

当該作品には、

又説　愛無レ過レ子
至極大聖尚有二愛レ子之心一
况乎世間蒼生誰不レ愛レ子乎

という、「子どもへの愛」を述べる三つの部分があるわけであるが、これらの「子どもへの愛」の内実はどうなのであろうか。

「仏説」「仏典」における「子どもへの愛」は複雑な様相を示しており、子どもを「いとおしく思う」意味の例もあること、これまで確認したとおりである。これら三つの部分を、単純に「煩悩」の意味として片付けてしまうことはできないはずである。また、これら三つの部分を、日本の散文における子どもへの「愛」の多くの例に鑑みて、すべて「子どもをいとおしく思う」意味に解釈してしまうこともまたできないはずである。テキスト自体がテキスト外部の「仏説」「仏典」に向かって開いているのであるから、「煩悩」の意味を無視することは、決してできない。詰まるところ、この三つの部分は、次のように捉えておくのが、テキストのありように最も即したものとなるであろう。つまり、

又、釈迦如来は、次のように説いた。

X愛執の「煩悩」は、子どもに対して抱く「煩悩」以上のものはない。
Y「いとおしく思う」気持ちは、子どもに対して「いとおしく思う」気持ち以上のものはない。

至極大聖である釈迦でさえやはり、

X子どもに対する愛執の「煩悩」
Y子どもを「いとおしく思う」気持ち

を持っている。ましてや、「世間蒼生」のうち一体誰が、

X子どもへの愛執の「煩悩」から自由になろうか。皆、束縛される。
Y子どもを「いとおしく」思わないだろうか。皆、「いとおしく」思う。

という把握である。

当該作品の「子どもへの愛」を、X・Yのふたつの義のどちらか一方に決めることは、そもそも、不可能である。つまり、「又説　愛無レ過レ子」の〈引用〉によって、X・Yの両義の混然が作品上にもたらされているのであり、両義の混然の相において捉えておくべきであろう。

早くに、森本治吉氏は、

又別の時に、人間のものに対する愛・執着といふものは、子供に対する愛以上に強く大いなるものはない、と

説かれた。……「子供愛概論」ともいふべきものである。

と述べていた[43]。森本氏のこの直感的な指摘のとおり、子どもへの愛は単純ではない。当該作品では、序文にある「世間蒼生」の「子どもへの愛」の〈実相〉が述べられていると言えよう。つまり、子どもをこの上なく可愛いと思う。いとおしいと思う。しかし、苦悩の根源となることもある。そのような時、縁を截ち切りたいと思っても、切ることはできない。親は親でなくなることができない。詰まるところ、そうしたことをすべて引き受けたうえで、子どもが存在してくれることをありがたいと思う。このような〈実相〉である。

さて、ここまで、序文の理解を深めて来た。その序文を受けて歌われるのが、まず、長歌になる。

四　長歌について

（一）瓜食めば　子ども思ほゆ　栗食めば　まして偲はゆ　いづくより　来りしものぞ　まなかひに　もとなかかりて

長歌については、右の掲出部分がどのような表現の仕組みになっているのかを、まず、考えておきたい。もちろん、従来問題となっている、「いづくより　来りしものぞ」を因縁・宿縁説で理解するのか面影説で理解するのかという問題[44]ともかかわるわけであるが、本論で理解を深めておきたいのは、その表現のシステム・仕組みについてである。

参照すべきは、内田賢德氏の二本の論考にわたる見解[45]である。内田賢德氏は、「『見る』ことによって偲ふことが触発されくる」表現のあり方を確認したうえで、

我が背子が　やどなる萩の　花咲かむ　秋の夕は　我を偲はせ（20・四四四四）

山吹の　花取り持ちて　つれもなく　離れにし妹を　偲ひつるかも（19・四一八四）

などのような、「見る」が「表現上顕在でない」用例の存在を指摘し、[46]「見る」という表現が無くても「見る」ことと深く関わってある「偲ふ」のありようを示唆する。そして、当該作品の表現について、

……換喩的な関係が感覚を通して捉えられる時、例えば「栗食めば」というそれは決して一般的でない。そこに偲はれるのは像としての子供であり、即ち見られるべきものである。偲ふとは可能的な見ることであり、像は内部へと現れる。

と指摘し、[47]傍線部のように、子どもの「像」が内部へと現われそれを「見る」のだと指摘する。この点、この内田論文を引用する、伊藤益氏の左の指摘、[48]

「思ほゆ」とは、見えざるもの・実際の視力の範囲外に定位するものが、内的意識のうちに措定されることにほかならなかったと考えられる。眼前に欠如する事・物を「所見」の状態へともたらす「見る」ことの機能は、「思ほゆ」によって、より内化（内面化）された形で回復される。

も合わせて参照されるべきであろう。また、内田賢德氏は、

二五三（『万葉集』巻3・二五三番歌「稲日野も　行き過ぎかてに　思へれば　心恋しき　加古の島見ゆ」のこと。廣川注）・二五五（『万葉集』巻3・二五五番歌「天離る　鄙の長道ゆ　恋ひ来れば　明石の門より　大和島見ゆ」のこと。廣川注）の「……思へば……見ゆ」に代表されるものとこの「……見れば……思ほゆ」は、二つながらに、かつての「……見れば……見ゆ」に対応しているのである。かつてのそれは、思うことが見ることを導くことと、現実の情景を見ることが心中に不所見の風景を思わしめることとの対照へと置き替えられる。

とも指摘している。[49]内田氏の論に示唆を得て、長歌のこの部分の表現の仕組みの理解を図示すれば、次のようにな

ろう。

〔内田氏の論に示唆を得ての長歌の理解〕

「瓜食めば　子ども思ほゆ」「栗食めば　まして偲はゆ」
＝
現実の情景を見ることが心中に不所見の風景を思わしめる

←

思うことが見ることを導く
＝
「いづくより　来りし」「まなかひに　もとなかかりて」

「瓜食めば　子ども思ほゆ」「栗食めば　まして偲はゆ」とは、内田氏の言う「現実の情景を見ることが心中に不所見の風景を思わしめる」と合致する。そして、「思うことが見ることを導く」のであり、結果、「いづくより　来りし」「まなかひに　もとなかかりて」という次第になる。というわけである。先の内田氏の論が指摘していた、子どもの「像」が現われる当該長歌の表現のシステム・仕組みを、このように把握することが出来よう。

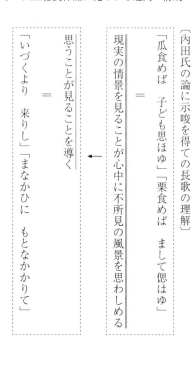

（二）生理的な寝食を妨げる子どもの像

（1）「寝食」の「食」

当該作品では、生理的な寝食を妨げるものとして、「子どもの像」が現われることが述べられる。まずは、「寝食」の「食」について見てみよう。「瓜食めば」「栗食めば」というように、「食む」が用いられるわけであるが、この「はむ」を理解したい。『万葉集』中の「はむ」の例のいくつかを見てみよう。

　　麻続王流二於伊勢国伊良虞嶋一之時人哀傷作歌
打麻を　麻続王　海人なれや　伊良虞の島の　玉藻刈ります（1・二三）
　麻続王聞レ之感傷和歌
うつせみの　命を惜しみ　波に濡れ　伊良虞の島の　玉藻刈り食（はむ）（1・二四）
　（左注略）
馬柵越しに　麦咋（はむ）駒の　罵らゆれど　なほし恋しく　思ひかねつも（12・三〇九六）
　恋二夫君一歌一首
飯喫（はめ）ど　うまくもあらず　行き行けど　安くもあらず　あかねさす　君が心し　忘れかねつも（16・三八五七）
　右歌一首伝云　佐為王有二近習婢一也　于レ時宿直不レ遑夫君難レ遇　感情馳結係恋実深　於レ是当宿之夜
　夢裏相見　覚寤探抱曽無レ触レ手　尓乃哽咽歔欷高声吟二詠此歌一　因王聞レ之哀慟永免二侍宿一也

麻続王の二四番歌の例は命を繋ぐために食べる意であり、きわめて生理的な「はむ」である。また、三〇九六番歌の例も序詞の中の例ではあるが、馬の食欲なのであり、生理的な例と言えよう。また、三八五七番歌の例も左注にあるように、夫に逢えない女性が逢えない辛さから、御飯を食べてもうまくもないことが述べられているわけであり、この「はむ」も、生きるために食べる生理的な行為としての「はむ」であると言える。

このように、「はむ」とは、生理的な行為を表わす言葉である。当該作品ではその生理的な「食べる」という行為の時にも、子ども達のことが思い起こされ、「子ども達の像・姿」が立ち現われる、と、表現されているのである。

「子ども達の像・姿」が立ち現われた叙述の主体は嬉しくないのであろうか。嬉しいはずではないか。しかし、当該作品では、「もとなかかりて」と表現されている。この「もとな」については、山田孝雄氏の、

ここの「もと」は漢字にていはば、根元又は根拠の義にあたるものなりと思ふ。而して、その「もとな」は「理由なく」「根拠なく」などの精神によりて「わけもなく」「よしなく」「みだりに」などその場合によりて適する語をあてて解すべきものなりと思ふ。

という指摘[50]が参照される。この指摘に導かれていくつかの「もとな」の例を見てみよう。

海神の　神の命の　み櫛笥に　貯ひ置きて　斎くとふ　玉にまさりて　思へりし　吾が子にはあれど　うつせみの　世の理《ことわり》と　ますらをの　引きのまにまに　しなざかる　越路をさして　延ふつたの　別れにしより　沖つ波　撓む眉引き　大船の　ゆくらゆくらに　面影に　もとな見えつつ　かく恋ひば　老い付く吾が身　けだし堪へむかも（19・四二二〇）

今更に　君が手枕　まき寝めや　吾が紐の緒の　解けつつもとな（12・二六一一）

さ夜中に　友呼ぶ千鳥　物思ふと　わび居る時に　鳴きつつもとな（4・六一八）

心なき　秋の月夜の　物思ふと　眠の寝らえぬに　照りつつもとな（10・二二二六）

旅にして　物思ふ時に　ほととぎす　もとなな鳴きそ　吾が恋増さる（15・三七八一）

一つ目の四二二〇番歌は娘坂上大嬢と離れればなれになっている母親坂上郎女の歌である。その我が子の姿が面影にやたらと見え続けると歌われ、こんなにもどうしようもなく思っていたら、年老いた我が身はとても持たないだろう、と歌われる。また、二六一一番歌は恋愛関係が絶縁した女性の歌である。共寝の可能性が無いのにもかかわらず無意味にほどける自分の下着の紐は、希望の無いこの女性をひどく苛んでいる。また、六一八番歌の中の叙述

の主体は、「物思ふと　わび居る」とあるように、恋の相手との仲に失意・失望し、独り寝の状態にある。それなのに千鳥は、恋の相手を求めて自由に鳴いているのである。独り寝の自分にとって、その鳴き声は、失意や失望の心を逆撫でするように響いている。その鳴き声に苛まれているのである。以下は、紙数の都合で省略に従う。

当該作品は、その「もとな」が用いられて「もとなかかりて　安眠し寝さぬ」と表現されている。結果、どうしようもなく「まなかひ」に掛かる「子ども達の像・姿」が私を安らかに寝させないこと、「子ども達の像・姿」に苛まれて眠れないことが表わされている。

(2)「寝食」の「寝」

井村哲夫氏は、

「モシ能ク永ク、一切ノ諸《もろもろ》ノ煩悩ヲ断ジ、染三界《ぜんさんがい》ヲ貪《むさぼ》ラザル有ラバ、乃《すなは》チ安穏《あんおん》ニ眠ルコトヲ得ム」（涅槃経梵《ぼん》行品《ぎようほん》）。

という用例を示し、煩悩があるゆえに寝られないことを説く仏典の記述を紹介している。[51] この指摘はとても貴重であるが、もう一度、井村氏指摘の仏典を見てみよう。なお、用例の確認の便宜を図るため、『国訳大蔵経』の書き下し文を併記しておくこととする。井村氏指摘の『大般涅槃経』（巻十九　梵行品八之五）には、

爾時大醫。名曰耆婆。往至王所白言。大王。得安眠不。王即以偈答言

若有能永斷　一切諸煩惱　不貪染三界　乃得安隱眠

爾《そ》の時《とき》に大醫《だいい》ありて名《な》を耆婆《ぎば》と曰《い》ふ。王《わう》の所《みもと》に往至《わうし》して白《まを》して言《まを》さく、『大王安眠《だいわうあんめん》を得《う》るや否《いな》や。』王偈《わうげ》を以《もつ》て答《こた》へたまはく、

『若能《もしよ》く永《なが》く、一切《いつさい》の諸《もろもろ》の煩悩《ぼんなう》を斷《だん》じ、染三界《ぜんさんがい》を貪《むさぼ》らざる有《あ》らば、乃《すなは》ち安隱《あんおん》に眠《ねむ》ることを得《え》ん。……』

（『国訳大蔵経　経部　第八巻』）[52]

とある。この用例は、波傍線のように、ある王（阿闍世）の発話ということになる。

一方、本論の論者は、調査において、世尊自身の言葉としての用例を見出した。それは、『雑阿含経』[53]（巻三十九）の次の用例である。なお、ここでも、用例の確認の便宜を図るため、『国訳一切経』の書き下し文を併記しておくこととする。『雑阿含経』（巻三十九）には、

爾時世尊作是念。悪魔波旬欲作嬈亂。即説偈言

愛網故染著　無愛誰持去　一切有餘盡　唯佛得安眠　汝悪魔波旬　於此何所説

時魔波旬作是念。沙門瞿曇已知我心。慚愧憂慼即沒不現

爾の時世尊、是の念を作したまはく『悪魔波旬嬈亂を作さんと欲するならん』と。即ち偈を説いて言はく、

『愛網の故に染著す愛無くんば誰れか持ち去らん　一切の有餘盡きたれば唯だ佛のみ安眠することを得

汝悪魔波旬此に於て何をか説く所なる』

と。時に魔波旬是の念を作さく『沙門瞿曇は已に我が心を知れり』と。慚愧し憂慼し即ち沒して現ぜざりき。

（『国訳一切経印度撰述部　阿含部　三』[54]）

とある。この用例は、二重傍線部のように世尊自身が説いた偈の用例である。この用例によれば、世尊自身が、煩悩と安眠できないこととを結びつけていることを知り得る。

当該作品では、「子ども達の像・姿」に苛まれて眠れない、と述べられるわけであるが、右に見た例に鑑みて、これは、子ども達への愛執の「煩悩」に拠るのだと理解して良いであろう。

五　反歌について

最後に、反歌「銀も　金も玉も　何せむに　まされる宝　子に及かめやも」（5・八〇三）の考察に移ろう。この反歌の理解においては、芳賀紀雄氏の指摘(55)に導きを受けることができる。芳賀氏は、「金銀珠玉」と「子」との比較を文学的に可能にする経緯を求める。そして、逸書『三輔決録』を引用する『三国志』（魏書、巻十、荀彧伝）に対して付けられた宋の裴松之の注の記述を参照する。その『三国志』魏書の記述を見てみたい(56)。

三輔決録〔注〕曰：……康字元將，亦京兆人。孔融與康父端書曰：「前日元將來，淵才亮茂，雅度弘毅，偉世之器也。昨日仲將又來，懿性貞實，文敏篤誠，保家之主也。不意雙珠，近出老蚌，甚珍貴之(57)。」

これは、「孔融」が、「康」の父である「端」に送った書状の記述である。その中で、「元將」「仲將」という二人の息子を褒めて傍線部のように「雙珠」としているのである。この故事は、芳賀氏が指摘するように、『芸文類聚』（巻五十三、治政部下、奉使）の中にも、

後漢孔融與韋林甫書曰．……前日元將來．雅度弘毅．偉之器也．昨仲將復來．文敏篤誠．保家之主也．不意雙珠．近出老蚌．甚珍貴之．遺書通心．

というように存在する。つまり、奈良朝の貴族には周知の故事だったと言えよう。

また、芳賀氏は、次の『北斉書』(58)（巻三十五）の陸卬の伝の記述、

陸卬，字雲駒。少機悟，美風神，好學不倦，博覽羣書，五經多通大義。善屬文，甚為河間邢卲所賞。卲又與卬父子彰交遊，嘗謂子彰曰：「吾以卿老蚌遂出明珠，意欲為羣拜紀可乎？」

および、次の『庾子山集』(59)（巻四）の記述、

有喜致醉
忽見庭生玉，欣看蚌出珠。蘭芬猶載寢，蓬箭始懸弧。既喜枚都尉，能歡陸大夫。頻朝中散客，連日歩兵厨。雜
曲隨琴用，殘花聽酒須。脆梨裁數實，甘查惟一株。兀然已復醉，搖頭歌鳳雛。

を指摘する。さらに、『庾子山集注』[60]にある、詩題「喜び有りて酔を致す」に対する清の倪璠の注の「此子山生ㇾ子之辞也」という記述をも指摘するのである。

このように、芳賀論文のこの部分の論述には隙が無い。ここは、芳賀氏が、

一首は、「子のとうとさ」「子宝」と評されるごとき、子を珍貴とする心情を、紛れようもなく、含みとしてもっている。同時になお、いつくしむべき子を有する、純粋な喜びの表白が、前面に押し出されていると看取できるだろう。

と述べている見解に従っておくべきであろう。

六　まとめ

本論は、井村哲夫氏・芳賀紀雄氏の御論に導かれて来たが、本論としては、序文の「愛」を詳しく論じることによって、この作品の構成について従来の研究では指摘されて来なかった点を指摘できたように思う。その点で、一歩いや半歩だけでも、研究を前に押し出すことが出来たのではないかと思う。

本論は、初めに述べたように、「題詞＋漢文＋長歌・反歌」という形を採るこの作品の読解を目指して来た。

題詞はまず、この作品の冒頭として、「子ども達を〈思〉」という問題系を提示する。次の漢文の序文では、「子ども達への愛」の内実が示される。本論は、それを深く追究したのである。「仏説」および「仏典」における「子

どもへの愛」は、「煩悩」の義の例があるが、「いとおしく思う」義の例もある。双方が有るわけである。また、日本の散文における「子どもへの愛」は、「愛」に訓として付け得る「うつくし」「うつくしぶ」「かなし」「めぐし」「めぐむ」「めづ」などをふまえての、「いとおしく思う」義が大半である。「仏説」「仏典」を〈引用〉する「日本の散文」としての序文の「子ども達への愛」は、「煩悩」の義、「いとおしく思う」義、のどちらか一方に決めることは、そもそも、不可能である。「又説　愛無レ過レ子」の〈引用〉によって、両義の混然が作品上にもたらされているのであり、両義の混然の相において捉えておくべきであろう。そして、序文に続く長歌・反歌では、この両義の混然の、いわば「腑分け」がなされている。つまり、

長歌＝序文の「愛」のうちの、煩悩・苦悩の「愛」を分担。
反歌＝序文の「愛」のうちの、いとおしく思う「愛」を分担。

という分担がなされているのである。

総じて、当該作品は、序文の「世間蒼生」が抱く「子ども達への愛」の〈実相〉を表わし出していると捉えられよう。その〈実相〉とは、

子どもをこの上なく可愛いと思う。いとおしいと思う。しかし、苦悩の根源となることもある。そのような時、縁を截ち切りたいと思っても、切ることはできない。親は親でなくなることができない。そうしたことをすべて引き受けたうえで、子どもが存在してくれることをありがたいと思う。

という、「子ども達への愛」の複雑な〈実相〉である。

「題詞＋漢文＋長歌・反歌」という形を採る当該作品は、その構成により、右の内容を表わし出した作品となり得ている。このようにまとめて、本節を閉じたい。

注

（1）井村哲夫氏「思子等歌の論」（『憶良と虫麻呂』、一九七三年四月、桜楓社。初出、「憶良『思子等歌』序文の典拠」、一九六一年一〇月・「憶良『思子等歌』の論」、一九六三年七月）
（2）芳賀紀雄氏「山上憶良—子らを思ふ二つの歌—」（『萬葉集における中國文學の受容』、二〇〇三年一〇月、塙書房。初出、一九七五年四月）
（3）乾善彦氏「子等を思ふ歌」（『セミナー万葉の歌人と作品 第五巻 大伴旅人・山上憶良（二）』、二〇〇〇年九月、和泉書院）
（4）一九九九年五月、岩波書店
（5）本論は、第六十一回萬葉学会全国大会研究発表会における口頭発表を基にしている。その質疑応答の折、芳賀紀雄氏は、故小島憲之氏の「語の性質を考えなくてはならない」というお教えを紹介され、新日本古典文学大系版『萬葉集一』が「思友詩」を挙げるがこれは「交友」という性質であり、同一に論じることができないこと、また、「思子詩」は子どもが死んだ時の詩であり、性質を異にするのであり、同一に論じることができないこと、これらを御教示下さった。本論を成すにあたり、論述に採り入れさせていただいた次第である。
（6）精撰本は「曰」が「云」となっている。
（7）一九五九年九月、岩波書店
（8）注（1）論文
（9）注（1）論文
（10）「愛無〻過〻子」のこと。
（11）傍線は廣川付す。以下同じ。本論で後に出て来る二重傍線・波傍線も廣川付す。
（12）注（2）論文
（13）本論は、「同一作者が他の作品でおこなっている方法だから、この作品もそうだ」と無前提に主張するいわば「もたれ合い」とも言うべき論理は通らないということに自覚的である。参照しておくべきは、神野志隆光氏の発言部分（内田賢德氏・神野志隆光氏・坂本信幸氏・毛利正守氏「座談会 萬葉学の現況と課題—『セミナー万葉の歌人と作

品』完結を記念して―』(『萬葉語文研究　第2集』、二〇〇六年三月、和泉書院)の、

たとえば誰でもいい、「作者」という標識で歌を集めてきて、集めてきた上で、それで何か論議する、「歌人」として、編年で整理してみて考えたり、あるいは、方法を考えたりする、というふうなやりかたでいいのかということです。(傍線、廣川)

という発言である。この発言は、同一作者名の標識があるからといって、その人物の他の作品の方法を無批判的に持ち込む、そうした研究への痛烈な批判となっている。本論としても、こうした発言がなされている学界の現在の水準に鑑みなくてはならないことは重々承知している。

(14)　小島憲之氏「山上憶良の述作」(『上代日本文學と中國文學　中―出典論を中心とする比較文學的考察―』、一九六四年三月、塙書房)

(15)　芳賀紀雄氏「理と情―憶良の相剋」(『萬葉集における中國文學の受容』、二〇〇三年一〇月、塙書房。初出、一九七三年四月)

(16)　鉄野昌弘氏「日本挽歌」(『セミナー万葉の歌人と作品　第五巻　大伴旅人・山上憶良(二)』、二〇〇〇年九月、和泉書院)

(17)　井村哲夫氏「令反或情歌と哀世間難住歌」(『憶良と虫麻呂』、一九七三年四月、桜楓社。初出、「憶良『令反或情歌』と『哀世間難住歌』」、一九六八年一二月)

(18)　注(15)論文

(19)　廣川晶輝「山上憶良「令反或情歌」について」(『美夫君志』七五、二〇〇七年一一月。→本書第二章第二節)

(20)　注(15)論文

(21)　以下の諸仏典の引用は、大藏經テキストデータベース研究会(東京大学大学院人文社会系研究科次世代人文学開発センター)の「大正新脩大藏經テキストデータベース」(http://21dzk.l.u-tokyo.ac.jp/SAT/)に拠る。

(22)　本論は、第六十一回萬葉学会全国大会研究発表会における口頭発表を基にしている。その質疑応答の折、「それぞれの仏典の本邦への将来についてはいかようか」という主旨の御質問を廣岡義隆氏よりいただいた。本論は、仏説および仏典における「愛」のあり方の一般を知ろうと努めたものであり、もとより、本邦への将来を条件とする「出典

論」を展開しようとしたものではない。しかし、その御質問にお応えし、それぞれの仏典の本邦への将来についても確認しておくこととする。この『佛本行集経』は、石田茂作氏「奈良朝現在一切経疏目録」（『写経より見たる奈良朝仏教の研究』、一九三〇年五月、東洋文庫）を参照したうえで、『大日本古文書　巻之七（追加一）』（一九〇七年一〇月、東京帝国大学文科大学史料編纂掛）を閲覧すれば、天平九年三月十二日の「高屋赤麻呂写経請本注文」の中に「仏本行集経第一帙」とあることを確かめ得る。また、奈良国立博物館編『奈良朝写経』（一九八三年四月、東京美術）には、天平十二年五月一日以前書写の『佛本行集経』巻第三十三（東京　根津美術館蔵）の影印を見ることができる。

(23) 一九一九年七月、国民文庫刊行会。引用は一九二八年四月の再版に拠る。

(24) 一九一八年一〇月、国民文庫刊行会。引用は一九二七年七月の三版に拠る。

(25) 注(23)に同じ。

(26) 「方廣大荘嚴経解題」（『国訳一切経印度撰述部　本縁部　九』、一九三〇年一一月、大東出版社）および『仏書解説大辞典　第九巻』（一九三五年四月、大東出版社）。本論が「出典論」を目指したものでないことは、注(22)に記したとおりである。ここは、父母が子どもをいとおしく思い愛する心が世尊釈迦自らの言葉によって讃えられているきわめて重要な例であるので、山上憶良在唐当時にすでに存在していた仏書・仏典の「愛」のあり方一般であることを確かめておくために記しておいた次第である。なお、山上憶良の在唐期間は、大宝二年（七〇二）から慶雲元年（七〇四）もしくは慶雲四年（七〇七）までである。中西進氏「渡唐」（『山上憶良』、一九七三年六月、河出書房新社。初出、「憶良の渡唐」、一九六九年一一月）を参照のこと。廣川晶輝「山上憶良作漢文中の「再見」小考」（『甲南大學紀要　文学編　日本語日本文学特集』一四八、二〇〇七年三月。→本書第二章第一節）も参照願いたい。

(27) この注を設ける主旨については、注(22)を参照のこと。石田茂作氏「奈良朝現在一切経疏目録」（前掲）を参照したうえで、『大日本古文書　巻之四』（一九〇三年三月、東京帝国大学文科大学史料編纂掛）を閲覧すれば、天平宝字五年三月二十二日の「奉写一切経所解」の中に「方廣大荘嚴経十二巻」とあることを確かめ得る。

(28) 一九三〇年一一月、大東出版社。引用は一九八四年二月の改訂二刷に拠る。

(29) 中村元氏「『愛』の理想と現実」（『仏教思想1　愛』、一九七五年六月、平楽寺書店）

(30) 藤田宏達氏「初期大乗経典にあらわれた愛」（『仏教思想1　愛』、一九七五年六月、平楽寺書店）

(31) この注を設ける主旨については、注(22)を参照のこと。石田茂作氏「奈良朝現在一切経疏目録」(前掲)を参照したうえで、『大日本古文書　巻之八(追加二)』(一九一二年一一月、東京帝国大学文科大学史料編纂掛)を閲覧すれば、天平十四年八月二十九日の「道守豊足写経手実案」の中に「僧伽羅刹経三巻」とあることを確かめ得る。なお、石田茂作氏「奈良朝現在一切経疏目録」(前掲)はこの「僧伽羅刹経」を「僧伽羅刹所集経」と同じと認定している。また、『大日本古文書　巻之十七(追加十一)』(一九二七年一二月、東京帝国大学文学部史料編纂掛)を閲覧すれば、神護景雲二年五月二十九日の「奉写一切経司牒」の中に「僧伽羅刹所集三巻」とあることを確かめ得る。なお、石田茂作氏「奈良朝現在一切経疏目録」(前掲)はこの「僧伽羅刹所集」を「僧伽羅刹所集経」と同じと認定している。

(32) 注(28)に同じ。

(33) この注を設ける主旨については、注(22)を参照のこと。石田茂作氏「奈良朝現在一切経疏目録」(前掲)を参照したうえで、『大日本古文書　巻之七(追加一)』(前掲)を閲覧すれば、天平九年二月二十日の「高屋赤麻呂写経請本注文」の中に「増一阿含経一巻」とあることを確かめ得る。なお、この部分は幸いにも写真版も付されており、写真にても確かめ得る。また、田中塊堂氏『古写経綜鑒』(一九四二年九月、鵤故郷舎出版部)を参照すれば、天平宝字六年に僧光覚を願主として淳仁天皇と皇后に奉られるために写経された「僧光覚知識経」(村山龍平氏蔵)が挙げられており、その中に「増壱阿含経巻第十」というようにこの経典の名を見出すことができる。さらに、同氏『日本写経綜鑒』(一九五三年八月、三明社)、同氏編『日本古写経現存目録』(一九七三年七月、思文閣)を参照すれば、この経典が奈良時代に多く書写されていたことを知り得る。また、『奈良朝写経』(前掲注22)には、天平宝字三年書写の『増壱阿含経』巻第二十九(京都　智積院蔵)の影印、天平宝字三年書写の『増壱阿含経』巻第五十(奈良　薬師寺蔵)の影印、その他の影印を見ることができる。

(34) 一九二九年一一月、大東出版社。引用は一九八六年七月の改訂六刷に拠る。

(35) 一九二九年一〇月、大東出版社。引用は一九八六年七月の改訂六刷に拠る。

(36) 松下貞三氏『漢語「愛」とその複合語・思想から見た国語史』(一九八二年九月、あぽろん社)。なお、この松下氏著は、第六十一回萬葉学会全国大会研究発表会における口頭発表の直後、蜂矢真郷氏に御教示いただいた。

(37) 引用は、新編日本古典文学全集版『日本書紀』(小学館)に拠るが、訓読については、蜂矢真郷氏より御教示いただいたように、日本古典文学大系版『日本書紀』（岩波書店）の訓読も併せて記す。
(38) 引用は、日本古典文学大系版『日本霊異記』（岩波書店）に拠るが、訓読については、蜂矢真郷氏より御教示いただいたように、新潮日本古典集成版『日本霊異記』の訓読も併せて記す。
(39) 以下、訓読の併記において、大系と略す。
(40) 以下、訓読の併記において、集成と略す。
(41) 注（36）著書
(42) 引用は、『高山寺古辞書資料第一』（東京大学出版会）に拠り、影印を翻字した。
(43) 森本治吉氏『萬葉精粋の鑑賞 上巻』（一九四二年五月、大日本雄弁会講談社。引用は一九四二年一一月の二版に拠る）
(44) 諸注釈書のうち、『萬葉集略解』、『萬葉集攷証』、『萬葉集新考』、『萬葉集全釈』、佐佐木信綱氏『評釈萬葉集』、『萬葉集注釈』、日本古典文学全集版『萬葉集』、新潮日本古典集成版『萬葉集』、『萬葉集全注』、新編日本古典文学全集版『萬葉集』、『萬葉集釈注』、『萬葉集全歌講義』が因縁・宿縁説で理解し、森本治吉氏『萬葉集総釈』、窪田空穂氏『萬葉集評釈』、新日本古典文学大系版『萬葉集』が面影説で理解している。
(45) 内田賢徳氏「『見る・見ゆ』と『思ふ・思ほゆ』―『萬葉集』におけるその相関―」（『萬葉』一一五、一九八三年一〇月）。同氏「動詞シノフの用法と訓詁」（『上代日本語表現と訓詁』、二〇〇五年九月、塙書房。初出、「上代語シノフの意味と用法」、一九九〇年二月）
(46) 内田賢徳氏「動詞シノフの用法と訓詁」（前掲注45）
(47) 注（46）に同じ。
(48) 伊藤益氏「非在の構図―『萬葉集』巻十九、四二九二の論―」（『淑徳大学研究紀要』二八、一九九四年三月）
(49) 内田賢徳氏「『見る・見ゆ』と『思ふ・思ほゆ』―『萬葉集』におけるその相関―」（前掲注45）
(50) 山田孝雄氏「『母等奈』考」（『萬葉集考叢』、一九五五年五月、宝文館。初出、一九二七年一〇月）
(51) 井村哲夫氏『萬葉集全注 巻第五』（一九八四年六月、有斐閣）
(52) 一九一八年六月、国民文庫刊行会。引用は一九二七年九月の三版に拠る。

(53) この注を設ける主旨については、注(22)を参照のこと。石田茂作氏「奈良朝現在一切経疏目録」(前掲)を参照したうえで、『大日本古文書　巻之七(追加一)』(前掲)を閲覧すれば、天平三年八月十日の「写経目録」の中に「雑阿含経五帙五十巻」とあることを確かめ得る。
(54) 一九三五年八月、大東出版社。引用は一九八七年四月の改訂六刷に拠る。
(55) 注(2)論文
(56) 引用は、『三国志』魏書(中華書局)に拠る。
(57) 左側の傍線、および、左側の波傍線、引用テキストの原文のとおり。以下、同じ。
(58) 引用は、『北斉書』(中華書局)に拠る。
(59) 引用は、中国古典文学基本叢書版『庾子山集注』(中華書局)に拠る。
(60) 注(59)書

〔附記〕本論の成稿(二〇〇九年一月三一日)の後、大浦誠士氏「山上憶良『思子等歌』の構造と主題」(『萬葉集研究第三十二集』、二〇一一年一〇月、塙書房)に触れた。当該作品を「全体が一つの統一的なテーマによって括られる作品ではな」いとする大浦氏論の論述と本論とは一部重なる点もあるが、本論の調査および論述に独自性があるので本論をそのままとし、この附記にて大浦氏論を紹介させていただくに留めた。

補説　「瓜食めば子ども思ほゆ　栗食めばまして偲はゆ」について

一　はじめに

本論は、「第三節　思子等歌」で扱った作品のうちの長歌八〇二番歌の「瓜食めば　子ども思ほゆ　栗食めば　まして偲はゆ」について考察する。[1]

詳しい考察に入る前に、「偲《しぬ》はゆ」について言及しておかなければならない。この部分の原文は、「斯農波由」であり、「しぬはゆ」と訓む。これについては、澤瀉久孝氏『萬葉集注釈　巻第五』が、

> ここには「農斯《ヌシ》」（八八二）、「斯農《シヌ》」（八八九）、「都祢斯良農《ツネシラヌ》」（八八八）、「泊農《ハテヌ》」（八九六）など、同じ作者がヌの仮名に用ゐてゐる「農」を用ゐてゐる。……ここは明らかにシヌハと訓ましたものと思はれ、

と、山上憶良自身の他の作品における仮名表記に着目して指摘していたことが参照されよう。「農斯《ヌシ》」（八八二）は「主」であり、「斯農《シヌ》」（八八九）は「死ぬ」であり、「都祢斯良農《ツネシラヌ》」（八八八）は「常知らぬ」であり、「泊農《ハテヌ》」（八九六）は、「泊てぬ」である。澤瀉氏の指摘のように、「農」を「ぬ」と訓むことは動かない。

その「しぬは」の終止形は「しぬふ」であるが、この「しぬふ」について、右の『注釈』は、

> ヌ→甲類ノと変化した、その古い形を用ゐたものと思はれる。結句の「奈佐農《ナサヌ》」と共にこの作者の古語使用癖の一つと見られようか。

と述べている。この「古い形」「古語」という把握については、説の分かれるところである。試みに辞書の記述で

も、『岩波古語辞典』(2)は、項目「しぬひ」の説明において、「シノヒの母音交替形」とし、奈良時代にはシノヒとシヌヒとが並んで行なわれていたと指摘する。(3)また、『時代別国語大辞典 上代編』(4)も、項目「しぬふ」の説明において、「シノフの転」とし、「【考】」の部分では、

甲類のノとヌに限らず、オ列甲類とウ列とは通じ合うことが多い。

と指摘する。「しぬふ」と「しのふ」とを通時的に捉えるか共時的に捉えるかは、このように説の分かれるところであるが、我々は、「しぬふ」と「しのふ」とを同列に扱って考察せねばならないと言えよう。

さて、「思ほゆ」の目的語は直上の「子ども」である。一方、「まして」が「なおさら、いっそう」の意味であることを考え合わせれば、この「まして偲はゆ」の方の目的語はどうか。「まして偲はゆ」の目的語も「子ども」であることは動かない。つまり、ここは、

瓜食めば　子ども思ほゆ
栗食めば　まして（子ども）偲はゆ

と把握されよう。

さて、となれば、なぜ、瓜を食べるといつも子ども達(5)のことが「思ほゆ」であり、栗を食べるといつも子ども達のことがいっそう「偲はゆ」と歌われるのか。この点は、従来、深く追究されて来なかった点である。近時の乾善彦氏「子等を思ふ歌」(6)は、

……「おもほゆ」といい、さらに「ましてしのはゆ」という、その「思うこと」の強さが増して行く状況を考えねばならない。ここでの「しのはゆ」は、その「おもほゆ」ることが限定され深化した姿にほかならない。

と指摘し、「思ほゆ」「偲はゆ」の違いについて言及している。しかし、依然として、「瓜食めば　子ども思ほゆ」

であるのに対して、「栗食めば　まして偲はゆ」であることの説明は果たされていないと言えよう。
　ゆえに、本論は、この点に絞り、小考として報告するものである。

二　「しのふ」について

「一　はじめに」で確認したように、「しぬふ」を考えるうえで「しのふ」への考察が不可欠である。そこで、「しのふ」について確認する。

　参照すべき先行研究として、內田賢徳氏「動詞シノフの用法と訓詁」(7)がある。內田氏論文は、

　　感覚にふれてくる周囲のものに触発された情緒の中での対象への思いということが、「偲ふ」を「思ふ」と分けている。

と指摘する。また、この內田氏論文をふまえる伊藤益氏「非在の構図―『萬葉集』巻十九、四二九二の論―」(8)は、

　　「しのふ」は、何らかの媒介物を介して情動が或る対象へと差し向けられること、すなわち、現に嘱目の事・物を媒介として間接的に現に不在の対象が思念されることを表わすのを、その本来的な機能としている

と指摘する。この両論文の把握が基本となろう。

　右の內田氏論文は、「しのふ」についての貴重な指摘を細部にわたっておこなっている。內田氏論文は、「しのふ（しぬふ）」という歌語を考察するうえできわめて重要な論考であると判断されるので、しばらく內田氏論文の論述内容を追ってみなくてはならない(9)。

　內田氏論文は「しのふ」の「そこにない人やものごとを思う」用法について説明するが、その例として、

　　大宝元年辛丑秋九月、太上天皇幸二于紀伊国一時歌

巨勢山の　つらつら椿　つらつらに　見つつ偲はな　巨勢の春野を（1・五四）

を採り上げ、「偲はれてあるものとしての春野」と「現に見ているところの秋の椿」という「二つの要素」を指摘する。秋の九月に巨勢山の椿を見て、春の椿を偲んでいるこの五四番歌は、「そこにない人やものごとを思う」用法を確認するうえでの適切な例となっている。

内田氏論文は、続いて、

現に矚目しているもの（B）

そこに不在の思われているもの（A）

としたうえで、

Bを見てAを偲ふという文型

の存在を指摘する。また、「BがAの或る延長であるという関係をもつ」ことをも指摘し、その鍵語「延長」の内容として「提喩」および「換喩」があることを指摘する。

「提喩」の例として、

我が背子し　けだし罷らば　白たへの　袖を振らさね　見つつ偲はむ（15・三七二五）

を採り上げ、Bとしての「白たへの袖」は、Aとしての「我が背子」の「卓越した部分」であると指摘する。つまり、ここに、BがAの「提喩」である点を見出すわけである。

一方、「換喩」の例として、

我が形見　見つつ偲はせ　あらたまの　年の緒長く　我も思はむ（4・五八七）

を採り上げ、

ものの名がここになくとも、偲ふことの媒介としての換喩的事物が示されていることは明らかであろう。

と指摘する。また、

秋萩の　上に白露　置くごとに　見つつぞ偲ふ　君が姿を（10・二二五九）

を採り上げ、

「白露」も「君之光儀」（本文）に対して隠喩的であるより、露に濡れつつ帰って行った「君」に対して換喩的だとすべきであろう。

と述べている。右の記述にもあるとおり、この二二五九番歌の結句の「君が姿」の原文は、「君之光儀」である。この表記に対して、例えば、新編日本古典文学全集版『萬葉集③』は、

輝くばかりに美しい姿を表す漢語。

と指摘している。この指摘を考え合わせても、「白露」が、輝くばかりに美しい愛しい夫の姿の「換喩」であるとする指摘は首肯できよう。内田氏論文では、Bは「一般にはAに対して換喩の関係にある」とも述べている。「しのふ」を「Bを見てAを偲ふという文型」において理解する時、この「換喩」という把握は肝要な要素であると言えよう。

ここまで、内田氏論文の論述の内容を追ってきたが、さらに、当該歌を考えるうえでより重要な点に迫っていこう。内田氏論文は、

「見る」ことによって偲ふことが触発されくるというあり方をもつ

という点を確認しつつも、

我が背子が　やどなる萩の　花咲かむ　秋の夕は　我を偲はせ（20・四四四四）

山吹の　花取り持ちて　つれもなく　離れにし妹を　偲ひつるかも（19・四一八四）

などの例を挙げ、

「見る」が表現上顕在でないこともある
ことを指摘する。また、

年のはに　来鳴くものゆゑ　ほととぎす　聞けば偲はく　逢はぬ日を多み（19・四一六八）
愛しと　思ひし思はば　下紐に　結ひ付け持ちて　止まず偲はせ（15・三七六六）
秋風の　寒きこのころ　下に着む　妹が形見と　かつも偲はむ（8・一六二六）
瓜食めば　子ども思ほゆ　栗食めば　まして偲はゆ……（5・八〇二）

という例歌を挙げたうえで、

「見る」はこうした語彙、聞く、付く、着る、食む等の行為の連絡する感覚、聴覚・触覚・味覚などと相対的な視覚につながると言える

と述べつつも、続けて、

しかし、同時に「見る」は単に相対的な多に尽きない面ももっている。換喩的な関係が感覚を通して捉えられる時、例えば「栗食めば」というそれは決して一般的でない。そこに偲はれるのは像としての子供であり、即ち見られるべきものである。偲ふとは可能的な見ることであり、像は内部へと現れる。とすれば、それを触発するものの側で視覚は他に優位する中心であるだろう。見ることと思うことの相関の一種にこの関係は属してもいる。

と述べている。内田氏論文の右の部分の記述は少々難解ではあるが、すなわち、「見る」ことが表現上に顕在していなくても、「見る」ことと深く関わってある「偲ふ」のありようを示唆していると言えよう。また、内田氏論文は、「子どもの像」が内部へと現われることを指摘しているわけであるが、「像としての子供」「像」が「内部へと現れる」時、これまで確認してきた「換喩」という肝要な要素が作用していると把握することが可能であろう。つ

まり、「像としての子供」「像」が内部に立ち現われる、その契機となるのが、「換喩」なのであろう。

B（栗）を見て食べてA（子ども）を偲ふ

この思考の通路が確保されるのも、栗と子どもとが「換喩」の関係にあると捉えられるからこそなのではなかろうか。

三　栗の詠まれ方について

現代人の我々は、当該歌のように、「栗」が詠まれている歌に接した時、どのような栗のありさま（ヴィジョン）を思い浮かべるであろうか。一つだけで存在する栗のありさま（ヴィジョン）を思い浮かべるかもしれない。[10] しかし、当該歌の中の栗は、そのような栗なのであろうか。

そこで、『万葉集』中の「栗」の用例を見てみよう。当該歌以外の『万葉集』中の用例は、左のとおりである。

那賀郡曝井歌一首

三栗乃（みつぐりの）　那賀に向かへる　曝井の　絶えず通はむ　そこに妻もが（9・一七四五、高橋虫麻呂歌集歌）

松反り　しひてあれやは　三栗（みつぐりの）　中上り来ぬ　麻呂といふ奴（9・一七八三、柿本人麻呂歌集歌）

また、『万葉集』以外の用例では、『古事記』（応神天皇条）の二例、

この蟹や　何処の蟹……木幡の道に　遇はしし嬢子　後姿は　小楯ろかも　歯並は　椎菱如す　櫟井の　和邇坂の土を　端つ土は　肌赤らけみ　下土は　丹黒き故　美都具理能（みつぐりの）　その中つ土を　かぶつく真火には当てず　眉画き　此に画き垂れ……（四二番）

いざ子ども　野蒜摘みに　蒜摘みに　我が行く道の　香細し　花橘は　上つ枝は　鳥居枯し　下枝は　人取り枯し　美都具理能（みつぐりの）　中つ枝の　ほつもり　赤ら嬢子を　誘ささば　宜しな（四三番）

がある。また、『日本書紀』（応神天皇条）にも、

いざ吾君　野に蒜摘みに　蒜摘みに　我が行く道に　香ぐはし　花橘　下枝らは　人皆取り　上枝は　鳥居枯らし　瀰菟遇利能（みつぐりの）　中枝の　ふほごもり　明れる嬢子　いざ栄映えな（三五番）

がある。

これらに見る「三つ栗の」とは、「中」を起こす枕詞であることは動かない。しかし、次の点も重要であろう。つまり、この枕詞のありように端的に示されているように、「イガの中に三つの栗が並んでいる姿、ありさま（ヴィジョン）」は、古代の人々の歌表現のあり方において一般的であった、ということである。

ここで、もう一度確認しよう。当該歌の「まして偲はゆ」の目的語も「子ども」であることはすでに述べた。つまり、ここは、

栗食めば　まして（子ども）偲はゆ

となる。「子ども」が「子ども達」という複数を表わすことは、注（5）で述べておいた。つまり、「イガの中に三つの栗が並んでいる姿」は、当該作品の中の「子ども達」という複数のあり方とすぐれて「換喩」の関係になり得ると言えよう。

四　瓜と栗

ここで、奈良朝当時の「瓜」と「栗」のあり方を確かめるために、関根真隆氏『奈良朝食生活の研究[11]』の記述を

参照しよう。

関根氏著書では、『大日本古文書』に見られる「瓜類」として、「青瓜」「菜瓜」「生瓜」「熟瓜・保蘇治瓜」「黄瓜」「冬瓜・鴨瓜」を挙げる。関根書は、これらの瓜それぞれがどのように数えられていたのかについても詳しい。

「青瓜」について、『大日本古文書　巻之十三（追加七）[12]』（天平宝字二年六月二十一日～八月二十二日、写千巻経所食物用帳）の「青瓜廿顆」、『同』（天平宝字二年八月三十日、写経所解）の「青瓜一千八百三果」、『大日本古文書　巻之十一（追加五）[13]』（天平勝宝二年七月二日、藍園瓜進上文）の「青瓜参佰弐拾丸」という記述をふまえて、

　顆（果）、丸と一つずつ数えられたのである。

と指摘する。

「菜瓜」について、『大日本古文書　巻之三[14]』（天平勝宝二年七月四日、藍園熟瓜等送進文）の「菜瓜壱伯弐拾果」、『大日本古文書　巻之七（追加一）[15]』（天平十一年八月一日、写経司解）の「菜瓜四百六十八丸」などの記述をふまえて、

　計量は果、丸単位で、一つずつ勘定している。

と指摘する。

「生瓜」「熟瓜・保蘇治瓜」「黄瓜」についても同様に、計量は「顆（果）」や「丸」単位であり、一個ずつ数えていることを指摘している[16]。

一方、栗の方はどうか。関根氏著書では、栗に「生栗」「干栗」があったことを指摘する。そして、計量については、『大日本古文書　巻之四[17]』（天平宝字二年九月、写経食物雑物納帳）の「栗六升」、『大日本古文書　巻之十三（追加七）[18]』（天平宝字二年六月二十一日～九月十九日、写千巻経所銭幷衣紙等下充帳）の「二百卌文生栗三斗直」、『大日本古文書　巻之十六（追加十）[19]』（天平宝字六年閏十二月二日～二十九日、奉写二部大般若経料雑物収納帳）の「干栗子

玖古受各一升」などの記述を参照し、

計量は石斗升合……を用いる。

と指摘している。

つまり、瓜は一個ずつ計量されるが、栗は石・斗・升・合というように複数で計量されるというわけである。奈良朝当時のこの一般的把握は、栗を複数で捉え子ども達との換喩の関係を把握する「三　栗の詠まれ方について」の把握と齟齬しないであろう。

五　まとめに替えて

もとより、本論は、早くに金子元臣氏『萬葉集評釈 第三冊』[20]が、

甜瓜だの栗だのは子供の好物である

と述べ、近時の井村哲夫氏『萬葉集全注 巻第五』[21]が、

瓜はまくわうり。栗とともに子供の好物である。

と指摘することがら自体を否定するものでは全くない。

本論は、「瓜食めば　子ども思ほゆ」であるのに対して、「栗食めば　まして偲はゆ」であることの説明を追究してきたのである。「偲はゆ」の「偲ふ」について、前掲の内田賢徳氏「動詞シノフの用法と訓詁」が、

感覚にふれてくる周囲のものに触発された情緒の中での対象への思いということが、「偲ふ」を「思ふ」と分けている。

と指摘し、また、その内田氏論文をふまえての前掲伊藤益氏「非在の構図―『萬葉集』巻十九、四二九二の論―」が、

「しのふ」は、何らかの媒介物を介して情動が或る対象へと差し向けられること、すなわち、現に嘱目の事・物を媒介として間接的に現に不在の対象が思念されることを表わすのを、その本来的な機能としていると指摘することを基本的な把握に据えて、追究してきた。

当該作品の中には、「子ども」とあるように、複数の「子ども達」がいるわけであるが、その子ども達のあり方と、複数の「栗」のあり方とは、すぐれて「換喩」の関係になり得る。だからこそ、「栗食めば　まして偲はゆ」と表現され得るのである、と述べてまとめとしたい。

なお、当該の作品では、「まなかひに　もとなかかりて」とある。目と目の間のあたりにどうしようもなく掛かって離れないのも、右の複数の「子ども達」であることになる。その子ども達の姿がまさに、目と目の間のあたりにうごめくのだと言えよう。

こうした作品世界の全体の把握については、前の第三節「思子等歌」を参照願いたい。

注

（1）「題詞＋漢文＋長歌・反歌」という形を採る当該作品全体の理解については「第三節　思子等歌」を参照願いたい。
（2）『岩波古語辞典』（一九七四年一二月、岩波書店）
（3）一九九〇年二月の「補訂版」においても同様の記述となっている。
（4）『時代別国語大辞典 上代編』（一九六七年一二月、三省堂）
（5）「子ども」の「ども」は、複数の接尾語であること、論を俟たない。
（6）乾善彦氏「子等を思ふ歌」（『セミナー万葉の歌人と作品　第五巻　大伴旅人・山上憶良（二）』、二〇〇〇年九月、和泉書院）
（7）内田賢徳氏「動詞シノフの用法と訓詁」（『上代日本語表現と訓詁』、二〇〇五年九月、塙書房。初出、「上代語シノ

フの意味と用法」、一九九〇年二月）
（8）伊藤益氏「非在の構図―『萬葉集』巻十九、四二九二の論―」（『淑徳大学研究紀要』二八、一九九四年三月）
（9）內田氏論文で引用されている『万葉集』の歌の表記は、基本的に內田氏論文の表記に拠り、內田氏論文で引用されていない題詞の引用は、新編日本古典文学全集版『萬葉集』（小学館）に拠る。
（10）甲南大学の講義「上代文学研究」にて当該作品を扱った折、受講学生に、この歌の中で示されている栗のありさま（ヴィジョン）の絵を描いてもらった。受講学生の大半が、一つだけの栗を描いていた。
（11）関根真隆氏『奈良朝食生活の研究』（一九六九年七月、吉川弘文館）
（12）『大日本古文書　巻之十三（追加七）』（一九二〇年三月、東京帝国大学文学部史料編纂掛）
（13）『大日本古文書　巻之十一（追加五）』（一九一七年一月、東京帝国大学文科大学史料編纂掛）
（14）『大日本古文書　巻之三』（一九〇二年一〇月、東京帝国大学文科大学史料編纂掛）
（15）『大日本古文書　巻之七（追加一）』（一九〇七年一〇月、東京帝国大学文科大学史料編纂掛）
（16）関根書は、「冬瓜・鴨瓜」について、計量は他の瓜と同じように「果」単位であることを指摘するが、多くの場合は「現今の一切れ、二切れの〝切〟のような意味に相当」する「割」などで示されていることを指摘している。
（17）『大日本古文書　巻之四』（一九〇三年三月、東京帝国大学文科大学史料編纂掛）
（18）注（12）に同じ。
（19）『大日本古文書　巻之十六（追加十）』（一九二七年三月、東京帝国大学文学部史料編纂掛）
（20）金子元臣氏『萬葉集評釈　第三冊』（一九四〇年一一月、明治書院）
（21）井村哲夫氏『萬葉集全注　巻第五』（一九八四年六月、有斐閣）

第四節　哀世間難住歌

第一項　題詞の「哀」について

一　はじめに

『万葉集』巻五には、山上憶良の手になる左の作品がある。

哀二世間難一レ住歌一首　并序

易レ集難レ排八大辛苦　難レ遂易レ盡百年賞樂　古人所レ歎今亦及レ之　所以因作二一章之歌一　以撥二二毛之歎一

其歌曰

世間《よのなか》の　すべなきものは　年月《としつき》は　流るるごとし　取り続《つつ》き　追ひ来《く》るものは　百種《ももくさ》に　逼《せ》め寄り来《きた》る　娘子《をとめ》らが　娘子さびすと　韓玉《からたま》を　手本《たもと》に巻《ま》かし　或有二此句一云「白たへの　袖振り交し　紅の　赤裳裾引き」　同年子《よちこ》らと　手《て》携《たづさ》はりて　遊びけむ　時の盛《さか》りを　留《とど》みかね　過《す》ぐし遣《や》りつれ　蜷《みな》の腸《わた》　か黒《ぐろ》き髪に　いつの間《ま》か　霜の降りけむ　紅《くれなゐ》の　一云「丹のほなす」　面《おもて》の上に　いづくゆか　皺《しわ》が来《きた》りし　一云「常なりし　笑まひ眉引き　咲く花の　うつろひにけり　世間は　かくのみならし」　ますらをの　男《をとこ》さびすと　剣《つるぎ》　大刀《たち》　腰に取り佩《は》き　さつ弓《ゆみ》を　手《た》握《にぎ》り持ちて　赤駒《あかごま》に　倭文《しつ》鞍《くら》うち置き　這《は》ひ乗りて　遊びあるきし　世間や　常にあ

りける　娘子らが　さ寝《な》す板戸《いたと》を　押《お》し開《ひら》き　い辿《たど》り寄りて　真玉手《またまで》の　玉手さし交《か》へ　さ寝《ね》し夜《よ》の　いくだもあらねば　手束杖《たつかづゑ》　腰にたがねて　か行《ゆ》けば　人に厭《いと》はえ　かく行けば　人に憎《にく》まえ　老《お》よし男《を》は　かくのみならし　たまきはる　命《いのち》惜《を》しけど　せむすべもなし（5・八〇四）

反歌

常磐《ときは》なす　かくしもがもと　思へども　世《よ》の事なれば　留《とど》みかねつも（八〇五）

この作品に対して、たとえば窪田空穂氏『萬葉集評釈』は、「此の歌はその一般性を一般性として叙してゐるもので、そこには作者の実感の直接な披瀝をまじへてゐない、知的な概念的な作である」（傍線、廣川。以下同じ）と述べている。こうした把握は、何に基づくのか。ひとつには、『萬葉集総釈』（森本治吉氏担当）が示しているように、この作品が整然とした構成を持つということがあろう。森本治吉氏は、長歌の冒頭部分を、

世の中の術なきものは ｛ (1)「年月」は流るる如し。
　　　　　　　　　　　 (2)「とり続き追ひ来るもの」は百種に迫め寄り来る。

というように図式化し、「以上概論的に述べた」という構造理解を示している。

当該作品が「一般性を一般性として叙し」た「知的な概念的な作」と捉えられるもうひとつの理由は、この作品の形式自体にあろう。この作品の全体を見てわかるように、この作品は、「題詞＋漢文＋長歌・反歌」という形になっている。このことについて、土屋文明氏は『旅人と憶良』[1]において、「漢文の序を附したのは、文章と歌詞とによつて効果を強めようとした憶良の発明で勿論漢文の法を輸入したのであらう」と述べていた。この作品は、いわゆる「嘉摩三部作」のひとつに数えられるわけであるが、ひとつめの「令反或情歌」や、ふたつめの「思子等歌」も同様に、この形式を採用している。そこには、土屋氏が指摘するように、表現効果をねらっての形式の選択

があると見るべきであろう。

この形式の採用に拠る表現効果について、さらに鋭く切り込んでいるのが、大久保廣行氏である(2)。大久保氏は、

> 序は題詞を承けてテーマを暗示し、歌はそれらを承けてその具体相を明確化する。つまり、題詞→序文→和歌という進行に伴って、大枠は次第に絞り込まれて今の現実相が鮮明に立ち現れてくる構造をとっている。

と述べている。大久保論文では、傍線を付けたように「テーマ」という指摘が見られる。大久保論文は、この形式と「テーマ」とを関連させている貴重な先行研究と言えよう。大久保論文は、序文と長歌の構造理解を明瞭に示しており、多くの教えを受けることができる。しかし、当該作品の題詞の働きについては、大久保論文も語ってくれない。

題詞のうちの「世間難住」について指摘する論考として、見落とすことができないのが、井村哲夫氏『萬葉集全注 巻第五』である。井村氏は、

> 住は、とどまる、不変の存在であること。「諸法ハ念念《ねんねん》無常ニシテ住《とど》マル時有ルコト無シトイフコトヲ観ズ」（大智度論四七）。

と指摘している(3)。井村氏指摘の『大智度論』について、『岩波仏教辞典』(4)は、「中国（や日本）では大いにもてはやされて、たえずこの大著が読まれた」と記している。こうした指摘を考え合わせれば一層、井村氏の指摘が妥当であることがわかろう。

井村氏の指摘を取り入れれば、題詞の「世間難住」においては、我々が生きている、また、生きていかねばならないこの「世間」は、とどまることがない、そうした普遍的なことがらが述べられていることになる。そして、それを、「題詞＋漢文＋長歌・反歌」という形式に基づいて考えるならば、題詞「哀㆓世間難㆒㆑住」で示されたテーマが、長歌においては、「時の盛りを　留みかね　過ぐし遣りつれ」「世間や　常にありける」と表現されているわけ

であり、また反歌では、「常磐なす　かくしもがもと　思へども　世の事なれば　留みかねつも」と表現されているのだ、と理解することができる。

当該作品におけるこうした整然とした構成について、廣川晶輝は、「山上憶良「哀世間難住歌」について―序文と長歌との関連を中心に―」(5)において、

当該作品では、まず、序文の「易レ集難レ排」という表現において、計数できないほどに多数のものが、押し離し押し退けようにも集まりまとわりついている、そうした様相が顕わし出されている。そして、序文のそうした様相を、長歌の「概論的」(森本治吉氏『総釈』)と位置付けられる部分のうちの「取り続き　追ひ来るものは　百種に　逼め寄り来る」という表現が引き継いでいる。序文の表現を受けるこの表現において、我が身に接近し附着しまとわりつく、そうした様相が、より一層明瞭に描き出されることになるのである。

と指摘した。また、序文の「百年賞樂」という表現と、長歌の〔娘子の描写の部分〕と〔ますらをの描写の部分〕の表現との有機的な関連について論じる機会を得た(6)。

さて、ここまで述べたことをまとめよう。整然とした構成を持つ山上憶良「哀世間難住歌」には、「題詞＋漢文＋長歌・反歌」という形式が採用されている。まさに、この形式が採用されることによって、当該作品では、漢文序文の表現と長歌の表現との有機的な関連が盛り込まれ、表現効果を高めている、そうしたはっきりとしたありようを指摘できる、ということである。

そうした整然とした構成、有機的な関連を備えているこの「哀世間難住歌」であるが、しかし、その題詞となると、考察の目がまったくと言っていいほどに向けられていないのが現状である。現に、題詞「哀二世間難一レ住歌」の「哀」について、どの注釈書もまったく説明していない。この「哀」を「かなしぶ」と訓読しているばかりである。本論は、これまで述べて来たように、この作品が、「題詞＋漢文＋長歌・反歌」という形式を採用することによっ

て表現効果を高めている、という理解に立って、題詞の「哀」の把握に努めたい。そして、当該作品においてこの題詞がどのように有機的な関連をもって置かれ、どのような働きを成しているのか、このことの把握に努めたい。

二　「哀」をめぐって

まず、他の上代文献における「哀」の用例と比較することをとおして、当該作品の題詞の「哀」の特質について確認することから始めよう。

『古事記』の中の「哀」の用例について。垂仁天皇条の沙本毘古と沙本毘売の段に、

……爾くして、其の后、紐小刀を以て其の天皇の御頸を刺さむと為て、三度挙りて、哀情（かなしきこころ）に忍へず、頸を刺すこと能はずして……即ち天皇に白して言ひしく、「……是を以て、御頸を刺さむと欲ひて、三度挙れども、哀情（かなしきこころ）忽ちに起りて、頸を刺すこと得ずして、……」といひき。

とある二例のみであり、サホビメの心情を述べる文脈に収まっている。山口佳紀氏・神野志隆光氏の新編日本古典文学全集版『古事記』は、「かなしきこころ」と訓読している。

『日本書紀』の中の「哀」の用例は四十五例ある。[7] それらの用例では、

……対へて曰さく、「……往時に吾が児八箇の少女有りしを、毎年に八岐大蛇が為に呑まれき。今し此の少童呑まれなむとす。脱免るるに由無し。故、以ちて哀傷（かなしぶ）」とまをす。（神代上第八段正文）

皇太子億計の曰はく、「……帝孫を彰顕したまひしときは、見る者殞涕す。憫々なる搢紳は、戴天の慶を荷ふを忻び、哀哀（あいあいなる）黔首は、履地の恩に逢ふを悦ぶ。……」とのたまふ。（顕宗天皇即位前紀、兄億計《おけ》王・弟弘計《をけ》王の皇位の譲り合いの段）

……皇太子、始めて大臣の心の猶し貞しく浄きことを知り、追ひて悔い恥づることを生し、哀（かなしび）歎くこと休《や》み難し。……造媛、遂に傷心に因りて死するに致りぬ。皇太子、造媛徂逝せぬと聞こしめして、愴《い》然傷怛《た》み哀泣（かなしびたまふこと）極甚《はなはだ》し。（孝徳天皇大化五年三月）

などのように、現代の注釈書においてそれぞれの「哀」は、訓読されている・音読されているにかかわらず、それぞれの文脈の中に収まっている。

『風土記』には三例ある。たとえば、『播磨国風土記』（美嚢の郡）では、於奚《おけ》・袁奚《をけ》の二皇子が播磨国で生きていたことを聞いた母手白髪命が「すなはち歓び哀（かなしみ）泣」いた、とある。この例のように、『風土記』の三例もそれぞれの文脈の中に収まっている。

では、『万葉集』の用例の分析へと移ろう。「哀」の字は歌本文に八例あり、

……その山を　振り放け見つつ　夕されば　あやに哀（かなしみ）　明け来れば　うらさび暮らし……（2・一五九、「天武挽歌」）

磯の上に　立てるむろの木　心哀（ねもころに）　なにしか深め　思ひそめけむ（11・二四八八、柿本人麻呂歌集）

というように、やまとことば「かなし」「ねもころ」を表記することに「哀」の字が用いられており、[8]十分にやまとことばの歌表現を書き表わすことを担い得ていると言える。

次に、『万葉集』の中の題詞・左注・前置漢文における用例について。二十例の「哀」があるが、限られた紙数の都合上すべてを掲げることは許されない。数例を挙げ検討しよう。

……庚戌御船泊㆓于伊豫熟田津石湯行宮㆒　天皇御㆓覧昔日猶存之物㆒　當時忽起㆓感愛之情㆒　所以因製㆓歌詠㆒為㆓之哀傷㆒也……（1・八左注）

右歌一首傳云　佐為王有二近習婢一也　于レ時宿直不レ遑夫君難レ遇　感情馳結係戀實深　於レ是當宿之夜夢裏相見
覺寤探抱曽無レ觸レ手　尓乃哽咽歔欷高聲吟二詠此歌一　因王聞レ之哀慟永免二侍宿一也（16・三八五七左注）

一つ目の巻1・八番歌の左注の用例は、斉明女帝が、庚戌の歳の今、伊豫国の熟田津の石湯の行宮で、昔、夫の舒明天皇と一緒に御覧になったものが今もそのままに存在しているので、感動して感極まって、歌を、作った、という例である。ここでは、〔誰が（WHO）・いつ（WHEN）・どこで（WHERE）・どんな理由で（WHY）・何を（WHAT）・どうした（HOW）〕ということを表わす、いわば〈叙事〉〈ことがらの提示〉がおこなわれているわけである。そうした文脈の中に「哀傷」という言葉があることになる。また、巻16・三八五七番歌の左注の用例でも、同様の〈叙事〉〈ことがらの提示〉の文脈の中に、「哀慟」がある。もちろん、これらの用例は左注の用例であり、〈叙事〉〈ことがらの提示〉ということとなじみやすいという側面はあるであろう。しかし、こうした〈叙事〉〈ことがらの提示〉という要素は、決して左注ばかりでなく、題詞にも見出せる。左に示す、

昔者有二娘子一　字曰二櫻兒一也　于レ時有二二壯士一　共誂二此娘一　而捐レ生挌競貪レ死相敵　於レ是娘子歔欷曰
……不レ如妾死相害永息　尓乃尋二入林中一懸レ樹経死　其兩壯士不レ敢二哀慟一血泣漣レ襟　各陳二心緒一作歌二首
（16・三七八六～三七八七題詞）

のような巻十六のいわゆる「左注的題詞型」と呼ばれる用例（他に、三七八八～三七九〇題詞、三八〇四題詞にも用例あり）はもちろんだが、たとえば、巻2・二〇七～二一二番歌の人麻呂「泣血哀慟歌」の題詞「柿本朝臣人麻呂妻死之後泣血哀慟作歌二首」も、同様の観点で捉えることができる。つまり、その題詞は、

柿本朝臣人麻呂が（これが（WHO）にあたる）、彼の妻が死んだ時に（これが（WHEN）にあたる）、泣血哀慟して（これが（WHY）にあたる）、歌を（これが（WHAT）にあたる）、作った（これが（HOW）にあたる）

という〈ことがら〉を提示している。ここにも、〈叙事〉〈ことがらの提示〉がおこなわれる文脈があるわけであり、

その中に「哀慟」という言葉があるのである。

その他、巻五の山上憶良「日本挽歌」前置漢文と、山上憶良「熊凝挽歌」と通称される巻5・八八六～八九一番歌の序文には、漢籍にも見られる慣用表現「哀哉」がある。これも長い漢文の文脈の中に置かれ、それぞれの文脈の中に収まっている。

さて、以上見て来て、右に挙げた用例と、次に挙げる四つの用例、

哀二世間難レ住歌一首（5・八〇四題詞、当該山上憶良作）

沈痾自哀文（巻5、「沈痾自哀文」題、山上憶良作）

哀二弟死去一作歌一首（9・一八〇四題詞、田辺福麻呂作）

哀二傷長逝之弟一歌一首（17・三九五七題詞、大伴家持作）

とは、おのずとその性質を異にしていると言えよう。見た目には同じ「哀」という字を持っていても、連続した同一平面上において捉えることはできない。つまり、先に挙げた用例では、〈叙事〉〈ことがらの提示〉という文脈に収まって、また、長い漢文の文脈に収まって、「哀」が存在している。一方、いま挙げた四つの用例では、そうした要素が無い。この点においてこれらの用例はその内実を異にし、まさに一線を画している。本論は、一線を画すこれら四つの用例に、「哀〇〇」が持つテーマ性という観点を見出しておきたい。

ところで、あえてもっと厳しい目をもって分析の手を加えるならば、右の四つのうちの「哀二弟死去一作歌」「哀二傷長逝之弟一歌」には、誰が（WHO）という要素が存在する。誰が（WHO）という要素は〈叙事〉〈ことがらの提示〉を成す重要な要素であることを考え合わせれば、世間について述べているだけで誰が（WHO）という要素が無い当該作品は、〈叙事〉〈ことがらの提示〉とは一層無縁であると言えよう。この点において、当該作品の題詞「哀二世間難レ住歌」には、より一層厳密な形で「テーマ性」を見出すことができるであろうし、そうした「テーマ

性」を担う機能を「哀」の中に見出すことができるであろう。と同時に、当該作品の題詞の特殊性をこうした形で指摘できるわけである。

従来、我々は、当該作品の題詞の「哀」に接するのに、あまりにも安穏としすぎていたのではないだろうか。つまり、「哀」は、『古事記』『日本書紀』『風土記』に存在し、また、『万葉集』自体にも多く存在し、歌表現「かなし」「ねもころ」を書き表わし得ている。また、題詞や左注にあっても、それぞれの文脈の中に収まり、〈叙事〉〈ことがらの提示〉の文脈の中にすっぽりと収まっている。そうした「哀」の置かれている環境があまりにも自然だったために、我々は、他の「哀」の用例と当該作品の「哀」とを同一平面上で捉えることに、何の疑問も感じず、疑いの目を向けることも無かったのである。本論は、そうしたこれまでの研究のあり方に一石を投じ得たことをもって多とするものである。

では、このように特殊性を持ちテーマ性を担い得ている当該作品の題詞の「哀」の淵源は、どこにあるのであろうか。次にはこの問題に移りたい。

三　「哀」のテーマ性の淵源について

（一）『文選』について

『文選』(9) 巻二十三には「哀傷」という部立があり、その部立には曹子建の「七哀詩一首」と題された詩がある。

七哀詩一首　五言　　曹子建

明月照㆓高楼㆒　流光正徘徊　上有㆓愁思婦㆒　悲歎有㆓餘哀㆒　借問歎者誰　言是客子妻　君行踰㆓十年㆒　孤妾常

獨棲　君若二清路塵一　妾若二濁水泥一　浮沈各異レ勢　會合何時諧　願爲二西南風一　長逝入二君懷一　君懷良不レ開
賤妾當何依

花房英樹氏は、この詩の詩題の「七哀」について、

「七哀」とは、「病んで哀《かなし》み、義にして哀み、感じて哀み、怨《うら》んで哀み、耳目聞見して哀み、口歎《たん》じて哀み、鼻酸にして哀む」と、五臣注の呂向《りよきよう》は述べている。もともと「七」とは、『楚辞』の七諌から出る文体で、七つの問答を重ねながら、主題を畳み上げていくものであった。……「七哀」と題せられている詩では、七首そろっているものは現在は存しないが、数首計えられるものはある。……「七哀詩」は、もと七首あって、悲哀の感情を歌ったものと考えていいようである。そのような一組の中から、一首を選んだのである。

と述べている。[10] この指摘は大変貴重である。すなわち、まずは、二つ目の傍線部のように、もともとはさまざまな「悲哀の感情」をつづった七首があったのだということを示しているからであり、そして次には、一つ目の傍線部のように、それらが広く「哀」を「主題」とする作品であったことを示しているからである。内田泉之助氏・網祐次氏は、この詩について、「一篇の作意は、漢末の乱に際し、独居の婦人に代って、空閨における別離の哀情を述べたもの」と説明している。[11] ここには、「哀」という「主題」をさまざまな相から述べようとする文学的営為の一端を垣間見ることができよう。ところで、この「七哀詩」が収められている『文選』巻二十三の部立「哀傷」の名称について内田氏・網氏は、「悲しみいたむ情を述べた詩」と指摘しているが、[12] この指摘は、「哀傷」が決して死に偏るのではない[13] 一般性・汎用性を持つことの指摘ともなっている。部立「哀傷」自体が持つこうした一般性・汎用性に基づいて、「七哀詩」の方にも、「哀」という「主題」をさまざまな相から述べようとする文学的営為が存在することを見出しておくべきであろう。

続けて、この『文選』巻二十三には、右の曹子建「七哀詩一首」の他に、王仲宣「七哀詩二首」もある。

七哀詩二首　五言　　王仲宣

西京亂無レ象　豺虎方遘レ患　復棄二中國一去　遠レ身適二荊蠻一　親戚對レ我悲　朋友相レ追攀　出レ門無レ所レ見　白骨蔽二平原一　路有二飢婦人一　抱レ子棄二草閒一　顧聞二號泣聲一　揮レ涕獨不レ還　未レ知二身死處一　何能兩相完　驅レ馬棄レ之去　不レ忍レ聽二此言一　南登二霸陵岸一　迴レ首望二長安一　悟彼下泉人　喟然傷二心肝一
荊蠻非二我鄉一　何爲久滯淫　方レ舟泝二大江一　日暮愁二我心一　山崗有二餘暎一　巖阿增二重陰一　狐狸馳赴レ穴　飛鳥翔二故林一　流波激二清響一　猴猨臨レ岸吟　迅風拂二裳袂一　白露霑二衣衿一　獨夜不レ能レ寐　攝レ衣起撫レ琴　絲桐感二人情一　爲レ我發二悲音一　羈旅無二終極一　憂思壯難レ任

内田氏・網氏は、「作者が漢末の乱を避けて荊州に赴いた時の作。第一首は途上聞見した乱離の哀痛について述べ、第二首は他郷荊蛮の地に滞留する憂思を歌った」と説明している。[14] さらに、この『文選』巻二十三には、張孟陽「七哀詩二首」もある。

七哀詩二首　五言　張孟陽

北芒何壘壘　高陵有二四五一　借問誰家墳　皆云漢世主　恭文遙相望　原陵鬱膴膴　季世喪亂起　賊盜如二豺虎一　毀レ壤過二一抔一　便房啓二幽戸一　珠柙離二玉體一　珍寶見二剽虜一　園寢化爲レ墟　周墉無二遺堵一　蒙籠荊棘生　蹊逕登二童豎一　狐兔窟二其中一　蕪穢不二復掃一　頽隴竝墾發　萌隸營二農圃一　昔爲二萬乘君一　今爲二丘山土一　感二彼雍門言一　悽愴哀二往古一
秋風吐二商氣一　蕭瑟掃二前林一　陽鳥收二和響一　寒蟬無二餘音一　白露中夜結　木落柯條森　朱光馳二北陸一　浮景忽西沈　顧望無レ所レ見　惟覩二松柏陰一　肅肅高桐枝　翩翩栖二孤禽一　仰聽二離鴻鳴一　俯聞二蜻蛚吟一　哀人易二感傷一　觸レ物增二悲心一　丘隴日已遠　纒綿彌思深　憂來令二髮白一　誰云愁可レ任　徘徊向二長風一　淚下霑二衣衿一

第一首の「昔爲二萬乘君一　今爲二丘山土一」は、昔は「萬乘君」すなわち皇帝として君臨していたのに、今は丘の上のひとかけらの土となってしまった、ということを表わしている。この第一首を花房英樹氏は「その昔、時めいた漢の世の皇帝の、その御陵が荒れ果てているのを見て、人の世の移り変わりの激しさを嘆く」と説明し[15]、第二首を内田氏・網氏は「己の祖先の墓によせて、人の世のはかなさをのべた」と説明している[16]。この張孟陽「七哀詩」で「哀」の「主題」として取り上げられているこの世の無常のはかなさという要素は、当該作品の題詞で「哀」の対象となっている「世間難住」にも十分に通じよう。

ところで、日本上代の官人たちが『文選』を李善注の付いた形で享受していたことを考え合わせれば、『文選』の本文だけでなく、李善注の記述にも目を配らなくてはなるまい。

まず、巻二十には、謝霊運「鄰里相送方山詩一首 五言」があり、その「各勉二日新志一　音塵慰二寂蔑一」の二句に対しての李善注には、

　荀組七哀詩曰、轗兮轗兮、何其寂蔑。蔑、一作レ滅。

とある。晋人荀組にも「七哀詩」があったことが知られるのである。なお、巻二十六の陸韓卿「奉答内兄希叔一首 五言」の「徂落固云是　寂蔑終始レ斯」の二句に対しての李善注にも、

　荀組七哀詩曰、何其寂蔑。

とある。次に、巻二十八には、陸士衡「挽歌詩三首 五言」があり、その「按レ轡遵二長薄一　送二子長夜臺一」の二句に対しての李善注には、

　阮瑀七哀詩曰、冥冥九泉室、漫漫長夜臺。

とある。魏人阮瑀（阮元瑜）にも「七哀詩」があったことが知られるのである。さらに、巻四十には、謝玄暉「拜中軍記室辭隋王牋一首」があり、その「邈若二墜雨一　翩似二秋蔕一。」の二句に対しての李善注には、

潘岳楊氏七哀詩曰、灌如二葉落一レ樹、邈然二雨絶一レ天。

とある。これにより、著名な潘岳（潘安仁）にも「楊氏七哀詩」なる作品があったことが知られるのである。

この他、曹植（曹子建）には、右にすでに見た「七哀詩」以外にも「七哀詩」があったことが知られる。つまり、巻二十八の鮑明遠「苦熱行　五言」の「飢猨莫二下食一　晨禽不二敢飛一」の二句に対しての李善注には、

曹植七哀詩曰、南方有二鄣氣一、晨鳥不レ得レ飛。

とあり、また、巻三十一の劉休玄「擬古二首　五言」のうちの「擬行行重行行」の「淚容不レ可レ飾　幽鏡難二復治一」の二句に対しての李善注には、

曹植七哀詩曰、膏沐誰爲容。明鏡闇不レ治。

とあるからである。これらの文言は、すでに右に見た巻二十三の「七哀詩」には存在しない。曹植（曹子建）にはさらに別の「七哀詩」があったわけである。

このように見てくると、〈「七哀」と題して「哀」を「主題」として作品を作るという文学的営為〉が、中国において広く盛んにおこなわれていたということに理解が届こう。(17)

また、『文選』には、これまで見てきた巻二十三と同様に「哀傷」の部立を持つ巻として、『文選』巻十六がある。その「哀傷」の部立にある江文通「別賦」の冒頭の表現は、

黯然銷レ魂者、唯別而已矣。……

であるが、傍線部の表現が、『万葉集』巻5・八七一番歌の序文に、

……即登二高山之嶺一　遥二望離去之船一　悵然断レ肝　黯然銷レ魂　遂脱二領巾一麾之……

とそのままの形で取り入れられている（傍線部）。この巻5・八七一番歌の序文では、愛しい夫を乗せた船を見送る松浦サヨヒメの姿が描かれている。愛し合っている二人の別れの極限の状況において、この傍線部「黯然銷レ魂」

があるわけであり、状況に適った適切な引用、適切な活用であると言える。ところで、この作品が作者を特定できないものの（おそらく山上憶良だと思われる）、筑紫文学圏の作品であることは看過できない事実である。つまり、筑紫文学圏に集う大伴旅人や山上憶良にとって、この『文選』巻十六「哀傷」の「別賦」は、まさに懐にあったと言えるからである。

さらに、この『文選』巻十六「哀傷」には、著名な陸士衡（陸機）の「歎逝賦」がある。この題に付けられている李善注には、

歎逝者、謂レ嗟ニ逝者往一也。言、日月流邁、人世過往。傷ニ歎此事一而作レ賦焉。

とある。このうちの傍線部の記述の存在は重要である。当該作品「哀世間難住歌」の長歌は、「世間の　すべなきものは　年月は　流るるごとし」で始まり、以降、まさに、傍線部のように「日月は流邁し、人世は過ぎ往く」その様が描かれているわけである。ここで鑑みなくてはならないのが小島憲之氏の指摘である(18)。小島氏は『文選』の李善注の『万葉集』への影響について、繰り返し指摘して来られた。この陸機「歎逝賦」に付けられた李善注が存在する意味は大変大きいと言えよう。

さて、「哀」のテーマ性の淵源としての『文選』についての考察をまとめよう。実際に確認したように、『文選』巻十六「哀傷」の部立に収められている江文通「別賦」が筑紫文学圏の作品に取り入れられているという受容のありようを考え合わせたい。これは、『文選』巻十六「哀傷」の部立の作品を筑紫文学圏の人びとが実際に読んでいたことの、動かぬ証しである。そうした濃密な受容の中で、『文選』の巻十六ばかりでなく、巻二十三の「哀傷」の部立の作品についても、我が国上代の国家官僚たち、筑紫文学圏の人びとは、熟知していたことであろう。『文選』が国家官僚必読の書物であった点を考え合わせればなおさらである。その「哀傷」の部立の中にあって「七哀詩」は、「哀」という題を明瞭に持っている。そして、この「七哀詩」は、「哀」という「主題」をもとに作品を作

り上げるという文学的営為の産物だったのであり、テーマ性を濃厚に帯びているのである。ここに、当該作品「哀世間難住歌」の題詞「哀」が持っているテーマ性の淵源を明瞭に見出すことができよう。

（二）『芸文類聚』について

加えて、この淵源について『芸文類聚』も見ておかなければならない。『芸文類聚』について芳賀紀雄氏は、「重宝され」「広範囲に用いられ」「山上憶良の『類聚歌林』……といった類聚の書の編纂への影響も強かった」と述べて、上代日本文学における『芸文類聚』の重要性を指摘している(19)。その『芸文類聚』は、巻三十四の人部に「哀傷」という部立を持つ。そこにも、「【詩】魏文帝寡婦詩……魏阮瑀**七哀詩**……又詩……魏王粲**七哀詩**……又詩……晉張載**七哀詩**……」というように、「七哀詩」が存在する。日本上代の官人たちは、「哀」という「主題」をもとに作品を作り上げるという文学的営為の産物である「七哀」に、この『芸文類聚』においても出会うのであり、つまり、「哀」の持つテーマ性をこの『芸文類聚』においても認識することになるのである。ここにも、当該作品の題詞「哀」がもっているテーマ性の淵源を明瞭に見ることができるのである(20)。

四　題詞と序文――テーマの発現――

さて、当該作品の題詞「哀㆓世間難㆒㆑住」の「哀」がテーマ性を持ち得ていることを把握できた後には、すでに「一　はじめに」で述べておいたように、この題詞が、当該作品においてどのように有機的な関連をもって置かれ、どのような働きを成しているのか、このことの把握に努めなくてはならない。

序文の表現に目を向けよう。「易㆑集難㆑排八大辛苦」の「八大辛苦」については、契沖が早くに『萬葉代匠記』

（初稿本）において、

生《ト》、老《ト》、病《ト》、死《ト》、愛別離《ト》、怨憎会《ト》、求不得《ト》、五陰盛《トナリ》。

と述べていた。また、前掲『岩波仏教辞典』は、「四苦八苦」の項目で、

四苦とは生《しょう》（うまれること）・老・病・死で，これに，怨憎会《おんぞうえ》苦（憎い者と会う苦）・愛別離《あいべつり》苦（愛する者と別れる苦）・求不得《ぐふとく》苦（不老や不死を求めても得られない苦，あるいは物質的な欲望が満たされない苦）・五取蘊《ごしゅうん》苦（五盛陰《ごじょうおん》苦・五陰盛《ごおんじょう》苦とも．現実を構成する五つの要素，すなわち迷いの世界として存在する一切は苦であるということ）を加えて八苦となる．

と説明している。ここで参照したいのは、「八大辛苦」の中の「求不得苦」の記述である。「不老や不死を求めても得られない苦」とは、まさに、当該作品の中の人物が今苛まれている苦である。従来、当該作品の理解においては、「老苦」や「病苦」のみに目が向けられることが多かったのであるが、当該作品の序文のこの「八大辛苦」が、人間が生きているうえでのさまざまな苦を広く包含していることを、認識することができるのである。

「難レ遂易レ盡百年賞樂」の「百年」は、武田祐吉氏『萬葉集全註釈』の「百年は、人間の寿命の最大限」という指摘を考え合わせれば、人生を表わすことになる。そして、その人生の中の素晴らしいことがら良いことがらが「賞樂」と表わされている。「賞樂」について、契沖『萬葉代匠記』（初稿本）は早くに「賞樂《ハ》、賞心樂事《ナリ》。四美中挙レ二兼レ余。」と指摘し、澤瀉久孝氏『萬葉集注釈』は、この契沖の指摘を受けて、

文選（卅）謝霊運の擬魏太子鄴中集詩序にも「天下良辰、美景、賞心、樂事、四者難レ并」とある。その賞心、樂事で、心の喜び、事柄の楽しみ。

と指摘した。(21)

ところで、繰り返しになるが、当該作品は「題詞＋漢文＋長歌・反歌」の形式を採用している。作品論としては、

当該作品をそのままの形で、つまり、静態として見ることが求められる。となれば、「題詞が序文をどう導き出すのか」という一方向の理解のみでは作品論としては不十分ということになろう。つまり、静態としての作品を分析するうえでは、題詞と序文との相互の関連をも考察すべきである。「題詞が序文をどう導き出すのか」という理解ばかりでなく、「題詞は序文の存在によってどう立ち現われるのか」という理解も必要となるのである。

このような観点で当該作品に接するならば、先ほど右に見た「八大辛苦」と「百年賞樂」は、人が生まれ死んでいく人生の中での辛さ苦しみと喜び楽しみを表わしているという点において、題詞にある「世間」の様相を説明している、いわば、注釈していることになろう。つまり、「世間」は「八大辛苦」や「百年賞樂」をその内実として持っているということである。そして、序文において、「八大辛苦」は「易レ集難レ排」と形容され、「百年賞樂」は「難レ遂易レ盡」と形容されている。これを加味すれば、つまり、当該作品の題詞の「世間」とは、「百年賞樂」があっという間に無くなってしまうものであり、「八大辛苦」がべったりとまとわりついて来る[22]、そうした「世間」として、作品上に立ち現われていることになるのである。

さて、ここでもう一度、前掲の井村哲夫氏の指摘を見てみよう。井村氏は、『大智度論』の文言を引用し、「住は、とどまる、不変の存在であること」と指摘していた。その井村氏の指摘を取り入れれば、題詞の「世間難住」においては、我々が生きている、また、生きていかねばならないこの「世間」は、とどまることがない、そうした普遍的なことがらが述べられていることになる。その理解に、今、右に分析して来た要素を加えれば、次のようになろう。すなわち、我々人間は、「百年賞樂」があっという間に無くなってしまい「八大辛苦」がべったりとまとわりついて来る、こうした「世間」であっても、この「世間」において生きていかねばならない、こうした世間であっても、決して、とどめることができない、という理解である。そして、こうした「世間難住」に対する悲哀をテーマとして発現させることにおいて、題詞冒頭のテーマ性を帯びた「哀」が機能している、このように捉えることができるであろう。

「哀」の機能をさらに論じるために、ここでもう一度、題詞と序文に目を向けよう。序文においては、「所以因作二一章之歌一　以撥二毛之歎一　其歌曰」と記されている。井村哲夫氏『萬葉集全注』が、「歌を歌って老いの嘆きを慰めようと言うので、作歌にカタルシスの用を認めている」と述べていることが注目される。と同時にここには、ひとつの作品を作り上げようとする文学的営為の「言挙げ」が存在すると言ってよいであろう。

序文の「易レ集難レ排八大辛苦」「難レ遂易レ盡百年賞樂」が題詞の「世間」を注釈する働きを成し、その両者の相互関連によってテーマが明瞭となっていることを考え合わせれば、題詞の「哀」のテーマ性と序文の文学的営為の「言挙げ」とが相互に関連し響き合っているという構図を見出すことができるのではなかろうか。つまり、序文の文学的営為の「言挙げ」を導き出しているのが、題詞の「哀」が持つテーマ性――『文選』の「七哀詩」に見られる、「哀」という「主題」をもとに作品を作り上げようとする文学的営為に淵源を持つテーマ性――そのものであるということである。

そうした「言挙げ」を受けて長歌冒頭では、「世間の　すべなきものは　年月は　流るるごとし　取り続き　追ひ来るものは　百種に　逼め寄り来る」と歌い出される。前掲の『萬葉集総釈』が指摘するように、「概論」が示されるわけだ。長歌においては以降、〔娘子の描写の部分〕と〔ますらをの描写の部分〕が展開し、それぞれの部分の中で、〈盛→哀〉という変化が、「時の盛りを　留みかね　過ぐし遣りつれ」「世間や　常にありける」いう表現とともに歌われる。反歌においても「常磐なす　かくしもがもと　思へども　世の事なれば　留みかねつも」と歌われる。これらの長歌と反歌の表現は、題詞と序文との相互関連の中で発現されたテーマを明確に受ける形で歌われていることが、これら長歌と反歌の表現から明瞭に見て取れる。

まさに、「哀」は、それ自体が持つテーマ性に裏打ちされて、序文の文学的営為の「言挙げ」を導き出し、そして、ひとつの作品を作り上げて行くことに機能しているのである。

五　まとめ

本論の最初に引用した土屋文明氏『旅人と憶良』が、「憶良の発明」と述べていたことに想を得れば、「題詞＋漢文＋長歌・反歌」という形式を『万葉集』に持ち込んだのは憶良の功績と言えるであろう。「七哀詩」は、『文選』（そして『芸文類聚』）にあるように、広く日本上代の官人たちは目にしていた。しかし、そこに込められた文学的営為を見出して（＝〈発見〉して）作品化することは、なんぴとでも出来たということではなかったのである。やはり、万葉歌人山上憶良の文学の出現を待たねばならなかったのである。

中国には、「哀」という「主題」をもとに作品を作り上げるという文学的営為の産物である「七哀詩」があった。その文学的営為の産物が日本にもたらされ日本における新たな作品として作品化されるその結節点に、万葉歌人山上憶良がいたのである。彼が採用した「題詞＋漢文＋長歌・反歌」という形式を獲得することで初めて、「哀」を主題とする文学が日本において花開いたと言えるのである。

注

（1）土屋文明氏『旅人と憶良』（一九四二年五月、創元社）

（2）大久保廣行氏「世間の住み難きことを哀しぶる歌」（『セミナー万葉の歌人と作品　第五巻　大伴旅人・山上憶良（二）』、二〇〇〇年九月、和泉書院）

（3）『国訳一切経　釈経論部　三』（一九三五年八月、大東出版社）において、井村氏指摘の『大智度論』の記述を確認することができる。

(4) 中村元氏・福永光司氏・田村芳朗氏・今野達氏編『岩波仏教辞典』（一九八九年一二月、岩波書店）

(5) 廣川晶輝「山上憶良「哀世間難住歌」について―序文と長歌との関連を中心に―」（『甲南大學紀要 文学編』一六〇、二〇一〇年三月。→本節第三項を参照願いたい）

(6) 廣川晶輝「山上憶良「哀世間難住歌」の序文の「賞樂」をめぐって」（『国語と国文学』八七―一一、二〇一〇年一一月。→本節第二項を参照願いたい）

(7) 仲哀天皇の表記の「哀」は除く。他に、訓注における仮名の例として神代上第四段一書第一、顕宗天皇即位前紀の二例があるが、これも除く。

(8) 「時はしも　何時もあらむを　情哀　い行く我妹か　みどり子を置きて」（3・四六七、大伴家持「悲傷亡妾歌」）の該当部分の訓は、『萬葉集』（おうふう）では「かなしくも」、新編日本古典文学全集版『萬葉集』では「こころいたく」というように訓が割れている。

(9) 『文選』の引用は、全釈漢文大系版『文選』（集英社）に拠り、適宜返り点を付した。また、『文選』の李善注の引用は、『文選附考異』（藝文印書館）に拠り、適宜句点・返り点を付した。以下同じ。

(10) 花房英樹氏全釈漢文大系版『文選（詩騒編）三』（一九七四年一〇月、集英社）

(11) 内田泉之助氏・網祐次氏新釈漢文大系版『文選（詩篇）上』（一九六三年一〇月、明治書院）

(12) 注(11)に同じ。

(13) 「哀」は『説文解字』に「哀　閔也。」（二篇上、二十六オ）とあり、その「閔」は、『説文解字』に「閔　弔者在門也。」（十二篇上、十五オ）とある。「哀」はもと、人の死を悼む意であったことがわかる。『文選』では、そうした人の死という要素の制約から離れており、広く悲しみいたむ意として用いられていることがわかるのである。右の『説文解字』の引用は、『説文解字注』（上海古籍出版社）に拠る。

(14) 注(11)に同じ。

(15) 注(10)に同じ。

(16) 注(11)に同じ。

(17) 『全唐詩』（巻二百二十二）には、杜甫の「八哀詩」がある。この「八哀詩」が『文選』の「哀傷」の「七哀詩」をふまえていることは明瞭である。「七哀」という題が杜甫の文学にまでも射程を延ばしているありようを見定めることができることは、中国におけるこの「七哀」題の確かな存在と、そして、その成熟した環境を見定めることにつながる。

(18) 小島憲之氏「山上憶良の述作」（『上代日本文學と中國文學 中―出典論を中心とする比較文學的考察―』、一九六四年三月、塙書房）、同氏『漢語逍遙』（一九九八年三月、岩波書店）など。

(19) 芳賀紀雄氏「典籍受容の諸問題」（『萬葉集における中國文學の受容』、二〇〇三年一〇月、塙書房。初出、一九九三年八月）

(20) 当該作品の題詞の「哀」の淵源を求めたので本論の目的としては果たされているが、中国における「哀〇〇」題をめぐる成熟した環境を見定めておくことは、有用であろう。中国におけるその他の漢籍の用例を『全上古三代秦漢三国六朝文』に基づいて参照すれば、「全漢文」（巻十九）嚴忌「哀時命」、「全漢文」（巻二十一）司馬相如「哀秦二世賦」、「全漢文」（巻二十五）東方朔「哀命」、「全後漢文」（巻五十七）王逸「哀歳」、「全後漢文」（巻五十七）王逸「哀時命」、「全後漢文」（巻九十三）阮瑀「哀別賦」、「全三国文」「魏」（巻四）文帝「哀己賦」（参照『文選』巻二十五、陸士龍「爲㆓顧彦先㆒贈㆑婦二首」の李善注「魏文帝哀己賦曰」）などの題がある。また、「八哀詩」については、すでに注（17）において見たとおりである。他の後代の例としても、『全唐詩』を参照すれば、『全唐詩』（巻三百八十一）孟郊「哀孟雲卿嵩陽荒居」、『同』（巻四百十二）元稹「哀病驄呈致用」などの題を見出すことができる。ここに、中国における「哀〇〇」題の成熟した環境を見出せよう。

(21) この「賞樂」（＝賞心・樂事）の背景には、良辰と美景を共に楽しむことができる親しい友が集まって楽しむという要素を見出すべきことについて、注（6）の拙論で述べている。詳しくは本節第二項を御併読願いたい。

(22) 注（5）の拙論（本節第三項）を御併読願いたい。また、廣川晶輝「ふたりの壮士―高橋虫麻呂「菟原娘子伝説歌」をめぐって―」（『日本文学』五九―六、二〇一〇年六月）では、当該作品でも長歌において「取り続き　追ひ来るものは　百種に　逼め寄り来る」というように表現されている「取り続き」について分析した。この「取り続き」の「取り」では「手に取る」「つかむ」要素が喚起されていることを指摘した。こちらの御併読も願いたい。

第二項　序文の「賞樂」をめぐって

一　はじめに

前項に引き続き、山上憶良作「哀世間難住歌」を論じる。本第二項では、当該作品の序文の「賞樂」という表現の読解を目指し、序文の表現と長歌の表現との関連によってもたらされる表現効果の一端を明らかにすることとしたい。

二　「賞心樂事」「四美」「賞樂」

（一）研究史

序文の「賞樂」という表現について、契沖『萬葉代匠記』（初稿本）は早くに「賞樂《ハ》、賞心樂事《ナリ》。四美中挙レ二兼レ余。」と指摘し、澤瀉久孝氏『萬葉集注釈』（一九六〇年二月）は、「賞樂」は代匠記に「……」とある。四美の例は文選（廿五）劉越石の答盧諶詩幷書の中に「之子之往、四美不レ臻」とあり、また文選（卅）謝霊運の擬魏太子鄴中集詩序にも「天下良辰、美景、賞心、樂事、四者難レ幷」とある。その賞心、樂事で、心の喜び、事柄の楽しみ。

と指摘した。つまり、「賞樂」を「心の喜び、事柄の楽しみ」と把握したのである。この『注釈』以降の現代の注釈書の「賞樂」の把握も、次の表のようになっている。

注釈書名	刊行年月	現代語訳	頭注や脚注等の記述
日本古典文学全集版	1972.5	悦楽	賞心・楽事をいう。
講談社文庫版	1978.8	楽しみ	めで楽しむこと。
新潮日本古典集成版	1978.11		景を賞《め》で事を楽しむ心。
『萬葉集全注』	1984.6	歓楽	
新編日本古典文学全集版	1995.4	悦楽	賞心・楽事をいう。
『萬葉集釈注』	1996.5	楽しみ	景を賞《め》で事を楽しむ心の意である。
新日本古典文学大系版	1999.5	楽しみ	「賞楽」の用例は未見。
和歌文学大系版	2002.3	歓楽	「天下良辰、美景、賞心、楽事四者難并」（謝霊運詩序）の賞心楽事をいう。
『萬葉集全歌講義』	2007.1	悦楽	めで楽しむこと。

しかし、このような把握で十分なのであろうか。もちろん、それぞれの注釈書には紙数の制約があろう。だが、やはり、指摘せねばならない点が指摘されていない憾みがある。本論は、「賞樂」の把握に付け加えるべき点があることを論じ、それを当該の山上憶良「哀世間難住歌」の作品理解に活かすことを最大の目的とする。

（二）「賞心樂事」と「四美」の把握

まずは、契沖と澤瀉氏の指摘に導きを得て、漢籍における「賞心樂事」の把握に努めよう。この表現は「十三経」には見当たらない。『文選』には一例、澤瀉氏指摘の謝霊運「擬魏太子鄴中集詩序」の一例のみが存する。分析の便宜を図るため、その『文選』[1]（巻三十）の謝霊運「擬魏太子鄴中集詩序」を挙げよう。

擬ニ魏太子鄴中集詩ー八首　五言幷序　謝霊運

建安末、余時在ニ鄴宮ー。朝遊夕讌、究ニ歡愉之極ー。天下良辰美景、賞心樂事、四者難レ幷。今昆弟友朋、二三諸彦、共盡レ之矣。古來此娯、書籍未レ見。……

詩題の「魏太子」は後に文帝となった曹丕であり、「鄴中集」は曹丕が文学の交わりを結んだ文人の作品を編集した詩集である。謝霊運が「擬」した「八首」はその『鄴中集』の中の八首を選んでなぞらえたものである。それら八首について花房英樹氏は、「すべてそれぞれの人の立場に立ち、それぞれの詩風に添いつつ作ったものであり」「序文もまた、霊運が、『鄴中集』を作った曹丕の立場からつづったもの」と説明する。[2]

続けて、「賞心樂事」の用例を「二十五史」に探しても、『梁書』[3]（巻五十、列伝第四十四、文学下、陸雲公伝）に一例存するのみである。その用例は、陸雲公（字は子龍）の文才を見出した張纘の書状の用例である。陸雲公は太清元年（五四七）に三十七歳で卒した。その死を悼んで張纘は、陸雲公の叔父陸襄と兄陸晏子に書状に送ったのであった。その書状には、「……始踰弱歳，辭藝通洽，升降多士，秀也詩流。見與齒過肩隨，禮殊拜絶，懷抱相得，忘其年義。朝遊夕宴，一載于斯。翫古披文，終晨訖暮。平生知舊，零落稍盡，老夫記意，其數幾何。至若此生，寧可多過，賞心樂事，所寄伊人。……」とある。この書状には「賞心樂事」の他に「朝遊夕宴」ともある。右の謝霊運の序文にも「朝遊夕讌」とあることを考えれば、謝霊運（三八五年〜四三三年）の手になる序文の影響下にあることは十分に辿れよう。

続けて、「賞心樂事」の用例を『先秦漢魏晋南北朝詩』に探しても、すでに右に見た謝霊運の一例のみであり、『全上古三代秦漢三国六朝文』に探しても、「全宋文」（巻三十三）に右の謝霊運の一例、「全梁文」（巻六十四）に右の張纘の書状の一例があるのみである。このことからも、「賞心樂事」という表現の源を謝霊運「擬魏太子鄴中集詩序」に求めることができよう。小尾郊一氏に「謝霊運以前にこの言葉（「賞心」のこと。廣川注）のあるを聞かない」という指摘がある[4]のは心強い。

さらに続けて、「賞心樂事」の用例を唐代類書『芸文類聚』『初学記』『北堂書鈔』に探しても存在しない。

後代の例をも見れば、「賞心樂事」という表現における謝霊運「擬魏太子鄴中集詩序」の影響の様相はさらに明瞭になる。『全唐詩』[5]（巻四百五十六）には、白居易の詩「三月三日祓禊洛濱」があり、その序文に、「開成二年三月三日。河南尹李待價以人和歳稔。將禊於洛濱。前一日。啓留守裴令公。令公明日。召太子少傅白居易……等一十五人。合宴於舟中。由斗亭歷魏堤。抵津橋。登臨泝沿。自晨及暮。簪組交映。歌笑間發。前水嬉而後妓樂。左筆硯而右壺觴。望之若仙。觀者如堵。盡風光之賞。極遊泛之娯。美景良辰。賞心樂事。盡得於今日矣。」とある。『白孔六帖』[6]（巻四、三月三）にも、『全唐詩』と同様の記事が「美景良辰賞心樂事」という表現を含んで採録されている。この『全唐詩』『白孔六帖』の白居易の用例も、謝霊運の影響下にあることは明瞭である。

この影響は、さらに後代にも射程を伸ばしている。『全唐文』[7]（巻六百九十）には、符載の「送崔副使歸洪州幕府序」があり、「古人云。良辰美景。賞心樂事。四者難幷。今實幷之矣。」と記されている。もちろんこの「古人」とは、謝霊運を指す。また、同じく『全唐文』（巻八百八十二）の徐鉉の「喬公亭記」にも「良辰美景。賞心樂事。」という表現を見る[8]。

ここまで、『文選』（巻三十）の謝霊運「擬魏太子鄴中集詩序」およびその他の「賞心樂事」の用例について見て来た。六朝宋の謝霊運の「天下良辰、美景、賞心、樂事、四者難㆑并」という表現が「賞心樂事」の用例の源となっていることを確かめることができた。この点、契沖と澤瀉氏の指摘が正鵠を射たものであったことが証明されたと言えよう。

次に、契沖と澤瀉氏の指摘にならい、「四美」の例の把握に努めよう。「四美」は、初唐の王勃の有名な「秋日登洪府滕王閣餞別序」に、「……遥襟甫暢，逸興遄飛。爽籟發而清風生，纖歌凝而白雲遏。睢園緑竹，気凌彭澤之樽，鄴水朱華，光照臨川之筆。四美具，二難并。……」とある。[9] しかし、これだけでは、「四美」が「天下良辰、美景、賞心、樂事」を指すことが少々不明瞭である。ここで参照すべきが、次の例であろう。『全唐文』（巻七百四十七）には、太和（八二七年～八三五年）の頃の韋慤[10]の「重修滕王閣記」がある。これが王勃の詩序を襲っていることはその題から明瞭である。この「重修滕王閣記」には、「……包四時物候之異。春之日則花景鬬新。香風襲人。憑高送歸。極目蕩神。夏之日則鶯舌變哢。葉陰如棟。紈扇罷搖。綺窗堪夢。秋之日則露白山青。當軒展屛。涼風遠來。沈醉易醒。冬之日則簷外雪滿。幄中香暖。耐舉罇斝。好聽歌管。則斯閣之盛。縱遊之美。賞心樂事。庸可既乎。夫易舊圖新。樹非常之績。……」とある。この韋慤の用例によって、王勃の「四美」という表現が、「天下良辰、美景、賞心、樂事」を指しそれらをまとめて称している語であることも明瞭となろう。

この王勃「秋日登洪府滕王閣餞別序」の本邦への将来は早く、正倉院蔵残巻に載る。[11] また、他の王勃の詩「上巳浮江宴韻得阯字」にも、「披観玉京路，駐賞金台阯。逸興懐九仙，良辰傾四美。松吟白雲際，桂馥青谿裏。別有江海心，日暮情何已。」とある。この詩は残念ながら、正倉院蔵残巻や、上野有竹氏所蔵残巻、神田香巌氏所蔵残巻、富岡桃華氏旧蔵・現在東京国立博物館所蔵残巻それぞれ[12]にも存しておらず、日本上代における直接的な参照を指摘することはできないが、初唐の「四美」の例を確認することができる。

このように初唐王勃に見る「四美」も、六朝宋の謝霊運の「擬魏太子鄴中集詩序」の「天下良辰、美景、賞心、樂事、四者難レ幷」という表現を源とすることがわかる。

ここで、もう一度、「源」たる謝霊運の用例を掲げておこう。

擬二魏太子鄴中集詩一八首　五言幷序　謝霊運

建安末、余時在二鄴宮一。朝遊夕讌、究二歡愉之極一。天下良辰美景、賞心樂事、四者難レ幷。今昆弟友朋、二三諸彦、共盡レ之矣。古來此娯、書籍未レ見。……

ところで、小尾郊一氏は「謝霊運は、自然を賞《め》ずる心を「賞心」と言っている」と述べている(13)。そして、右の「古來此娯、書籍未レ見。」に「彼において、この賞心の娯しみを、はっきりと自覚したことに外ならない」点を見出そうとしている。小尾氏『中国文学に現われた自然と自然観』という大著が目指すところとしては、その指摘のとおりであろう。しかし、この「擬魏太子鄴中集詩序」の「賞心樂事」の持ち得る背景についての指摘としては、まだ加えるべき点がある。

ここで、内田泉之助氏・網祐次氏がこの序に付ける現代語訳(14)を合わせて見てみよう。

建安の末ころ、われ（太子の丕）は鄴宮に在り、朝に夕に遊宴して、十分にたのしみをつくした。いったい、天下の良き日、美しい景、親しい友、楽しいこと、この四つを一度にあわせもつことは難い。

内田氏・網氏は、なぜ「賞心」を「親しい友」と捉えるのか。

謝霊運の序の中にある「讌」は、くつろいで語り合い宴会をする意を表わす。そうした「讌」の例を、たとえば『晋書』（巻八十、列伝第五十、王羲之の条）に見ることができる。王羲之が吏部郎謝萬に与えた書に、「比當與安石東游山海，幷行田視地利，頤養閑暇。衣食之餘，欲與親知時共歡讌，……(15)」とある。くつろいで語り合い宴会をする、そうした「讌」を確かめるならば、内田氏・網氏が「賞心＝親しい友」と解するのも、十分に理解できることになろう。だが、ここでさらに参照したいのが、辰巳正明氏の「美景と賞心」という論考(16)である。この論考は、額田王の「春秋判別歌」（『万葉集』巻1・一六）が生み出された近江朝の文学のあり方を考察する論考である。しかし、謝霊運「擬魏太子鄴中集詩八首」に対して、「ここには遊宴と良辰・美景・賞心・楽事との関係がみごとにのべられている。遊宴は良い季節の美しい風景のもとに、その季節の美しさを共にめでる者が集い、そして詩を詠み合うことにあった。そこに理想的な君臣関係が形成されることになるのである」と述べていることは、非常に参考になろう。つまり、「共にめでる者」が集まってこその「賞心樂事」、ということに理解が届くからである。このように確認して来ると、内田氏・網氏が、なぜ「賞心」を「親しい友」と訳したのかも理解できる。

つまり、「賞心樂事」「四美」の表現の源となっている謝霊運「擬魏太子鄴中集詩序」の背景には、良辰・美景を共に楽しむことができる親しい友が集まって楽しむ、そうした要素が見出せるのである。

（三）「賞樂」の用例の存在およびその把握

先掲の表にまとめたように、新日本古典文学大系版『萬葉集』は、「「賞楽」の用例は未見」と指摘している。しかし、この指摘はどうであろうか。新大系版はあくまでも、舶来に要すタイムラグを十分に考えて『万葉集』に影響を与えた初唐の時代までの書物を対象として右の指摘をおこなった、のかもしれない。しかし、山上憶良の作品を考えるうえでは、憶良の遺唐使としての渡唐の実績を勘案しなければならないだろう。中西進氏は、「特に注意したいと思うことは、憶良が概念的な学芸・知識に接触したということよりも、実際に目で見、耳で聞き、皮膚に感ずるという体験をしたということである。……巷間の文化に、今憶良が接しているということである」と指摘していた。[17] 遣唐使として渡唐した憶良は、彼が本邦に『遊仙窟』を将来したと言われるように、様々な唐の文物文化に触れたであろう。そのありようには、我々が想像する以上のものがあるとおぼしい。憶良の長安における環境を考えなければならないのである。となれば、山上憶良の作品を論じる時には、「初唐の時代までの書物」という限定を設けるべきではない。そして、何も直接の出典を見つけることに拘泥するのでもなく、彼の渡唐時や近接する時期の諸作品へ広く目配りすることが、彼の渡唐時の文学の環境を考えるうえで重要ということになろう。

右の観点に立って、「賞樂」の用例を探せば、確かに見出すことができるのである。まず、『全唐詩』を見てみよう。巻九十二には、李乂の、

奉和春日幸望春宮應制

東城結宇敞一作瞰千尋。北闕迴輿具四臨。麗日祥煙承罕畢。輕荑弱草藉衣簪。秦商重沓雲巖近。河渭縈紆霧壑深。謬接鵷鴻陪**賞樂**。還欣魚鳥遂飛沈。

という例を見出すことができる。『旧唐書』[18]（巻百一、列伝第五十一）には「李乂，本名尚真，趙州房子人也。少與兄尚一、尚貞倶以文章見稱，舉進士。」とあり、幼少の頃から文章の力量をもって称せられ、進士として登用されたことがわかる。また、『新唐書』[19]（巻二百二、列伝第一百二十七、文藝中、李適の条）に、「初，中宗景龍二年，始於脩文館置大學士四員、學士八員，直學士十二員，象四時、八節、十二月。於是李嶠、宗楚客、趙彦昭、韋嗣立為大學士，適、劉憲、崔湜、鄭愔、盧藏用、李乂、岑羲、劉子玄為學士，……」とあることから、中宗の景龍二年（七〇八）に「脩文館」（修文館）に置かれた八人の「學士」のうちの一人とされたことがわかる。また、『新唐書』のこの記述に続けて「凡天子饗會游豫，唯宰相及學士得從。」とあることから、皇帝の様々な饗宴に侍り様々な出遊に従ったことがわかり、そして、「帝有所感即賦詩，學士皆屬和。」とあるように、その饗宴・出遊の折々に、皇帝の作った詩に和し奉ったことがわかる。右の「奉三和春日幸二望春宮一應制」もそうした折の詩である。この詩の表現を見てみよう。「鵷鴻」は、「鵷雛」と「鴻」のことであり朝廷の百官を指している。ここでは、朝廷の百官と交わることを光栄に思う旨がつづられている。この「賞樂」は、うららかでのどかな良き日（「麗日」）に皇帝と朝廷の百官が共に心を楽しませる「賞心樂事」を表わしていると言えよう。

同じく『全唐詩』（巻三）には、明皇帝（＝玄宗皇帝）[20]の「首夏花萼樓觀羣臣宴寧王山亭回樓下又申之以賞樂賦詩并序」がある。この詩題の例でも、「羣臣宴」とあるように臣下たちの宴があり、多くの人々が集まっての楽しい集いと「賞樂」「賞心樂事」との関わりを辿れる。その序文にも「近命羣官（一作臣）。欣時樂宴。」という表現があり、楽しい宴の記述がある。また、同序文の「盡九春之麗景。」「佳辰易失。絶興難追。良可惋也。」「足以締夏首之新賞。補春餘之墜歡。」という表現からは、先に見た「四美」のうちの、「天下の良辰と美景」という二つの要素があることに気づかれよう。さらに、この序文には、「賦我有嘉賓之詩。奏君臣相悅之樂。」とある。これはまさに、前掲王勃「秋日登洪府滕王閣餞別序」に見られる「二難」のうちの「嘉賓」が描かれているのであり、この玄宗皇帝の詩では、四美が揃っているどころか、得難いとされる「二難」も揃っている、そのことが称揚されているのである。詩にも「城隅宴賞歸。」「天喜時相合。人和事不違。禮中推意厚。樂處感心微。」「別賞陽臺樂。」という表現を見る。

『全唐詩』（巻六十）の李嶠「菱」詩、『全唐詩』（巻六十三）の劉允濟「經廬岳回望江州想洛川有作」詩にも「賞樂」という表現を見出す。李嶠は「李嶠百詠」であまりにも有名であり、前掲の『新唐書』（巻二百二、列伝第一百二十七、文藝中、李適の条）を参照すれば、修文館の「大學士」とされたことがわかり、また、劉允濟も、「直學士」とされたことがわかる。いずれも唐の中宗の時代の大文人であることがわかる。

ところで、この中宗時代の表現が後代にも引き継がれている、そうした相を見定めることができることは、きわめて有効であろう。『全唐詩』（巻二百二十四）には、杜甫の「崔駙馬山亭宴集 京城東有崔惠童駙馬山池」という詩に、「蕭史幽棲地。林間蹋鳳毛。洑流何處入。亂石閉門高。客醉揮金椀。詩成得繡袍。清秋多宴會 一作賞樂。終日困香醪。」があり、「一作」という注記の中ではあるが「賞樂」の例を見出すことができる。この例でも多くの人が集まり楽しく歓談することと「賞樂」との関わりを見出せる。また、『全唐文』（巻三百五十八）には、柳賁の「唐故左金吾將軍范陽張公墓誌銘 并序」があり、「……河東自戸部復左台州。乃相與登臨形勝。賞樂歳月。河東有北平之役。公承制放還。……」という表現を見る。さらに、『全唐文』（巻六百九十五）には、韋宗卿[21]の「隱山六峒記」がある。その「夫時景賞樂。四者難備。」という記述は重要である。「四美」が示されているわけであり、賞心と樂事を省略して「賞樂」とされていたことが明瞭である。

この「(三)「賞樂」の用例の存在およびその把握」では、従来指摘されて来なかった「賞樂」の用例を指摘することができた。そして、この「賞樂」にも、表現の源となっている謝霊運「擬魏太子鄴中集詩序」と同様、良辰・美景を共に楽しむことができる親しい友が集まって楽しむ、そうした要素が見出せるのである。

（四）当該序文「賞樂」の把握

上代日本の国家官人にとっての必読必須の『文選[22]』に、謝霊運「擬魏太子鄴中集詩序」が載り、その「賞心樂事」という表現に、良辰・美景を共に楽しむことができる親しい友が集まって楽しむ、そうした要素があることの意味は大きい。そして、その謝霊運の表現を源とする「賞心樂事」および「賞樂」という表現が、中国唐において存在し、右の要素を持っていることは、遣唐使として渡唐の実績のある山上憶良の文学の環境を考えるうえでも意義のあることである。

論者廣川晶輝は、この「二　「賞心樂事」「四美」「賞樂」」を、当該山上憶良作品の序文の「賞樂」に対する従来の研究の把握が決して十分ではなく付け加えるべき点があることを言挙げすることで論じ始めた。考察がここまで進めば、当該序文の「賞樂」にも、右に見て来た、良辰・美景を共に楽しむことができる親しい友が集まって楽しむ、そうした要素を見出しておくべきであろう。そして、このように捉えることは、当該山上憶良作品全体の理解にとって、きわめて有効有益であろう。

三　『万葉集』の作品理解へ

以上のように、序文の「賞樂」に、良辰・美景を共に楽しむことができる親しい友が集まって楽しむ、そうした要素が見出せるからには、前掲の土屋文明氏が指摘する序文と長歌とによる表現効果にも論が及ぶこととなる。

長歌は、北村季吟『萬葉拾穂抄』が指摘したとおり、〔娘子の描写の部分〕と〔ますらをの描写の部分〕との截然とした構成を備えている。その〔娘子の描写の部分〕には、「同年子《よちこ》らと　手携《てたづさ》はりて　遊びけむ　時の盛《さか》りを留《とど》みかね　過《す》ぐし遣《や》りつれ」とある。その「よちこ」について、まず考えなくてはならない。仙覚『萬葉集註釈』は、「ヨチコラト、ハヲナシホトノコラトイフ心也」と述べていた。上代文献における「よち」は、当該例を除いて、次の四例である。

然れこそ　年の八年を　切り髪の　**吾同子**（よちこ）を過ぎ　橘の　上枝を過ぎて　この川の　下にも長く　汝が心待て（13・三三〇七）

物思はず　道行く行くも　青山を　振り放け見れば　つつじ花　にほえ娘子　桜花　栄え娘子　汝をぞも　我に寄すといふ　我をぞも　汝に寄すといふ　汝はいかに思ふ　思へこそ　年の八年を　切り髪の　**与知子**（よちこ）を過ぎ　橘の　上枝を過ぐり　この川の　下にも長く　汝が心待て（13・三三〇九）

この川に　朝菜洗ふ子　汝も我も　**余知**（よち）をぞ持てる　いで子賜りに（14・三四四〇）

みどり子の　若子髪には　たらちし　母に抱かえ　褨襁の　平生髪には　木綿肩衣　純裏に縫ひ着　頸付の童髪には　纐纈の　袖付け衣　着し我を　にほひよる　子らが**四千**（よち）には　蜷の腸　か黒し髪を　ま櫛もち　ここにかき垂れ　取り束ね　上げても巻きみ　解き乱り　童になしみ……（16・三七九一）

三三〇七番歌と三三〇九番歌はともに、巻十三の問答部に属す。三三〇九番歌について、早くに北村季吟『萬葉拾穂抄』が、「前の哥は二首問答なるを、此哥は一首の哥にて言葉も替る也」と指摘し、近くでは日本古典文学全集版『萬葉集』（一九七三年一二月）が、「三三〇五と三三〇七とを繋ぎ合わせたような形になっている」と指摘している。これら、三三〇七番歌と三三〇九番歌のうち、三三〇七番歌の原文表記「吾同子」は、三三〇九番歌の「与知子」という仮名書きを援用して「よちこ」と訓まれ、また、「よち」に「同年」「同輩」の意味を見出す、その根拠とされている。この三三〇七番歌と三三〇九番歌では、同年・同輩として相応しい恋の相手としてあったのに、ずっと待たされて現在に至っていることを歌っている。この「年の八年」は長い間待って来たことを表わしている。「よちこ」が恋にまったく関係ない年齢であるならば、この「年の八年」をずっと待って来たことは、恋の歌としての意味をなさないことになってしまう。「よちこ」は幼児ではあり得ない。恋愛に適した時期としては最初期にあたることになる。この点、新編日本古典文学全集版『萬葉集』（一九九五年一二月）が、「文脈から推して、ここは少女時代の意か」としているのが、巧く言い得ている。

三四四〇番歌は特殊なありようを示す。この歌について、鴻巣盛廣氏『萬葉集全釈』（一九三三年一〇月）は、「このヨチ・ヨチコは同年輩の若い男女の意から転じた隠語であつて、卑猥な意味になるのではあるまいかと想像される」と述べている。(23)そうした「隠語」であっても、その基底には、同年・同輩であり結婚相手としてちょうど良い、相応しい、という要素があることは、もちろん認められるであろう。

三七九一番歌について、井上通泰氏『萬葉集新考』（一九二八年九月）は、「ヨチコラは妙齢といふことにてヨチコラガ以下は翁が妙齢なりし程の事をいへるなり」と指摘する。(24)この三七九一番歌の前には長い序文が「昔有㆓老翁㆒　号曰㆓竹取翁㆒也　此翁季春之月登㆑丘遠望　忽値㆓煮羮之九箇女子㆒也　百嬌無㆑儔花容無㆑匹……」(25)と付いており、三七九一番歌の「にほひよる　子ら」はこの序文の「百嬌無㆑儔花容無㆑匹」と形容される「九箇女子」と対応している。小島憲之氏は、小野機太郎氏がこの序文に『遊仙窟』の影響を見た見解[26]を取り入れて、「百嬌無レ儔花容無レ匹」という娘子たちの美しさの表現も、『遊仙窟』の「花容婀娜、天上無レ儔、玉體透迤、人間少レ匹……千嬌百媚、造次無レ可二比方一」という表現を「まねたものである」と指摘した[27]。「婀娜」は美しくしなやかな様を表わし、「透迤」は長く連なりくねっている様を表わす。美しく艶かしい姿態が表現されている。「千嬌百媚」では媚態も表現されている。『遊仙窟』のこうした表現を背景に持つ三七九一番歌の序文の「百嬌無レ儔花容無レ匹」と形容される娘子たちにも、『遊仙窟』における女性の姿態は引き込まれている。ならば、そうした姿態を有す「にほひよる子ら」とわたし（翁）とが「よち」、つまり同年の頃というのだから、この「よち」には、『新考』の指摘する「妙齢」や壮士盛りという意味を捉えることが妥当であろう。

当該歌の「よちこ」は「時の盛り」にかかるのであり、そうした文脈理解に基づきそれ相応の年齢を考えるべきである。恋愛に適した時期の最初期としての少女期から、あでやかで艶かしさも兼ね備える妙齢までを考えるべきであり、そのいずれにせよ、「よちこらと」とは、同年代の人々と一緒に、ということになろう。

ところで、土屋文明氏『萬葉集私注』は、「手携はり」の項で「手を取り合つて。此のヨチコは勿論異性の友であらう」と指摘している。このように指摘するのは、「……妹と吾れと　手携（てたづさはり）て　朝には　庭に出で立ち　夕には　床打ち払ひ……」（8・一六二九、大伴家持）のような例の存在を勘案しての処置かもしれない。しかし、『万葉集』巻十七には、大伴池主の手になる「七言晩春三日遊覧一首 幷序」があり、その序には、「上巳名辰暮春麗景　桃花昭レ瞼以分レ紅　柳色含レ苔而競レ緑　于レ時也携レ手曠二望江河之畔一訪二酒逈一過二野客之家一……」とある。この序では、三月三日の良い時に仲間たちが手を取り合って遊覧することが描かれている。また、「敬和下遊二覧布勢水海一賦一首 幷一絶上」という題詞を持つ作品に、「……思ふどち　馬打ち群れて　多豆佐波理（たづさはり）出で立ち見れば……」（17・三九九三、大伴池主）という表現もある。「思ふどち」は、気心の知れた仲間たちを表わすのであり、そうした仲間たちが、馬にまたがり、また、手を取り合って、越中の名所「布勢水海」に遊覧しているのである。新編日本古典文学全集版『萬葉集』（一九九六年八月）は、「携はり」について、「携ハルは手を取り合うこと。当時は幼児や恋人や夫婦ばかりでなく、男同士でも手を繋いで外出することがあった。ここは仲良く一緒に出かけることをいう」と解説を加える。右の例を考え合わせれば、手を取り合うのが男女の間柄だけではないことがわかろう。ここは、『私注』のように捉えずとも、澤瀉久孝氏『萬葉集注釈』が「同年輩の友だちと」とし、伊藤博氏『萬葉集釈注』が「同輩の仲間たちと」としているように捉えておくべきであろう。気心の知れた同年代の仲間たちが、手を取り合って仲良く出かけているのだ。

むしろ、ここで重要なのは、そうした同年輩の「友だち」「仲間たち」と一緒に、「遊んだ」と表現しそれを「時の盛り」としていることである。というのも、〔ますらをの描写の部分〕の方にも、「ますらをの　男《をとこ》さびすと　剣《つるぎ》大刀《たち》　腰に取り佩《は》き　さつ弓《ゆみ》を　手《た》握《にぎ》り持ちて　赤駒《あかごま》に　倭《し》文《つ》鞍《くら》うち置き　這《は》ひ乗りて　遊びあるきし　世間……」とあるからである。この「遊ぶ」をどう捉えたらよいのか。当該歌のこの表現の中にいる「ますらを」は一人なのか、それとも複数なのか、この点と絡めて考えてみよう。諸注の見解を見てみよう。例えば鴻巣盛廣氏『萬葉集全釈』は「益荒夫ドモガ」、日本古典文学全集版『萬葉集』も「若者たちが」（新編日本古典文学全集版『萬葉集』も同様）、新潮日本古典集成版『萬葉集』も「勇ましい若者たちが」と解している。複数に解するこれら諸注の解釈は、一見すると、「ますらを」という表現とそぐわないように見えるかもしれない。しかし、ここで考えてみたいのが、「遊ぶ」という表現である。『万葉集』中の「遊ぶ」の用例には、

ま葛延ふ　春日の山は　うちなびく　春さり行くと　山峡に　霞たなびき　高円に　うぐひす鳴きぬ　もののふの　八十伴の男は　雁がねの　来継ぐこのころ　かく継ぎて　常にありせば　友並めて　遊（あそばむ）ものを　馬並めて　行かまし里を……（6・九四八）

ももしきの　大宮人の　罷り出て　遊（あそぶ）今夜の　月のさやけさ（7・一〇七六）
馬並めて　み吉野川を　見まく欲り　うち越え来てぞ　滝に遊（あそび）つる（7・一一〇四）
もみち葉の　過ぎまく惜しみ　思ふどち　遊（あそぶ）今夜は　明けずもあらぬか（8・一五九一）
春日野の　浅茅が上に　思ふどち　遊（あそぶ）今日の日　忘らえめやも（10・一八八〇）
白露を　取らば消ぬべし　いざ子ども　露に競ひて　萩の遊（あそび）せむ（10・二一七三）
もののふの　八十伴の緒の　思ふどち　心遣らむと　馬並めて……延ふつたの　行きは別れず　あり通ひ　いや年のはに　思ふどち　かくし安蘇婆（あそば）む　今も見るごと（17・三九九一）
しなざかる　越の君らと　かくしこそ　柳かづらき　楽しく安蘇婆（あそば）め（18・四〇七一）

などの例を見る。「遊ぶ」行為は、二重傍線部の表現に見るように複数の人びとと行動を共にしての行為であると言えよう。そして、気心の知れ合った仲間たちという「思ふどち」や「友並めて」「馬並めて」「いざ子ども」という表現が一首の中に現われるように、「遊ぶ」という表現には、共通理解に裏打ちされた仲間たちが行動を共にするという要素を考え合わせるべきである。また、右の二重傍線部のような表現が現われていなくても、

月夜よし　川の音清し　いざここに　行くも行かぬも　遊（あそび）て行かむ（4・五七一）
垂姫の　浦を漕ぎつつ　今日の日は　楽しく安曽敝（あそべ）　言ひ継ぎにせむ（18・四〇四七）

のような例がある。五七一番歌は「大宰帥大伴卿被レ任二大納言一臨二入レ京之時一府官人等餞二卿筑前國蘆城驛家一歌四首」という題詞（五六八題詞）に括られた四首のうちの一首である。ここには大宰府官人たちの集う遊宴がある。また、四〇四七番歌は「至二水海一遊覧之時各述レ懐作歌」という題詞（四〇四六題詞）に括られた歌々のうちの一首である。ここには、都からの客人田辺福麻呂を迎えての越中の地での「遊覧」がある。

こうしたありようが如実に示すように、「遊ぶ」という表現をめぐっては、多くの人びとが集うことが前提にあ

ると言える。そもそも「遊ぶ」行為に「ひとり」を考えること自体が形容矛盾なのであろう。

九四八番歌は左注に「右神龜四年正月　數王子及諸臣子等　集二於春日野一而作二打毬之樂一」とある。気心の知れた仲間たちの春日野での「打毬之樂」があるのである。一一〇四番歌は「み吉野川」の「滝」に遊びに来ている。一八八〇番歌は「野遊」という題に括られている一首である。三九九一番歌は題詞に「遊二覧布勢水海一賦」とある例である。また、すでに述べたように、四〇四七番歌も「遊覧」での歌であった。気心の知れた仲間たちが、共に野外に出かけているのである。ここでも、さきほど見た『万葉集』巻十七の「七言晩春三日遊覧一首」の序の三月三日の良い時に仲間たちが手を取り合って遊覧する、その様が参照されようし、また、その序に導かれた七言詩のうちの「餘春媚日宜二怜賞一　上巳風光足二覧遊一」という表現も参照されよう。「怜賞」とあり、賞すべき良い季節に「覧遊」することのすばらしさがつづられているからである。

さて、以上まとめれば、当該作品長歌の〔ますらをの描写の部分〕の方にも、心を通わし合った男性の若者たちが狩猟をして野外で「遊ぶ」様が描かれていると言えよう。

すでに見たように〔娘子の描写の部分〕でも娘子たちが同年代の仲間同士手を取り合って仲良く出かけているわけであり、〔娘子〕〔ますらを〕それぞれで描かれている「盛→衰」のうちの「盛」「時の盛り」の描写において、心を通わし合った若者同士が野外に出かける様子が用いられているわけである。

四　まとめ

本論は、当該作品の序文の「賞樂」という表現をめぐって論じて来た。そして、その「賞樂」の背景に、良辰・美景を共に楽しむことができる親しい友が集まって楽しむ、そうした要素が見出せることを論じた。そうした序文の理解は、長歌の〔娘子の描写の部分〕〔ますらをの描写の部分〕に共通して描かれている、心を通わし合った若者同士が野外で遊ぶ様と関連し合う。従来指摘されて来なかった「賞樂」をめぐるこうした要素を捉えることにより、序文の表現と長歌の表現との関連が辿れ、当該作品の理解へとつながったのである。こうした点を見定めて、本論のまとめとしたい。

注

（1）『文選』の引用は、『文選附考異』（藝文印書館）に拠り、適宜句点・返り点を付した。
（2）花房英樹氏全釈漢文大系版『文選（詩騒編）四』（一九七四年一二月、集英社）
（3）『梁書』の引用は、『梁書』（中華書局）に拠る。
（4）小尾郊一氏「山水をうたう詩」（『中国文学に現れた自然と自然観』、一九六二年一一月、岩波書店）。小尾氏著書の「後記」には、「謝霊運と自然」（『漢文学紀要』五、一九五〇年六月）が「文学に現れた自然ということに関心を持った最初の論文である」と記されている。
（5）『全唐詩』の引用は、『全唐詩』（中華書局）に拠る。以下同じ。
（6）『白孔六帖』の引用は、「欽定四庫全書」を影印した『白孔六帖　外三種』（上海古籍出版社）に拠る。
（7）『全唐文』の引用は、『欽定全唐文』（中文出版社）に拠り、適宜句点を付した。以下同じ。
（8）こうした影響は宋代においては墓誌の文言にも見られ、拡がりを見せている。清の胡聘之の輯の『山右石刻叢編』（『石刻史料新編　二〇』、新文豊出版公司）の巻十四には、元豊五年（一〇八二）正月の「耆英会図並詩石刻」が収められており、そこには「席汝言　繫國安危唐上宰功成身退漢留侯二公間暇開高宴九老雍容奉勝流共接雅歡思意洽不矜富貴禮容優賞心樂事人間盛豈謂今稀古莫儔」とある。また、清の陸増祥の撰の『八瓊室金石補正』（文物出版社）の巻九十二には、嘉定七年（一二一四）五月の「崇椿張□□詞」に「休説予心渇里巷。爭先擬持杯。階闥畢竟人間。賞心樂事種々。盡歸縁法。拈取瑞香一瓣。」とある。

（9）王勃の詩の引用は、清蔣清翊註『王子安集註』（上海古籍出版社）に拠る。
（10）『全唐文』巻七百四十七の韋慤の伝には、「慤字端士。太和初進士。……」とある。
（11）この正倉院蔵王勃詩序について、内藤虎次郎氏は「王勃集残巻は献物帳に著録せられざれば、其の何時に施入せられしやを知るに縁なし。五采牋を用ゐ、行書にて写し、天地日月星載人国等の字に、則天武后の製字を用ゐたり。巻尾に慶雲四年七月廿六日、用紙貳拾玖張とあり、即ち唐の中宗景龍元年に当る、見存せる王勃集中、其の写録の旧きこと、上野神田富岡三氏の所蔵本に亞ぐべし。此諸本の武后の垂拱永昌年間に写されたることは、嘗て上野本の跋語に於て私考を載せたり　標題には単に詩序とあり。王勃の名は巻中の首篇の首に記されたり」と紹介している（「正倉院尊蔵二旧鈔本に就きて」、『内藤湖南全集　第七巻』、一九七〇年二月、筑摩書房。初出、一九二二年一〇月）。なお、この王勃集残巻に載る「秋日登洪府滕王閣餞別序」の翻刻は、神戸市外国語大学外国学研究所『正倉院本王勃詩序の研究Ⅰ』（一九九五年三月）にて読むことができる。
（12）これら諸氏所蔵の影印は、中田勇治郎氏監修・大阪市立美術館編『唐鈔本』（一九八一年二月、同朋舎出版）に載る。
（13）注（4）に同じ。
（14）内田泉之助氏・網祐次氏新釈漢文大系版『文選（詩篇）下』（一九六四年一二月、明治書院）
（15）『晋書』の引用は、『晋書』（中華書局）に拠る。付してある左傍線は原文そのまま。その語が人名や地名であることを知るうえで便利である。以下の本論における左傍線も同様。
（16）辰巳正明氏「美景と賞心」（『万葉集と中国文学　第二』、一九九三年五月、笠間書院。初出、「美景と賞心―額田王から家持へ」、一九八九年二月）
（17）中西進氏「長安の生活」（『山上憶良』一九七三年六月、河出書房新社。初出、「長安の憶良」、一九六五年三月）
（18）『旧唐書』の引用は、『舊唐書』（中華書局）に拠る。以下同じ。
（19）『新唐書』の引用は、『新校本新唐書』（中華書局）に拠る。
（20）「明皇帝」について『全唐詩』（巻三）には、「帝諱隆基。睿宗第三子。始封楚王。後為臨淄郡王。景雲元年。進封平王。立為皇太子。英武多能。開元之際。励精政事。海内殷盛。旁求宏碩。講道芸文。貞観之風。一朝復振。在位四十七年。謚曰明。詩一巻。」とあり、『旧唐書』（巻八、本紀八、玄宗上の条）にも、「玄宗　至道大聖大明孝皇帝諱隆

基，睿宗第三子也，」とある。つまり、「明皇帝」は、玄宗皇帝の謚号「至道大聖大明孝皇帝」によって玄宗を指すということがわかる。

(21)『全唐文』の伝には「宗卿。元和中官侍御史戸部員外郎。出為益州刺史」とあり、元和年間（八〇六〜八二〇年）の人であることがわかる。

(22)芳賀紀雄氏「典籍受容の諸問題」（『萬葉集における中國文學の受容』、二〇〇三年一〇月、塙書房。初出、一九九三年八月）は、「『養老令』の「選叙令」（29秀才進士条）には、「進士取下明閑《ナラヒ》二時務一、幷読二文選爾雅一者上」とあり、「考課令」（72進士条）に、『文選』『爾雅』についての実際の試験方法が規定されている」と指摘している。

(23)日本古典文学大系版『萬葉集』（一九六〇年一〇月）が「大意」の後にあえて「〇」印を付けて別掲し「つまり、私はあなたと結婚したいということらしい」と記したのは、この「隠語」の呼吸を伝えようと腐心したためであろう。また、澤瀉久孝氏『萬葉集注釈』（一九六五年三月）も、『全釈』の見解（本論が紙数の都合上省略した部分を含めて）に対して、「なかなか、こまかく行き届いた解釈だと思ふ」と述べている。

(24)『新考』のこの見解は、三七九一番歌の「子らがよち」の部分を「よち子らが」の誤りとする判断に基づくものではあるが、「子ら」と「よち」の解釈について考察するうえで大変参考になる。

(25)この「匹」について。現存諸本のうち紀州本だけが「上」、それ以外の類聚古集・廣瀬本・西本願寺本などはすべて「止」であり、『萬葉集』（おうふう）・『補訂版　萬葉集　本文篇』（塙書房）は「止」とする。しかし、新編日本古典文学全集版『萬葉集』は、「止」を「匹」の誤りとする契沖『萬葉代匠記』（初稿本・精撰本）の見解に拠り「匹」に校訂する。近時の最も新しいテキストである井手至氏・毛利正守氏『新校注　萬葉集』（二〇〇八年一〇月、和泉書院）も「匹」に校訂している。

(26)小野機太郎氏「上代文学と漢文学」（『上代日本文学講座　第二巻　特殊研究篇上』、一九三三年一二月、春陽堂）

(27)小島憲之氏「遊仙窟の投げた影」（『上代日本文學と中國文學　中—出典論を中心とする比較文學的考察—』、一九六四年三月、塙書房）

〔附記〕本論は、文部科学省平成二十年度私立大学等研究設備整備費補助金交付の成果に基づく。また、日本学術振興会科学研究費補助金基盤研究（C）「墓誌の表現分析に基づく日中文化交流の基礎的研究」（研究課題番号２２５２０２１４）交付による成果に基づく。

第三項　序文と長歌との関連を中心に

一　はじめに

これまでの第一項・第二項に引き続き、本第三項では、序文の表現と長歌の表現との関連によってもたらされる表現効果の一端を明らかにすることとしたい。

そのために、まず、この作品の構造を理解するうえでの重要な先行研究の指摘を確認しておこう。

『萬葉集総釈』（森本治吉氏担当）は、長歌冒頭部分の構造について、次のように図示している。なお、この図はすでに第一項で掲げているが、再掲する。『総釈』は、長歌のここまでを、「以上概論的に述べた」と記している。

世の中の術なきものは
- (1)「年月」は流るる如し。
- (2)「とり続き追ひ来るもの」は百種に迫め寄り来る。

また、大久保廣行氏も、右の『総釈』と同様の構造理解を示したうえで、

序文とのつながりから言えば、前者（右の『総釈』の指摘するところの(1)の部分のこと。廣川注）は「遂ぐること難く尽くること易き」「百年の賞楽」を示したものであり、後者（右の『総釈』の指摘するところの(2)の部分のこと。廣川注）は「集まること易く排ふこと難き」「八大の辛苦」に相当する。

と述べている。[1] つまり、序文と長歌の構造理解を明瞭に示しているわけである。

本論としても、構造理解として、右の森本治吉氏『総釈』、大久保廣行氏の見解に賛同する。本論は、序文・長

歌の表現の分析に立脚して、序文の表現と長歌の表現との関連によってもたらされる表現効果を明らかにすることを目指したい。

ところで、長い当該作品全体を満遍なく論じることは、ともすると論点が散漫となり、冗漫との誹りを受けかねないであろう。そこで、本論としては、『総釈』が図示するところの「⑵」、大久保論文が指摘するところの「後者」に、あえて絞り込んで論じることで、右の誹りを免れようと思う。また、絞り込んで論じることにより、より端的な形で、序文の表現と長歌の表現との関連によってもたらされる表現効果を明らかにすることができるのではないかと考える。

このような目的を持つ本論は、次の「二　序文の「易ㇾ集難ㇾ排八大辛苦」について」において「易ㇾ集難ㇾ排八大辛苦」について考察し、続く「三　長歌の「とり続き　追ひ来るものは　百種に　逼め寄り来る」について」において長歌冒頭部分の「とり続き　追ひ来るものは　百種に　逼め寄り来る」について考察することとする。

二　序文の「易ㇾ集難ㇾ排八大辛苦」について

（一）「集」をめぐって

当該序文では、「集まり易くして排ひ難きは八大辛苦、遂げ難くして盡くし易きは百年の賞樂」ということが「古人の歎き」として取り上げられるが、それは「古人」だけの問題ではなく、「今またこれに及ぶ」というように、この歎きが作品上の「現代（「今」）」にも共通の歎きであることが、まず、示される。

この「易ㇾ集難ㇾ排八大辛苦」という序文冒頭の表現によって、どのような「様相」(2)が作品上で喚起されるのか。

従来の研究においては、この表現を概念的に捉える傾向が強かった。そのため、残念ながら、「易レ集難レ排八大辛苦」という序文冒頭の表現によって、どのような「様相」が作品上で喚起されるのか、という点を掘り下げて論じることが足りなかったようである。

そこでまずは「集」について追究しよう。

『万葉集』中の「集」には、

同月十一日登二活道岡一集二一株松下一飲歌二首（6・一〇四二〜一〇四三題詞）

右一首歌者　正月二日守舘集宴……（19・四二二九左注）

のような、計数可能の範囲の数人が集まる意の例がある。第一例の「同月」は春正月であり、初春とは言えまだ肌寒い正月十一日に、一本の松の木の下に王族（一〇四二番歌は市原王の作）と貴族（一〇四三番歌は大伴家持の作）の数人が集まっての例であることがわかる。第二例は、正月二日に越中国守大伴家持の館に、国司たちが集まっての宴の例であり、国府の官人の定員が十名程度であることを考えてみても、計数可能の数人が集まっての例であることがわかる。

一方、『万葉集』中の「集」の用例には、計数不可能な、もしくは、あえて計数を慮外に置くような、次のような例もある。

……[3]一書是時宮前在二二樹木一　此之二樹斑鳩比米二鳥大集　時勅多挂二稲穂一而養レ之　乃作歌云々……（1・五〜六左注）

禍故重疊　凶問累集……（5・七九三序文、大伴旅人）

……無レ福至甚惣集二于我一……（5・山上憶良「沈痾自哀文」）

葦鴨の　多集（すだく）池水　溢るとも……（11・二八三三）

第一例は、「斑鳩」と「比米」の二種類の鳥が数えきれないほどたくさん集まっているという例である。第二例は、凶事の報せ・訃報が連なって次々に集まってくることを表わす例である。第三例は、「無レ福」（すなわち不幸）の中でも最も不幸なものが全て自分に集まってくることを表わす例である。第四例は、「多集」で「すだく」と訓ませた歌の用例である。葦鴨の群れが池の水面にびっしりと無数に集まり浮んでいることを表わす用例である。

これらの例にはそれぞれ、傍線部の「大」「累」「惣」「多」など、数の多いことを表わす字が近接する。その字が明瞭に表わすように、計数できない（もしくは計数自体を慮外に置く）ほどに多数のものが群がり集まっていることを表わす用例であると言えよう。

ところで、計数できないほどに多数であることを表わす、そうした「大」「累」「惣」「多」などの字が付けられていなくても、「集」の字自体が、計数できないほどに多数であることを前提として用いられている例もある。

天地の　初めの時の　ひさかたの　天の河原に　八百万　千万神の　神集（かむつどひ）　集ひいまして　神はかり　はかりし時に……（2・一六七、柿本人麻呂「日並皇子挽歌」）

かけまくも　あやに恐し　我が大君　皇子の尊　もののふの　八十伴の男を　召集聚（めしつどへ）　率ひたまひ……（3・四七八、大伴家持「安積皇子挽歌」）

第一例が、天上界で「八百万《やほよろづ》」「千万《ちよろづ》」の神々が集まったと歌う例であっても、この歌が八百万《はつぴやくまん》、千万《せんまん》という、神々の数を数えることを目的としている歌でないことは言うまでもない。計数できないほどに多数の神々が集まって天上界を覆い尽くしている様相がここにはあると言えよう。第二例は、安積皇子が多くの氏族の男たちを率いているさまを歌っている例である。この例でも「八十《やそ》伴の男」という表現が八十《はちじゅう》の氏族の男というように計数を目的としているのでないことは言うまでもなかろう。[4]「皇子の尊」というように、無理にでも尊称を付けて尊びたいという作中に込められている願いと呼応して、この歌では、おびただしい数の氏族の男たちが皇子にお仕えし、皇子はそれらの男たちを率いている、そうした颯爽とした姿を描出することに主眼があるのである。

　右の二例を見るに、『万葉集』中の「集」には、計数できないほど多数のものがびっしりと集まり存在している「様相」が含まれていることを見出すことができよう。

　『万葉集』中の「集」について論じてきたところで、「集」の字義についても確認しておこう。「集」の本字は、『説文解字』（四篇上）に、

　　雧　羣鳥在木上也。……集雧或省。

とあるように、「雧」である。「雧」「集」両字については、『篆隷万象名義』[5]（第六帖七四オ）に、

　　雧　集字

とあり、観智院本『類聚名義抄』（僧中六十九オ）[6]に、

　　集……雧　同

とある。つまり、「集」自体には、「雧」が表わすように多くの鳥が群がっている意味が本然から備わっているのであり、ひいては、計数できないほどに多数のものが集まっている様相を表わすのに、きわめて適った字であると言えよう。

　当該序文の「易レ集」の「集」に対して従来の諸注釈書が記すのは、「あつまる」という記述のみであり、それ以上に述べることは無かった。本論としては、『万葉集』の用例、および、「集」の本字が「雧」であることにより、計数できないほどに多数のものがびっしりと集まっているという様相を看取することができるということを指摘しておきたい。

　当該作品において、「易レ集」「難レ排」（次節参照）であるのは、「八大辛苦」であると述べられている。この「八大辛苦」が仏教語であることを考えれば、この「集」についても、仏教語としての意味を視野に入れておく必要性

もまたあるであろう。

『岩波仏教辞典』(7)は、「集　じゅう」の項目を設け、

原義は，集まり合わさること．仏教では，衆生《しゅじょう》の〈苦《く》〉(duḥkha)もしくは〈苦〉を本質とする衆生の生存は，無明《むみょう》(avidyā，無知)ないし愛(tṛṣṇā，妄執《もうじゅう》)などの，もろもろの因縁《いんねん》が集まり合わさった結果であると説く(四諦《したい》の中の集諦《じったい》)が，このように因縁が集まり合わさって，結果を生起することを〈集〉という．

と説明する。こうした仏教語としての側面を加味しても、これまで述べてきた「集」が喚起する様相の考察とは齟齬を来たさず、むしろ、単に「あつまる」とのみ概念的に捉えてきたこれまでの研究のあり方を修正することに作用すると言えよう。

(二)「排」をめぐって

序文では、右に見た「易レ集」に続いて、「難レ排」とある。びっしりと集まっているのを「排」することが困難であるというのである。では、その「排」とはどのような意味を帯びているのであろうか。次にはこの点を確認したい。

ここでは、上代の用例として、『日本書紀』の用例を見てみよう。神代下第九段一書第一には、

……時に此の神の形貌、自づからに天稚彦と恰然相似れり。故、天稚彦が妻子等見て喜びて曰く、「吾が君猶し在しましけり」といひ、則ち衣帯に攀持り、不レ可二排離一。……

とある。亡くなった天稚彦の妻子が、味耜高彦根神の帯に取りすがり、押し離そうにも離れずにまとわりついている、そうした様相が示されている。当該作品序文の「難レ排」を考えるうえで、この「不レ可二排離一」は、ともに

「難」「不可」と、困難・不可能の語を伴なっている点から、参考になろう。この例を参考にすれば、当該歌の「難レ排」も、押し離そうにも離れずにまとわりつく、そうした様相が示されていることになろう。

また、『日本書紀』武烈天皇即位前紀には、

……果して期りし所に之きて、歌場の衆に立たして、歌場、此には宇多我岐と云ふ。影媛が袖を執へて、躑躅して従容したまふ。俄くありて鮪臣来りて、排下太子与二影媛一間上立。是に由りて、太子、影媛が袖を放ち、移り廻り前に向みて立ちたまひ、直に鮪に当ひて、歌して曰はく、……

とある。歌垣の場において皇太子は、娶ろうと思う影媛の袖をつかんでしきりに誘っている。そこに登場するのが恋敵の鮪臣《しびのおみ》であった。鮪は皇太子と影媛の間に割って入り、二人を遠ざけようと押し退けた。その結果、皇太子はつかんでいた影媛の袖を離すことになった、という例である。この例でも、「排」が、遠ざけようと押し退ける意を表わしている。

また、『類聚名義抄』（観智院本、仏下本三十六ウ）[8]には、

排　ハラフ

とあり、鴻巣盛廣氏『萬葉集全釈』は当該歌の序文の「排」に対して、

排はハラヒと訓む。押し除ける意である。

と説明している。

さて、当該作品序文の「難レ排」についてまとめよう。「排」は、「押し離す」「押し退ける」という意味を持つ。そして、「難レ排」は、そうした「排」の動作が困難であると言うのである。

ここで、「（一）「集」をめぐって」における「集」の分析と合わせて、「易レ集難レ排八大辛苦」を考えよう。

「（一）「集」をめぐって」では、計数できないほどに多数のものがまとわりついていることを確認した。そして、

この「(二)「排」をめぐって」では、その計数できないほどに多数のものを押し離し押し退けることが難しいということが確認できた。となれば、まさに、当該序文の「易レ集難レ排八大辛苦」には、計数できないほど多数の八大辛苦がまとわりついている、そうした「様相」が顕わし出されていると言えるであろう。

三　長歌の「とり続き　追ひ来るものは　百種に　逼め寄り来る」について

(一)「セム」をめぐって

「逼め寄り来る」の原文表記は「勢米余利伎多流」である。このうちの「勢米」すなわち「セム」を、どのように理解したらよいのであろうか。

『萬葉代匠記』(精撰本)では、

責寄リ来ルト承ル意、怨賊等ノ追ヒ来テセマル譬ヲ含メリ。

と述べており、「セム」に「攻撃する」意を見ている。この説には、現代の注釈書では日本古典文学全集版『萬葉集』が立っている。

セムは、追い詰める、攻撃する意。

と述べているとおりである。また、『時代別国語大辞典 上代編』も当該歌を、

ますらをの　高円山に　迫有者(せめたれば)　里に下りける　むざさびぞこれ(6・一〇二八)

という歌と合わせて「②追いたてる。攻めつける。」という項目内に収めている。

一方、『岩波古語辞典 補訂版』は、この「セム」について、「セシ・セバシ(狭)と同根」という語源解釈を示

し、当該歌を「①（相手との）間隔をつめる。迫り近づく。」という意に分類している。

右のうち、いずれの理解が良いのか。

ここでは、『岩波古語辞典 補訂版』が指摘する「セシ・セバシ（狭）と同根」という語源解釈について考察しよう。その考察において参照すべきは、金田一春彦氏の見解であろう。金田一春彦氏は、

《ある語の第一音節に上声の点がついているならば、その語の派生語および、その語を先部とする複合語は、すべて同様に第一音節に上声の点がついている》

《ある語の第一音節に平声（又は去声）の点がついているならば、その語の派生語、およびその語を先部とする複合語は、すべて同様に第一音節に平声（又は去声）の点がついている》

と指摘し、これを総括して、

《ある語が高く始まるならば、その派生語・複合語もすべて高く始まり、ある語が低く始まるならば、その派生語・複合語もすべて低く始まる》

と指摘している。[9] つまり、アクセントをたよりとして、ある語の語源について見定めようとするのである。

この指摘にならって、「セム」を観智院本『類聚名義抄』において見てみると、

迫　セム〈平上〉（仏上二十八オ）
逼　セム〈平上（平声軽か）〉（仏上三十二ウ）
責　セム〈平平〉（仏下本九ウ）
謫　セム〈平上〉（八六）
譲　セム〈平上〉（一〇〇）

とある。このように「セム」は平声で始まるわけである。また、図書寮本『類聚名義抄』[10]にも、

とある。こちらも、「セム」は平声で始まる。

一方、「セバシ」の方はどうか。観智院本『類聚名義抄』には、

狭　セバシ〈平平上〉（仏下本六十六ウ）

隘　セバシ〈平平上〉（法中二十二ウ）(11)

褊　セバシ〈平平上〉（法中七十一オ）

などとある。「セバシ」の方も、平声で始まるわけである。

この点からも、「セム」を、間隔が狭い意味の「セバシ」と語源的に同根と捉えることは妥当であると言えよう。(12)つまり、間隔を狭くし間隔を詰めて行く意味として「セム」があることになる。これは現代でも同じで、たとえば、幼稚園の運動会において、撮影担当のプロのカメラマンが、良い写真を撮ろうとして、園児にセメて行く。という場合、プロのカメラマンは、園児のことを、責め立てたり攻め立てたりするわけではない。一般の保護者が立ち入ることができないような場所に入り込むことが許されているプロのカメラマンは、園児の真剣な表情を活写し迫真の写真を撮るために、園児との間隔を狭くし間隔を詰めて行くのである。

さて、「セム」のこうした要素を見定めれば、前掲の、

ますらをの　高円山に　迫有者（せめたれば）　里に下りける　むざさびぞこれ（6・一〇二八）

についても、より理解が届くこととなろう。この歌では、「ますらを」が「むざさび」との間隔を狭くし間隔を詰めて行ったので、「むざさび」は「高円山」で逃げ場が無い状態となり、「里」に下りて来た、と歌われているのである。そして、この一〇二八番歌への右のような理解を媒介とすれば、次の「セム」の他の用例にも、より理解が届くこととなろう。

『万葉集』中の「セム」の用例は、当該歌と右の一〇二八番歌以外では、左の二例である。

荒熊の　住むといふ山の　師歯迫山　責而雖レ問（せめてとふとも）　汝が名は告らじ（11・二六九六）

あしひきの　山沢ゑぐを　摘みに行かむ　日だにも逢はせ　母者責十方（ははせむとも）（11・二七六〇）

双方、厳しく詰問・追及する意味の例であり、より抽象度が上がっていると言えよう。しかし、これも、「ぐっと間隔を狭くし詰めて行き逃げ場が無い状態にする」という理解を基盤として理解すべきであろう。そのように理解することで、詰問・追及の凄みが歌の中で増すこととなる。そのような凄みのある詰問・追及にも負けずに、「お前の名前は決して言いはしないよ」と歌うのであり（二六九六番歌）、また、「（凄みのある母親の詰問・追及にも負けないで）逢って下さいな」と歌うのである（二七六〇番歌）。二六九六番歌では、そのように歌うことで、恋の相手への恋心の深さを表明するという、歌の目的が果たされる。また、二七六〇番歌では、そのように歌うことで、自分への恋心の深さを証明してほしいという願い（強請《ねだ》り）が表明されるのである。

続けて、この「セム」について参照されるのは、大坪併治氏『訓点語の研究』(13)の記述である。この大坪著は、岩淵悦太郎氏蔵「願経四分律」一巻（天平十二年写経）に施されている平安時代極初期の古点についての研究成果を示している。その一巻の料紙十二枚目の十六～十七行目の解読文に、

汝何故ぞ不レして避レ（け）道を、共（に）相（ひ）逼斥《セメハサ》ミ、車蓋相ヒ突《ツ》クヤ邪。

とある。なお、大坪著の「解読文凡例」には、「ヲコト点は平仮名で表はした。」「仮名による訓は片仮名で表はした。」「私意による補読は、平仮名を（）で包んで示した。」「句読点は、大体に原本の句点に従ひ、現行の「、」「・」「。」を使ひ分けたが、私意によつて加へたところもある。」「反点はすべて後世の形式に改めた。」等と記されている。この「解読文凡例」に拠ってみるに、「逼」に「セメ」という訓が付けられていたことになる。

つまり、この岩淵悦太郎氏蔵「願経四分律」一巻（天平十二年写経）の料紙十二枚目の十六～十七行目には、二台の車が道を譲らずに間隔を詰めて接近し接触している様子が書かれていることになる。そして、こうした様子を

表わすのに「逼」という漢字が用いられ、また、こうした様子を表わすのに「セム」というやまとことばが用いられている、と理解できる。この平安時代極初期の訓点資料の用例は、「セム」を「間隔を狭くし間隔を詰めて行く」と理解する本論の傍証と成り得よう。

ところで、近時の注釈書では、新編日本古典文学全集版『萬葉集』が、

迫め—距離を縮めて。

として、旧『全集』の記述（前掲）を改めている。このことも十分に注目されよう。

（二）「とり続き　追ひ来るものは」をめぐって

次に、「とり続き　追ひ来るものは」について考察しよう。

『萬葉代匠記』（精撰本）では、

取ツ、キハ打ツ、キナリ。

と述べ、『萬葉集全釈』も、

取りは接頭語で、打ちと同じである。

との解釈を示す。しかし、右の注釈書のように、単純に接頭語「うち」と同じとしてしまう処置には従えない。この点、新潮日本古典集成版『萬葉集』が指摘することが参照される。『集成』は、「とり続き」に対して、

「とり」はしがみつく意。

と述べる。また、和歌文学大系版『萬葉集』も、

トリツツキは互いにくっついた状態で続いているのを言う。

と述べている。

『集成』は「追ひ来るもの」が我が身にしがみつく意に解釈しており、『和歌大系』は我が身に「追ひ来るもの」どうしが互いにくっついている意に解釈しており、違いはある。しかし、双方の理解は、この「とり続き　追ひ来るもの」の表現の部分に極めて粘着質な様相を見出そうとしていることにおいて共通する。

この「粘着質」の様相と、さきほど指摘した「逼め寄り来る」の「セム」の「間隔を狭くし間隔を詰めて行く」意味とを考え合わせれば、当該長歌の「とり続き　追ひ来るものは　百種に　逼め寄り来る」という表現においては、我が身に接近し付着しまとわりつく、そのような「様相」が描き出されている、という理解が導き出される。

四　まとめ

本論は、「一　はじめに」において述べたように、序文の表現と長歌の表現との関連によってもたらされる表現効果の一端を明らかにすることを目指してきた。それを最後にまとめたい。

当該作品では、まず、序文の「易レ集難レ排」という表現において、計数できないほどに多数のものが、押し離し押し退けようにも集まりまとわりついている、そうした様相が顕わし出されている。そして、序文のそうした様相を、長歌の「概論的」（森本治吉氏『新釈』）と位置付けられる部分のうちの「とり続き　追ひ来るものは　百種に　逼め寄り来る」という表現が引き継いでいる。序文の表現を受けるこの表現において、我が身に接近し付着しまとわりつく、そうした様相が、より一層明瞭に描き出されることになるのである。まず、ここに、序文の表現と長歌の表現との関連によってもたらされる表現効果の一端を見出せよう。

そして、こうした様相の提示を基にして、長歌中程の、

蜷の腸　か黒き髪に　いつの間か　霜の降りけむ　紅の（一云「丹のほなす」）　面の上に　いづくゆか　皺が来りし

という表現が存在している。序文の「易レ集難レ排」という表現と長歌の「とり続き　追ひ来るものは　百種に　逼め寄り来る」という表現を受ける右の表現では、人間の髪にまとわりついて離れない白髪と、人間の肌に刻まれまとわりついて離れないおびただしい数の皺、という具体物が提示され、より実態的な様相が示される。

序文の表現と長歌の表現とのこうした関連・連繋によって、世間《よのなか》に生まれそして死に行く定めの人間が逃れることのできない「すべなき」（長歌冒頭）様相が、如実に顕わし出されるわけである。序文の表現と長歌の表現との関連・連繋によって一層強められる、こうした表現効果をこの作品は持っている、このことを見定めて、本論のまとめとしたい。

注

（1）大久保廣行氏「世間の住み難きことを哀しぶる歌」（『セミナー万葉の歌人と作品 第五巻 大伴旅人・山上憶良（二）』、二〇〇〇年九月、和泉書院）

（2）「イメージ」という術語を用いたいところではある。しかし、この「イメージ」という術語は、術語の使用において不用意な論考ではともすると、「雰囲気」程度の意味に用いられていたりもし、その用い方を大変遺憾に思うことが多いのもまた事実である。残念ながらそうした環境におかれてしまっている術語を使用することはあえて避け、ここでは、「様相」という術語を用いることとする。

（3）この『万葉集』巻1・五〜六番歌の左注は、『万葉集』というテキストに『日本書紀』の記述を引用しようとしており、この「一書」は「『日本書紀』一書」を指すと考えられるが、「一書」は未詳。

（4）日本上代において「皇子の尊」と尊称されるのは、皇太子聖徳太子、皇太子草壁皇子、また、太政大臣まで昇った高市皇子だけである。この挽歌で悼まれている安積皇子は、皇太子でも太政大臣でもなかった。この「安積皇子挽歌」において、皇子への哀惜の念の強さが「皇子の尊」という表現を呼び起こしたことは、周知のことがらである。

（5）『篆隷万象名義』の引用は、『高山寺古辞書資料第一』（東京大学出版会）に拠る。

（6）観智院本『類聚名義抄』（僧部）の引用は、『天理図書館善本叢書和書之部第三十四巻　類聚名義抄観智院本僧』（天理大学出版部・八木書店）に拠る。
（7）中村元氏・福永光司氏・田村芳朗氏・今野達氏編『岩波仏教辞典』（一九八九年一二月、岩波書店）
（8）観智院本『類聚名義抄』（仏部）の引用は、『天理図書館善本叢書和書之部第三十二巻　類聚名義抄観智院本佛』（天理大学出版部・八木書店）に拠る。以下同じ。
（9）金田一春彦氏「国語アクセント史の研究が何に役立つか」（『金田一博士古稀記念言語・民俗論叢』、一九五三年五月、三省堂出版）。なお、金田一春彦氏は、同氏「去声点ではじまる語彙について―本誌第90集所載の望月郁子氏の論文を読んで―」（『国語学』九三、一九七三年六月）において、この法則を、「高起・低起に関する式保存の法則」と名付けている。
（10）図書寮本『類聚名義抄』の引用は、『図書寮本　類聚名義抄』（勉誠社）に拠る。
（11）観智院本『類聚名義抄』（法部）の引用は、『天理図書館善本叢書和書之部第三十三巻　類聚名義抄観智院本法』（天理大学出版部・八木書店）に拠る。以下同じ。
（12）この金田一春彦氏の「法則」に対して、「金田一法則を基本的には認めたうえで、この法則が破られる場合、いかなる力が働くのかを考え、法則の有効範囲を見定めようとする」論考に、山口佳紀氏「語源とアクセント―いわゆる金田一法則の例外をめぐって―」（『松村明教授古稀記念国語研究論集』、一九八六年一〇月、明治書院）がある。
（13）大坪併治氏『訓点語の研究』（一九六一年三月、風間書房）
（14）築島裕氏『平安時代訓點本論考ヲコト點圖假名字體表』（一九八六年一〇月、汲古書院）において、「加点年代」が「平安時代極初期」とされている。

第五節　「サヨヒメ物語」の〈創出〉

一　当論考の立場―問題設定

本節は、『万葉集』巻五に収められている左の歌群を考察の対象にする。

大伴佐提比古郎子　特被二朝命一奉二使藩國一　艤棹言歸　稍赴二蒼波一　妾也松浦佐用嬪面　嗟二此別易一　歎二彼會難一　即登二高山之嶺一　遥二望離去之船一　悵然断レ肝　黯然銷レ魂　遂脱二領巾一麾之　傍者莫レ不レ流レ涕　因号二此山一曰二領巾麾之嶺一也　乃作レ歌曰

得保都必等《とほつひと》　麻通良佐用比米《まつらさよひめ》　都麻胡非尓《つまごひに》　比例布利之用利《ひれふりしより》　於返流夜麻能奈《おへるやまのな》　（5・八七一）

後人追和

夜麻能奈等《やまのなと》　伊賓都夏等可母《いひつげとかも》　佐用比賣何《さよひめが》　許能野麻能閇仁《このやまのへに》　必例遠布利家牟《ひれをふりけむ》　（八七二）

最後人追和

余呂豆余尓《よろづよに》　可多利都夏等之《かたりつげとし》　許能多氣仁《このたけに》　比例布利家良之《ひれふりけらし》　麻通羅佐用嬪面《まつらさよひめ》　（八七三）

最〻後人追和二首

宇奈波良能《うなはらの》　意吉由久布祢遠《おきゆくふねを》　可弊礼等加《かへれとか》　比礼布良斯家武《ひれふらしけむ》　麻都良佐欲比賣《まつらさよひめ》　（八七四）

由久布祢遠《ゆくふねを》　布利等騰尾加祢《ふりとどみかね》　伊加婆加利《いかばかり》　故保斯苦阿利家武《こほしくありけむ》　麻都良佐欲比賣《まつらさよひめ》（八七五）

この歌群についての先行研究では、序文や歌それぞれがいったい誰の手になるのかということ[1]や、この歌群がいつどのように成立したのかその状況を推定すること[2]が大きな問題点として論じられて来た。また、『風土記』にあるサヨヒメ伝承との関わりについても論じられて来た[3]。実作者推定の論考はそれぞれの歌の用字法の緻密な分析に基づいておこなわれたものであり、成立状況推定の論考も当時の筑紫文学圏の状況を視野に入れてのものである。本論は、それらの諸論が当該歌群のなりたちを知るうえでは重要な指摘であることを十分にわきまえながらも、そうした点を中心に論じることはしない。つまり、当該歌群はその構成において特筆すべきありようを示し、この「作品」自体の理解を目指すことにも十分に価値があると思われるからである。

当該歌群の最も顕著な特徴は、題詞に見られる「後人追和」「最後人追和」「最々後人追和」という一連の設定であろう。万葉集中そして上代文献に広くあたってみても、他にこうした設定を持つものを見つけることはできない。また、当該歌群のようにみたびも「追和[4]」が繰り返し設けられている作品も他にはない。ここに、当該歌群の特殊性を見出すことができよう。そこで、①虚構、②〈語る時間〉の多元化という設定、③追和、という点に分けて問題点の把握をし、本論なりの問題設定を鮮明にしておきたい。

まず、①、当該歌群に込められた虚構の存在については、早くに伊藤博氏「憶良歌巻から万葉集巻五へ[5]」が指摘していた。伊藤氏論文は、「一連は、『始発の人→後人→最後人→最々後人』という形で、すべて『作者』を意識的に韜晦させている」「これに一一実の作者の名を施したならば作意に逆行するわけで、いっさいがぶちこわしになってしまう。もちろん、かれらはそのどれを誰が詠んだか知っていただろう。が、知りながらも互いに某人の仮面をかぶったところにかれらの虚虚実実のたのしみがあり風雅があったわけである」と指摘していた。次に、②、

「後人」「最後人」「最々後人」に見出される〈語る時間〉の多元化という設定については、早く『童蒙抄』が、「最後人」を「後人の又その後の人也」と把握していたことが参照される。また、『窪田評釈』にも聞くところが大きい。『窪田評釈』は「後の人、最最後の人と、そこに長い時を設け、時間的に繰返させたのは、構想としては巧みなものである」と述べていた。当該歌群の中に、時間の幅を織り込んだ構成を見出していたのである。また、井村哲夫氏「松浦の虚構―仙女と佐用姫と」(6)は、「この作品の『万代に語り継げ』というモチーフが、後人、最後人、最々後人の相継ぐ追和という作りごとの上に表現されている」と述べていた。この指摘は、〈語る時間〉の多元化という設定自体が「万代に語り継げ」というモチーフを体現していると指摘しているのであり、『窪田評釈』の指摘と通ずる。そして、いま、上代文献に見られる「後人」の用例を分析し(7)、さらに、その分析に「最」の字義に基づいての分析を加えれば(8)、その指摘が妥当なものであることが確かめられる。つまり、「後人」「最後人」「最々後人」が、それぞれの前の歌との時間的な隔たりを作り出す記号として機能しているのであり、そこに〈語る時間〉の多元化を見出そうとする本論の把握もうべなわれることとなる。

これを図式化の含み持つ危険性に十分に気を配りつつまとめれば、左の〔図〕のようになろう。

〔図〕

0・なまのサヨヒメ伝説(9)
1・序文を記し八七一番歌を歌う〈いま〉
2・「後人」が追和する〈いま〉
3・「最後人」が追和する〈いま〉
4・「最々後人」が追和する〈いま〉

ただし、それぞれの点の間隔がその時間的な長さをそのまま表わすわけではない。

つまり、この歌群には、なまのサヨヒメ伝説（0時間）および、仮構された四つの時間が内包されているのである。そして、それらの虚構の時間におけるこれまた虚構の語り手〈われ〉については、石井純子氏「『後人追和歌』考」[10]に重要な指摘がある。石井氏論文は、「一つの物語世界を創りあげ、自作の歌をその世界に参加させて、虚構の〝われ〟も物語に参加しようとする叙事的精神」があることを見出していた。これは、③、「追和」という方法について、村瀬憲夫氏「熊凝の為に志を述ぶる歌」[11]が「ある素材に他の人が追和することによって共有・共感の世界、より幅広い文学世界を作ること」とし「一種の創作的文学形式」であると指摘していることと響き合う。そして、最も肝要な点は、「筑紫文学圏の歌作のスタイル」として案出された（大久保廣行氏「追和歌の創出」[12]）「追和」が、このように重ねられている点であろう。これについて、『窪田評釈』はつとに「追ひて和ふる人を三人まで設けるといふ特殊な構想」の存在を指摘し、神野志隆光「『松浦河に遊ぶ歌』追和三首の趣向」[13]も「『追和』を重ねてひとつの作品を成す（少なくともそういうかたちをとる）」と述べて歌群を「作品」として成り立たせるための重要な方法のありかを指摘していた。

さて、我々は当該歌群に対して、どのようなアプローチを試みなければならないのだろうか。我々の前にあるのは、作者名を韜晦し、いくつもの虚構上の時間を設け、それぞれの時間の〈われ〉による「追和」を重ねた、「作りごと」の世界である。こうした歌群が『万葉集』に載せられていることを事実として引き取ったうえで、次には、この歌群をひとつの「作品」たらしめている方法は何であるかが問われるべきであろう。少々予告的な物言いをすれば、右の〔図〕のように時間が仮構されていることと、追和を重ねるということと、サヨヒメのヒレフリの一点に多元焦点化がなされること（後述）、これらがどう総合的に把握されるか、これを見定めること、これこそが肝要である。そして、そうした追究の先に初めて、筑紫文学圏で築かれた文学の質を見定める地平が開かれると考える。

二　連続と隔絶、焦点化

序文では、「なまのサヨヒメ伝説」が語られ、「因号㆓此山㆒曰㆓領巾麾之嶺㆒也」という地名起源説話的な叙述(14)がなされる。そして、その序文末尾の「乃作㆑歌曰」によって歌い起こされる八七一番歌においても、そうした地名起源説話的叙述の要素は引き継がれている。八七一番歌には「比例布利之用利　於返流夜麻能奈」とあるが、この表現の捉え方については、内田賢徳氏「助動詞ラシの方法」(15)の以下に引く記述により理解が届くこととなろう。内田氏論文は『万葉集』巻1・一三番歌について、

山の争いを神話的事実として語る。「相争ひ伎」という語法はそうしたことに特有の語法である（「高天原より天降り坐志天皇の御世」四詔）。神話的事実は一つの確かな記憶として提示されるのである。……「神代より」は、神話的な現在が今へと連続的であることを示す。（傍線、廣川）

とする。勿論当該歌群における「なまのサヨヒメ伝説」は「神話」ではないが、八七一の右の表現は、サヨヒメが領巾を振ったということを「一つの確かな記憶として提示」する働きをもっていると解されよう。そして、そのヒレフリの時からの連続の相において作歌されているのである（〔図〕では、それを示せるように工夫している）。

これに対して、「追和」の歌である四首の方はどうだろうか。八七二番歌「山の名と言ひ継げとかも……領巾を振りけむ」、八七三番歌「万代に語り継げとし……領巾振りけらし」、八七四番歌「海原の沖行く船を帰れとか領巾振らしけむ」・八七五番歌「いかばかり恋ほしくありけむ」と歌われる。ここには、右に見た八七一番歌の「一つの確かな記憶」や、連続の相において捉えようとする叙述とは異なる叙述があることが明瞭だろう。そして、これら追和の四首では、「なまのサヨヒメ伝説」との間に叙述上の〈距離〉を持つ歌われ方がされている。そして、それぞれの

歌は、前掲の〔図〕の2、3、4の時点から歌われている。いわば隔絶されたある時点の歌として提示されているわけであり、それぞれの歌はこの隔絶を前提として歌われていると言えよう。ここに、前節において②として把握しておいた時間をめぐる設定が機能しているありようを確認できる。

しかし、その一方、これら追和の四首における〈語られる時間〉は、すべてサヨヒメが領巾を振ったその時となっており、すべてサヨヒメのヒレフリが歌われている。つまり、それぞれ隔絶を前提とし、また、叙述上の〈距離〉を保持しながらも、等しくサヨヒメのヒレフリの一点に焦点が当てられているのである。いわば「多元焦点化」である。ただし、その焦点化の方法には差異がある。そして、その差異こそが、当該歌群を一つの「作品」として形作る鍵であると考えられる。次には、その違いに言及しよう。

三　焦点化の方法

（一）　山名をとおして

序文の「因号㆓此山㆒曰㆓領巾麾之嶺㆒也」という記述と八七一番歌には地名起源説話的叙述があることはすでに述べたが、その「此山」という記述が表わしているように、「領巾振りの嶺」を眼前にしている（もしくは山上など山に接する）場所に、叙述の主体〈われ〉の立つ場所〈ここ〉がある。一方、追和の八七二番歌にも「許能野麻能閇仁」、八七三番歌にも「許能多氣仁」とある。これらの二首も「此山」という現場指示の叙述と同じ局面に立ち、同じ場所に立とうとするわけである。そうした足掛かりを得たうえで、この二首は、サヨヒメのヒレフリに焦点を当てて行くと判断されよう。また、その足掛かりを得て、「追和」がなされていると把握されよう。

そこで、この二首において追和が重ねられる意義について考えて見よう。『窪田評釈』は、「上の歌（八七二番歌のこと。廣川注）では、『山の名と言ひ継げとかも』と、疑いを問の形で言っているのを、これ（八七三番歌のこと。廣川注）は『語り継げとし領巾振りけらし』と強い推量として、一歩前進させた心である」と述べている。この指摘に学ぶ点は大きいが、「らし」を持つ八七三番歌の表現の歌群上の機能について、さらに理解を深めておきたい。

仁科明氏「見えないことの顕現と承認―『らし』の叙法的性格―(16)」は、「らし」の用法を「叙法」の観点から分析し、「何らかの理由によって直接に手にとってみることのできない事態が、現実（現在ないし過去の客観的現実）として動かしがたく存在することを（確言的に）承認する」ものと規定する。的確な分析に支えられた仁科氏論文の規定を、本論も取り入れよう。そして、この八七三番歌における、「サヨヒメは（山の名を）万代までに語り継げよとして領巾を振った」という「確言的な承認」に、「万代に語り継げ」とあることの歌群上の機能を考えるべきだと考える。つまり、未来に向かって開かれた「万代(17)」によって、歌群上で未来永劫にわたる時間が示され、また、「万代に語り継げ」という表現によって、その未来永劫にわたって山の名が語り継がれるであろうことが、歌群上で明示されるのである。そして、このことによって、この「領巾振りの嶺」という山の名が未来にわたって語り継がれることが、歌群上で保証されたことになるのである。

ここで、当該歌群のように追和が重ねられていることの機能について確認するために比較参照したいのが、『万葉集』巻五に収められている「鎮懐石歌」である。

筑前國怡土郡深江村子負原　臨ㇾ海丘上有二二石一　大者長一尺二寸六分　圍一尺八寸六分　重十八斤五両
小者長一尺一寸　圍一尺八寸　重十六斤十両　並皆堕圓状如二鶏子一　其美好者不ㇾ可二勝論一　所謂徑尺璧是
也（或云　此二石者肥前國彼杵郡平敷之石　當ㇾ占而取之）　去二深江驛家一二十許里　近在二路頭一　公私往来　莫ㇾ不二下ㇾ馬跪拝一　古老相傳曰

徃者息長足日女命征二討新羅國一之時　用二茲兩石一挿二著御袖之中一以為二鎮懐一實是御裳中矣　所以行人敬二拝此石一

乃作レ歌曰

かけまくは　あやに畏し　足日女　神の命　韓国を　向け平げて　御心を　鎮めたまふと　い取らして　斎ひたまひし　真玉なす　二つの石を　世の人に　示したまひて　万代に　言ひ継ぐがねと　海の底　沖つ深江の　海上の　子負の原に　御手づから　置かしたまひて　神ながら　神さびいます　奇し御魂　今のをつづに　貴きろかむ（5・八一三）

天地の　ともに久しく　言ひ継げと　この奇し御魂　敷かしけらしも（八一四）

右事傳言　那珂郡伊知郷芸嶋人建部牛麻呂是也

井村哲夫氏「松浦の虚構―仙女と佐用姫と」(18)は、「詠鎮懐石歌（八一三〜四）にせよ、この作品にせよ、憶良が単純に感動しているのは、それらの石や山が、遠い世の出来事を今の現《おつつ(ママ)》に伝え来り、しかも未来永遠に証し続けるだろうという一事である」と述べる。確かに、「鎮懐石歌」にも、当該歌と同様に八一三番歌の傍線部のような記述や八一四番歌のような確言的な承認がある。しかし、そうした叙述は、「二　連続と隔絶、焦点化」で確かめておいたような、一つの確かな記憶や連続の相においてなされている。一方の当該歌では、「鎮懐石歌」のように手放しに「感動」し、無前提に確言的に承認してしまうのではない。八七二番歌の時点において、山の名が継承されていることへの解釈が、一度疑問の形で提示され、そのうえで、八七三番歌の時点において確言的に承認されるのである。ここに、「二　連続と隔絶、焦点化」で述べておいた、隔絶した時間の「点」が有効に機能しているわけだが、その「点」における短歌を繋いでその叙述を紡ぐことができる拠り所となっているのが、「追和」という形式ということになろう。「追和」という形式を採用することによって、それまでの叙述と繋がることが可能になる。そして、核として存在する「なまのサヨヒメ伝説」へと関わり合って、サヨヒメのヒレフリに焦点を合わせることが可能となっているのである。当該歌群のように「追和」を重ねるものが稀有であることについて、「一　当論考の立場―問題設定」ですでに述べた。右のような、短歌を繋ぎその叙述を紡ぐ方法の存在を見定める時、何故このように重ねるのかという問題点の答えを見出すことができるであろう。

（二）伝承の主人公として

歌群のここまででは現場性を強く持っていた。そう叙述することがサヨヒメのヒレフリに焦点を合わせること、および「追和」の足掛かりとなっていたのである。ところが、これから考察に入る八七四・八七五番歌はそうした表現を持たない。〈語る時間〉と〈語られる時間〉との隔たりは前提としてあったわけで、つまり、八七四・八七五番歌の二首は、時間的にも、そしてさらには空間的にも同じ局面に立たないわけである。二首はいかにしてサヨヒメのヒレフリに焦点を合わせることができているのであろうか。

つとに清水克彦氏「『憶良作品攷』続貂」[19]は、この二首の特色を「作者が佐用姫の心情をおもんばかり、これに同情しているという点」に認め、また、大久保廣行氏「領巾麾の嶺歌群の形成」[20]は、「作者自らが領巾を振る佐用姫の心の内側に分け入って、その中枢部を抉剔して見せている」と指摘していた。本論としては、そうした叙述を為すことができている当該歌群のシステムの把握に努めたい。

まず、八七四番歌の表現について考察したい。注意の目を向けるべきは、「比礼布良斯家武」の「斯」、つまり、尊敬、親愛の念を表わす「す」である。万葉集中の「す」の例で、恋の相手に対して用いられるなどの贈答歌の用例や、天皇などへの敬意を表わす用例を除いていくと、以下の用例を求めることができる。

……伊刀良斯弖……意可志多麻比弖……（5・八一三　前掲「鎮懐石歌」を参照のこと）

……志可志家良斯母（5・八一四　前掲「鎮懐石歌」を参照のこと）

足日女　神の命の　奈都良須等　美多ゝ志世利斯　石を誰れ見き　一云　阿由都流等（5・八六九）

しな照る　片足川の　さ丹塗りの　大橋の上ゆ　紅の　赤裳裾引き　山藍もち　摺れる　衣着て　ただひとり伊渡為児者　若草の　夫かあるらむ　橿の実の　ひとりか寝らむ　問はまくの　欲しき我妹が　家の知らなく（9・一七四二）

彦星は　嘆須孋　言だにも　告げにぞ来つる　見れば苦しみ（10・二〇〇六）

天の川　棚橋渡せ　織女の　伊渡左牟尓　棚橋渡せ（10・二〇八一）

天照らす　神の御代より　安の川　中に隔てて　向ひ立ち　袖振り交し　息の緒に　奈氣加須古良　……（18・四一二五）

天の川　橋渡せらば　その上ゆも　伊和多良佐牟乎　秋にあらずとも（18・四一二六）

また、次の用例には表記が無いが、「す」をいれて訓むことが一般的である。

勝鹿の　真間の井見れば　立ち平し　水挹家武（みづくましけむ）　手児名し思ほゆ（9・一八〇八）

問題は、当該歌と同様、歌の叙述の主体〈われ〉にとって第三者である人物に対して「す」が用いられる場合である。どのような原理に基づいて用いられているのかの解明が求められよう。

八一三・八一四番歌、八六九番歌の例は神功皇后に対して、一八〇八番歌の例は勝鹿真間娘子に対しての例であり、広く知られた伝承の世界の人物に対して用いられている。また、二〇〇六番歌、二〇八一番歌、四一二五・四一二六番歌は、七夕歌であり、牽牛・織女という広く知られた伝説上の人物に対して用いられている。「す」は、伝承や伝説という枠組みの中の人物に対して向けられているのである。一方、虫麻呂の歌とされる一七四二番歌は、「河内の大橋を独り行く娘子」を詠んでいるが、彼女は、広く知られた伝承・伝説上の人物と描かれてはいない。「夫かあるらむ」「ひとりか寝らむ」と思いを馳せる娘子を「我妹」と呼ぶところには虫麻呂の特異性もあるにはあろうが、早くに井村哲夫氏「若い虫麻呂像(21)」が「道ゆく美少女にたわむれかゝる好色家・漁色家の戯れ言ではなく、桜花へ寄せるいとしみと同じ、浄化された美的愛へのあくがれ」という要素を見出していたことは重視されよう。この娘子の姿を美しく造形しようとする筆致には、そのように美しく切り取った一つの枠組みにおいて娘子の姿を提示しようとする志向があるからである。

さらに、『万葉集』を離れて、その他の上代文献に目を向けてみると、『日本書紀』に、次の例を見出すことができる。

同時所レ虜調吉士伊企儺、為人勇烈、終不二降服一。……由レ是見レ殺。其子舅子亦抱二其父一而死。……其妻大葉子並見レ禽。愴然而歌曰、

韓国の　城の上に立ちて　大葉子は　比例甫囉須母　日本へ向きて（一〇〇）

土橋寛氏『古代歌謡全注釈　日本書紀編(22)』は、大葉子自身が歌っているにもかかわらず「大葉子は」という三人称があり、「振らす」と敬語が用いられていることの理由を、「物語歌」だからという認定で説明しようとする。今はそうした認定が重要なのではない。この歌のありよう自体、すなわち先程述べたように、歌の叙述の主体〈われ〉にとって第三者である人物に対して「す」が用いられていることに迫る切り口を、土橋氏著書は持っている。土橋は、歌のテーマに取り上げられているこの大葉子には、歌のテーマとして取り上げられるだけの物語的背景がなければならないことを、

この歌は「韓国人妻の日本に帰る夫を見送る歌」ではなく、「日本に帰る夫を見送る韓国人妻を歌った歌」であり、「あるいは在任那日本婦人の望郷歌といったもの」ではなく、「在任那日本婦人の望郷の姿を歌った歌といったもの」であるはずである。

という的確なたとえを用いて説明する。さらに、当該の八七四・八七五番歌の場合、都の貴公子と地方の乙女のつ

かのまの恋の主人公として、サヨヒメに限りない同情を寄せていることを説いている。[23]　青木周平氏「目頰子と大葉子」[24]も土橋氏著書と同様、大葉子が歌ったとあるのに「大葉子は」と歌うことと、「す」が用いられていることとに問題の目を向ける。そして、それを大葉子の「伝承性」の面から考えなければならないと指摘したうえで、「〈ヒレを振る女性〉像として伝えられていたからこそ、歌にその名がよまれ、自称敬語を用いられたとみるべきであろう」と指摘する。この指摘は、『日本書紀』の原資料としての「氏族伝承レベル」の問題ではあるが、「伝承」中の人物につけられた「す」を分析する本論の論述にとって、貴重な指摘として存在している。

さて、以上の用例の分析、および諸氏の指摘に鑑みれば、歌の叙述の主体〈われ〉にとって第三者である人物に対して「す」が用いられる場合、伝承や伝説の主人公と目される人物〈前掲の一七四二番歌では、美しく造形された娘子像〉に対してであることを確認できよう。さすれば、当該八七四番歌において、この「す」が用いられていることをどう理解したらよいのだろうか。この「す」は、歌群の中でここまでは現われていない。「一　当論考の立場―問題設定」で確かめておいた、〈語る時間〉の多元化という設定におけるこの位置でそう叙述されること、この位置での「追和」であることを考えなくてはならないだろう。我々はここまで、序文・八七一番歌、八七二番歌、八七三番歌と読み進めて来た。そこでは、前項ですでに確かめたように、「領巾振りの嶺」という山の名が未来永劫にわたって語り継がれることが保証されていた。それは、サヨヒメのヒレフリが、一つの確固たる伝承として認知されることを意味しよう。八七四番歌の〈われ〉は、サヨヒメを、その確固たる伝承の主人公と見なしている、そうしたまなざしを見出すことが出来るだろう。そして、歌群の展開を見渡す視座に立つならば、我々は、歌群上のここにいたって、サヨヒメが主人公としての地位を獲得していることを明確に把握することができるのである。

次に、八七五番歌の「いかばかり　恋ほしくありけむ」という、サヨヒメの心中深くを抉剔しようとする表現について考察したい。歌の対象となっている人物に対してのこのような例を万葉集中で探せば、次のような例を参照することができる。

追二同處女墓歌一首 并短歌

古に　ありけるわざの　くすばしき　事と言ひ継ぐ　千沼壮士　菟原壮士の　うつせみの　名を争ふと　たまきはる　命も捨てて　争ひに　妻問ひしける　処女らが　聞けば悲しさ　春花の　にほえ栄えて　秋の葉の　にほひに照れる　あたらしき　身の盛りすら　ますらをの　言いたはしみ　父母に　申し別れて　家離り　海辺に出で立ち　朝夕に　満ち来る潮の　八重波に　なびく玉藻の　節の間も　惜しき命を　露霜の　過ぎましにけれ　奥つ城を　ここと定めて　後の世の　聞き継ぐ人も　いや遠に　偲ひにせよと　黄楊小櫛　然刺しけらし　生ひてなびけり（19・四二一一）

処女らが　後のしるしと　黄楊小櫛　生ひ代はり生ひて　なびきけらしも（四二一二）

右五月六日依レ興大伴宿祢家持作之

この家持歌は、同じく菟原娘子の伝説を扱った先行の虫麻呂歌・福麻呂歌への追同歌である。この歌では、千沼壮士・菟原壮士二人の間で板挟みになり入水自殺を遂げる菟原娘子の姿が描かれているわけだが、その心中を、「ますらをの言いたはしみ」と述べている。入水自殺は、橋本達雄氏「大伴家持の追和歌」(25)が指摘するように、先行する虫麻呂歌・福麻呂歌にははっきりと述べられていない。廣川晶輝「追同處女墓歌」(26)では、こうした部分、いわば「空所」の部分を描き出すことに筆が割かれているということを述べた。虫麻呂歌や福麻呂歌には述べられていない、菟原娘子がどのようにして自殺を遂げたのかということを、「父母に申し別れて」以下十二句をも費やして描き出している。この部分は、家持追同歌での勘所のひとつとなっているのは間違いない。入水自殺になぜ至ったのかその理由を、菟原娘子の心中深くに求め、述べ表わしているのが、傍線部の「ますらをの言いたはしみ」なのである。

本論は、さきほど、サヨヒメの心中へ焦点を合わせることが、どのようにして可能となっているのかという問題を提起しておいた。右の家持「追同歌」において、虫麻呂歌・福麻呂歌という「先行作品」がありそれに「追同」するという立脚点があればこそ、菟原娘子の心中を描き出すことができたことは参考になろう。つまり、当該歌においては、前項で確認したように、この追和八七四・八七五番歌の前ですでに、「領巾振りの嶺」という山名が未来にわたって語り継がれること、サヨヒメの伝承が永遠に語り継がれるであろうことが保証されていた。そうしたまとまりをもっていたのである。この追和八七四・八七五番歌は、「作品内の作品」とでも言うべきであろうそうした一つのまとまりに対する「追和」なのである。これは、八七四・八七五番歌の表現自体によっても証明することができる。八七四番歌には「海原の沖行く船を帰れとか領巾振らしけむ」、八七五番歌には「行く船を振り留みかね」とあるが、これは序文の「遥二望離去之船一……遂脱二領巾一麾之」に対応しての叙述である。このように、ここまでの全体を一つの「作品」と看做しての「追和」なのである。だからこそ、時間的にも、空間的にも同じ局面に立たないで、サヨヒメのヒレフリに焦点化することができているのであり、心中の「抉剔」が可能となっていると言えよう。そして、「追和」が重ねられていることの意義を、こう見定めることができよう。

四　まとめ

この歌群の考察もここに至って、最後に、歌群全体では何が果たされているのかという点から捉え直さなくてはならないだろう。「一　当論考の立場―問題設定」の末尾に、求められる問題設定について述べておいた。〔図〕のように時間が多元化される形で仮構されていることと、追和を重ねるということと、サヨヒメのヒレフリに多元焦点化がなされること、これらをどう総合的に把握するかであった。それぞれの〈いま〉におけるサヨヒメに対しての歌を紡ぐことによって、サヨヒメの伝承が語り継がれていることが歌群において体現されているわけだが、サヨヒメが伝承上の主人公としての揺るぎない地位を獲得する、その過程自体までもが示されているのである。こう見ることで、この歌群の構成を立体的に把握することができるであろう。そこには、散文によってではなく、「歌」を紡ぐことによって伝承を語る、そうした方法の存在を見出せよう。そして、そこでは、前の歌と関わり合えるための拠り所として、「追和」という形式が機能しているのである。また、当該歌群では、歌群の進展に合わせて、サヨヒメのヒレフリの核からの時間的な隔たりが増し、さらには空間的にも同じ局面に立たなくなるわけだが、そうした〈距離〉とちょうど反比例するかのように、サヨヒメの心中の抉剔が成されていた。それは、それまで伝承がひとつのまとまりを持っていたからこそできた所業と判断されよう。そして、そこにも、「追和」が機能していたのである。

本論では、〈物語〉というタームの使用を禁欲的に避けて、ここまで来た。しかし、右のような方法を見出すことができれば、当該歌群全体を、「サヨヒメ物語」と言い表わすことも可能なのではなかろうか。そして、「なまのサヨヒメ伝説」（注9を参照）を核としてこの〈物語〉が創り出される過程、まさに〈創出〉の過程自体が示されていると言えるのである。そして、こうした考察を経て、このような「作品」を作り上げた筑紫文学圏の文学の質を見定めることができるであろう。

注

（1）稲岡耕二氏「大伴旅人・山上憶良」（『講座日本文学2 上代篇Ⅱ』、一九六八年一一月）の「この部分に関する判断が異なれば、旅人・憶良おのおのの作家論作品論にも多少の食い違いを生ずることになる」という記述がよくそれを表わしている。他に、土居光知氏「『万葉集』巻五について」（『土居光知著作集 第二巻 古代伝説と文学』、一九七七年四月、岩波書店。初出、一九五九年七月・八月)、木下正俊氏「『返』の仮名から」(『国語国文』三六―八、一九六七年八月)、植垣節也氏「山上憶良―領巾振り伝説歌の表現を通して―」(『論集 万葉集』、一九八七年一二月)、原田貞義氏「松浦佐用姫の歌群」(『セミナー万葉の歌人と作品 第四巻』、二〇〇〇年五月、和泉書院)など。

(2) 原田貞義氏「『遊於松浦河歌』から『領巾麾嶺歌』まで―その作者と制作事情をめぐって―」(『読み歌の成立 大伴旅人と山上憶良』、二〇〇一年五月、翰林書房。初出、一九六七年一一月)、大久保廣行氏「領巾麾の嶺歌群の形成」(『筑紫文学圏論 大伴旅人 筑紫文学圏』、一九九八年二月、笠間書院。初出、一九七九年三月)など。さらに近時の大久保廣行氏「筑紫文学圏の世界―その集団性を中心に―」(『上代文学』八七、二〇〇一年一一月)では、氏の独自の筑紫文学圏論が集大成されている。

(3) 吉井巖氏「サヨヒメ誕生」(『天皇の系譜と神話 二』、塙書房。初出、一九七一年六月)など。

(4) 「追同」についても調査している。「追和」と「追同」が同じ意識に基づいていることは芳賀紀雄氏「萬葉集における『報』と『和』の問題―詩題・書簡との関連をめぐって―」(『萬葉集における中國文學の受容』、二〇〇三年一〇月、塙書房。初出、一九九一年五月)に詳しい。また小野寛氏「万葉集追和歌覚書―大宰の時の梅花に追和する新しき歌六首の論の続編として―」(『論集上代文学 第十八冊』、一九九〇年一〇月、笠間書院)は、「追和」「追同」合わせて十六例であり用例調査に見落としがあってはならないことを戒め、個々のありようについて詳述している。

(5) 伊藤博氏「憶良歌巻から万葉集巻五へ」(『萬葉集の構造と成立 上』、一九七四年九月、塙書房。初出、一九七一年六月)

(6) 井村哲夫氏「松浦の虚構―仙女と佐用姫と」(『万葉集物語』、一九七七年六月、有斐閣)

(7) 左に示すように、上代文献に見られる「後人」のほとんどすべては「後代・後世の人」の意である。古事記、日本書紀、風土記、風土記逸文の用例はすべて「後代の人」の意味である。懐風藻の用例では「聯句」という漢詩の作り方・作法の制約が大きい。「聯句」ではない当該歌群の「後人」に、懐風藻の例をそのままの形で参照するのは妥当ではないと判断される。『続日本紀』の用例の「聖武天皇、天平元年九月」の例は、現在以降未来にわたって後々に続く兵士のことを指す。起点は現在だが、「後代」という意味ではないにしろ、時間的に後の人ということは動かない。「桓武天皇、延暦元年十二月」以降の＊マークを付けている用例は、官人の前任・後任を表わす例。これら官制用語を当該歌群の分析にそのまま参照するのはためらわれる。当該歌群の用例と同一に扱わなくてもよいだろう。『万葉集』の用例は、題詞・左注の例が四例、歌の例が一例。題詞・左注の例のうち、巻9・一六八〇番歌題詞の例のみ、「おくれたる人」の意であり、「留守歌」の範疇に入る。この例は、「大寶元年辛丑冬十月太上天皇大行天皇幸二紀伊國一時歌十三首」というように行幸従駕の歌と明示されている一六六七〜一六七九の歌群に対応してのものであり、そうした断わりが特に無い当該歌群に、この例をそのまま適用出来ないことは勿論である。他の例は、時間的に隔たった「ある時の人」を指している。同じ「後人」の表記を持つ巻9・一八〇一番歌が「のちひとの」と訓んで後代の人を表わしていることは、やはり、「後人」が時間的な隔たりを表わすということを保証していると言える。

○万葉集（当該歌群の用例を除く）

右案二日本紀一曰　天皇四年乙亥夏四月戊戌朔乙卯　三位麻續王有レ罪流二于因幡一　一子流二伊豆嶋一　一子流二血鹿嶋一也　是云レ配二于伊勢國伊良虞嶋一者　若疑**後人**縁二歌辞一而誤記乎（1・二四左注）

後人追同歌一首（4・五二〇題詞）

後人追和之詩三首　帥老（5・八六一題詞）

後人歌二首（9・一六八〇題詞）

……**後人**（のちひとの）偲ひにせむと……（9・一八〇一）

○古事記

……是、今単取二父仇之志一、悉破下治二天下一之天皇陵上者、**後人**、必誹謗。唯父王之仇、不レ可レ非レ報。故、少二掘其陵辺一。既以二是恥一、足レ示二後世一、如此奏者、天皇答詔之、是亦大理、如レ命。可也。（下巻　顕宗天皇）

○日本書紀

科二伊豆国一、令レ造レ船。長十丈。船既成之、試浮二于海一、便軽泛疾行如レ馳。故名二其船一曰二枯野一。（以下割注部分）由二船軽疾一名二枯野一、是義違焉。若謂二軽野一**後人**訛歟。（応神天皇五年十月）

（以下割注部分）帝王本紀、多有二古字一、撰集之人屢経二遷易一。**後人**習読、以レ意刊改、伝写既多、遂致二舛雑一、前後失レ次、兄弟参差。今則考二覈古今一、帰二其真正一。……（欽明天皇二年三月）

○風土記

・豊後国風土記
石井郷。……昔者、此村有二土蜘蛛之堡一。不レ用レ石、築レ以レ土。因レ斯名曰二無石堡一。後人謂二石井郷一、誤也。

靫編郷。……昔者、磯城嶋宮御宇天国排開広庭天皇之世、日下部君等祖、邑阿自、仕二奉靫部一。其邑阿自、就二於此村一、造レ宅居之。因レ斯名曰二靫負村一。後人改曰二靫編郷一。

直入郡。……昔者、郡東垂水村、有二桑生一之。其高極陵、枝幹直美、俗曰二直桑村一。後人改曰二直入郡一、是也。

速見郡。……時、於二此村一有二女人一、名曰二速津媛一、……因レ斯名曰二速津媛国一。後人改曰二速見郡一。
・肥前国風土記
基肆郡。……昔者、纏向日代宮御宇天皇、巡狩之時、御二筑紫国御井郡高羅之行宮一、遊二覧国内一、霧覆二基肆之山一。天皇勅曰、「彼国、可レ謂二霧之国一」。後人改号二基肆国一。今以為二郡名一。

長岡神社。……天皇宣、「実有レ然者、奉レ納二神社一。可レ為二永世之財一」。因号二永世社一。後人改曰二長岡社一。……

酒殿泉。……此泉之、季秋九月、始変二白色一、味酸気臭、不レ能二喫飲一。孟春正月、反而清冷、人始飲喫。因曰二酒井泉一。後人改曰二酒殿泉一。

鳥樔郷。……昔者、軽嶋明宮御宇譽田天皇之世、造二鳥屋於此郷一。取二聚雑鳥一養訓、貢二上朝庭一。因曰二鳥屋郷一。後人改曰二鳥樔郷一。
・逸文尾張国風土記（前田家本『釈日本紀』所引）
吾縵郷。……後人訛言二阿豆良里一也。
・逸文筑後国風土記（前田家本『釈日本紀』所引）
昔、景行天皇、巡国既畢、還レ都之時、膳司在二此村一忘二御酒盞一。（云々）天皇勅曰「惜乎、朕之酒盞（以下の一重鍵括弧内、割り注部分）俗語、云二酒盞一為宇枳二」。因曰二宇枳波夜郡一。後人誤号二生葉郡一。
・逸文筑後国風土記（前田家本『釈日本紀』所引）
三毛郡。……因曰二御木国一。後人訛曰二三毛一。今、以為二郡名一。
・逸文日向国風土記（仁和寺本『萬葉集註釈』所引）
知鋪郷。……因曰二高千穂二上峰一。後人改号二智鋪一。

・逸文丹後国風土記（水の江の浦の嶼子の条。前田家本『釈日本紀』所引）

後時人、追加歌曰、……

○懐風藻

七言。述志。一首。

天紙風筆画雲鶴。山機霜杼織葉錦。

後人聯句。

赤雀含書時不至。潜龍勿用未安寝。

○続日本紀

辛丑、陸奥鎮守将軍従四位下大野朝臣東人等言、在レ鎮兵人勤功可レ録、請、授二官位一勧二其後人一。（聖武天皇　天平元年九月）

……前人滞二於解由一、後人煩二於受領一。……（桓武天皇　延暦元年十二月）＊官人の前任・後任。

己未朔、先レ是、去宝亀三年、制、諸国公廨処分之事、前人出挙、後人収納、……前後之司、宜二各平分一。（同　延暦五年六月）＊

勅、出挙・収納、其労不レ同。宜下革二前例一、一依二天平宝字元年十月十一日式一、収納之前、所レ有公廨入二於後人一、収納之後、入中於前人上。（同　同）＊

癸亥、左右京二職所レ掌調租等物、色目非レ一。或不レ勤二徴収一、多致二未納一、或犯二用其物一、遷替之司、貽二累後人一。於レ是、始准二摂津職一、与二解由一放焉。（同　延暦六年閏五月）＊

（8）「最」は、『篆隷万象名義』（第五帖一一オ）に「極、」とあり、万葉集中にも「暮春風景最可怜」（三九六七前置漢文）、「母之最愛子曽（はばがまなごぞ）」（7・一二〇九）、「最末枝者（ほつえは）」（9・一七四七）という例を見る。当該歌群の場合、右の注（7）で見た「後代・後世の人」の意の「後人」がまず示される。そして次に、いまこの注（8）で確かめた「最」を付けて「最後人」と示される。程度の極まっている意の「最」が付けられることにより、先の「後人」に比して「極めて後の代の人」が作り出される。そして、その「最後人」にさらに「最」を付けた「最々後人」は、「最後人」に比して「さらに極めて後の代の人」として作り出される。このように当該歌群では、それぞれ前の歌との時間的な隔たりを作り出そうとしていると把握できる。

(9) 本論は、「なまのサヨヒメ伝説」というタームを用いている。いかにも文化人類学の知見を援用したこのタームは、これから示す本論の歌群理解にとって重要であるだけに、そして、一方で本論のタイトルにもある（しかもギュメ付きの）「〈創出〉」と密接にかかわるだけに、このタームの説明を怠ってはならないだろう。本論は、この「一　当論考の立場—問題設定」ですでに述べたように、「この『作品』自体の理解」を目指す。そのような本論において、「なまのサヨヒメ伝説」は、序文の中において伝説が語られている部分の叙述を指す。作品外部の情報ではなく、この作品自体がその内部において示している伝説を「なまのサヨヒメ伝説」と呼ぶこととしたい。以下、論述の先取りとなってしまうが、続けよう。この作品では、〔図〕に示した2、3、4の時点の歌によって、この「なまのサヨヒメ伝説」に対して様々な焦点化の手が加えられる。また、「〈語る時間〉の多元化」という設定があることによって、その焦点化の手が加えられる過程自体もが示されることになっている。それは「サヨヒメ物語」が創り出される過程、〈創出〉の過程でもある。本論は、そうした手が加えられる以前の、作品内部にいわば「核」として示されているものとして、「なまのサヨヒメ伝説」というタームを用いているのである。

(10) 石井純子氏「『後人追和歌』考」（『国文目白』一八、一九七九年二月）

(11) 村瀬憲夫氏「熊凝の為に志を述ぶる歌」（『万葉集を学ぶ　第四集』、一九七八年三月、有斐閣）

(12) 大久保廣行氏「追和歌の創出」（『筑紫文学圏論　大伴旅人　筑紫文学圏』、一九九八年二月、笠間書院。初出、一九九三年一一月）

(13) 神野志隆光氏「『松浦河に遊ぶ歌』追和三首の趣向」（『柿本人麻呂研究』、一九九二年四月、塙書房。初出、一九八六年八月）

(14) 『常陸国風土記』（多珂郡条）の「国宰、川原宿祢黒麿時、大海之辺石壁、彫二造観世音菩薩像一。今存矣。因号二仏浜一。」『肥前国風土記』（松浦郡条）の「登望駅。……昔者、気長足姫尊、到二於此処一、留為二雄装一、御負之鞆、落二於此村一。因号二鞆駅一。」などの記述が参照される。

(15) 内田賢德氏「助動詞ラシの方法」（『記紀萬葉論叢』、一九九二年五月、塙書房）

(16) 仁科明氏「見えないことの顕現と承認—『らし』の叙法的性格—」（『国語学』一九五、一九九八年一二月）

士やも　空しくあるべき　萬代尓　語續可　名は立てずして（『万葉集』6・九七八）
……この九月を　我が背子が　偲ひにせよと　千代にも　偲ひわたれと　万代尓　語都我部等　始めてし　この九月の　過ぎまくを　いたもすべなみ……（同13・三三二九）
ほととぎす　今し来鳴かば　餘呂豆代尓　可多理都具倍久　思ほゆるかも（同17・三九一四）
……あり通ひ　いや年のはに　よそのみも　振り放け見つつ　余呂豆餘能　可多良比具佐等　いまだ見ぬ　人にも告げむ　音のみも　名のみも聞きて　羨しぶるがね（同17・四〇〇〇）
やすみしし　我が大君の　隠ります　天の八十蔭　出で立たす　みそらを見れば　予呂豆余珥　かくしもがも　千代にも　かくしもがも　畏みて　仕へ奉らむ　拝みて　仕へまつらむ　歌づきまつる（『日本書紀』一〇二）
などの例が参照される。

（18）井村哲夫氏「松浦の虚構―仙女と佐用姫と」（『万葉集物語』、一九七七年六月、有斐閣）

（19）清水克彦氏「『憶良作品攷』続貂」（『萬葉論序説』、一九六〇年一月、青木書店。初出、一九五七年一月）

（20）大久保廣行氏「領巾麾の嶺歌群の形成」（『筑紫文学圏論　大伴旅人　筑紫文学圏』、一九九八年二月、笠間書院。初出、一九七九年三月）

（21）井村哲夫氏「若い虫麻呂像」（『憶良と虫麻呂』、一九七三年四月、桜楓社。初出、一九六六年七月）

（22）土橋寛氏『古代歌謡全注釈　日本書紀編』（一九七六年八月、角川書店）

（23）駒木敏氏「万葉歌における人名表現の傾向」（『和歌の生成と機構』、一九九九年三月、和泉書院。初出、一九九四年六月）は、固有人名が詠みこまれることが「物語歌」の識別の根拠たり得るとする土橋寛氏『古代歌謡の世界』（一九六八年七月、塙書房）の指摘を受け、固有人名を詠みこむことの意義を分析する。そして、この『紀』一〇〇歌について、「地名と人名の挿入によって、叙述の現場感を付与しようと意図した」点を見出そうとしている。

（24）青木周平氏「目頬子と大葉子」（『古代文学の歌と説話』、二〇〇〇年一〇月、若草書房。初出、一九九八年三月）

（25）橋本達雄氏「大伴家持の追和歌」（『万葉集を学ぶ　第八集』、一九七八年一二月、有斐閣）

（26）廣川晶輝「追同處女墓歌」（『万葉歌人大伴家持―作品とその方法―』、二〇〇三年三月・五月、北海道大学大学院文学研究科・北海道大学図書刊行会。初出、一九九九年八月）

第六節　熊凝哀悼歌

一　はじめに

『万葉集』巻五には、山上憶良の手になる次の作品がある。

敬下和為二熊凝一述二其志一歌上六首 并序　　筑前國守山上憶良

大伴君熊凝者　肥後國益城郡人也　年十八歳　以二天平三年六月十七日一　為二相撲使ム國司官位姓名従人一参二向京都一　為レ天不レ幸　在レ路獲レ疾　即於二安藝國佐伯郡高庭驛家一身故也　臨レ終之時　長歎息曰　傳聞假合之身易レ滅　泡沫之命難レ駐　所以千聖已去　百賢不レ留　況乎凡愚微者何能逃避　但我老親並在二菴室一待レ我過レ日　自有二傷レ心之恨一　望レ我違レ時　必致二喪レ明之泣一　哀哉我父　痛哉我母　不レ患二一身向レ死之途一　唯悲二二親在レ生之苦一　今日長別　何世得レ覲　乃作二歌六首一而死　其歌曰

うちひさす　宮へ上ると　たらちしや　母が手離れ　常知らぬ　国の奥処を　百重山　越えて過ぎ行き　いつしかも　都を見むと　思ひつつ　語らひ居れど　己が身し　労はしければ　玉桙の　道の隈廻に　草手折り柴取り敷きて　床じもの　うち臥い伏して　思ひつつ　嘆き伏せらく　国にあらば　父とり見まし　家にあらば　母とり見まし　世間は　かくのみならし　犬じもの　道に伏してや　命過ぎなむ　一云「我が世過ぎなむ」（5・

八八六）
たらちしの　母が目見ずて　おほほしく　いづち向きてか　吾が別るらむ（八八七）
常知らぬ　道の長手を　くれくれと　いかにか行かむ　糧はなしに　一云「干飯はなしに」（八八八）
家にありて　母がとり見ば　慰むる　心はあらまし　死なば死ぬとも　一云「後は死ぬとも」（八八九）
出でて行きし　日を数へつつ　今日今日と　吾を待たすらむ　父母らはも　一云「母が悲しさ」（八九〇）
一世には　ふたたび見えぬ　父母を　置きてや長く　吾が別れなむ　一云「相別れなむ」（八九一）

この作品はその題詞に「敬和」とあるように、直前に配されている、

大伴君熊凝歌二首　大典麻田陽春作
国遠き　道の長手を　おほほしく　今日や過ぎなむ　言問ひもなく（5・八八四）
朝露の　消やすき吾が身　他国に　過ぎかてぬかも　親の目を欲り（八八五）[1]

への「敬和」の作であることが知られる。大久保廣行氏「熊凝哀悼歌群」[2]は、麻田陽春歌との「統一構造」が志向されていることを指摘し、「筑紫文学圏特有の新しい文学創造」を指摘している。本論としても、そうした「統一構造」についての論をも目指したいところではあるが、ここでは、右に掲げた山上憶良の作品において、十八歳の熊凝青年の死を悼むためにどのような方法が採られているかを分析することに絞って論じたい。[3]

二　構　成

（一）上京の旅から死出の旅へ

この作品に布置された構成について確かめて行くために、まずは、八八七番歌の表現の理解から始めよう。八八七番歌「たらちしの　母が目見ずて　おほほしく　いづち向きてか　吾が別るらむ」の解釈については説が分かれている。たとえば、『萬葉集古義』は「何方へ向ひて、冥途へいぶせく別れ去らむぞ」と注し、『萬葉集全釈』は、

私ハ何処へ向ツテコノ世ヲ別レテ行クノデアラウカ。（傍線、著者鴻巣盛廣氏）

と現代語訳を施す。「コノ世ヲ別レテ」という記述からは、鴻巣氏が「あの世へ」の方向という要素を汲み取っていることが見て取れよう。また、『萬葉集総釈』（森本治吉氏担当）は、「吾が別るらむ」の部分について、「従来この世に別れる、と解する説があるが、母に別れて行く、の意であらう」と述べてはいるが、「いづち向きてか」の部分については、「死後行くべき道が分らず心細く悲しい、と云ふ気持なのである」と指摘している。一方、『萬葉集評釈』（窪田空穂氏）は、

どちらの方角に向かってかで、自身の生国の方角のわからない意。

と説明する。熊凝の臨終の地「安芸国佐伯郡高庭」から生国「肥後国益城郡」への方角を実態化するのである。この部分の解釈は何れに拠るべきなのだろうか。ここで参照すべきは、村山出氏「熊凝の歌―表現の位置―」(4)である。村山論文は、

親に会いたいという少年の心情を思うならば、後者（『窪田評釈』のような「親のいる家郷への方向とみる説」のこと。廣川注）の意にとってよいように思われるが、親を慕う情は「母が目見ずて」と否定的表現で示されて

おり、また第二首（八八八番歌のこと。廣川注）で「道の長手を……いかにか行かむ」と黄泉への道に向かう不安を述べていること、第三首以降に父母を思う情が中心となることを考慮するならば、「いづち向きて」は、黄泉の方向を考えるべきであろう。つまり、第一首で親と別れて行く先のわからぬ暗澹たる不安を「おほしくいづち向きてか」と表現し、第二首で暗冥の道をたどる心細さを「くれくれといかにか行かむ」と表現して、少年の死を思う暗い危惧を、それぞれ方向と方法において歌ったもので、年少の死者の嗚咽の声を表現した趣がある。

と指摘している。村山論文が反歌第二首八八八番歌の「道の長手を……いかにか行かむ」に「黄泉への道に向かう不安」を見出すことについては、本田義憲氏「万葉集と死生観・他界観」(5)が、「あきらかに典拠とすべき」仏典として挙げる「大般涅槃経　巻十二、聖行品「死苦」条」を参照することでその妥当性が増すと考えられる。それを左に掲げよう。

善男子。夫死者於二嶮難處一無レ有二資糧一。去處懸遠而無二伴侶一。晝夜常行不レ知二邊際一。深邃幽闇無レ有二燈明一。入無二門戸一而有二處所一。(6)

本田論文は、八八八番歌全体と右の仏典を並置して我々に示しているのだが、本論としては、これに加えて、この八八八番歌と「大般涅槃経」の右の条との類似点を細かく指摘しておきたい。つまり、第三句の「くれくれと」が「深邃幽闇無レ有二燈明一。」と、初句・第二句「常知らぬ　道の長手を」が「去處懸遠而」および「晝夜常行不レ知二邊際一。」と類似する。仏典に精通している山上憶良、そして、このたびの仏典が大般涅槃経であるということを考え合わせれば、本田論文の指摘のように「あきらかに典拠とすべき」ものと判断してよかろう。このようにして、この反歌第二首八八八番歌の中に村山論文の指摘する「黄泉への道に向かう不安」を見出すことができるのであり、そしてひいては、八八七・八八八番歌についての村山論文の把握が妥当であることが保証されることになろう。

右の村山論文によって、八八七・八八八番歌に「黄泉への道に向かう」点を確かめ得たいま、次の芳賀紀雄氏「憶良の熊凝哀悼歌」(7)の指摘ははなはだ重要な意味を持ち得ることになろう。芳賀論文は、

> 上京の旅が、長歌末尾の「命過ぎなむ」を契機として、死出の旅に転ずるという文脈があることを指摘しているのである。この指摘、まさに炯眼であろう。そして芳賀論文は、「〈いま右に見た。廣川注〉文脈が存在するからこそ、第二首の『常知らぬ道の長手を』が、長歌の『常知らぬ国の奥かを』の二句を受けると考えることに、何らの支障も来さないのである」と述べる。つまり、当該作品では、長歌八八六番歌と反歌八八八番歌にともに「常知らぬ」が在る。長歌の方は「国の奥処」が続き「上京の旅」となっているが、一方の八八八番歌の方は「道の長手」が続き「死出の旅」となっている。この点、当該作品における見事な構成となっていると把握できよう。

(二) 自己観照から死の自覚への深化

前掲芳賀紀雄氏「憶良の熊凝哀悼歌」では、次のような指摘もなされている。

> 第五首の「一云、相別れなむ」を「我が別れなむ」にかえたのは、「相」が「互いに」の意味を喚起しやすく、それでは一首の体裁を成さぬことを惧れてのうえだろうが、同時に、第一首の結句「我が別るらむ」との首尾相応をも配慮したものに相違ない。

この指摘の驥尾に付して考察を続けよう。「一云」から本文への「改稿」の把握および「首尾相応」という把握は芳賀論文の指摘の通りだが、本論としては次のことがらが当該作品を読むうえで是非にも付け加えるべきことがらだと考える。つまり、結句が「相別れなむ」(一云)ではなく、「吾が別れなむ」(本文)となっている点は、〈吾れ〉が主体的に別れることが明示されている点で重要であると考えるのである。さらには、八八七番歌の推量「ら

む」と八九一番歌の強意「なむ」の違いこそが重要であろう。「いづち向きてか吾が別るらむ」（八八七番歌）の自己観照的推量から「吾が別れなむ」（八九一番歌）の「死の自覚・確認」への〈深化〉、という当該作品の様相をこそ、把握しておくべきだと考えるのである。(8)

ところで、作品上に見られるこうした〈深化〉は何によってもたらされているのであろうか。早くに、青木生子氏「山上憶良の歌における『死』(9)」は、反歌八八九番歌に注目し、

万葉歌の「死」は、恋に苦しむ立場からの想像や仮定に多量に使用されるか、さもなくば無常観的な観相のもとにいわれるものがほとんどであって、現実の死の事実を直接対象とする挽歌にこれが皆無に等しいことを知る。

……冒頭憶良の歌（反歌八八九番歌のこと。廣川注）における「死」の用法を省みるとき、それが死の事実にかなり即した用法として、集中むしろ異例なものであることを改めて認めざるを得ない。

と指摘していた。ここにこそ、右に見た〈深化〉の転換点を見出すべきであろう。

さて、このように、当該作品には周到な形で構成が施されている。このような周到な構成が布置された当該作品には、それ相応の方法が採られていると予測されよう。分析者は、一層の注意の目をもって当該作品に対していかなければならない。

三　内なる悲哀を述べるための方法

この作品は、熊凝青年の死の悲哀を述べるわけだが、それを果たすために特殊な方法が採られていると思われる。その方法を分析するために、まず熊凝哀悼歌群について論じる二つの論考の発言を取り上げるところから始め

たい。稲岡耕二氏「志貴親王挽歌の『短歌』について―金村の構成意識―」(10)は、当該長歌について、

……「思ひつつ　嘆き臥せらく」とあるから、ここまでは第三者的な立場で詠まれているのであろう。

そのあとに「国にあらば　父とり見まし　家にあらば　母とり見まし　世の中は　かくのみならし　犬じもの　道に臥してや　命過ぎなむ」と歌われているのは、十八歳の熊凝の立場からする直接話法の抒情である。

（傍線、廣川）

と述べる。「第三者的な立場」については長歌の表現の検討から確かめることができる。長歌冒頭からの「明」の部分(11)に続いて、「己が身し　労はしければ　玉桙の　道の隈廻に　草手折り　柴取り敷きて　床じもの　うち臥い伏して」が続く。このうちの「いたはし」について検討することとしたい。万葉集中の「いたはし」の用例は、当該作品を除くと左に示す三例である。

玉桙の　道行く人は　あしひきの　山行き野行き　にはたづみ　川行き渡り　鯨魚取り　海道に出でて　畏きや　神の渡りは　吹く風も　のどには吹かず　立つ波も　おほには立たず　とゐ波の　塞ふる道を　誰が心
労跡鴨　直渡りけむ　直渡りけむ（13・三三三五）

或本歌　備後國神嶋濱調使首見レ屍作歌一首　并短歌

……畏きや　神の渡りの　しき波の　寄する浜辺に　高山を　隔てに置きて　浦ぶちを　枕にまきて　うらもなく　臥やせる君は　母父が　愛子にもあらむ　若草の　妻もあらむと　家問へど　家道も言はず　名を問へど　名だにも告らず　誰が言を　労鴨　とゐ波の　畏き海を　直渡りけむ（13・三三三九）

追二同處女墓歌一一首　并短歌

古に　ありけるわざの　くすばしき　事と言ひ継ぐ　千沼壮士　菟原壮士の　うつせみの　名を争ふと　たまきはる　命も捨てて　争ひに　妻問ひしける　処女らが　聞けば悲しさ　春花の　にほえ栄えて　秋の葉の

にほひに照れる　あたらしき　身の盛りすら　ますらをの　語劣美　父母に　申し別れて　家離り　海辺に出で立ち　朝夕に　満ち来る潮の　八重波に　なびく玉藻の　節の間も　惜しき命を　露霜の　過ぎましにけれ……（19・四二一一）

第一例と第二例は行路死人歌。無理を犯して渡るべきではない海の難所を渡ってしまった行路死人に対して、「『誰が心』『誰が言』を『いたはし』と思ったからなのか」と推測している。そう推測している主体は、行路死人にとって第三者としての位置にある。第三例は、菟原娘子伝説を扱った大伴家持の「追同歌」。この「いたはし」については、『萬葉集総釈』（森本健吉氏担当）が、

求婚の言葉を気の毒に思つての意。何れの壮士に従ふにしても必ず他の一方を絶望の悲しみの中に投ずる事になるので、処女の心はいぢらしくも傷《いた》むのである。

と述べることに従ってよいだろう。また、廣川晶輝「追同處女墓歌」（『万葉歌人大伴家持―作品とその方法―』、二〇〇三年三月・五月、北海道大学大学院文学研究科・北海道大学図書刊行会。初出、一九九九年八月）では、「娘子の心情を『ますらをの　言いたはしみ』と、あくまでも外側から描写する」方法を指摘しておいた。この「追同歌」では、伝説の枠組みの外側に位置する叙述の主体から、伝説の主人公菟原娘子に対して「いたはし」という判断の言葉が発せられているのである。つまり、叙述の主体は菟原娘子にとっては第三者の位置にあるわけである。このように集中で「いたはし」と判断・推測するのは、第三者の位置からであることがわかる。

さて、こうした「いたはし」の用例のありように鑑みれば、当該作品の「いたはし」も第三者的立場から発せられた言葉であり、その位置からなされた描写であることがわかろう。

次に検討しておきたい重要な論考は前掲大久保廣行氏「熊凝哀悼歌群」である。大久保論文では、C1（「うち日さす～嘆き伏せらく」の部分。廣川注）の描写は、同じ状況説明でも、B1（序文の「身故りぬ」までの

部分。廣川注）の無機質なものとは異なっており、客観的な描き方ではあっても、明から暗へと具体的かつ丁寧に叙述されている点に特徴がある。このことは、長歌部分は、序よりは一段と熊凝に近い者の立場から捉えられているので、同行者の視点から語られた体裁をとったことを暗示するものとして注目される。（波線廣川。以下同じ）

と述べられ、また、

ここで序を述べたのは、事件の当事者たちとは距離を置いた第三者、具体的には追悼者（作者も含めた）の位置にあり、長歌を詠じた者には熊凝と親しく行動を共にした使の一行（従人ら）を設定し、短歌群を歌い上げたのは外ならぬ当の熊凝自身という、いわば表現者の立場の描き分けが行われているものと考えられる。

と述べられている。廣川晶輝も、この大久保論文の指摘を承けて敷衍させる形で、「大伴家持の悲緒を申ぶる歌」（『美夫君志』五七、一九九八年一二月）を書いた。そこにおいては、

序文はその前半で熊凝の姿を第三者的立場から描写し、「嘆かひて曰く」を転換点として熊凝自身の直接話法で死に行く悲哀が述べられる。一方、歌の方でも、長歌前半の熊凝ではない人物の視点からの描写のあと、「嘆き伏せらく」を転換点としてふたたび熊凝自身の直接話法があり、反歌も熊凝自身の立場で悲しみが述べられる

と述べたり、

序文末尾に「すなわち歌六首を作りて死ぬ。その歌に曰く」とあるにもかかわらず、熊凝自身の立場からすぐに長歌が始められるわけではなく、まずは「うちひさす宮へ上ると」と、熊凝ではない人物の視点から熊凝のことが描写される

と述べていた。しかし、いま、旧稿のこの波線部分についての指摘は訂正すべきものであると考える。(12)

ここでは、〈作品そのもののありよう〉から目を逸さないことを改めて認識したい。本論冒頭の当該作品本文を再度参照されたい。序文の最末尾には、「乃作二歌六首一而死　其歌曰」とあり、この記述に導かれて、長歌八八六番歌は始まっている。この作品のありようから目を逸すべきではないのだ。旧稿のように、「長歌前半の熊凝ではない人物の視点からの描写」「熊凝ではない人物の視点から」というように捉えるのは誤った理解ということになろう。そのように捉えてしまった時、〈作品そのもののありよう〉およびその作品理解からは逸脱してしまうことになるのだ。あくまでも、長歌は熊凝自身の歌なのである。この「漢文＋長歌・反歌」という一連の作品の中で、長歌を〈発話〉しているのは熊凝自身なのだ。

前掲旧稿「大伴家持の悲緒を申ぶる歌」において、

まずは熊凝のことを第三者的に「外側」から入念に描写し、つぎに熊凝本人の感慨を述べるという方法が、やはりこの憶良作にも存在することを示すのではないか。この方法を採ることで、憶良歌は、熊凝の「内側」の悲哀を強調することができる作品になっていると考えられる。

と述べておいたことに立ち戻ることになる。そして、右に述べた「自己批判」を加えた前掲拙著『万葉歌人大伴家持―作品とその方法―』で、

序文はその前半で熊凝の姿を第三者的立場から描写し、「嘆かひて曰く」を転換点として熊凝自身の直接話法で死に行く悲哀が述べられる。一方、歌の方はどうだろうか。……本書としては、序文末尾に「乃ち歌六首を作りて死ぬ。その歌に曰く、」とあり、その叙述に続いての長歌であるというありよう自体を考慮すべきと考える。つまり、あくまでも長歌を〈発話〉しているのは、熊凝なのである。当該歌は、まず熊凝自身に第三者的な立場から自己に対する描写を〈発話〉させている。そしてそのうえで、「思ひつつ　嘆き伏せらく」の転換点の後さらに、熊凝自身に自己の心情を表出させているのである。このように、憶良歌は、外側から描く描

き方と内側から描く描き方との転換が際立っている作品であり、まずは第三者的に「外側」から入念に描写し、次に当事者の立場から感慨を述べるという方法の存在を把握することができよう。そして、この方法を採ることで、憶良歌は、熊凝の「内側」の悲哀を強調することができる作品になっていると考えられる。

と述べておいた、こうした当該作品の方法を見落としてはなるまい。

四　熊凝に語らせるという方法

前の「三　内なる悲哀を述べるための方法」で、当該作品に採られている方法の分析をおこなったが、ここでは、その分析を、よりこの作品のあり方に基づいた完全なものとするための分析を加えることにしよう。

この作品に採用されている最も特筆すべき方法を明瞭な形で示すために、重複のきらいはあるが、本文を必要に応じてフォントを変え、そして記号を用いて、もう一度掲げることにしよう。

敬下和為二熊凝一述二其志一歌上六首　并序

筑前國守山上憶良

大伴君熊凝者　肥後國益城郡人也　年十八歳　以二天平三年六月十七日一　為二相撲使厶國司官位姓名従人一参二向京都一　為レ天不レ幸　在レ路獲レ疾　即於二安藝國佐伯郡高庭驛家一身故也　臨レ終之時　長歎息曰　「傳聞　假合之身易レ滅　泡沫之命難レ駐　所以千聖已去　百賢不レ留　况乎凡愚微者何能逃避　但我老親並在二菴室一　待レ我過レ日　自有二傷レ心之恨一　望レ我違レ時　必致二喪レ明之泣一　哀哉我父　痛哉我母　不レ患二一身向レ死之途一　唯悲二二親在レ生之苦一　今日長別　何世得レ覲」　乃作二歌六首一而死　其歌曰

「うちひさす　宮へ上ると　たらちしや　母が手離れ　常知らぬ　国の奥処を　百重山　越えて過ぎ行き　い

つしかも　都を見むと　思ひつつ　語らひ居れど　己が身し　労はしければ　玉桙の　道の隈廻に　草手折り
柴取り敷きて　床じもの　うち臥い伏して　思ひつつ　嘆き伏せらく　国にあらば　父とり見まし　家にあら
ば　母とり見まし　世間は　かくのみならし　犬じもの　道に伏してや　命過ぎなむ　一云「我が世過ぎなむ」（5・
八八六）

たらちしの　母が目見ずて　おほほしく　いづち向きてか　吾が別るらむ（八八七）

常知らぬ　道の長手を　くれくれと　いかにか行かむ　糧はなしに　一云「干飯はなしに」（八八八）

家にありて　母がとり見ば　慰むる　心はあらまし　死なば死ぬとも　一云「後は死ぬとも」（八八九）

出でて行きし　日を数へつつ　今日今日と　吾を待たすらむ　父母らはも　一云「母が悲しさ」（八九〇）

一世には　ふたたび見えぬ　父母を　置きてや長く　吾が別れなむ　一云「相別れなむ」（八九一）

このようにこの作品を見た時、ゴチック体で示したように、この作品の大部分は「熊凝自身が語っている〈発話〉」および「熊凝自身が作った歌そのもの」であることが明らかになろう。四角囲みを施したように、「長歎息曰」によって熊凝の〈発話〉が導かれているし、「乃作二歌六首一而死　其歌曰」によって熊凝自身が作った八八六～八九一番歌の六首が導かれている。つまり、「ト書き」が明示され、熊凝の〈発話〉および歌が、再現されているのだ。右の掲出においては、「「　」」で示しておいた。もっとも、「その歌に曰く」によって歌が導かれているありようなど、巻十六の歌々にあるではないか、という意見もあるかもしれない。しかし、それらは、当該作品のような長歌作品（しかも五首もの短歌が付いた）ではなく、一首の短歌にすぎない。また、次の点がより意義深いわけだが、序文における「長歎息曰「……」」と共にあることと総合的に見るべきだろう。そこに当該作品の特殊性があるのである。このように熊凝の〈発話〉という点に目を向けた時、ひるがえって、この作品の「話者」の叙述は

どうだろうかという点に必然的に目が向けられる仕儀となろう。それは、ゴチック体以外の、

大伴君熊凝者　肥後國益城郡人也　年十八歳　以㆓天平三年六月十七日㆒　為㆓相撲使ム國司官位姓名従人㆒
参㆓向京都㆒　為㆑天不㆑幸　在㆑路獲㆑疾　即於㆓安藝國佐伯郡高庭驛家㆒身故也　臨㆑終之時　長歎息曰

および、

乃作㆓歌六首㆒而死　其歌曰

の部分に限られる。そればかりではない。この話者によって我々に示されるのは、大伴君熊凝の生国、年齢、死没地の説明といったものだけである。つまり、話者の口からは、熊凝の死の悲哀は一言も語られない。ではその悲哀は誰によって語られるのかと言えば、それは、熊凝自身によって語られているのである。そして、さらに指摘するならば、「二（二）自己観照から死の自覚への深化」で確かめた「自己観照的な推量から死の自覚・確認への深化」自体、つまり熊凝の心中の深化自体をも、熊凝自身が語っていることになる。また、「三　内なる悲哀を述べるための方法」で確かめた「第三者的立場からの客観的描写から当事者の主観的描写への転換」自体もすべて熊凝自身が語っているのである。

　これを、作品を制作する側の観点に立って捉え直せば、〈熊凝自身に語らせている〉ということになろう。この作品は、熊凝自身に〈発話〉させ、熊凝自身に歌を作らせることによって、熊凝の行為・心情の再現が図られていると見てよいであろう。

　いわゆる「行路死人歌」では、前掲の三三三九番歌の、

うらもなく　臥やせる君は　母父が　愛子にもあらむ　若草の　妻もあらむと　家問へど　家道も言はず　名
を問へど　名だにも告らず

などのように、死者は一言も語らず、その悲哀を述べることはない。当該作品では、その死者に語らせるありよう

があるのであり、この山上憶良の作品の特筆すべき点として把握しておきたい。いわば、ここに、登場人物に直接語らせるという「劇的再現」(13)が企図されていると言えよう。

本論は、弱冠十八歳の熊凝青年の死を悼む、山上憶良の作品の〈方法〉の分析をおこなった次第である。

注

（1）この麻田陽春作については、冨原カンナ氏「『熊凝哀悼挽歌』考」（『萬葉』一七三、二〇〇〇年五月）が参照される。

（2）大久保廣行氏「熊凝哀悼歌群」（『筑紫文学圏論 山上憶良』、一九九七年三月、笠間書院。初出、「熊凝哀悼歌群の形成」、一九九四年六月）

（3）『万葉集』中には、「敬和」と題された作品として、他に大伴家持と大伴池主とによる作品がある。その「統一構造」については、すでに、廣川晶輝「越中賦の敬和について」（『万葉歌人大伴家持―作品とその方法―』、二〇〇三年三月・五月、北海道大学大学院文学研究科・北海道大学図書刊行会。初出、一九九八年三月）において論じている。参照されたい。

（4）村山出氏「熊凝の歌―表現の位置―」（『奈良前期万葉歌人の研究』、一九九三年三月、翰林書房。初出、「『熊凝歌』の位置」、一九七三年三月）

（5）本田義憲氏「万葉集と死生観・他界観」（『萬葉集講座　第二巻　思想と背景』、一九七三年五月、有精堂）

（6）引用は「大正新脩大藏經テキストデータベース」（http://www.l.u-tokyo.ac.jp/~sat/japan/index.html）に拠る。私に返り点を施した。

（7）芳賀紀雄氏「憶良の熊凝哀悼歌」（『萬葉集における中國文學の受容』、二〇〇三年一〇月、塙書房。初出、一九八四年六月）

（8）当該八八七歌同様に「我《わ》れ（吾《あ》れ）」の行為に「らむ」の用いられている例としては左のような歌がある。

広瀬川　袖漬くばかり　浅きをや　心深めて　我が思へる良武（7・一三八一　寄レ河）

相思はず　あるものをかも　菅の根の　ねもころごろに　我が思へる良武（12・三〇五四）

ともに、「浅い心」であり「相思」ってくれない相手に、「心深めて」「ねもころごろに」恋してしまい苦しむ自己の姿が描かれている。その自己への観照の目が見出されよう。

（9）青木生子氏「山上憶良の歌における『死』」（『青木生子著作集 第四巻 萬葉挽歌論』、一九九八年四月、おうふう。初出、「憶良の歌における『死』―その用法と意味―」、一九六九年一二月）

（10）稲岡耕二氏「志貴親王挽歌の『短歌』について―金村の構成意識―」（『萬葉集研究 第十四集』、一九八六年八月、塙書房）

（11）『万葉集』中の当該作品以外の「奥処」の用例は以下の通り。

思ひ出て　すべなき時は　天雲の　奥香裳不知　恋ひつつぞ居る（12・三〇三〇）

大海の　於久可母之良受　行く我れを　いつ来まさむと　問ひし子らはも（17・三八九七）

霞立つ　春の長日を　奥香無　知らぬ山道を　恋ひつつか来む（12・三一五〇）

うちはへて　思ひし小野は　間近き　その里人の　標結ふと　聞きてし日より　立てらくの　たづきも知らに
居らくの　於久鴨不知……（13・三二七二）

……あさもよし　城上の道ゆ　つのさはふ　磐余を見つつ　神葬り　葬りまつれば　行く道の　たづきを知らに
思へども　験をなみ　嘆けども　奥香乎無見……（13・三三二四）

家にても　たゆたふ命　波の上に　思ひし居れば　於久香之良受母 一云「浮きてし居れば」（17・三八九六）

すべて、「あてどなく」「尽きるところなく」「尽きるところを知らない」という否定の意味。一方、当該作品では、その「国の奥処」「百重山」（当該例のみ）を越えて過ぎ行くと歌われる。この表現により、境界を越えて異郷から異郷へと旅を続ける熊凝青年の姿が描き出されている。また、「いつしかも　都を見む」からは、「早く都が見たい」という前向きな熊凝青年の姿が描き出されていると見るべきであり、内田賢德氏「大伴熊凝哀悼歌」（『セミナー万葉の歌人と作品 第五巻』、二〇〇〇年九月、和泉書院）が、「むしろ十八歳の若者には大任であり、それだけに無事役目を果たすことが肥後国内での将来の地位を約束する、即ち前途への希望に満ちた旅であっただろう」と指摘することが参照される。

（12）この訂正すべきことについては、すでに、前掲廣川晶輝『万葉歌人大伴家持―作品とその方法―』において述べ、自己批判をおこなっているが、本論において、その詳細を述べている次第である。

（13）「劇的再現」については、アリストテレース『詩学』（松本仁助氏・岡道男氏訳、岩波文庫版『アリストテレース詩学・ホラーティウス詩論』、一九九七年一月、岩波書店）を参照されたい。

第七節　貧窮問答歌

一　はじめに

『万葉集』巻五には、山上憶良の手になる次のような作品がある。

貧窮問答歌一首　并短歌

風《ま》交じり　雨降る夜《よ》の　雨交じり　雪降る夜は　すべもなく　寒くしあれば　堅塩《かたしほ》を　とりつづしろひ　糟湯《かすゆ》酒《ざけ》　うちすすろひて　しはぶかひ　鼻びしびしに　然《しか》とあらぬ　ひげ掻《か》き撫《な》でて　吾《あ》れをおきて　人はあらじと　誇《ほこ》ろへど　寒くしあれば　麻衾《あさぶすま》　引き被《かがふ》り　布肩衣《ぬのかたぎぬ》　有りのことごと　着襲《きそ》へども　寒き夜《よ》すらを　我《わ》れよりも　貧《まづ》しき人の　父母《ちちはは》は　飢《う》ゑ寒《こ》ゆらむ　妻子《めこ》どもは　乞《こ》ふ乞ふ泣くらむ　この時は　いかにしつつか　汝《な》が世《よ》は渡る　／　天地《あめつち》は　広しといへど　吾《あ》がためは　狭《さ》くやなりぬる　日月《ひつき》は　明《あか》しといへど　吾《あ》がためは　照りやたまはぬ　人皆か　吾《あ》のみや然《しか》る　わくらばに　人とはあるを　人並《ひとなみ》に　吾《あ》れもなれるを　綿もなき　布肩衣の　海松《みる》のごと　わわけ下《さ》がれる　かかふのみ　肩にうち掛け　伏《ふ》せ廬《いほ》の　曲《ま》げ廬《いほ》の内に　直土《ひたつち》に　藁解《わらと》き敷きて　父母は　枕《まくら》の方《かた》に　妻子《めこ》どもは　足《あと》の方《かた》に　囲《かく》み居《ゐ》て　憂《うれ》へ吟《さまよ》ひ　かまどには　火気《ほけ》吹き立てず　甑《こしき》には　蜘蛛《くも》の巣《す》かきて　飯炊《いひかし》く　ことも忘れて　ぬえ鳥の　のどよひ居《を》るに　いとのきて　短き物を

端切《はし》ると　言へるがごとく　しもと取る　里長《さとをさ》が声は　寝屋処《ねやど》まで　来立《きた》ち呼ばひぬ　かくばかり　すべなきものか　世間《よのなか》の道（5・八九二）

世間《よのなか》を　憂《う》しとやさしと　思へども　飛び立ちかねつ　鳥にしあらねば（八九三）

山上憶良頓首謹上

当該作品を制作したことにより山上憶良が、近代に至って「社会詩人」「生活詩人」と捉えられ「階級闘争」という切り口と関わらせて論じられたことを久松潜一氏が指摘しているように(1)、当該作品は、歴史社会学的な考察に利用されて来た。こうした論調は戦後にも見られた。益田勝実氏が「貧困が日本の文学の主題として獲得されたことを「偉大な収穫」と位置づけたごとくである(2)。時代のパラダイムに則ってのこうした論調において、表現分析に基づく作品論的理解が十全だったとは言えない。また、土屋文明氏『萬葉集私注 新訂版』は、憶良自身が個人的に貧しかったという現実に還元して、作品内の貧者と憶良とを無前提に重ね合わせてしまっている。こうした論調も当該作品の作品論的分析を妨げて来た。

一方、当該作品には憶良独自の表現が多く、その理解も目指されて来た(3)。また、漢籍の影響も数多く論じられて来た(4)。さらには、左注の「謹上」の相手が現実の誰なのかという問題も大きく論じられて来た(5)。右のそれぞれの問題点を個別に考究したそれぞれの先学によって現代の我々が教えられるところは大きい。しかし、それぞれの問題が多岐に渡り細分化され、そしてそれぞれの問題自体が個別の問題であるだけに、ともすると、当該作品の表現自体が作品においてどのように機能しているのかを見定めての作品論的理解自体が、置き去りにされて来たのではなかったか。その悪しき例として当該作品についての近時の論考には、先学の多岐に渡る問題すべてを扱おうとするあまりに、結局、広く浅い論にとどまり作品理解に踏み込めないままで終わる論も多い。

こうした現状に鑑みれば、当該作品の表現自体の機能を論じる作品論的姿勢が採られて良かろう。本論は、こうした観点から、長歌前半部の〔問う者〕の表現と長歌後半部の〔答える者〕の表現とが作品上でどのように関連し、どのような表現効果を当該作品にもたらしているのかの分析を中心として、作品全体の理解を目指したい。

二　「貧窮問答」についての基本的把握

題詞に示されている「貧窮問答歌」の把握はきわめて難しい。『萬葉集全注』（井村哲夫氏担当）が諸説を、①貧窮者の問答、②貧者と窮民の問答、③貧窮についての問答、と分類しているごとく、諸説は対立している。たとえば、①説に立つ『萬葉集注釈』は「貧窮者が問答した形に作ったもの、貧と窮との問答ではない」と明瞭に②説を否定する。また、小島憲之氏は、「貧窮」という語が法華経などの漢訳仏典に多く例が見える点などをふまえつつも、②説を採る。[6]『万葉集』中に「問答歌」はあるが、当該作品の「貧窮問答」のような形の用例は無いことが、この把握を難しくしている。こうした点から小島氏論文は漢籍に端緒を求め、

> 文選の両都賦（西都賦・東都賦）・西京賦・東京賦・三都賦（蜀都賦・呉都賦・魏都賦）など、何れも都の優劣を競ふシテやツレ的風景として戯曲的、問答的要素をみせる……。文選の対問・設論の部もこのジャンルに近い。また芸文類聚（貧）にも漢楊雄「逐貧賦」を載せ、遁世離俗の楊子が人とみたてた「貧」と問答を重ねる。また、陶淵明にも「形影神幷序」があり、形（肉体）と影（影法師）と神（精神）の三者を人にみたてて問答をかはすと云つた趣向である。憶良のこの問答体は……やはりかうした漢籍の手法に刺戟されたのではなからうか。

と述べている。この小島氏論文（一九六〇年一月）から学ぶことは大きい。しかし、小島氏自身が校注者・訳者の

筆頭である日本古典文学全集版『萬葉集』（一九七二年五月）では、③説を採っている（『全注』の諸説のまとめを参照）。このことこそが、題詞だけから題詞の「貧窮問答歌」を理解することの難しさと限界を象徴していると言えよう。『全注』がまとめる①・②・③のどの説を採るべきか、この題詞だけからは決定できないというのが実状である。

そこで、必然、長歌の内容とも関わらせて論じられて来た。植垣節也氏は「麻衾」を貧の象徴とは言えないと指摘し(7)、西宮一民氏は「堅塩」を貧の象徴とは言えないと指摘した(8)。しかし、村山出氏が植垣氏論文・西宮氏論文を十分に参照し、それでも、「素材上問者を貧者でないと見得ることと、問者が『貧』を覚えるか否かの主観的な方面は別問題で」あると述べているように(9)、たとえ、素材が貧の象徴とならないとしても、それがただちに、題詞の解釈の①・②説を否定することにはつながらないわけである。また、芳賀紀雄氏は、

> 問題とすべきは、「われよりも貧しき人の」という句であろう。あきらかに「われ」が、「貧しき人」の範疇に包含されているわけで、問者を貧者と見做す解も、多分にこの句を拠りどころとしている。

とまとめている(10)。この指摘はきわめて重要であろう。つまり、当該作品の表現に即せば、当該作品の中には、「貧しき人」と「より貧しき人」との双方が明確に存在しているのである。

この点を把握したうえで参照されるのは、前掲小島氏論文の記述である。小島氏論文は、『芸文類聚』引用の孫卿子の文に、「多有レ之者富、少有レ之者貧、至無レ有者窮（巻三五、人部、貧）」とあることを重視した（引用の返り点・△や○の記号、小島氏論文のとおり）。この「貧」と「窮」の違いは無視できない。なお、『荀子』（大略篇）には、同様の記述が「多有レ之者富、少有レ之者貧、至二無レ有者一窮。」とある(11)。小島氏論文の『芸文類聚』の訓読と、全釈漢文大系版『荀子』の訓読には、若干の違いはあるものの、「窮」が「貧」のさらに行き詰まった状況を表わし出していることは動かない。「貧」の状況がさらに逼迫して、「有」るということが「無」い状況が「窮」である

と、この『荀子』と『芸文類聚』の用例は示しているのである。

また、『全集』が挙げている「戸令」三十二条の条文に対する『令集解』の注釈部分の記述には、「貧窮。謂貧无二資財一者。」とあるのであり、まずは「貧」が基盤としてあり、その「貧」の状況にして「資財」が「无（無）」いという行き詰まった状況を「貧窮」と「謂」うのだと捉えられるわけである。

さて、ここまで論じて来て、ここは、目の向け方を変えて見るべきであろうと思われる。つまり、「貧窮」を、「貧（もしくは貧者）」と「窮（もしくは窮者）」とに分割せずに「貧窮」と把握したとしても、「窮」の字が存在することによる意味を決して見落としてはいけないであろう、ということである。つまり、「窮」の、「貧にしてさらに行き詰まり窮状を呈している」という要素を把握したうえで、厳然と「窮」とあることへの目配りが必要であろう、ということである。そこで、以降、その「窮」について考察して行くことにしよう。

『万葉集』『古事記』『日本書紀』の「貧」はすべて「まずしい」意味である。では、「窮」はどうかというと、「窮」単体で「まずしい」意味となるわけでは決してない。

まず、『万葉集』の用例を見てみよう。当該作品を除いて「窮」は三例ある。

欲レ言〻窮、（巻5・「沈痾自哀文」第87句、山上憶良）

莫レ不下皆以二有レ尽之身一、並求中無レ窮之命上。（巻5・「沈痾自哀文」第101句、山上憶良）

直に来ず　こゆ巨勢道から　石橋踏み　なづみぞ吾が来し　恋ひて窮見（すべなみ）（13・三二五七）

一例目は、言葉に窮することであり、二例目は、終わりの無い命のことである。また、三例目は、「すべなし」に「窮」を当てている。進退窮まってどうしようもないことを「窮」で表わしている。

次に、『古事記』の用例を見てみよう。『古事記』には三例存する。当該歌と同じく「貧窮」の文字列を持つ用例が左のように二例ある。

三年の間、必ず、其の兄、貧窮（まづしくあらむ）。（上巻、火遠理命の海神の国訪問の条）

是に、天皇、高き山に登りて、四方の国を見て、詔ひしく、「国の中に、烟、発たず、国、皆貧窮（まづし）。故、今より三年に至るまで、悉く人民の課役を除け」とのりたまひき。（下巻、仁徳天皇、聖帝の世の条）

これら「貧」字と共に在って「貧窮」の文字列となっている例は、「まずしい」意味となっている。しかし、残りの一例は、「窮」のみで存し、

爾くして、力窮（つき）矢尽きぬれば、其の王子に白ししく、……（下巻、安康天皇、大長谷王（のちの雄略天皇）が都夫良意富美の家に逃げ込んだ目弱王を討つ条）

とある。これは、「まずしい」という意味とは関わらない形で、「尽きる」意味となっている例である。

次に、『日本書紀』の用例について見てみよう。『古事記』と同じように、「貧」字と共に存し「貧窮」の文字列を採る例も左のように一例ある。

……便ち之を得て、乃ち彦火火出見尊に授る。因りて教へまつりて曰さく、「鉤を以ちて汝の兄に与へたまはむ時には、詛ひ言ふべくは、『貧窮（まぢ）の本、飢饉の始、困苦の根』とのたまひて後に与へたまへ。……」とまをす。……（神代下第十段一書第一、彦火火出見尊の海神の宮訪問の条）

また、「乏」字と共に存し「窮乏」の文字列を採る例もある（仁徳天皇四年春二月条の用例）。これら「貧窮」「窮乏」は、「まずしい」意味である。しかし、「まずしい」意味とは関わらない形で、以下のような用例もある。『万葉集』（巻5・「沈痾自哀文」第101句）の用例と同じように終わりの無い意味の「無窮」の例であり、「あまつひつぎ」の「終わりが無い」という賞辞の例（神代下第九段一書第一、天孫降臨の条、崇神天皇四年冬十月の条など）である。また、

兄既に窮途（せまりて）逃去る所無し。……（神代下第十段一書第二、彦火火出見尊の海神の宮訪問の条）

真鳥大臣、事の済《な》らざることを恨み、身の免れ難きことを知り、計《はかりこと》窮（きはまり）望絶え、……遂に殺戮

されて、其の子弟に及《いた》れり。（武烈天皇即位前紀、平群真鳥討伐の条）
詔して曰はく、「……新羅の所レ窮（きはまりて）帰《よ》れるを哀れび、……」とのたまふ。（欽明天皇二十三年夏六月条）
万、……号《よば》ひて曰く、「……翻《かへ》りて此の窮（きはまり）に逼迫《せ》めらるることを致しつ。……」といふ。（崇峻天皇即位前紀、物部守屋大連の資人捕鳥部万の奮戦の条）
詔して曰はく、「……百済国、窮（せまり）来《きた》りて我に帰《よ》り、……」と云々《しかしか》のたまふ。（斉明天皇六年冬十月、百済、日本に救済を求む条）

という例である。第一例の「窮途」が行き詰まりの道の意を表わすように、また、第四例の「窮」が窮状を表わすように、「窮」は、「きわまった・行き詰まった」状況を表わすものと捉えることできる。そう捉えれば、「貧窮」「窮乏」も、「困窮」（仁徳天皇六十七年是歳条）、「困乏窮」（持統天皇六年三月条、持統天皇七年春正月条）も、そうした貧しく乏しい様相が、きわまって・行き詰まった程度にまで至っていることが表わされた例であると捉えることができよう。

ところで、「窮」自体の字義はどうであろうか。古代文献における「窮」のありようを分析したうえでは、古辞書・古字書の記述を参照することも許されよう。『説文解字』（七篇下、二三ウ）には、「竆 極也。从穴躳聲。」とあり（竆は窮の本字）、また、『篆隷万象名義』[12]（第三帖八七ウ）には、「窮 渠弓反極、終、」とある。つまり、「きわまった・行き詰まった」という字義を持つことがわかる。[13]

さて、以上に述べて来たことをまとめれば、次のようになろう。つまり、「貧窮問答歌」という題詞を持つ当該作品では、「貧にして窮状を呈している」という要素を十分に考慮して把握するべきである、ということである。そして、「きわまった・行き詰まった」状況の「窮」の意味および要素を見落としてはならない、ということである。こうした把握については、後ほどまた活きてくることとなろう。

三　長歌前半部と長歌後半部との関連について

（一）問う者の機能について

本論は、「一　はじめに」において、「長歌前半部の〔問う者〕の表現と長歌後半部の〔答える者〕の表現とが作品上でどのように関連し、どのような表現効果を当該作品にもたらしているのかの分析を中心として、作品全体の理解を目指したい」と述べていた。その点に考察の目を向けよう。

『萬葉集全注』（井村哲夫氏担当、前掲）は、「貧窮回り舞台」という小見出しを付けて、

さて歌は、「この時は　いかにしつつか　汝が世は渡る」という問いかけに応じて、舞台は一転、あばらやの内部、地べたに敷いた藁の上、一人の男のまわりに老人や女子供が身を寄せ合って坐っている。

と説明している。「貧窮回り舞台」「舞台は一転」という明瞭な説明をとおして、〔問う者〕の表現の作品上の効果に言及しているわけである。また、高潤生氏は、「作者の趣意は……貧窮人に深い同情を寄せる人物を作品の中に作り出そうというところに重みが置かれた」と述べている。(14) ある人物を造形しようとする営為に対してのこの言及も参照されよう。もっとも、早くに高木市之助氏は、「第一の人間に媒介されてこの第二の人間が、第一の人間よりももっと刻銘に彫りあげられる」と指摘していた。(15) また、青木生子氏も、「前半の問の立場と後半の応答の立場がそれぞれ独立して又相呼応する一つの立体的構造の下に、貧窮の生の相が浮き彫りにされるに至る」と述べていた。(16) これらの先行研究の驥尾に付して、本論としても、前半の問う者の機能を考えたい。

（二）寒い夜の設定

この作品の長歌前半の問う者の機能を考える時、まずは、前半の記述により、「寒し」「寒き夜」という状況と時間が設定されていることが注目される。長歌前半からその記述を抜き出せば、次のようになる。

風交じり　雨降る夜の　雨交じり　雪降る夜は　すべもなく　寒くしあれば
然とあらぬ　ひげ掻き撫でて　吾れをおきて　人はあらじと　誇ろへど　寒くしあれば
麻衾　引き被り　布肩衣　有りのことごと　着襲へども　寒き夜すらを

「寒さ」を強調するこうした特徴的なあり方について、先行研究において詳しく言及しているのが、高木市之助氏である[17]。

前半の問う者の機能を考えている本論においては、「寒き夜すらを　我れよりも　貧しき人の　父母は　飢ゑ寒ゆらむ　妻子どもは　乞ふ乞ふ泣くらむ　この時は　いかにしつつか　汝が世は渡る」というように、「この時」としていることの機能を分析しておくことが肝要であると考える。武田祐吉氏『萬葉集全註釈』は、「評語」の欄で、「前半に於いて寒夜を描いたのは、非常に効果的だが、肝心の後半に、これに呼応することが無いのは物足りない」と述べ、「欠点」としている。これに対して、伊藤博氏は、「窮者の答えは、やはり、前半に設定されたみぞれ降り風吹きすさぶ寒夜の『この時』のこととして、前段の環境の支配を受けながらうたわれていると見るべきではないか」と述べ、「窮者の家族たちは、問う貧者と同様、『風雑り雨降る夜の、雨雑り雪降る夜』のもとにおいて呻吟していると理解されるのである」と述べる[18]。首肯されるべき見解である。つまり、「この時」とは、長歌後半の「答える者」の状況の方も設定している、そうした機能を持っているのである。この点をしっかりと確認しておきたい。

（三）何も無いことを際立たせる機能

長歌前半部の〔問う者〕の表現と長歌後半部の〔答える者〕の表現は、「衣・（炊事も含めての）食・（寝具も含めての）住」の面で対応している[19]。また、対比が盛り込まれている。それをまとめてみよう。

〈対応と対比〉

	衣	（炊事も含めての）食	（寝具もふくめての）住
前半〔問う者〕	**布肩衣**　有りのことごと　着襲へども	堅塩を　とりつづしろひ　糟湯酒　うちすすろひて	麻衾　引き被り
後半〔答える者〕	綿もなき　**布肩衣**の　海松のごと　わわけ下がれる　かかふのみ　肩にうち掛け	かまどには　火気吹き立てず　甑には　蜘蛛の巣かきて　飯炊く　ことも忘れて	伏せ廬の　曲げ廬の内に　直土に　藁解き敷きて

ゴシック体で示したように、「布肩衣」は、前半の〔問う者〕と後半の〔答える者〕の双方にある。この対応があることによりかえって、双方の違いが強調されて対比が明瞭になっていると言えよう。つまり、「衣」の面では、

前半：貧しくとも、布肩衣を重ね着（「着襲ふ」）することができるほどに所有している。
後半：布肩衣は、まるで海松のようにぼろぼろで、ほつれている。まともな衣服も無い。そんな布肩衣でも、とりあえず肩に引っ掛かるものだけでも掛けているありさま。

という対比がある。また、「（炊事も含めての）食」の面では、

前半：貧しくとも、なめる堅塩はある。すする糟湯酒もある。「湯」を沸かす火もある。
後半：飯を炊くことが無い。ましてや、火を熾すことさえも無い。

という対比があるのであり、さらに、「（寝具もふくめての）住」の面では、

前半：貧しくとも、寝具である麻衾を引き被ることができる。
後半：ひしゃいだ家では、風・雨・雪を防ぎきれない。寝具も無く地べたに藁を敷くのみ。

という対比があるのである。

ところで、布置されているこの対比は、当該作品においてどのように機能しているのであろうか。それは、後半の〔答える者〕には何も無いということを際立たせることで機能していると捉えられよう。そして、この何も無いことは、「二　「貧窮問答」についての基本的把握」において明らかにした題詞の分析と響き合う。そこでは、当該作品の冒頭に置かれている題詞の中に「窮」の要素があることを分析しておいた。そして、その分析は、前掲『荀子』『芸文類聚』の記述とも関連していたのであった。その「至㆔無㆑有者㆒窮」「至無㆑有者窮」という記述において示されるのは、「どんづまり・きり」と言うべき段階として、所有している物が何も無いのが「窮」である、ということである。題詞で示されていたこうした「窮」の要素が、当該作品長歌のあり方とも明確に関連し合っているのである。

（四）「父母」「妻子ども」を呼び込む機能

次には、「我れよりも　貧しき人の　父母は　飢ゑ寒ゆらむ　妻子どもは　乞ふ乞ふ泣くらむ　この時は　いかにしつつか　汝が世は渡る」の表現に注目したい。

当該歌では、「汝」と呼び掛けられる人物に対して、その父母や妻子たちの様を、現在視界外推量「らむ」を使って推量している。そうした表現のあり方に対して、現代の我々は、特に何の違和感も抱かないかもしれない。しかし、古代において、当該歌のようなこうした歌い方は、ア・プリオリに可能であったと言えるのであろうか。

決してそうではなかったのである。

『万葉集』中の「父母」「妻子」の姿を推量する歌を見てみよう。「らむ」を使って自分の妻のことを推量する例はあるにはあった。次のとおりである。

……はしきやし　我が妻の子が　夏草の　思ひ萎えて　嘆くらむ　角の里見む　靡けこの山（2・一三八、柿本人麻呂「石見相聞歌」）

しかし、二人称としての「君」「人」「汝」などを用いて呼び掛け、その二人称の「君」「人」「汝」の家族である「父母」「妻子」たちの様子を推量する表現としては、以下のような例となる。二人称の語に傍線を、その家族である父母や妻子たちに二重傍線を付して示そう。

……波の音の　繁き浜辺を　しきたへの　枕になして　荒床に　ころ伏す君が　家知らば　行きても告げむ　妻知らば　来も問はましを　玉桙の　道だに知らず　おほほしく　待ちか恋ふらむ　愛しき妻らは（2・二二〇、柿本人麻呂「石中死人歌」）

母父も　妻も子どもも　高々に　来むと待つらむ　人の悲しさ（13・三三四〇）

家人の　待つらむものを　つれもなき　荒磯をまきて　伏せる君かも（13・三三四一）

浦渕に　伏したる君を　今日今日と　来むと待つらむ　妻し悲しも（13・三三四二）

右の例は、眼前の行路死人に対して歌う例である。また、右のように行き倒れた行路死人でなくても、

……たらちねの　母も妻らも　朝露に　裳の裾ひづち　夕霧に　衣手濡れて　幸くしも　あるらむごとく　出で見つつ　待つらむものを　世の中の　人の嘆きは　相思はぬ　君にあれやも　秋萩の　散らへる野辺の　初尾花　仮廬に葺きて　雲離れ　遠き国辺の　露霜の　寒き山辺に　宿りせるらむ（15・三六九一）

はしけやし　妻も子どもも　高々に　待つらむ君や　島隠れぬる（15・三六九二）

もみち葉の　散りなむ山に　宿りぬる　君を待つらむ　人し悲しも（15・三六九三）

という例もある。これは、旅先での同僚の死を悼む例であるが、広く行路死人歌の範疇に属していると言えよう。このように、二人称を用いて呼び掛ける相手の家族である父母や妻子たちの様子に思いを馳せ心配してあげるという表現は、行路死人歌の表現形式であると言える。

しかし、当該作品は、呼び掛ける対象の状況が大きく異なっているのであり、行路死人歌の表現形式に依拠するとは言い難い。ここに、当該作品の表現の特殊性があることになろう。ここで肝要なのは、古代において特殊なこの表現によって、当該作品において何が果たされているのか、どのような表現効果があるのかを論じることである。当該作品では、家族である父母や妻子たちの様子を〈答える者〉が答えることにより、「父母」「妻子ども」が当該作品の歌の題材として導き出されて来る、そうした表現効果があると捉えられよう。まずは、当該作品におけるこうした機能に注目しておくべきであろう。

では、「父母」「妻子ども」が当該作品の歌の題材として導き出されて来ることによって、どのように作品が展開されるのか。次には、この点が考察されることになる。

「（三）何も無いことを際立たせる機能」において示したように、衣・食・住において、後半の〈答える者〉には、何も無いことが際立たされていた。「伏せ廬の　曲げ廬の内に　直土に　藁解き敷きて」という劣悪な住環境において、「父母は　枕の方に　妻子どもは　足の方に　囲み居て　憂へ吟ひ」「ぬえ鳥の　のどよひ居る」と表現されている。彼らにできることは、ただひたすら、うめくことばかりなのであった。

当該作品では、前半の〈問う者〉によって、「父母は　飢ゑ寒ゆらむ　妻子どもは　乞ふ乞ふ泣くらむ　この時は　いかにしつつか　汝が世は渡る」と問われる。その問われた相手である後半の〈答える者〉は、「吾がためは　狭くやなりぬる」「吾がためは　照りやたまはぬ」「人皆か　吾のみや然る」「人並に　吾れもなれるを」と四つの

「吾」があるように、まずは自分中心に語り起こす。その「吾」と家族としての関係性を持つ存在として登場する「父母」「妻子ども」はこうした後半の〔答える者〕とどのような関係にあるのか。

ここで参照すべきが、富士谷御杖『北辺随筆』（巻四）の記述である。[20]御杖は、前半の〔問う者〕を「父母妻子もなき、孤独の貧人」と述べ、後半の〔答える者〕を「父母妻子ある貧人」と捉えたうえで、

されば孤独なる貧人と、父母妻子ある貧人との問答にて、このふたすぢをむかへて、問答としもせられたるは、大かた貧窮は、いとくるしき物なるがうちに、父母妻子あると、なきとをむかへておもへば、孤独なるは、くるしとはいひながら、たゞおのれのみ堪なば、さてありぬべし。父母妻子がくるしむらんをみむは、おのれひとりがくるしさには、いといたうまさるべしとの心をいふにて、……

と述べている。もちろん、前半の〔問う者〕に家族がいるかいないかはわからないが、「このふたすぢをむかへて」というように対比を読み解く御杖の指摘は、作品理解においてきわめて重要であろう。つまり、前半の〔問う者〕は自分が堪えれば堪えられるが、後半の〔答える者〕には父母妻子の苦しさがつきまとうのである。父母妻子は、窮状を助けてくれない。助けてくれないばかりか、存在する以上、着せ・食べさせ・住まわせなくてはならない、「囲み居」る存在として提示されているわけである。つまりは、「父母」「妻子ども」は、窮状に陥っている後半の〔答える者〕にとって、「渡」らなければならないこの「世」における束縛であるということとなろう。

ここで、当該作品が「令反或情歌」（『万葉集』巻5・序文および八〇〇～八〇一）の続編としてのあり方を示していることを述べておきたい。「令反或情歌」では、人間がこの世の中に存在することによって生じる関係性が顕わし出されていた。その関係性とは、「三綱の父子」としての「父母」、「三綱の夫婦」としての「妻」、「三綱の父子」としての「子」、そして、「三綱の君臣」としての「大王」との関係性であった。[21]当該作品でも、その「令反或情歌」と同様の関係性が作品の中に持ち込まれていると考えてよかろう。ただ、「三綱の君臣」としての関係性は、

社会の窮民たる〔答える者〕の実状に即してよりミニマム化されて、「収奪機構の先端に属する里長[22]」となっているとおぼしい。このように考えてこそ、当該作品において「里長」が出現していることにも理解が届くと言えよう。そして、父母・妻・子と同様に、社会との関係性においても、束縛は存在すると把握すべきであろう。「収奪機構の先端に属する里長」は支配する側として、支配される側の〔答える者〕のこの「世」の社会的束縛として描き出されているのである。

このように、後半の〔答える者〕には、ありとあらゆるものにおいて何も無いのに、ありとあらゆるものにおいて束縛は有るのである。このような状況が、前半と後半との関連において、作品上で顕わし出されているのである。そして、そうした状況に曝されている〔答える者〕は、「かくばかり　すべなきものか　世間の道」と嘆いて長歌は終わる。

この「かくばかり」の「かく」は指示語として、これまでの束縛に満ちた世間の様相を指示しているわけであり、それを「すべなきもの」と認定しているわけである。この「すべなきもの」と認定していることに関係して、ここで改めて目を向けてみたいのが、「二一　「貧窮問答」についての基本的把握」においてすでに挙げておいた、

直に来ず　こゆ巨勢道から　石橋踏み　なづみぞ吾が来し　恋ひて窮見（すべなみ）（13・三二五七）

である。この歌では、「すべなし」に「窮」字が当てられている。進退窮まってどうしようもない「すべなし」と「窮」とが結びついている例であった。このあり方を考え合わせれば、当該長歌のとじ目で歌われる「すべなきもの」は「窮」の状況をよく顕わしていることになろう。また、「かくばかり」がそれまでの束縛に満ちた世間の様相を指し示していることを考え合わせれば、「窮」の様相を形作るものとして、父母・妻子・里長による束縛が、当該作品上で十分に機能していると捉えられよう。

四　短歌について

短歌は「世間を」と歌い出される。この「世間」が長歌末尾の「世間の道」を受けてのものであることは明瞭であり、短歌は、長歌の言述を統合して一段高い位相から、その束縛からは決して逃れられないことを言い表わしているわけである。

契沖『萬葉代匠記』（初稿本）は、短歌の「世間を　憂しとやさしと　思へども」の「憂し」について、「うしは猒の字をかけり。うければいとはしきゆへなり」と述べ、この世間が「いとはしい」ものであると捉えた。その把握のとおり、この短歌では、いとわしく身が細る世間ではあるが、その世間から決して逃れられないことが、「飛び立ちかねつ　鳥にしあらねば」というように「鳥」の比喩を用いて述べられている。

芳賀紀雄氏は、この比喩表現について、「仏教にいう、世間の種々の縛著から離脱した、自由の姿を具備するものとして迎えられていよう」と述べている(23)。芳賀氏論文は、「若《モシ》心《ニ》無レ著者、猶如二空中鳥一、如レ是知《ルコト》具足《セバ》、是実沙門法（仏説象腋経）」などの仏典の実際例を示して論を展開し、説得力を持ち得ている。芳賀氏論文に学ぶべきは、広く仏典の用例が明示されている点ばかりではない。芳賀氏論文には次のような記述があることが、当該作品の理解のために、重要であると考えられる。それは、

そうした解脱への志向を擁しつつも、所詮憶良は、仏教に全的にはすがりえなかった。短歌一首において、もろもろの縛著から脱却しえた「鳥」の比喩的な形象を、否定的に点描したところに、憶良の、自虐的な哀感がこめられていた、と思われてならない。

という記述である。「憶良の、自虐的な哀感」という憶良の個人的感懐に帰する点の是非は分かれるところであろ

うが、学ぶべきは、「もろもろの縛著から脱却しえた『鳥』の比喩的な形象を、否定的に点描した」という把握である。つまり、「否定的に点描」されることによる当該作品の中の表現効果に、理解が届くからである。仏典に由来するこの比喩表現は、「否定的に点描」されて当該作品の中にあることによって、この「世間」が、そうしたさまざまな縛著・束縛から決して逃れることができないものであるという現状を、逆説的に良く顕わし出しているのである。いわば、仏典の表現が、この世間の現状を顕わすために、作品上でうまく「利用」されているわけである。

　こうした、仏典に示されている表現を作品上で利用する方法は、他の憶良作品にも見出される。「令反或情歌」（前掲）には、「父母を　見れば尊し　妻子見れば　めぐし愛《うつく》し　世間は　かくぞ理《ことわり》　もち鳥の　かからはしもよ」という表現がある。「もち鳥の」というように、こちらにも比喩表現があるわけである。この比喩表現について、五十嵐力氏は、「吾々は鳥が黐にかゝつたやうに、かかはり合ひ親しみ合うて仲好く暮らさうではないか」（傍点、五十嵐氏論文のとおり）と理解し[24]、佐伯梅友氏も五十嵐氏論文を修正・継承し、該当部分を「黐にかゝつた鳥のやうに、ほんに互にかかり合ひたいことだ」と理解した[25]。しかし、これは、甚だしい誤謬であったと言って良い。井村哲夫氏は、「処々の五欲は自ら纏縛すること猶ほ飛鳥の羅網《あみ》を犯す如く亦猟師の黐膠《とりもち》を布くが如し（仏本行集経・空声勧厭品）」などの仏典の用例を紹介した後、

　父母・妻子の存在、又その関係、これが色であり、それを見れば「たふとし」「めぐし愛し」と執着する、これが触である。我々を纏縛して、黐膠の如く離さない恩愛の絆なのである。

と指摘している[26]。この井村氏論文の把握は、この「令反或情歌」という作品において示されている「世間」の現状をよく表わしていると言えよう。また、芳賀紀雄氏は、右の井村氏論文引用の仏典例を参照引用したうえで、「令反或情歌」の特色について、「愛を悟りに到達するのを妨げる情意的な煩悩として退ける」「表現を逆用した」のだという指摘をおこなっている[27]。この芳賀氏論文は、仏典に示される現実認識の利用という側面を指摘した先行研究

となっているのである。[28]

さて、「令反或情歌」のあり方の参観から照射されて、当該作品のあり方もより明瞭になった。当該作品では、この「世間」がさまざまな縛著・束縛に満ちたものであり、決してその「世間」から逃れることができないものであるという現状が、仏典の表現を逆説的に利用することで良く顕わし出されていると言えよう。

なお、今後の山上憶良論のために、この縛著・束縛に関連して一点付け加えておきたい。当該作品は「令反或情歌」の続編としてのあり方を示していることは、すでに述べたとおりである。その「令反或情歌」では、人間がこの世の中に存在することによって生じる関係性が顕わし出されており、「もち鳥の　かからはしもよ」（八〇〇）という表現が明瞭に示しているように、この世の中の束縛に満ちた現状が示されていた。山上憶良の作品には、他に、「もとなかかりて」（5・八〇二、「思子等歌」）、「取りつつき」（5・八〇四、「哀世間難住歌」）、「逼《せ》め寄り来たる」（同）というように、ひっつく・くっつくという粘着質的要素が存在する。「束縛」という要素と関わり合うこうした要素が、山上憶良作品には色濃く存在していることを述べ、今後の憶良論のための道筋を先取りしておきたい。

五　まとめ

本論をまとめるにあたって、当該作品の構成について言及し、当該作品全体の総合的な理解を得たい。当該作品は題詞に「貧窮問答歌」とありこの内容の把握はきわめて難しいが、「きわまった・行き詰まった」状況を表わす「窮」があることを見落としてはならず、「貧にして窮状を呈している」という要素を十分に考慮して把握すべきことを指摘した。「三　長歌前半部と長歌後半部との関連について」において、図式を用いて示したように、長歌前半部の〔問う者〕の表現と長歌後半部の〔答える者〕の表現との間には、対応と対比が盛り込まれており、その対応と対比によって当該作品では、「貧」にして「窮状を呈している」状況が顕わし出されていた。ここに、題詞で示されていた要素と明確に響き合っている様相を見出せる。そして、さらに注意したいのが、その「窮」のありようを形作るものとして、父母・妻子・里長による束縛が、当該作品上で十分に機能しているという点であった。さきほどの対応と対比の表現効果を合わせて、「何も無いのに束縛は有る」というこの世間の様相が明らかにされるのである。このような表現効果を見定めておきたい。また、短歌は、「貧」にして「窮状を呈している」この世間が束縛に満ちているありようを示し得た題詞と長歌を統合して一段高い位相から、その束縛からは決して逃れられないことを言い表わしていた。このように、当該作品は、「題詞＋長歌前半・長歌後半＋短歌」という形によって、束縛に満ち「窮」している世間であってもこの世間から逃れられず、この世間で生きて行かなければならないという現状が顕わにされた作品となっているのである。このように当該作品全体についての総合的な作品論としての理解を得て、本論のまとめとしたい。

注

（1）久松潜一氏「萬葉集抄（二十四）―貧窮問答歌―」（『国文学 解釈と鑑賞』一八―三、一九五三年三月）

（2）益田勝実氏「『貧窮問答歌』の憶良」（『国文学 解釈と教材の研究』一―三、一九五六年八月）

（3）山田孝雄氏「吉備酒と糟湯酒」（『萬葉集考叢』、一九五五年五月、宝文館。初出、一九二三年三月）、同氏「堅鹽考」（『同書』。初出、一九二九年一一月）、橋本進吉氏「万葉集の語釈と漢文の古訓点」（『上代語の研究』、一九五一年一〇月、岩波書店。初出、一九三二年六月）、亀井孝氏「憶良の貧窮問答のうたの訓ふたつ」（『萬葉』四、一九五二年七月）、佐竹昭広氏「『火氣』・『如』の訓など」（『萬葉』一二、一九五四年七月）、高木市之助氏「孤語」（『文学・語学』二、一九五六年一二月）、植垣節也氏「貧窮問答歌の一解釈」（『国語教育相談室』一六二、一九七三年六月）、西宮一民氏「『堅塩』考―万葉集訓詁の道―」（『上代の和歌と言語』、一九九一年四月、和泉書院。初出、一九七四年二月）など。
（4）土屋文明氏『萬葉集私注』、小島憲之氏「貧窮問答歌の素材」（『上代日本文學と中國文學　中』、一九六四年三月、塙書房。初出、「出典問題をめぐる貧窮問答歌」、一九六〇年一月）、菊池英夫氏「山上憶良と敦煌遺書」（『国文学　解釈と教材の研究』一九八三年五月号）、辰巳正明氏「王梵志の文学と山上憶良」（『万葉集と中国文学　第二』、一九九三年五月、笠間書院）など。
（5）藤原房前とする前掲土屋氏『私注』、多治比県守とする村山出氏「憶良の長歌に関する覚書―伝統継承の側面―」（『国語国文研究』二九、一九六四年一〇月）および中西進氏「貧窮問答」（『山上憶良』、一九七三年六月、河出書房新社）、丹比広成とする伊藤博氏「貧窮問答歌の成立」（『萬葉集の歌人と作品　下　古代和歌史研究4』、一九七五年七月、塙書房。初出、一九六九年九月）など。
（6）前掲注（4）の小島氏論文
（7）前掲注（3）の植垣氏論文
（8）前掲注（3）の西宮氏論文
（9）村山出氏「貧窮問答歌―基礎的考察―」（『山上憶良の研究』、一九七六年一〇月、桜楓社。初出、一九七六年三月）
（10）芳賀紀雄氏「貧窮問答の歌―短歌をめぐって―」（『萬葉集における中國文學の受容』、二〇〇三年一〇月、塙書房。初出、一九七六年一二月）
（11）『荀子』の引用は、金谷治氏・佐川修氏・町田三郎氏、全釈漢文大系版『荀子　下』（一九七四年四月、集英社）に拠る。
（12）『篆隷万象名義』の引用は、『高山寺古辞書資料　第二』（東京大学出版会）に拠る。
（13）なお、『廣雅』（釈詁）には、「刻窮歎究貧也」とある。「窮」に対して「貧也」とあるわけであり、一見するとこれは、「窮」についてのこれまでの分析と齟齬を来す。しかしここは同じく『廣雅』（釈詁）の「彊繹困苦終竟死窮也」という記述を見てみたい。「窮也」と説明される対象の「彊」「繹」「困」「苦」「終」「竟」「死」字から、「窮」の持つ字義が推し量られるわけであり、『廣雅』としても「窮」に「きわまった・行き詰まった」義を見出していることがわかる。『廣雅』のこうしたありようを考え合わせ、また、「貧」に対して「窮也」とあるわけではなく「窮」に対して「貧也」とあることを考え合わせれば、ここは、「窮」という状況が「貧」という側面においてもあり得るそのことの説明となっている、と理解できよう。『廣雅』の引用は、『廣雅疏証』（国学基本叢書、台湾商務印書館）に拠る。

(14) 高潤生氏「貧窮問答歌」（『セミナー万葉の歌人と作品 第五巻 大伴旅人・山上憶良（二）』、二〇〇〇年九月、和泉書院）

(15) 高木市之助氏「万葉の美しさ」（『萬葉集大成 第二十巻 美論篇』、一九五五年八月、平凡社）

(16) 青木生子氏「山上憶良の芸術性―その評価をめぐって」（『青木生子著作集 第一巻 日本抒情詩論』、一九九七年一二月、おうふう。初出、「憶良の芸術性―その評価をめぐって」、一九五七年一月）

(17) 高木市之助氏『貧窮問答歌の論』（一九七四年三月、岩波書店）。前掲注（5）の中西氏論文でも、「『寒い』ということを、三度にわたってくり返し述べる」という指摘がなされている。ところで、高木氏は、「なお『寒さ』の本質については『出自の論』参照」と述べ、例の「憶良帰化人説」に立つ。そして、「朝鮮独自の暖房装置、謂ゆる温突《オンドル》又は類似の施設」の無い状況に、「精神的にも肉体的にも彼はこの寒さを日本人とはちがっていかにも帰化人らしく『すべもなく』感ずる」とする。当該作品の中に描かれている「寒さ」を、そのような目的で理解するのには従えない。

(18) 前掲注（5）の伊藤氏論文

(19) 前掲注（1）の久松氏論文も、「衣服、住居、食物の三方面から貧しさの極みをうたひ」と述べている。また、前掲注（5）の中西氏論文は、「衣食住」のうち「住」が「前半でふれられておらず、きちんとした対応をしていないことになる」と指摘している。しかし、図のように、「（炊事も含めての）食」「（寝具もふくめての）住」にて、分析できよう。

(20) 『北辺随筆』の引用は、『日本随筆大成〈第一期〉15』（一九七六年一月、吉川弘文館）に拠る。なお、この富士谷御杖『北辺随筆』の記述の存在について、新日本古典文学大系版『萬葉集』（岩波書店）が指摘している。

(21) 詳細は、廣川晶輝「山上憶良『令反或情歌』について」（『美夫君志』七五、二〇〇七年一一月。→本書第二章第二節）を参照願いたい。

(22) 注（10）に同じ。

(23) 注（10）に同じ。
(24) 五十嵐力氏『国歌の胎生及び発達』（一九四八年一二月、改造社。初出、一九二四年八月）
(25) 佐伯梅友氏「可可良波志考」（『萬葉語研究』、一九六三年四月、有朋堂。初出、一九三〇年一〇月）
(26) 井村哲夫氏「令反或情歌と哀世間難住歌」（『憶良と虫麻呂』、一九七三年四月、桜楓社。初出、「憶良『令反或情歌』と『哀世間難住歌』」、一九六八年一二月）
(27) 芳賀紀雄氏「理と情―憶良の相剋」（前掲『萬葉集における中國文學の受容』。初出、一九七三年四月）
(28) 詳細は、注（21）論文を参照願いたい。

第三章　大伴旅人作品に見られる趣向・構成

第一節 歌詞両首

一 はじめに

『万葉集』巻五には、次の一連の書簡および贈答歌が載っている。

伏辱㆓来書㆒ 具承㆓芳旨㆒ 忽成㆓隔㆑漢之戀㆒ 復傷㆓抱㆑梁之意㆒ 唯羨去留無㆑恙 遂待㆓披雲㆒耳

歌詞両首 大宰帥大伴卿

龍《たつ》の馬《ま》も 今《いま》も得《え》てしか あをによし 奈良の都に 行《ゆ》きて来《こ》むため (5・八〇六)

現《うつつ》には 逢ふよしもなし ぬばたまの 夜の夢《いめ》にを 継《つ》ぎて見《み》えこそ (八〇七)

答歌二首

龍の馬を 吾《あ》れは求めむ あをによし 奈良の都に 来む人のたに[1] (八〇八)

直《ただ》に逢はず あらくも多く しきたへの 枕《まくら》去《さ》らずて 夢にし見えむ (八〇九)

この書簡には従来さまざまな説明が試みられており、相当複雑な様相を呈している。本論の最初にあたり、その複雑な様相を腑分けし整理することが必要不可欠であるが、その腑分けと整理を手際良く成すには、この書簡が大きく見て二つの対立軸に基づいて問題とされている、ということを見定める必要がある。

その一つ目の対立軸は、この書簡が、「奈良の都の或る人物の書簡なのか／大伴旅人の書簡なのか」である。

まず、「奈良の都の或る人物の書簡」説に立つ論を見てみよう。契沖『萬葉代匠記』（初稿本）は、

これは帥大伴卿より、都の大伴淡等か方へ状をつかはさるゝに、二首の哥を添られける其返翰ならひに返哥なり。大伴卿の哥、すなはち初に載たり。（波線、廣川。以下同じ）

と指摘し、都からの書簡であると見なした。波線部からは、契沖が初稿本の段階では、巻5・八一〇番歌前置漢文に見られる「大伴淡等」と大伴旅人とを同一人とは考えていなかったことがうかがわれる。[2] なお、『代匠記』（精撰本）では、波線部が「故郷奈良ノ旧知へ」と改められている。つまり、契沖は、「故郷奈良ノ旧知」からの「返翰」と捉えたわけである。

ところで、この立場に立つ鹿持雅澄『萬葉集古義』はさらに、「伏辱云々の書牘、此処にあるは、甚く錯乱《ミダレ》たるものなり」として、この書簡を八〇八・八〇九番歌の前に移すという処置を施している。しかし、現存する『万葉集』の諸本はすべて、[3] 冒頭に掲げた本文の順番のとおりである。雅澄の処置はさかしらな処置と言えよう。また、武田祐吉氏『萬葉集全註釈』は、

この書簡の文章は返書であるから、もし旅人の書とする時は、更にこの前に京人からの書があつた筈であり、しかも歌に依れば、また更にこの後にも京人からの書があつたことになる。これは普通の交遊事情から見てかなり特殊の場合である。

と判断し、この書簡が旅人の書簡ではないとする立場に立つ。そして、

然らば、どうしてこの文の次に旅人の二首が載つてゐるかとならば、それは京人の書簡の余白に、旅人または大伴家側の人が、旅人の歌を書き込んで置いたものと考へられる。旅人の書に対する京人某の返書と見るを至

当とする。

と述べるのである。(4)しかし、これも推測の域を出ないことは言うまでもない。

また、書簡の「抱ㇾ梁之意」は、『荘子』(外篇、盗跖第二十九)に載る故事にちなむ。橋の下で女と逢う約束をしていた尾生という名の男が、女が来るのを待っていたが女は来ず、水かさが増して尾生は橋の柱を抱いたまま死んだという故事である。こうした故事が引用されているところから、ここでは「待つ」側の都の或る人物からの書簡であると説く説もある。『萬葉代匠記』(初稿本)の「今《マ》言《コ、ロハ》待《テトモ》二帰洛《ヲ》一未二還到一也。」や、『全註釈』の「旅人の来るを待つて、しかも旅人の来らず、徒に心を傷ることを述べてゐる」という説である。しかし、『代匠記』は、精撰本の改稿においては右の指摘を取り下げ、「交情ヲ忘サルニタトフ」とだけ記している。また、岸本由豆流『萬葉集攷証』が「この故事をちぎりのわすれがたきにたとへたり」とし、森本治吉氏『萬葉集総釈』が「愛と信との深いことをいふのである」とする解釈に立てば、これは、どちらが待つのかというところにポイントがあるのではなく、信義の深さにポイントがあることになる。事実、『荘子』(外篇、盗跖第二十九)では、前述の故事の記述のしばらく後に、この尾生の故事に対しての「信之患也」(「信義を守ろうとしたことによる難儀」)という記述を見る。(5)この尾生の故事は、やはり、奈良の都の或る人物からの書簡であることの論拠とは成り得ない。

次に、「大伴旅人の書簡」説を見てみよう。『攷証』は、「この書牘は、京人へ旅人卿よりの返簡なり」とし、鴻巣盛廣氏『萬葉集全釈』も同様の立場に立つ。そして、『全釈』は、

代匠記・略解・古義に、これを京人より旅人への返簡としたのは非常な誤謬である。

と述べ、「奈良の都の或る人物の書簡」説側を批判する。また、伊藤博氏『萬葉集釈注』は、

旅人の歌の題詞にことさら「歌詞」と記しているのは前の序文(漢文)を意識してのものと見られるので、この異説(前掲『全註釈』の、「旅人または大伴家側の人が、旅人の歌を書き込んで置いた」とする説のこと。廣川注)

には従わない。

と独自の視点から指摘している。

こうした、「奈良の都の或る人物の書簡なのか／大伴旅人の書簡なのか」という対立軸は、実は、現代に至っても決して解決されているわけではない。たとえば、近時（一九九九年五月）の新日本古典文学大系版『萬葉集』は、

奈良某人の手紙とその歌との間に、先行する大伴旅人からの贈歌を注記したもの。

と指摘し、右に挙げた『全註釈』の説を採用している。また、近時（二〇〇〇年九月）の西一夫氏「憶良・旅人の言葉と典拠[6]」は、「旅人が贈った短歌二首を」「奈良の某人が」「自らの書簡文に取り込」んだと推察している。

二つ目の対立軸について見てみよう。それは、「奈良の都の或る人物」が、「男性なのか／女性なのか」である。

まず、女性説について見てみよう。土屋文明氏『萬葉集私注』は、

さて奈良にあつて手紙の相手となつたのは何人か。記載がないのであるから推測に止るけれども、多分旅人と相愛関係にあつた人であらう。

と述べて、「相愛関係」にあった女性を想定し、

丹生女王贈二大宰帥大伴卿一歌二首（『万葉集』巻4・五五三、五五四番歌題詞）

という大宰府の大伴旅人に相聞歌を贈った記述が実際に見られる丹生女王を推定している。『私注』より前には「女性」説が提唱されて来なかったわけであり、澤瀉久孝氏『萬葉集注釈』は、この『私注』に対して、「うなづかれる説だと思ふ」と述べている。

次に、男性説について見てみよう。これは『私注』説を批判することで従来の見解への回帰となっている論である。たとえば、日本古典文学全集版『萬葉集』は、

相聞らしい用語は単なる文学表現とみて、男性と考えるほうがよかろう。

と述べている。

しかし、この対立軸も解決できないのは一目瞭然であろう。つまり、実際に相手が「相愛関係」にある女性であったならば相聞の表現を用いるのは当たり前であるし、相手が男性であったならば官人同士の親愛の情を表明するために、相聞表現を援用することも十分にあり得るからだ。詰まるところ、この書簡が誰に対しての書簡なのか明示されていない以上、また、「答歌二首」が誰の歌なのか明示されていない以上、この対立軸は解決できないのである。

さらに、問題は複雑化している。つまり、右に見た『私注』にしろ『全集』にしろ、一つ目の対立軸の「大伴旅人の書簡」説に立っているわけであるが、逆に「奈良の都の或る人物の書簡」説に立って、「女性」説を採る論も存在しているからである。吉永登氏「大宰帥大伴卿の贈答歌」[7]は、「奈良の都の或る人物の書簡」説に立ちつつ、

　漢文で書かれた書簡の作者である以上、これを女性とみることには難色があろう。

と述べる。女性は漢文を書かないだろうという理解が根底にあるわけである。この吉永論文に対して、井村哲夫氏『萬葉集全注　巻第五』は、

　貴族階級の女性のためには記室の代筆ということもあり得るだろう。

と述べて批判を加えている。

このように、

○この書簡が、「奈良の都の或る人物の書簡なのか／大伴旅人の書簡なのか」

○「奈良の都の或る人物」が、「男性なのか／女性なのか」

という二つの対立軸は絡み合い錯綜して、問題は複雑な様相を呈しているわけである。

ところで、ここまでは複雑ではありながらも、書簡が〔奈良―大宰府〕間を〈その方向はともかくとして〉実際に

運ばれた、ということを前提とした論であった。しかし、さらには、この書簡のやりとりおよび歌の贈答自体が、まったくの創作であり虚構であるとする論も出ているのである。

土田知男氏「大伴旅人・京人贈答歌私考」(8)は、

この答歌も旅人の手に成るものではないかと思う。すなわち、この贈答歌はことごとく旅人の創作に成るものであって、答歌は女性に仮託した作と考えられる。

と述べている。

しかし、土田論文のように、「ことごとく旅人の創作」であると把握できるのであろうか。本論冒頭の本文では、書き下しで示しているために、はっきりとわからないのであるが、八〇六・八〇七番歌と八〇八・八〇九番歌では、その万葉仮名の使用において違いが見られる。原文を示してみよう。

歌詞兩首　大宰帥大伴卿

多都能馬母　伊麻勿愛弖之可　阿遠尓与志　奈良乃美夜古尓　由吉帝己牟丹米（5・八〇六）

宇豆都仁波　安布余志勿奈子　奴婆多麻能　用流能伊味仁越　都伎提美延許曽（八〇七）

答歌二首

多都乃麻乎　阿礼波毛等米牟　阿遠尓与志　奈良乃美夜古迩　許牟比等乃多仁（八〇八）

多陁尓阿波須　阿良久毛於保久　志岐多閇乃　麻久良佐良受提　伊米尓之美延牟（八〇九）

この万葉仮名の使用については、稲岡耕二氏「巻五の論」(9)の見解が参照される。稲岡論文は八〇六番歌の表記について、

一首三十一字二十四音を表記するのに三十字種を用い、シ・タ・テ・ノ（乙）・マ・モ（乙）の六音の表記にそれぞれ之志、多丹、弖帝、乃能、馬麻、母勿の二字を宛て、わずかに尓（右の原文引用中の「尓」に同じ。廣

川注）を再度使っているにすぎないという、特殊な傾向をみせている。

と指摘する。八〇八・八〇九番歌にはこの傾向は見られない。また、稲岡論文は、八〇八・八〇九番歌の表記について、

「毛等米」「阿良久毛」というモの表記は、古事記における甲乙二類の区別からすれば乙類のモであるべきところ、「毛」と記されていて異例である。

と指摘する。「毛」は甲類の仮名である。つまり、八〇八・八〇九番歌には、「モ」の甲類・乙類の書き分けの意識が無いということになる。一方、八〇六番歌の「多都能馬母」の「母」は乙類の仮名である。『古事記』に残存する甲類・乙類の書き分けから、助詞「も」としては乙類の仮名が要求されることがわかるのであり、その要求と合致するわけである。両者の仮名表記は明らかに相違するのだ。これは決定的な違いである。また、八〇九番歌の「阿波須」は、冒頭の書き下し本文にあるように、「逢はず」であり、「須」が濁音「ズ」に宛てられている。この点について稲岡論文は、

憶良作歌や旅人作歌では、須は清音スの表記に限られている。

と指摘している。旅人作、巻五・七九三番歌の「麻須万須」は「ますます」であるから、この稲岡論文の指摘も決定的であろう。いまは紙数の関係上、稲岡論文の論拠を多くは挙げられないが、稲岡論文は種々の論拠を挙げて、

結局、八〇八・八〇九の二首の文字遣いは京人某の原歌の文字遣いがほぼそのまま保存されたゆえに、憶良・旅人の歌とは異なった特殊な性格がそこに指摘されるものと思う。

との結論を得ている。

さて、こうなると土田論文の論は成り立たないことになる。しかし、土田論文では、「別人の作なることを装うたためであろう」という解釈によって、この表記の相違という点をすり抜けようとする。しかし、こう言ってし

まった時点で、論証不可能となってしまう。つまり、土田論文の論旨にとっては対立するはずの「別人の作だから表記も異なる」という論を完全に否定することも出来ないからだ。まさに袋小路に嵌り込んでしまっていると言える。(10)

この書簡および贈答歌を扱った近時の論考に露木悟義氏「龍の馬の贈答歌」(11)がある。この論考は、一九七〇年代から現代（二〇〇〇年代）までの研究を俯瞰しつつ、「新しい展開の方向性を示そうと」「企図」(12)された『セミナー万葉の歌人と作品』シリーズに収められている。しかし、この露木論文では、「奈良の都の或る人物」を藤原房前と推定するところに帰着している。このことが象徴するように、この書簡および贈答歌をめぐる論は、誰が贈ったのかなどの事実の「解明」がその目的とされて来たのである。

ここは、冷静な目で見てみたい。これまでの研究では、右にすでに見た二つの対立軸およびそれに関連する問題の「解明」に悪戦苦闘し、「解明」にもがくあまり、作品の表現の質を追究するという作品論の当たり前の部分が、どこかに置き去りにされて来たのではないだろうか。現に、書簡の表現と「歌詞両首」「答歌二首」の表現との関わりを論じる見解が、意外にも無いのである。しかし、これは、事実の「解明」が論の目的とされて来た現状では、ある意味当然と言えば当然で、書簡が誰の手に成ったものなのかという定点が得られないからという理由で、踏み込んだ考察をすることに躊躇していたのかもしれない。この意味でも、まさに袋小路である。

もちろん、本論としても、事実の「解明」をないがしろに考えているわけではない。事実が「解明」されることによって、新たな作品理解の地平が拡がるのならば、幸運であると考えている。しかし、事実の「解明」が難しいから表現分析が停止してしまっているのでは本末転倒ではなかろうか。

以上、随分と長い「はじめに」となってしまった。しかし、この一連の書簡および贈答歌が置かれている現状および限界を把握し、止揚したうえで新たな局面に向かうためには、必要な記述であった。本論としては、以後、

「龍の馬」という表現の分析を中心に据えて、この一連の書簡および贈答歌の「表現の質」を追究することを目指したい。

二　書簡と贈答歌の表現について

（一）〈距離〉の認識

（1）「忽成二隔レ漢之戀一」について

書簡の「忽成二隔レ漢之戀一」の部分について、北村季吟『萬葉拾穂抄』[13]は、

　漢は天河也。牛女天漢を隔て恋る如く、筑紫と奈良遥にて恋る心也。

と指摘し、『萬葉集全釈』は、

　この句は山河千里を隔てた、京人の恋しさが胸に湧いたといふのである。

と指摘する。この「筑紫と奈良遥にて」「山河千里を隔てた」という記述に明らかなように、この「忽成二隔レ漢之戀一」には、大宰府と奈良の都との間の〈距離〉の認識があり、〈距離〉を内在させていると言って良いだろう。

（2）「去留」について

また、書簡の「去留」の部分について、『全釈』は、

　去留は旅に出た者も、都に留つてゐる者もの意。即ち旅人と京人との両人をさしたのである。

と指摘している。また、小島憲之氏「遊仙窟の投げた影」[14]は、

巻五（八〇六、八〇七）の書翰（旅人説が有力）の中の「唯羨去留無レ恙、遂待二披雲一耳」の「去留」も、文選琴賦「委二性命一兮任二去留一」を始めとしてその他例がみえるが、遊仙窟の前述の一文「所レ恨別易会難、去留乖隔」にも例がある。何れにせよ、文選のほかに筑紫歌壇の歌人の歌袋には「遊仙窟」が大きな地位を占めてゐたものと云へるであらう。

と指摘する。また、日本古典文学全集版『萬葉集』も、『遊仙窟』の用例を参照し、「二人が離ればなれになること」と指摘する。やはり、書簡の「去留」の表現の基盤にも、大宰府と奈良の都との間の〈距離〉の認識があり、ここにも〈距離〉が内在していると言えよう。

（3）「龍の馬」について

次に、八〇六番歌の「龍の馬」について見てみたい。『拾穂抄』は、

［愚案］文選十四赭白馬賦曰、馬ハ以レ龍ヲ名ツク。善カ註ニ曰、周礼ニ曰、凡馬八尺已上為レ龍ト。

と早くに指摘し、小島憲之氏「万葉集と中国文学との交流」(15)も、

「龍の馬」も「龍馬」（一例、玉台新詠襄陽白銅鞮歌「龍馬紫金鞍」、謝朓送遠曲「方衢控龍馬」）の翻読語の一例であり、その当時新しい歌語として歌人達に新鮮味を感じさせようとしたものであらう。

と指摘している。しかし、一方、佐佐木信綱氏『評釈萬葉集』は、「龍の馬」について、

諸註、漢語「龍馬」の直訳訓とし、周礼をひいて良大の馬とするは不可。龍の馬とは、上帝の御して天空を馳駆するといふ「天馬」の謂《いひ》で、漢書の礼楽志に「武帝天馬歌、天馬徠今龍之媒」とあるにより、天馬のことを龍媒ともいうたのである。（後には龍媒をもすぐれた馬の意に用ゐる。）さて右の典故により「龍の馬」の語を造り、（訓読と見る必要はない。）その内容としては「穆天子伝」等に禿八駿の伝説等を思ひよそへたものであ

る。ここはその意。

と指摘している。これは、きわめて重要な指摘であると言えよう。佐佐木氏は、『漢書』（巻二十二、礼楽志）の「天馬歌」の「龍之媒」という記述を媒介として、「龍の馬」と「天馬」との間の通路を確保しようとするのである。小島憲之氏「日本書紀の述作(16)」に拠れば、『日本書紀』の記述には『漢書』の記述を利用し潤色した箇所が二十箇所も存在するという。日本上代の知識人にとって、『漢書』は重要な位置にあったと言えよう。また、芳賀紀雄氏「典籍受容の諸問題(17)」は、令制下の学制で大学寮の学科の一つであった文章の学科では、『文選』『爾雅』に加えて、『史記』『漢書』『後漢書』が重んぜられたことを説いている。

佐佐木氏の紹介する『漢書』（巻二十二、礼楽志）の「天馬歌」を次に掲げよう(18)。

太一况，天馬下，霑赤汗，沫流赭。志俶儻，精權奇，籋浮雲，晻上馳。體容與，泄萬里，今安匹，龍為友。
元狩三年馬生渥洼水中作。
天馬徠，從西極，涉流沙，九夷服。天馬徠，出泉水，虎脊兩，化若鬼。天馬徠，歷無草，徑千里，循東道。天馬徠，執徐時，將搖舉，誰與期？天馬徠，開遠門，竦予身，逝昆侖。天馬徠，龍之媒，游閶闔，觀玉臺。太初四年誅宛王獲宛馬作。

天馬十

佐佐木氏の指摘では、右の「天馬歌」の最後に近い部分の「天馬徠，龍之媒，」を挙げているわけであるが、本論としては、四角囲みの部分にも注目したい。「泄萬里」とあるように、万里を超えて行くことが描かれる。また、「今安匹，龍為友。」とある。ここには、初唐の顔師古の注が付いている。前掲小島憲之氏「日本書紀の述作」は、日本上代において顔師古注の『漢書』が使用されたことを説いている。ゆえに、この顔師古注も、参照されよう。顔師古注には、「言今更無與匹者，唯龍可為之友耳。」とある(19)。つまり、この天馬には、匹敵するものが皆無であり、龍だけが友となることができるとある。この四角囲み部分の把握によって、佐佐木氏が目指した、「龍の馬」と「天馬」との間の通路の確保は、より確かなものとなろう。

　また、この佐佐木氏の指摘を引き継ぐのが、新日本古典文学大系版『萬葉集』である。そこでは、

「てしか」を含む類歌（一六七六・三六七六・四四三三）における雲・雁・ヒバリに同じく、この「竜の馬」も空を飛ぶものとして想像されている。「竜の馬」は従来八尺以上の馬を言う「竜馬」（周礼など）の翻訳語と解釈されてきたが、漢語「竜馬」は「竜馬とは仁馬、河水の精なり。…骼上に翼有り」（瑞応図・芸文類聚・祥瑞部・馬）と、羽翼を持つものでもあり、（後略）

と指摘されている。その指摘のとおり確かに『芸文類聚』[20]（巻九十九、祥瑞部下、馬）には、

　瑞應圖曰．……又曰．龍馬者．仁馬．河水之精也．高八尺五寸．長頸．骼上有レ翼．旁垂レ毛．鳴聲九音．有二明王一則見．

とあり、「龍馬」は、「骼上有レ翼」というように、体軀の骨組みの上に翼が生えているとされている。奈良朝の貴族たちによく知られた『芸文類聚』にこうした記述があることの意味は大きいと言えよう。

　また、『新大系』は、書簡の「披雲」と、この「空飛ぶ『竜の馬』」との対応を見出している。「一　はじめに」の最後に述べて置いたように、書簡の表現と「歌詞両首」「答歌二首」の表現との関わりを論じる見解が、意外にも無い。右の『新大系』の指摘は、その中にあっての、重要な指摘となっている。

「龍の馬」の把握については、佐佐木信綱氏『評釈萬葉集』、『新大系』の指摘に従うべきであろう。

　さてここで、これまでの研究史において取り上げられてこなかった要素を指摘したい。参照すべきは、『文選』（巻十四）の「赭白馬賦」である。もちろん、『文選』（巻十四）の「赭白馬賦」は、右に見たように、早くに『拾穂抄』において紹介されていたわけであるが、その指摘では『周礼』[21]（巻三十三、廋人）にある「馬八尺以上為龍」の

方へと流れてしまっている。本論では、すでに述べて来た「〈距離〉の認識」「内在する〈距離〉」という観点から、この『文選』（巻十四）の顔延年の「赭白馬賦」に新たな光を当て、改めてこれを採り上げることとしたい。[22] なお、注は唐の李善の注である。本来は割注となっているが、ここは見易さを優先し、文字の大きさを下げたうえで〔　〕に入れて李善注であることを明示する。

「赭白馬賦」には、

驥不レ稱レ力、馬以レ龍名。〔論語曰、「驥不レ稱二其力一、稱二其德一。」周禮曰、「凡馬八尺已上為レ龍。」〕……實有二騰レ光吐レ圖、疇レ德瑞レ聖之符一焉。〔尚書中候曰、「帝堯即レ政七十載、脩二壇河洛一、仲月辛日禮備。至二于日稷一、榮光出レ河、龍馬銜二甲赤文緑色一、臨レ壇吐二甲圖一。」宋均曰、「稷、側也。」黄伯仁龍馬賦曰、「或有二奇貌絶足一、蓋為二聖德一而生。」疇、昔也。〕是以語崇二其靈一、世榮二其至一。（傍線、廣川。以下同じ）

とある。ここでは、傍線部のように、優れた馬が「龍」と名づけられることが記されている。

また、この「赭白馬賦」で注目されるのは、次の、

……蓋乘レ風之淑類、實先レ景之洪胤。〔崔駰七依曰、「服飛兔之中乘、驂華騠之駿輪、蹠レ虚騰レ雲、乘レ風度レ津。」漢書楊雄河東賦曰、「六二先レ景之乘一。」劉邵魏明帝誄曰、「先皇嘉二其誕一受二洪胤一。」〕

の部分である。新釈漢文大系版『文選』（高橋忠彦氏）は、傍線部「乘レ風之淑類、實先レ景之洪胤。」を、「これこそ、風に乗るといわれた名馬の同類であり、影よりも早く走るといわれた名馬の子孫であった」と訳している。ところで、この部分では、李善注の記述が重要である。奈良朝の貴族官人たちは、『文選』の受容に際し李善注をも併せて読んで受容していた。[23] この李善注には傍線部にあるように、「虚を蹠《ふ》み雲に騰《のぼ》り、風に乗り津を度《わた》る」とあるのであり、虚空に飛び上がって雲の高さまで駆け登り、疾駆する名馬の姿が示されていることになる。

また、この「赭白馬賦」の少し先には、

超攄絶二夫塵轍一、驅騖迅二於滅没一。（劉歆遂初賦曰、「馬龍騰以二超攄一。」……）

という記述がある。この「超攄絶二夫塵轍一、驅騖迅二於滅没一。」について、新釈漢文大系版『文選』（高橋忠彦氏）は、「躍り上がれば、地面を離れ、疾走すれば、かの滅没より早い」と訳す。そして、ここでも李善注の記述が参照されよう。この李善注には、「馬龍騰以二超攄一。」という記述がある。「騰」の表現があるように、「龍」と名付けられる名馬が虚空に飛び上がることが描かれている。

さらに、この「赭白馬賦」の次の記述に注目しよう。

……眷二西極一而驤レ首、望二朔雲一而蹀レ足。（漢書天馬歌曰、「天馬來、從二西極一。」又曰、「武帝得二烏孫馬一、名二天馬一、後更名二西極馬一。」鄒陽上書曰、「交龍驤レ首。」……）

李善は注で、『漢書』（巻二十二、礼楽志）の「天馬歌」を引用している。この『漢書』が、日本上代の知識人にとって重要な位置にあり、大学寮の文章の学科で『文選』『爾雅』と同様に重んぜられていたことは、すでに確認した。右の例によってここで指摘しておきたいのは、奈良朝の貴族たちは、『漢書』本体ばかりでなく、『文選』李善注においても、「重層的」に『漢書』の記述に触れることになる、ということである。

奈良朝の貴族官人たちは、『文選』「赭白馬賦」を読む過程で、以上取り上げた李善注をも併せて読んだ。そしてそのことで、「龍」と名付けられる名馬が、虚空に飛び上がり雲の高さまで駆け登り疾駆する姿で描かれていることを受容した。このように、李善注を含んだ『文選』の受容においても、「龍の馬」と「天馬」との間の通路が確保されていると言えよう。

ここで、『萬葉代匠記』（初稿本）の「龍の馬」についての記述を参照してみよう。

雄略紀云。九年秋七月壬辰朔、……其馬時濩略而龍翥《ノコトクニトフ》。欻聳擢而鴻驚。異体蓬生殊相逸発。伯孫就視而心欲之。……爾乃赤駿超攄絶二於埃塵一驅騖迅於滅没。……欽明紀云。七年秋七月、……及レ壯鴻驚龍翥《ノコトクヒヽリテ》別レ輩越レ群。……

このように、契沖は、『日本書紀』の二箇所の記述を引用している。契沖の指摘に従って、『日本書紀』の記述を見てみよう。まず、『日本書紀』（雄略天皇九年秋七月条）には、

壬辰の朔に、河内国が言さく、「飛鳥戸郡の人田辺史伯孫が女は、古市郡の人書首加竜が妻なり。伯孫、女の児産めりと聞き、往きて聟の家を賀きて、月夜に還り、蓬蔂丘の誉田陵の下に、……赤駿に騎れる者に逢ふ。其の馬、時に濩略して竜《たつ》のごとく翥《と》び、欻に聳擢して鴻のごとく驚く。異体は峰のごとく生り、殊相は逸として発てり。伯孫、就きて視て、心に欲す。……

とある。新編日本古典文学全集版『日本書紀』は、頭注において、『文選』「赭白馬賦」の表現が利用されていることを説いている。次に、『日本書紀』（欽明天皇七年秋七月条）には、

倭国の今来郡の言さく、「五年の春に、川原民直宮、宮は名なり。楼に登りて騁望し、乃ち良駒を見つ。紀伊の国の漁者の贄負せる草馬が子なり。影を睨て高く鳴え、軽く母が脊を超ゆ。就きて買ひ取る。襲養ふこと年を兼ぬ。壮に及りて鴻のごとくに驚き、竜のごとくに翥《ひひ》り、輩に別に群を越えたり。……服御すること心の随に、馳驟すること度に合へり。大内丘の壑十八丈を超え渡る。川原民直宮は檜隈邑の人なり」とまをす

とある。ここでも、新編日本古典文学全集版『日本書紀』は、頭注において、『文選』「赭白馬賦」の表現が利用されていることを説くが、その利用が『文選』「赭白馬賦」の表現の順序を変えての作文であることを指摘している。咀嚼のうえでの受容ということになろう。この『日本書紀』の受容の点からも、『文選』「赭白馬賦」は、日本上代の貴族たちによく知られたものだったということが言えよう。

また、加えて参照しておきたいのが、『芸文類聚』（巻九十三、獣部上、馬）の記述である。

漢天馬歌曰・太一貺・天馬下・沾二赤汗一・沫流赭・志俶儻・精権奇・籋躡浮レ雲・晻上馳・體容與・迣二萬里一・迣

音逝・超踰也・今安匹・龍為レ友・又曰・天馬來・從二西極一・渉二流沙一・九夷服・天馬來・歴二無草一・徑二千里一・循二東道一・天馬來・開二遠門一・竦二予身一・逝二崑崙一・天馬來・龍之媒・遊二閶闔一・觀二玉臺一・

ここでも、先ほどの『文選』「赭白馬賦」の李善注と同様に、『漢書』（巻二十二、礼楽志）「天馬歌」が引用されている。この『芸文類聚』が、奈良朝の貴族たちが読み受容した書物であることを考え合わせれば、「龍の馬」と「天馬」との通路が、より重層的に確保されていることがわかろう。

ここまでの考察に基づいてまとめよう。『漢書』および李善注を含んだ「赭白馬賦」を収載する『文選』は共に、日本上代の貴族官人たちにとって重要な書物であった。また、『芸文類聚』は、奈良朝の貴族たちによく読まれた書物であった。そこには、「龍の馬」と「天馬」とが通じ合う通路が、重層的に確保されていたわけである。上代奈良朝の貴族官人たちは、右の書物をとおして、龍と友であり「龍」と名付けられる名馬が、虚空に飛び上がり雲の高さまで登り疾駆し、また、万里を跳び越える姿で描かれている表現に出会ったのである。

さて、こうした表現の質を持つ「龍の馬」を、八〇六番歌では用いているのである。こうした表現の質を理解したうえでは、この「龍の馬」という表現が用いられている意味を次のように見定めることができるであろう。つまり、「龍の馬」は、万里を跳び越え、天を翔る「天馬」を喚起する表現として、大宰府と奈良の都との間の〈距離〉を表わし出し、その〈距離〉を認識させる役割を十分に果たしているということである。

（4）「龍の馬」という歌材をめぐって

従来の研究史では問題とされず、必然、明らかにされて来なかったもう一つの問題として、なぜ「龍の馬」を歌うのか、つまり、なぜ「龍の馬」という歌材を用いるのかという点がある。次にはこの点を考察したい。

先ほど見た『文選』（巻十四）「赭白馬賦」には、

……脊二西極一而驤レ首、望二朔雲一而蹀レ足。（漢書天馬歌曰、「天馬來、從二西極一。」又曰、「武帝得二烏孫馬一、名二天馬一、
　後更名二西極馬一。」鄒陽上書曰、「交龍驤レ首。」……）

という記述があった。その「脊二西極一而驤レ首」の記述を見てみよう。

「脊」は『説文解字』（四篇上、九オ）に、「顧也」とある。また、『篆隷万象名義』（第一帖、九五ウ）にも同様に「顧也」とある[24]。「西極」つまり、中国の西の果てを顧みているわけである。「馬以レ龍名」という名馬（虚空に飛び上がり雲の高さまで駆け登り疾駆する天馬）は、なぜ「西極」を顧みるのか。それを李善注は奈良朝の貴族たちおよび現代の我々に教えてくれる。李善は、

　漢書天馬歌曰、「天馬來、從二西極一。」又曰、「武帝得二烏孫馬一、名二天馬一、後更名二西極馬一。」

と注している。つまり、この龍馬・天馬は、「西極」の生まれなのであった。全釈漢文大系版『文選』（小尾郊一氏）は、「生まれ故郷の西極の地」と記し、新釈漢文大系版『文選』（高橋忠彦氏）は、「故郷の西の果て」と記している。

また、さきほどの『芸文類聚』（巻九十三、獣部上、馬）にも、

　漢天馬歌曰、太一貺、天馬下、沾二赤汗一、沫流赭、志俶儻、精摧奇、籋踊浮レ雲、晻上馳、體容與、泄二萬里一、泄音逝、超踰也、今安匹、龍為レ友、又曰、天馬來、從二西極一、……

とあった。また、この内容は、『史記』[25]（巻二十四、楽書）にも、

　歌曲曰、「太一貢兮天馬下、霑赤汗兮沫流赭。騁容與兮跇萬里、今安匹兮龍為友。」後伐大宛得千里馬、馬名蒲梢、次作以為歌。歌詩曰、「天馬來兮從西極、經萬里兮歸有德。……」

とある。「西極」が龍馬・天馬を産するところという観念が、中国においてあったこととなろう。そして、日本上代の貴族官人必読の書であった『史記』、『漢書』、李善注を含めた『文選』にこの「天馬歌」があることから、ま

た、奈良朝の貴族たちに読まれた『芸文類聚』にもこの「天馬歌」があることから、日本においても、この「西極が龍馬・天馬を産するところである」という観念は、取り込まれていたと理解してよいであろう。

ここでは、この「西極」に注目したい。つまり、当時の〈日本〉の版図を考えた時、大宰府は〈日本〉の「西極」としての位置にあるのである。大宰府での歌として、八〇六番歌、

龍の馬も　今も得てしか　あをによし　奈良の都に　行きて来むため

が歌われるわけであるが、この「龍の馬」とはまさに、「西極」を喚起する歌材であったと言えよう。

ところで、この歌では、「龍の馬も　今も得てしか」と歌われるのであるから、この「今も得てしか」という表現からも理解を深めなくてはならない。

まず、「今も」という表現の把握においては、『萬葉集全釈』の、

今にても直ちに得たいといふのか、或は、昔あつたといふ龍馬を現代に於ても手に入れたいといふのか、両様に考へられる。

という記述を参照すれば、一応二つの可能性があることになる。結局、『全釈』は、「恐らく後者であらう」と述べている。しかし、それでよいのであろうか。森本治吉氏『萬葉集総釈』は、「今もとは今直ちに、といつた意と思はれる」と把握する。『全釈』と『総釈』、どちらが適切なのであろうか。そこで、参照されるのが次の『万葉集』の歌である。

現にも　今も見てしか　夢のみに　手本まき寝と　見れば苦しも　或本の歌の発句には「我妹子を」と云ふ（12・二八八〇）

当該歌のように「得」ではないが、「今も」「てしか」があり、参照されよう。二八八〇番歌の作中の叙述の主体〈わたし〉は、恋の相手と夢の中だけでしか逢えない状況であった。夢の中での共寝、それは、夢が覚めた時の現実には共寝できない状況との落差を一層大きくする。これではあまりにも苦しいので、夢ではない現実でも今すぐ

にでも逢いたい。そのように切実な恋心を歌うのがこの二八八〇番歌である。この歌の「今も見てしか」を、「以前逢ったことがあるのだが今もまた」というように取るべきではないだろう。逢えない苦しさに苛まれるぎりぎりの「今」が、この歌の中では屹立していると言えよう。「今すぐにでも」と解釈すべき例である。

当該歌も、今すぐにでも龍の馬を得たい、と理解すべきであろう。これまで確認して来たように、当該の書簡と八〇六番歌の中には、大宰府と奈良の都との間の〈距離〉が内在していた。その〈距離〉に対する認識があったのである。そしてさらには、テキスト上で、この八〇六番歌と「大宰帥大伴卿」という注記とが結び付いているありようをも考え合わせたい。まさに、大宰府に居る「今」ということになるのであり、そのどうしようもない〈距離〉に苛まれている大宰府における「今」が、この八〇六番歌の中で屹立していると言えよう。

次に、「てしか」という表現について参照しておきたいのが、日本古典文学大系版『萬葉集』の、

テシカ・テシカモは、不可能なことを知りながら、もしもそれが可能なら…したいという意を表わす。

という記述である。つまり、「龍の馬」を得ることは不可能なことと知りながら、「得てしか」と欲してしまうのである。

このように、この八〇六番歌では、〈日本〉の「西極」である大宰府に居て、奈良の都との間のどうしようもない〈距離〉に苛まれている「今」においては、「西極」で産するという「龍の馬」を、不可能とは知りながらも得たいものだ、と歌われるのである。

(二)〈距離〉を前提としての交情

八〇七番歌、

現には　逢ふよしもなし　ぬばたまの　夜の夢にを　継ぎて見えこそ

には、「現には　逢ふよしもなし」とある。ここには、八〇六番歌において認識された〈距離〉を前提としての、相手に逢えないことの現実認識があると言えよう。次の歌、

現《うつつ》には　逢ふよしもなし　夢にだに　間《ま》なく見え君　恋に死ぬべし（11・二五四四）

は、初句・二句が当該歌とまったく同じであるが、その現実認識の度合いにおいては、当該歌とは逕庭が大きいであろう。つまり、当該歌では、「歌詞兩首」の一首目としての八〇六番歌において、大宰府と奈良の都との埋めがたい〈距離〉が提示されていた。その一首目の表現を受けて、この二首目においては、「現には　逢ふよしもなし」という現実認識があるということに留意したい。

『萬葉集攷証』は、「一首の意は、道の遠ければ、現に相よしなければ、せめて、夢にだにもつゞきて見えよかしといふなり」と指摘し、金子元臣氏『萬葉集評釈』は、

龍の馬も出来ない相談、「現《ウツツ》には逢ふ由もなし」と自覚するに至つては、当てにならぬ夢を当てにするより外はなくなる。

と指摘する。この「自覚」という把握は、まさに適確なものと言えよう。

こうした、〈距離〉の認識を前提とし、現実には逢えないという「自覚」に基づいて、八〇七番歌「ぬばたまの夜の夢にを　継ぎて見えこそ」、八〇九番歌「しきたへの　枕去らずて　夢にし見えむ」、という交情がなされているのである。

三　筑紫文学圏の官人としての歌い方

右に見たように、八〇六番歌は、「龍の馬」という表現によって〈距離〉を認識させることにおいて機能してい

たが、その機能という面で捉えれば、この八〇六番歌の表現には、別の機能も含まれていることがわかる。その機能を見易くするために、この八〇六番歌と答歌である八〇八番歌を並べてみよう。

龍の馬も　今も得てしか　あをによし　奈良の都に　行きて来む　ため（5・八〇六）

龍の馬を　吾れは求めむ　あをによし　奈良の都に　来む　人のたに（5・八〇八）

このように、二つの歌の四角囲みの間には違いがある。八〇六番歌の「行きて来む」は、都に行って再び大宰府に帰って来ることを表わしている。ここに焦点を当てて、この歌の機能を追究しよう。

当該歌と同様に「行きて来」ることを歌っている歌に、左の歌がある。

唐国に　行き足らはして　帰り来む　ますら健男に　御酒奉る（19・四二六二）

国巡る　あとりかまけり　行き巡り　帰《かひ》り来までに　斎ひて待たね（20・四三三九）

難波道を　行きて来までと　我妹子が　付けし紐が緒　絶えにけるかも（20・四四〇四）

四二六二番歌は、題詞に「閏三月於二衛門督大伴古慈悲宿祢家一餞二之入唐副使同胡麻呂宿祢等一歌」とあり、左注に「右一首多治比真人鷹主壽二副使大伴胡麻呂宿祢一也」とある。傍線部は、これから旅立つ遣唐副使の大伴胡麻呂への予祝の表現となっている。大伴胡麻呂が唐の国に行き十分に任務を果たして、本郷である日本そして奈良に帰って来ることが歌われている。四三三九番歌と四四〇四番歌は、ともに防人歌である。四三三九番歌の傍線部は、東国から九州に行って再び東国に帰って来ることを表わしており、四四〇四番歌の傍線部も、東国から難波（そして九州）に行って再び東国に帰って来ることを表わしている。この二首の歌では、本郷である東国に帰って来ることが歌われている。

一方の当該歌はどうか。当該歌では、大宰府が本郷でもないのに、この大宰府に戻って来ると歌われているのである。この点について、金子元臣氏『萬葉集評釈』は、筑紫の果から奈良京、想うても遥である。況や地方官は私に任地を離れることは出来ない。そこで寸間を偸んでの往復には、千里汗血の龍馬を得るより外に手はない。

と述べているが、しかし、そうした捉え方は妥当ではないであろう。この点、窪田空穂氏『萬葉集評釈』が、「太宰帥としての責任感」と指摘しているのが参考になる。[26]

ところで、森本治吉氏『萬葉集総釈』は、

都を離れて、文化に乏しい田舎で幾年も滞在する苦痛は、中世武士が勃興して「地方」が「都会」を圧する迄、地方官に共通の嘆であつた。萬葉中では、巻第五の諸作は、巻十七、十八等と共に、最も良くこの感情を現してゐる。此の作の如きも、其の一種である……

と述べている。「地方官に共通の嘆」は、あくまでも一般的にはそうであったと認められよう。大伴旅人であれ山上憶良であれ、そうした心情と無縁ではあり得なかったことは想像に難くない。しかし、波線部「此の作の如きも、其の一種である」としてしまったのでは、肝心なところで見誤ってしまうことになるのではないか。こう捉えたのでは、このテキストのありようと齟齬を来たすからである。テキストは「行きて来む」とあるのである。「行きて来む」と歌うことにより、むしろ、『総釈』が言う「地方官に共通の嘆」とは正反対の感情が表明されていると言えよう。そして、さらに、ここでは、

○「行きて来む」という表現があること。

○「大宰帥大伴卿」と作者名が注記されていること。

これらをどう複合的に捉えるかが問題となろう。「歌詞兩首」の下に小字で記されている「大宰帥大伴卿」という注記は、旅人本人以外の或る人が付けた注記と捉えられる。事実としてはそうであろうが、テキスト上では、この注記によって、この歌が、「遠の朝廷」大宰府の長官大伴旅人の歌であることを〈表明〉しているのである。右に

見た窪田空穂氏『萬葉集評釈』は、「太宰帥としての責任感」と説明していたが、大伴旅人個人の感情にどれだけ帰結できるかは別として、テキスト上で、結果、「大宰帥大伴卿」としての任務の意識が標榜されていることとなる。いわば、「良吏」としての言説があるのであり、「良吏」が標榜されていると言えよう。

ここで参照したいのは、次の山上憶良の歌である。

天飛ぶや　鳥にもがもや　都まで　送り申して　飛び帰るもの（5・八七六）

八八二番歌の左注に「憶良謹上」とあり、この歌が憶良の作であることがわかる。そして、筑前国守山上憶良が「謹上」するのだから、この歌は大宰帥大伴旅人に「謹上」されたものであることがわかる。また、八七六番歌の題詞には「書殿餞酒日倭歌四首」とあり、「餞酒」とは、近々帰京する大伴旅人の送別の宴であることがわかる。この八七六番歌では、大伴旅人を都まで送り届けることだけを歌うのではない。大伴旅人を都に送り届けて、再び九州まで戻って来ることが歌われているのだ。ここには、帰って来なくてはならないという「自覚」が示されていると言えるのであり、この点、鄙に放たれた貴族の「自覚」の〈標榜〉という問題まで射程が延びるであろう。また、筑紫文学圏全体としての問題まで射程が延びるかもしれない。

四　まとめ

大宰府に居る「今」、大伴旅人は、「龍の馬」という表現を用いている。その表現を用いることによって、大宰府と奈良の都との間の〈距離〉を、書簡の中だけでなく歌の中にも構築することができている。また、「西極」は「龍馬」「天馬」を産する所という観念が中国においてあったことは、『史記』、『漢書』、李善注を含めた『文選』、『芸文類聚』の記述によりわかるが、『史記』、『漢書』、李善注を含めた『文選』が日本上代の貴族官人必読の書であったこと、および、『芸文類聚』が奈良朝貴族によく読まれた書であったことは、日本においてもこうした観念が底流していたことを物語る。このコードに基づいて、大宰府において「龍の馬も今も得てしか」と歌うことは、大宰府が〈日本〉の版図の「西極」であることを強く喚起させる。この点からも、大宰府と奈良の都との間の〈距離〉が認識されるのである。そして、そうした〈距離〉を前提として、「歌詞兩首」と「答歌二首」との間での交情がなされているのである。

また、八〇六番歌の特筆すべき表現として、「奈良の都に行きて来む」という表現がある。これは、奈良の都に行って大宰府に再び帰って来ることが歌われている点で、「遠の朝廷」である大宰府の官人としての任務の意識が〈標榜〉される機能をも持つ。この歌への「答歌」である八〇八番歌は表現が似通いすぎていることから「鸎鵡返し」の歌との酷評が与えられているが、自らの許へ来ることだけを取り上げて「奈良の都に来む人」と歌うことは、「答歌」として立派にずらして答えていることになる。この点を看過すべきでない。そして、奈良の都における答歌に「奈良の都に来む人」とあることは、かえって、大宰府における歌に「奈良の都に行きて来む」、すなわち大宰府に再び帰って来る、と言い表わす表現との〈対比〉を、テキスト上に生じさせて、大宰府の官人としての任務の意識の〈標榜〉を強調することとなっている。

本論は、「はじめに」において挙げた「袋小路」から脱して、この一連の書簡と贈答歌の「表現の質」を追究することを目指した。この「まとめ」において右のように述べて、本論のまとめとしたい。

注

（1）この「たに」は現代においては解りづらいが、上代においては諸注が指摘するように用例があり、「為《た》に」と訓詁注釈を施すことができる。その用例とは、『続日本紀』聖武天皇天平勝宝元年四月朔日の宣命第十三詔のうちの

「種々の法の中には、仏の大御言し国家護るがたには勝れたりと聞こし召して」の傍線部「たに」であり（原文、「多仁」）、「ために」と現代語に訳すことができる部分である。また、「仏足石歌」十八の「人の身は　得がたくあれば　法の為《た》の　因縁となれり　努め諸々　進め諸々」の傍線部（原文、「多」）を見れば、「た」一音で「ため」の意となる例を見出すことができる。なお、「仏足石歌」の引用は、日本古典文学大系版『古代歌謡集』（一九五七年七月、岩波書店）に拠る。

（2）賀茂真淵『萬葉考』も同様に「大伴淡《アハキ》等大伴旅人卿へこたへまつる文」と解しているように、「大伴淡等」と大伴旅人とが同一人であることに気付いていない。

（3）『校本萬葉集』を参照。次点本では紀州本・細井本・廣瀬本、仙覚新点本寛元本系統では神宮文庫本、仙覚新点本文永本系統では西本願寺本・陽明文庫本・温故堂本・近衛本・大矢本・京都大学本、他に活字無訓本・活字附訓本・寛永版本。

（4）『増訂萬葉集全註釈』（一九五七年六月）も同じ内容である。

（5）『荘子』の引用および該当箇所の通釈の引用は、全釈漢文大系版『荘子』（赤塚忠氏）に拠る。

（6）西一夫氏「憶良・旅人の言葉と典拠」（『セミナー万葉の歌人と作品　第五巻　大伴旅人・山上憶良（二）』、二〇〇〇年九月、和泉書院）

（7）吉永登氏「大宰帥大伴卿の贈答歌」（『万葉―その探求』、一九八一年四月、現代創造社。初出、一九七〇年三月）

（8）土田知男氏「大伴旅人・京人贈答歌私考」（『語学文学』一二、一九七四年三月）

（9）稲岡耕二氏「巻五の論」（『萬葉表記論』、一九七六年一一月、塙書房。この「巻五の論」の端書に、初出は『国語と国文学』一九六〇年六月号・七月号の「萬葉集巻五の音仮名に就いて」であること、書き改めて著書『萬葉表記論』に収めたことが記されている）

（10）村山出氏「歌詞両首―基礎的考察―」（『奈良前期万葉歌人の研究』、一九九三年三月、翰林書房。初出、「『歌詞両首』―大伴旅人と京人の贈答―」、一九九二年八月）も土田知男論文と同様の見解を示しているが、新たな調査結果を示している。つまり、『万葉集』巻五に載る「大伴淡等謹状」の八一〇番歌（「琴の娘子」の歌）・八一一番歌（「僕」の歌）の表記に着目し、「琴娘子の歌には旅人の用字表にはない『武』が用いられている」と確認したうえで、

「明らかに作者は旅人のはずなのに、作中の人物が異なれば、表記にも異なる文字を用いていることが知られる」と指摘するのである。示唆的な調査であるが、ならば、当該の八〇八・八〇九番歌の「む」の表記も、旅人の用いない「武」であるならば、より「別人の作なることを装う」（土田論文）という目的を完遂できるのではないだろうか。しかし、当該の八〇八・八〇九番歌の「む」の表記は、「旅人の用字表」に有る「牟」である。やはり、用字法を論点として「別人の作なることを装う」手法を論ずることは一筋縄ではいかないと言えようし、その難しさも表われていると言えよう。

(11)　露木悟義氏「龍の馬の贈答歌」（『セミナー万葉の歌人と作品　第四巻　大伴旅人・山上憶良（一）』、二〇〇〇年五月、和泉書院）

(12)　『セミナー万葉の歌人と作品』シリーズ諸冊の冒頭に共通して載る「はじめに」の、冒頭の文言。

(13)　引用は、古典索引刊行会編『萬葉拾穂抄影印・翻刻（附・影印CD-ROM）Ⅱ（巻五〜九）』（二〇〇二年一〇月、塙書房）に拠る。

(14)　小島憲之氏「遊仙窟の投げた影」（『上代日本文學と中國文學　中―出典論を中心とする比較文學的考察―』、一九六四年三月、塙書房）

(15)　小島憲之氏「万葉集と中国文学との交流」（『万葉集大成　第七巻　様式研究　比較文学篇』、一九五四年一〇月、平凡社）

(16)　小島憲之氏「日本書紀の述作」（『上代日本文學と中國文學　上―出典論を中心とする比較文學的考察―』、一九六二年九月、塙書房）

(17)　芳賀紀雄氏「典籍受容の諸問題」（『萬葉集における中國文學の受容』、二〇〇三年一〇月、塙書房。初出、「万葉集比較文学事典」、一九九三年八月）

(18)　引用は、『漢書』（中華書局）に拠る。引用の左側の傍線は原文のとおり。

(19)　顔師古注の引用も、『漢書』（中華書局）に拠る。

(20)　引用は、『芸文類聚』（上海古籍出版社）に拠り、句点等を施した。

(21)　引用は、『十三経注疏　周礼』（中文出版社）に拠る。

（22）引用は、『文選　附考異』（芸文印書館）に拠り、李善注も引用した。なお、全釈漢文大系版『文選』（小尾郊一氏）、および、新釈漢文大系版『文選』（高橋忠彦氏）の記述を参照し、句点等を施した。

（23）奈良朝の貴族官人たちが『文選』の受容に際し李善注をも併せて読んで受容していたことは、小島憲之氏『上代日本文學と中國文學　中―出典論を中心とする比較文學的考察―』（一九六四年三月、塙書房）に詳しい。小島憲之氏『漢語逍遙』（一九九八年三月、岩波書店）の「はしがき」にも、李善注を活用することの大切さが説かれている。なお、『文選』李善注の活用方法について、文部科学省科学研究プロジェクト「東アジア古典学としての上代文学の構築」（研究代表者、東京大学大学院神野志隆光教授）の分担研究者である北海道大学大学院身﨑壽教授主催の「日本漢文学特別講義　漢籍の受容―『文選』の場合―」（二〇〇八年一一月八日、於北海道大学）において、「『文選』と『万葉集』―李善注をめぐって―」と題して発表する機会を得た。参照、http://fusehime.c.u-tokyo.ac.jp/eastasia/j/activity/index.html。

（24）引用は、『高山寺古辞書資料　第一』（東京大学出版会）に拠る。

（25）引用は、『史記』（中華書局）に拠る。引用の左側の傍線は原文のとおり。

（26）『窪田空穂全集』（一九六六年六月）も同様の記述。

第二節　日本琴の歌

一　はじめに

本節で論じる作品を次に掲げる。

大伴淡等謹状

梧桐日本琴一面 對馬結石山孫枝

此琴夢化二娘子一曰　余託二根遥嶋之崇巒一　晞二幹九陽之休光一　長帯二烟霞一逍二遥山川之阿一　遠望二風波一出二入鴈木之間一　唯恐　百年之後　空朽二溝壑一　偶遭二良匠一剒為二小琴一　不レ顧二質麁音少一　恒希二君子左琴一

即歌曰

いかにあらむ　日の時にかも　音《こゑ》知らむ　人の膝《ひざ》の上《へ》　我《わ》が枕《まくら》かむ（5・八一〇）

僕報二詩詠一曰

言問《ことと》はぬ　木にはありとも　うるはしき　君《きみ》が手馴《たな》れの　琴《こと》にしあるべし（八一一）

琴娘子答曰

敬奉二徳音一　幸甚〳〵　片時覺　即感二於夢言一慨然不レ得二止黙一　故附二公使一聊以進御耳 謹状不具

天平元年十月七日附レ使進上

謹通二　中衛高明閤下一　謹空

跪承二芳音一　嘉懽交深　乃知　龍門之恩復厚二蓬身之上一　戀望殊念　常心百倍　謹和二白雲之什一以奏二野鄙之歌一　房前謹状

言問はぬ　木にもありとも　我《わ》が背子《せこ》が　手馴れの御琴《みこと》　地《つち》に置かめやも（八一二）

十一月八日　附二還使大監一

謹通二　尊門　記室一

「大伴淡等謹状」「謹通二　中衛高明閤下一　謹空」とあり、また「房前謹状」「謹通二　尊門　記室一」とあることから明瞭なように、右の一連は、大宰府の大伴旅人と都の藤原房前との間の、歌を含んだ書簡によるやりとりである。

研究史においては、左の系図、

中臣（藤原）鎌足――藤原不比等――武智麻呂（南家）
　　　　　　　　　　　　　　　├房前（北家）
　　　　　　　　　　　　　　　├宇合（式家）
　　　　　　　　　　　　　　　├麻呂（京家）
　　　　　　　　　　　　　　　├宮子（文武天皇妃、聖武天皇母）
　　　　　　　　　　　　　　　└安宿媛（聖武天皇皇后、光明子）

における藤原房前の位置をふまえ、大伴旅人が藤原房前に対して都帰還を願う寓意を込めた点を見出そうとする論や、大伴氏と藤原氏との対立という表面的な見取り図ではなく、旅人と房前との間でどのような政治的関わりが確保されていたのかの証左を求めようとする論などが提出されて来た(1)。

また、この一連の書簡の表現には漢籍からの多くの影響が指摘され、いわゆる出典論が展開されている。例えば、古沢未知男氏「淡等謹状（万葉）と琴賦（文選）(2)」や、小島憲之氏「遊仙窟の投げた影(3)」である。

ところで、伊藤博氏『萬葉集釈注　三(4)』が、「書状でありながら作品になっている」と指摘している意義は大きいであろう。「作品」と見なすこの指摘にならい、本論としては、どのような政治的な関わりがあったのかなどの歴史的事実・政治状況等の考察に向かうのではなく、また、単に漢籍の出典論に止まるのではなく、『万葉集』というテクストに載っている「作品」として扱ったうえで、「作品」としてのどのような〈趣向〉が布置されているのかの分析を目指したい。なお、この〈趣向〉という術語は、早くに金子元臣氏『萬葉集評釈　第三冊(5)』が、

これを奈良京にゐる知人藤原房前に贈らうとしたが、それには何か一趣向と思ひ付いたのが、この琴が娘子に化つて夢中に現れての問答なのである。（傍線、廣川）

と用い、また、日本古典文学全集版『萬葉集　二(6)』が、

琴を藤原房前に贈るにあたって趣向を凝らし、……（傍線、廣川）

とも用いているように、大伴旅人の作品を論じる上で広く認められている術語である。

二　「梧桐日本琴一面　對馬結石山孫枝」に見られる〈趣向〉について

小島憲之氏「大伴淡等謹状(7)」は、

書状につけて物品を送附したり献上したりする場合には、その物品をまづ最初に挙げるのが一般である。

と述べる。その指摘に従えば、大宰府の大伴旅人から都の藤原房前に桐の琴が送られ贈呈される際の書状の冒頭部

分に、「梧桐日本琴一面　對馬結石山孫枝」と記されていたことになる。
また、この記述の直後には「此琴……」とある。同様の記述としては、

……即以二此獣一献二上御在所一副歌一首……（6・一〇二八題詞）

がある。これは、何かを献上・贈呈する時、そのものを指していることが明瞭である。当該例も、都の藤原房前に日本琴を贈る時に、その琴を指していることになる。

大宰府の大伴旅人から都の藤原房前に送られ贈呈されたのは、桐で作られた「日本琴」であった。書簡の「此琴」という表現は、書簡を送る時には、眼前のその琴を指し示している表現であるわけだが、受け取った時には、受け取る側も眼前に琴がありその琴を指し示しているその書簡を享受する体裁をとる。この点から言えば、

梧桐日本琴一面　對馬結石山孫枝

此琴……

というあり方はきわめて、実用的な書状の形式ということになろう。しかし、いま右に見た「此琴……」のすぐ後には、「夢化二娘子一曰」とあり、琴が夢の中で娘子に化けて言葉を発したと語られる。そもそも、「娘子」は、虚構を盛り込む器ともいうべき表現である。橋本四郎氏「幇間歌人佐伯赤麻呂と娘子の歌」[8]は、『万葉集』巻3・四〇四～四〇六番歌（譬喩歌）の、

娘子報二佐伯宿祢赤麻呂一贈歌一首

ちはやぶる　神の社し　なかりせば　春日の野辺に　粟蒔かましを（3・四〇四）

佐伯宿祢赤麻呂更贈歌一首

春日野に　粟蒔けりせば　鹿待ちに　継ぎて行かましを　社し恨めし（四〇五）

娘子復報歌一首

我が祭る　神にはあらず　ますらをに　つきたる神ぞ　よく祭るべし（3・四〇六）

と、巻4・六二七〜六三〇番歌の、

娘子報贈佐伯宿祢赤麻呂歌一首

我が手本　まかむと思はむ　ますらをは　をち水求め　白髪生ひにたり（4・六二七）

佐伯宿祢赤麻呂和歌一首

白髪生ふる　ことは思はず　をち水は　かにもかくにも　求めて行かむ（六二八）

大伴四綱宴席歌一首

なにすとか　使ひの来つる　君をこそ　かにもかくにも　待ちかてにすれ（六二九）

佐伯宿祢赤麻呂歌一首

初花の　散るべきものを　人言の　繁きによりて　よどむころかも（六三〇）

とを分析した。そして、万葉集に歌三首のみを残す赤麻呂の残りの一首が、大伴四綱の宴席歌六二九番歌をはさんで六三〇番歌にあることから、関連があるのが自然であるとし、二人称者を「君」と呼び、「待つ」と歌うこの歌（六二九番歌のこと。廣川注）は、女性を装う立場で歌われている。既述のように、女を装って歌うのは宴席歌の常道である。そのことで列席者の反応を期待したものであろう。巻三の赤麻呂歌群の持つ喜劇性は、宴席における披露を思わせるが、喜劇性において通じあう六二七―八も同様に宴席を場とするものであろう。明らかに「宴席歌」である四綱の歌と同じ席での歌と見てまず誤りないものと思われる。

と、この「娘子」が宴席歌におけるまったくの虚構であることを喝破した。ここには、虚構の装置としての「娘子」があるのであり、その「娘子」を用いて虚構を創り上げる、そうした趣向が見出せよう。

また、『万葉集』中の「化」の例としては次の例がある。

春二月諸大夫等集二左少辨巨勢宿奈麻呂朝臣家一宴歌一首

海原の　遠き渡りを　遊士の　遊ぶを見むと　なづさひぞ来し

右一首書二白紙一懸二著屋壁一也　題云　蓬莱仙媛所レ化嚢蘰　為二風流秀才之士一矣　斯凡客不レ所二望見一哉（6・一〇一六左注）

この左注では、この一〇一六番歌が白紙に書かれて家の壁に掛けられていたと述べられている。ここにも風流な趣向が盛り込まれているわけだが、さらに洒落た趣向として、その歌には、

蓬莱仙媛所レ化嚢蘰　為二風流秀才之士一矣　斯凡客不レ所二望見一哉

という題が付けられていたというのである。蓬莱仙媛が化けた嚢蘰は、「風流秀才之士」のためのものであり、凡客には見えない。見えているあなた方はまさに、「風流秀才之士」ですよ。と述べているのだ。ここには趣向が盛り込まれており、その趣向の中で、蓬莱仙媛が嚢蘰に「化」することがはたらいていると言えよう。

さて、このように見てくると、当該作品の、

夢化二娘子一曰

にも、虚構の装置として「娘子」があり、夢の中で琴が娘子の姿に化けるというここにこそ、当該作品の趣向の要点がある、と言えよう。

さきほど見たように、

梧桐日本琴一面　對馬結石山孫枝

は、一見すると実用的な記述である。しかし、大伴旅人作品には様々な趣向が盛り込まれていることを考え合わせれば、当該作品のこの部分にも、もうすでにある種の趣向が盛り込まれており、我々はそれを読み取ることが求め

られているかもしれない、ということに意識的でなくてはならないということになるであろう。

それでは、「梧桐日本琴一面 對馬結石山孫枝」の記述を丁寧に追って行きたい。

まず、琴が桐で出来ていることについては、『懐風藻』(9)の次の詩が参照される。

従四位上治部卿境部王　二首（うちの一首）年二十五。

五言　秋夜宴二山池一一首

對レ峰傾二菊酒一　臨レ水拍二桐琴一

忘レ帰待二明月一　何憂夜漏深

この詩に「桐琴」とあるのを参照すれば、当時、桐の琴があったことがわかる。

次に、「日本琴」の用例を見てみよう。『万葉集』中には、他に、

寄二日本琴一

膝に伏す　玉の小琴の　事なくは　いたくここだく　吾れ恋ひめやも（7・一三二八　譬喩歌）

の用例がある。この用例は単に、日本風の琴を示す「日本琴」である。また、他に「倭琴」として、

詠二倭琴一

琴取れば　嘆き先立つ　けだしくも　琴の下樋に　妻や隠《こも》れる（7・一一二九）

右歌二首河原寺之佛堂裏在二倭琴面一之（16・三八五〇左注）

がある。だが、ここでは、当該作品の表記「日本琴」の「日本」という記述が関連しある種の趣向を生み出している点を後述する用意があるので、ひとまず用例を確認するにとどめ、「日本」については、後ほど述べることとしたい。

次に、下注の「對馬」についてである。この描かれ方に注目すべき点がある。『万葉集』中の「対馬」の用例は

以下のとおりである。

ありねよし　對馬（つしま）の渡り　海中に　幣取り向けて　はや帰り来ね（1・六二）

うぐひすの　音聞くなへに　梅の花　我家の園に　咲きて散る見ゆ　對馬目高氏老（5・八四一下注）

右一首長門守巨曽倍對馬朝臣（6・一〇二四左注）

對馬（つしま）の嶺《ね》は　下雲あらなふ　可牟の嶺に　たなびく雲を　見つつ偲はも（14・三五一六）

到二對馬嶋淺茅浦一舶泊之時不レ得二順風一経停五箇日於レ是瞻二望物華一各陳二慟心一作歌三首（15・三六九七題詞）

百船の　泊つる對馬（つしま）の　浅茅山　しぐれの雨に　もみたひにけり（15・三六九七）

右二首對馬娘子名玉槻（15・三七〇五左注）

右以神龜年中大宰府差二筑前國宗像郡之百姓宗形部津麻呂一宛二對馬送粮舶柁師一也　于レ時津麻呂詣二於滓屋郡志賀村白水郎荒雄之許一語曰　僕有二小事一若疑不レ許歟　荒雄答曰　走雖レ異レ郡同レ船日久　志篤二兄弟一在二於殉死一　豈復辞哉　津麻呂曰　府官差レ僕宛二對馬送粮舶柁師一　容齒衰老不レ堪二海路一　故来祇候願垂二相替一矣　於レ是荒雄許諾遂従二彼事一自二肥前國松浦縣美祢良久埼一發レ舶直射二對馬一渡レ海　登時忽天暗冥暴風交レ雨竟無二順風一沈二没海中一焉　因レ斯妻子等不レ勝二犢慕一裁二作此歌一　或云　筑前國守山上憶良臣悲二感妻子之傷一述レ志而作二此歌一（16・三八六〇～三八六九左注）

まず、巻6・一〇二四番歌左注の用例は人名であり、巻5・八四一番歌下注の用例は、対馬国の国司を指す用例、巻15・三七〇五番歌左注の用例は、その対馬国の在地の娘子のことである。また、巻14・三五一六番歌の用例は、対馬の嶺には下雲が無いと歌われている。嶺が高いことを言うのかも知れないが、「可牟の嶺」（所在未詳）にたなびく雲を見続けて家郷を偲ぼうと歌われる。

「対馬」が持つ意味を把握するうえで、次に、巻16・三八六〇～三八六九番歌の長い左注を見てみよう。筑前國宗像郡之百姓宗形部津麻呂は、大宰府から「對馬送粮船柁師」に指名されたが、滓屋郡志賀村白水郎荒雄に代わってもらう。その理由は、「容歯衰老不レ堪二海路一」というものであった。「容歯衰老」には、卑下による過剰な表現の要素も見られようが、「不レ堪二海路一」からは、対馬が海を遠く隔てたところにあるという認識があったことになろう。「渡レ海」するには、命の危険を冒す必要があったのである。事実、その任を引き受けてしまった荒雄は、命を落としてしまった。

次に、巻1・六二番歌の用例を見てみよう。題詞に「三野連闕名入唐時春日蔵首老作歌」とあり、三野連某（岡麻呂に比定されている）が遣唐使として渡唐する際に、春日蔵首老が作ったはなむけの歌であることがわかる。

　ありねよし　對馬（つしま）の渡り　海中に　幣取り向けて　はや帰り来ね　（1・六二）

この歌に描かれている対馬のありようを辿るためにも、このたびの遣唐使について、しばらく追ってみなくてはならない。

まず、『続日本紀』（大宝元年正月条）[10]には、

　丁酉（二十三日）、以二民部尚書直大弐粟田朝臣真人一為二遣唐執節使一。

とあり、遣唐執節使として粟田朝臣真人が任命されたことがわかる。この「執節使」については、森公章氏「大宝度の遣唐使とその意義」[11]が、

　今回の遣使の職階名に関しては、大使の上に執節使が置かれていることも注目される。長い遣唐使の歴史の中でも、大使の上の職階が存したのは、白雉五年（六五四）二月派遣の押使高向玄理と今回の執節使粟田真人、そして霊亀度の押使多治比県守の三例だけである。

と述べていることが参照されよう。この指摘を参照して、大使の上に職階が置かれたのが数少なく特殊であること、さらには、執節使が置かれたのは、この大宝度の遣唐使だけであることがわかる。はたして、『続日本紀』（同年五

月条）には、

己卯（七日）、入唐使粟田朝臣真人授㆓節刀㆒。

とあり、天皇から入唐使粟田朝臣真人に対して節刀が授けられたと記されている。節刀が授けられたからにはすぐに遣唐使一行は難波津から出立したことであろう。

ところで、この六二番歌は、この歌が収められている『万葉集』巻一の配列から、大宝二年の作であることがわかるのだが、そうすると、右に見た遣唐使出立が大宝元年であることと一見齟齬を来そう。この点、『続日本紀』（大宝二年五月条）には、

乙丑（二十九日）、遣唐使等、去年従㆓筑紫㆒而入㆑海、風浪暴険、不㆑得㆑渡㆑海。至㆑是乃発。

とあり、前年の大宝元年に一度出立し大海に乗り出したものの、「風浪暴険」のために海を渡ることができなかったとある。ゆえに、この『万葉集』巻1・六二番歌がこの折の遣唐使の一員三野連某へのはなむけであったことがわかり、実際の出発の年に合わせる形で大宝二年に配列されていることがわかる。なお、一行の日本への帰着は、『続日本紀』（慶雲元年七月条）に、

秋七月甲申朔、正四位下粟田朝臣真人自㆓唐国㆒至。……

とあることから、執節使粟田朝臣真人が慶雲元年に帰着したことがわかる。

では、次に、この大宝度の遣唐使がとった経路についてである。

森克己氏『遣唐使　増補版』[12]には、「遣唐使入唐路」の図が載り（この図は、前掲日本古典文学全集版『萬葉集　二』[13]や、伊藤博氏『萬葉集全注　巻第一』[14]にも掲載されている）、森克己氏前掲書は、

大宝元年（七〇一・長安一）正月、第七次遣唐使粟田真人等の任命が行われ、真人等は翌二年六月筑紫を発航し、南島路経由遣唐使の第一号となったのである（続紀二）。

と記している。ところで、森氏のようにこの大宝度の遣唐使が南島路経由となると、

ありねよし　對馬（つしま）の渡り　海中に　幣取り向けて　はや帰り来ね

と歌う六二番歌の「対馬」は通らないことになるのであり、ここに、矛盾が生じることになる。この矛盾の回避に関連して、例えば、日本古典文学全集版『萬葉集　一』(15)は、

この時の遣唐使は新羅との国際関係が悪化していたため、従来の北路をとらず、南路ないしは南島路をとったようである。ただし、この語（「対馬の渡り」のこと。廣川注）の使用からこの歌の作者春日老は従来どおり北路をとると思っていたことがわかる。

と述べている。「従来どおり北路をとると思っていた」という把握は、右に見た矛盾の一応の回避となっている。また、前掲伊藤氏『萬葉集全注　巻第一』でも、

古典全集にも注意しているように、これは、老たちが、このたびも従来どおり北路を取るものと決めこんでいたことによるであろう。

と同様の矛盾回避策を提示している。

当該歌で対馬は「ありねよし」という枕詞を冠し讃美されている。あくまで参照として『時代別国語大辞典　上代編』を見れば、

ありねよし　枕詞。対馬《ツシマ》にかかる。対馬の山は朝鮮との往来の海中に目立ってあらわれていて、海路の目じるしとして注意されたのであろう。ヨ、シは詠歎の助詞。

との記述がある。同辞典の「考」の部分には、「在峰《アリヲ》のアリと同じ接頭語で、目に立つ意とすべきであろう」とも記されている点を考え合わせても、右の『時代別国語大辞典　上代編』の解釈は妥当であると判断できよう。

この六二番歌は、春日蔵首老によって「はや帰り来ね」と歌われ三野連某の無事の帰国を祈る歌であり、その無

事が保証される行為として「幣取り向く」ことが歌われている。その「幣取り向く」場所として、「対馬の渡りの海中」が歌われているのである。このように、対馬の地は、遣唐使として渡唐する際に想起され歌われる地であったと言うことができよう。

朝鮮半島に渡る一歩手前、そこが日本の版図の最果ての地、そうした認識が「対馬」には付与されていたと言えるのではないだろうか。この点、鴻巣盛廣氏『萬葉集全釈　第二冊』(16)が、「対馬」の結石山について、対馬の「北島の北部にある山」であると述べたうえで、

> ともかく当時にあつては、我が領土の限極と考へられたところである。

と述べていたのが的を射ていると言えよう。まさに、「我が領土の限極」、日本の版図の最果ての地という認識が、「対馬」には付与されていたと言えよう。

なお、東野治之氏「ありねよし　対馬の渡り―古代の対外交流における五島列島―」(17)は、前掲『万葉集』巻16・三八六〇～三八六九番歌左注の「於レ是荒雄許諾遂従二彼事一自二肥前國松浦縣美祢良久埼一發レ舶直射二對馬一渡レ海」の記述を踏まえ、

> 荒雄らが乗りくんだ対馬向けの船は、大宰府をたって一旦五島列島にむかい、福江島西北端の美祢良久の埼から対馬に渡ろうとしたのである。

と述べたうえで、

> 朝鮮・対馬への恒常的ルートとして、五島経由のコースがあったとなれば、春日蔵首老の餞別歌に「対馬のわたり」が詠みこまれているのは何ら異とするに及ばなくなる。五島列島は対馬への渡航点であり、そこが「対馬のわたり」ともよばれていたとみて不自然ではないであろう。五島列島は、北路・南路双方の起点という性格を備えていた。即ち大宝の遣唐使は、五島列島から華中を目指す南路をとったのであり、北路の可能性を考

慮する必要はなくなるというべきである。

と述べている。なお、森公章氏前掲論文も、右の東野治之氏論文を引用したうえで、

「対馬乃渡」、即ち五島列島の美禰良久の埼から東シナ海を横断したものと考えられる。

と述べている。[18]東野治之氏や森公章氏が推定する航路の場合でも、対馬が朝鮮半島へ向かう経路のきわめて重要な地であり、歌われるべき地として認定されていたことの裏付けとなろう。

朝鮮半島に渡る一歩手前、そこが日本の版図の最果ての地、そうした認識が「対馬」には付与されていたと言えよう。こうした要素を強く見出すことができるのが、まだ残っている「対馬」の用例、

到㆓對馬嶋浅茅浦㆒船泊之時不㆑得㆓順風㆒経停五箇日於㆑是瞻㆓望物華㆒各陳㆓慟心㆒作歌三首（15・三六九七題詞）

百船の　泊つる對馬（つしま）の　浅茅山　しぐれの雨に　もみたひにけり（15・三六九七）

が含まれている、いわゆる「遣新羅使歌群」のありようである。

伊藤博氏『萬葉集釈注　八』[19]は、三六〇二～三六一一番歌についての条で、以降の「遣新羅使歌群」の展開を概観して、

当面一〇首の古歌群のあとには、備後と安芸との国境、長井の浦（広島県三原市）以降の往路の歌一〇六首（三六一二～七一七）と帰路播磨家島での歌五首（三七一八～二二）とを並べる。その往路の一〇六首は、「備後→安芸→周防→豊前→筑前→肥前→壱岐→対馬」と、経て行った山陽道・西海道諸国のすべての国での歌を、その国々の名を最初の題詞に掲げながら記している。

と述べているが、これは大きな参考となろう。つまり、対馬を最後に往路の歌は途切れることが明瞭である。ここには、最果ての地としての認識がある、と言えよう。その対馬の竹敷浦にての歌群十八首（三七〇〇～三七一七）を最後にして、後は、三七一八番歌の題詞で、

廻二来筑紫一海路入レ京到二播磨國家嶋一之時作歌五首

と記され、帰路の播磨国家島での歌となるのである。こうした歌群の配列にも、対馬の地が最果ての地であり、日本の版図の最果ての地である認識が存在したことを見出せよう。

「対馬」の用例は、『万葉集』の用例の他、『続日本紀』に多数ある。そのいくつかを参照しよう。『続日本紀』（天平宝字三年三月条）には、

庚寅（二十四日）、大宰府言、府官所レ見、方有二不レ安者四一。拠二警固式一、於二博多大津及壱伎・対馬等要害之処一、可下置二船一百隻以上一以備中不虞上。而今無二船可レ用。交闕二機要一。不レ安一也。……

とある。「要害之処」との位置づけがなされている。

また、『続日本紀』（宝亀八年正月条）には、

癸酉（二十日）。遣レ使、問二渤海使史都蒙等一曰、去宝亀四年、烏須弗帰二本蕃一日、太政官処分、渤海入朝使、自レ今以後、宜下依二古例一向中大宰府上。不レ得下取二北路一来上。而今違二此約束一。其事如何。対曰、烏須弗来帰之日、実承二此旨一。由レ是、都蒙等発レ自二弊邑南海府吐号浦一、西指二対馬嶋竹室之津一。而海中遭レ風。着二此禁境一。失レ約之罪、更無レ所レ避。

とある。渤海国からの使者史都蒙たちは前年宝亀七年の十二月二十二日に北陸に漂着し、越前国加賀郡に安置されていた。その史都蒙のもとへ奈良の都から使いが派遣され、「渤海からの使者は北陸に来航せず、大宰府に向かうよう命じた」（新日本文学大系版『続日本紀』の下段注）宝亀四年六月の太政官処分に違っている。どうしてか。という詰問がなされたのである。詰問された渤海国からの使者史都蒙は自国の「南海府吐号浦」より出航して、西の方「対馬嶋竹室之津」を目指した。しかし、海上で風に遭って北陸に漂着したのだと答えている。この答えが、いま重要である。自国を出航して、まず、対馬を目指したのだ。渤海国という外国から日本にやって来て大宰府を目指

す時の、まずは目指すべき地が対馬であることを、この記事は証している。外国から日本にやって来た場合、その日本に出くわす周縁部・最前線が対馬だということになろう。そしてこれは、裏返せば、対馬が日本の版図の最果ての地であることの証左ともなろう。

　さて、ここまで、「対馬」が喚起する意味について論じてきた。ここで、先ほど、「日本琴」の用例を見たとき、後述すると断わっておいた「日本」の表記について考えよう。

「日本」という表記は、例えば、

　阿倍の島　鵜の住む磯に　寄する波　間なくこのころ　日本（やまと）し思ほゆ（3・三五九）

　島伝ひ　敏馬の崎を　漕ぎ廻れば　日本（やまと）恋しく　鶴さはに鳴く（3・三八九）

のように、現在の奈良県であるところの大和国を表わす例もある。しかし、周知のように、「日本」という表記には、

　　山上臣憶良在㆓大唐㆒時憶㆓本郷㆒作歌

　いざ子ども　早く日本（やまと）へ　大伴の　三津の浜松　待ち恋ひぬらむ（1・六三）

の例もある。これは、先に見た六二番歌と同じ大宝度の遣唐使の一員として唐の国に在った山上憶良が歌った歌である。この「日本」は、日本国を表わしていることが明瞭だ。また、これも周知の例であるが、いわゆる「日本挽歌」の題詞、

　　日本挽歌一首（5・七九四題詞）

も、その前に置かれた漢文と漢詩によって亡妻への哀悼の念が述べられているのに対し、日本の和歌によって亡妻哀悼の念を形にしようとしたことが明瞭である。この「日本」は日本という国を意識しての用例である。

　大宰府の大伴旅人から都の藤原房前に送られ贈られたのは、桐で作られた「日本琴」であった。前掲小島憲之氏「大伴淡等謹状」が指摘するように、「書状につけて物品を送附したり献上したりする場合には、その物品をまづ最

初に挙げるのが一般であ」った。そこに、

梧桐日本琴一面　對馬結石山孫枝

と記されていたのである。「梧桐日本琴一面」だけであれば、それは桐で出来た日本風の琴の意味しか生じないが、その「梧桐日本琴一面」の下に「對馬結石山孫枝」と注されることで、「対馬」の持つ「日本の版図の最果ての地」という意味要素と、「日本」という表記とが、新たな接点を切り結ぶこととなる。つまり、日本琴を都の藤原房前に贈る時、「この琴が日本の版図の最果ての地で産した桐から作ったものだ」とすることのおもしろさ、趣向がここにあるのである。

三　〈趣向〉を支える漢籍の引用——出典論を超えて——

右に、この書簡の冒頭の、「梧桐日本琴一面　對馬結石山孫枝」に盛り込まれている趣向について分析したが、この作品内には、右の趣向を支えていると目される箇所がある。その箇所の考察を付け加えたい。

当該作品における『文選』琴賦の影響を最初に説いたのは、契沖『萬葉代匠記』（初稿本）である。契沖は、

琴賦云。且晞㆓幹於九陽㆒。又云。惟椅梧之所㆑生兮託㆓峻嶽之崇岡㆒。……含㆓天地之醇和㆒兮吸㆓日月之休光㆒休善也。

と指摘した。これを受けて、前掲古沢未知男氏「淡等謹状（万葉）と琴賦（文選）」は、当該作品の表現と『文選』巻第十八の「琴賦」の表現とを緻密に比較する。その緻密さは、

謹状冒頭の「梧桐」は琴賦「椅梧」とあり、「孫枝」は琴賦第五項に「斲㆓孫枝㆒」とあるに基づく。次いで第一・二項「託㆓根遥嶋之崇巒㆒、晞㆓幹九陽之休光㆒」とあるのは明かに琴賦本文の冒頭「託㆓峻嶽之崇岡㆒」「吸㆓日月之休光㆒」「晞㆓幹於九陽㆒」とあるのを摘出継ぎ合はせて成つたものである。（圏点の「○」「、」、すべ

て古沢氏）

というごときである。

ところで、こうした出典論において学ぶべき点も多いのだが、しかし、右のような出典論では完全に欠落してしまう点があることにも自覚的でなくてはならないだろう。つまり、欠落してしまうのは、もとの『文選』「琴賦」の表現を変えている部分への目配りである。また、その目配りによってもたらされる新たな発見も欠落してしまうことになる。

すなわち、当該作品では、

託㆓根遥嶋之崇巒㆒

となっている。『文選』「琴賦」の「峻嶽」という表現が、当該作品では「遥嶋」という表現に置き換えられているのである。この箇所への分析が必要である。

『文選』が官人にとって必読の書であることは明らかである[20]。そして、この必読書『文選』をめぐる交流は李善注をも介在させておこなわれていた深いものであったことが、すでに小島憲之氏「出典の問題[21]」によって指摘されている。小島氏論文は、琴賦李善注に「史記曰、龍門有㆓桐樹㆒、高百尺、無㆑枝堪㆑為㆑琴」とあることを指摘し、

この房前の書翰は、旅人より梧桐の琴を贈られた礼状であつて、知遇を辱くすると云ふ普通一般の意味の龍門の恩は、ここでは更に具体的に龍門の桐（琴をさす）を辱くした恩、即ち琴を贈つてもらつた恩をも含むものと解すべきであり、「龍門之恩」の下には龍門の桐をもふまへてゐるものとみるべきである。旅人の書翰が文選琴賦を参考にしてゐることは、同時に相手の房前もこれを熟知してゐた筈であり、その結果が琴賦などにみえる龍門の桐となり、また「龍門之恩」ともなつたのである。

と述べている。『文選』の「琴賦」を踏まえる大伴旅人、そして、その文学的営為を十分に理解し同じ箇所の『文

選』李善注を利用して応える藤原房前、このような二人の間の、文学理解に支えられての交流があるのである。

『文選』およびその李善注を共通のコードとした、二人の間の文学理解に支えられての交流、これをふまえたうえで、もう一度、「託二根遥嶋之崇巒一」を見てみよう。娘子の発話の中にこの「遥嶋」つまり「遙か彼方の島」は現われるのだが、この「遥嶋」は、「二　「梧桐日本琴一面　對馬結石山孫枝」に見られる〈趣向〉について」で見た「対馬」と見事に対応する。岸本由豆流『萬葉集攷証』が早くに、

　遥島は、対馬をいひて、はるかなる島といふ也。

と指摘していたごとくである。

しかし、これだけの指摘だけでは足りない。日本の中の「遥嶋」という相乗効果をここでは考えるべきであろう。つまり、日本の中の「遥嶋」として、考えられる日本の版図の中の「遥嶋」として、「対馬」はあるのである。もちろん、すでに見たように、琴が夢の中で娘子に化けて語ったなど虚構に過ぎない。しかし、日本の版図の北西の最果ての地からもたらされたのだという点で、リアリティが増すことになろう。虚構でありながらも、リアリティがある。ここに、趣向の盛り上がりが布置されているのだ。そして、琴を贈られた藤原房前の興味をいっそう掻き立てるような趣向となり得ているのである。

四　まとめ

本論は、「梧桐日本琴一面」の下に「對馬結石山孫枝」と注されることで、「対馬」の持つ「日本の版図の最果ての地」という意味要素と、「日本」という表記とが、新たな接点を切り結ぶこととなる点を指摘した。つまり、日本琴を都の藤原房前に贈る時、「この琴が日本の版図の最果ての地で産した桐から作ったものだ」とすることのお

もしろさ、趣向があったのである。そして、『文選』「琴賦」からの引用において、「峻嶽」という表現を「遥嶋」と置き換えることが、右の手法を支えていることを説いた。

『万葉集』巻五には、大伴旅人が都の某氏に送った書簡および八〇六・八〇七番歌と、都の某氏が旅人に答えて送った八〇八・八〇九番歌からなる歌群がある。そこでは、『史記』、『漢書』、李善注を含めた『文選』、『芸文類聚』における共通のコードを媒介としての文学的交流を見出せる（詳しくは、廣川晶輝「大伴旅人「歌詞両首」について」を参照願いたい）(22)。端的に言えば、「西極」が「龍馬・天馬」を産するという共通コードによって、都から遠く離れた大宰府を日本の版図の「西極」と見立て、都と大宰府の間の距離を、作品を形作る〈距離〉として作品の中に定位したのである。

大伴旅人によるそうした文学的営為を当該作品の横に置いて見る時、大宰府という地にあることを、いわば地の利として利用し、〈趣向〉にまで昇華させている当該作品の要素を見出せよう。このように述べて、まとめとしたい。

注

（1）武田祐吉氏『萬葉集全註釈』（一九四九年、改造社）は、「転任運動」の可能性を示唆し、高崎正秀氏「大伴旅人」（『日本歌人講座　一』、一九六一年七月、弘文堂）は「帰京転任を望む意」を指摘し、また、高木市之助氏『大伴旅人・山上憶良』（日本詩人選4、一九七二年六月、筑摩書房）も「藤原一家の代表的人物」に「遙々日本琴を贈った真意もほぼ察せられる」と述べている。これらに対し、原田貞義氏「旅人と房前—倭琴献呈の意趣とその史的背景—」（『読み歌の成立　大伴旅人と山上憶良』、二〇〇一年五月、翰林書房。初出、一九八〇年六月）は、「政事万般を、藤原氏対長屋王派、或いは新進官僚貴族対皇親を中核とする旧氏族、などといった単純二元論で説くのは極めて危険である」と指摘し、房前が「むしろ旅人と同様、長屋王の側に属する人物であった」と述べ、この贈答を「互いに後盾を失った者同士の閑雅なる遊び」と認定する。梶川信行氏「日本琴の周辺―大伴旅人序説―」（『美夫君志』三三、一九八六年四月）も、「日本琴は、長屋王の変の首謀者であり、事実上の首班にのし上がった武智麻呂に贈られたのではなく、聖武天皇に干されてしまった房前に贈られている」ことを重視し、前掲の「転任運動」説を批判している。村山出氏「大伴淡等謹状―旅人と房前の接点―」（『青木生子博士頌寿記念論集　上代文学の諸相』、一九九三年一二月、塙書房）は、旅人書簡の宛名が「中衛高明閤下」となっている点に着目する。そして、「内臣にして参議中衛大将、中務卿という宮廷内奥における令外の政治・兵事の実権も握り、宮門警護を伝統とする大伴氏の上に立っている実力者房前にこそ、旅人は議政官としても大伴氏の棟梁としても誼を通じなければならなかった」と指摘する。

（2）古沢未知男氏「淡等謹状（万葉）と琴賦（文選）」（『国語と国文学』三六―五、一九五九年五月）

（3）小島憲之氏「遊仙窟の投げた影」（『上代日本文學と中國文學　中―出典論を中心とする比較文學的考察―』、一九六四年三月、塙書房）

（4）伊藤博氏『萬葉集釈注　三』（一九九六年五月、集英社）

（5）金子元臣氏『萬葉集評釈　第三冊』（一九四〇年一一月、明治書院）

（6）日本古典文学全集版『萬葉集　二』（一九七二年五月、小学館）

（7）小島憲之氏「大伴淡等謹状」（『萬葉』七四、一九七〇年一〇月）

（8）橋本四郎氏「幇間歌人佐伯赤麻呂と娘子の歌」（『橋本四郎論文集　万葉集編』、一九八六年一二月、角川書店。初出、「幇間歌人　佐伯赤麻呂」、一九七四年一一月）

（9）返り点を付した。

（10）日にちを（　）に入れて、便宜的に補った。

（11）森公章氏「大宝度の遣唐使とその意義」（『遣唐使と古代日本の対外政策』、二〇〇八年一一月、吉川弘文館。初出、二〇〇五年四月）

（12）森克己氏『遣唐使　増補版』（一九六六年一一月、至文堂。初版は一九五五年一〇月）

（13）注（6）に同じ。

（14）伊藤博氏『萬葉集全注　巻第一』（一九八三年九月、有斐閣）

(15) 日本古典文学全集版『萬葉集 二』（一九七一年一月、小学館）。ただし、この一九七一年一月の初版には、「作者岡麻呂」という誤記があるため、訂正された後の、一九八六年九月の第十七版より引用しておいた。
(16) 鴻巣盛廣氏『萬葉集全釈 第二冊』（一九三一年一〇月、大倉廣文堂）
(17) 東野治之氏「ありねよし 対馬の渡り―古代の対外交流における五島列島―」（『続日本紀の時代』、一九九四年一二月、塙書房）
(18) 東野治之氏の近著『遣唐使』（二〇〇七年一一月、岩波新書）は、青木和夫氏『奈良の都』（日本の歴史 三、一九六五年四月、中央公論社）が早くに南島路の存在を否定していたことを紹介し、また、杉山宏氏「遣唐使船の航路について」（『日本海事史の諸問題 対外関係編』、一九九五年五月、文献出版）を紹介したうえで、南島路の存在を否定している。
(19) 伊藤博氏『萬葉集釈注 八』（一九九八年一月、集英社）
(20) 芳賀紀雄氏「典籍受容の諸問題」（『萬葉集における中國文學の受容』、二〇〇三年一〇月、塙書房。初出、「万葉集比較文学事典」、一九九三年八月）では、『養老令』「選叙令」（29秀才進士条）の「進士取㆘明閑《ナラヒ》㆓時務㆒、幷読㆓文選爾雅㆒者㆖」（傍線、廣川）という記述が引用され、「考課令」（72進士条）には『文選』の「実際の試験方法が規定されている」ことが紹介されている。
(21) 小島憲之氏「出典の問題」（『上代日本文學と中國文學 上―出典論を中心とする比較文學的考察―』、一九六二年九月、塙書房）
(22) 廣川晶輝「大伴旅人「歌詞両首」について」（『国語国文研究』一三六、二〇〇九年七月。→本書第三章第一節）

〔附記〕本論は、日本学術振興会科学研究費補助金基盤研究（C）「墓誌の表現分析に基づく日中文化交流の基礎的研究」（研究課題番号：２２５２０２１４）交付による成果に基づく。

第三節　「松浦河に遊ぶ歌」の〈仕掛け〉

一　はじめに

本節は、筑紫文学圏の左の作品を考察の対象にする。その本文をまずは掲げよう。

遊二於松浦河一序

余以暫往二松浦之縣一逍遥　聊臨二玉嶋之潭一遊覧　忽値二釣レ魚女子等一也　花容無レ雙　光儀無レ匹　開二柳葉於眉中一發二桃花於頰上一　意氣凌レ雲　風流絶レ世　僕問曰　誰郷誰家兒等　若疑神仙者乎　娘等皆咲答曰　兒等者漁夫之舎兒　草菴之微者　無レ郷無レ家　何足二稱云一　唯性便レ水　復心樂レ山　或臨二洛浦一而徒羨二玉魚一乍臥二巫峡一以空二望烟霞一　今以邂逅相二遇貴客一　不レ勝二感應一輙陳二欵曲一　而今而後豈可レ非二偕老一哉　下官對曰　唯〻　敬奉二芳命一　于レ時日落二山西一　驪馬将レ去　遂申二懐抱一　因贈二詠歌一曰

阿佐里須流《あさりする》　阿末能古等母等《あまのこどもと》　比得波伊倍騰《ひとはいへど》　美流尓之良延奴《みるにしらえぬ》　有麻必等能古等《うまひとのこと》（5・八五三）

答詩曰

多麻之末能《たましまの》　許能可波加美尓《このかはかみに》　伊返波阿礼騰《いへはあれど》　吉美乎夜佐之美《きみをやさしみ》　阿良波佐受阿利吉《あらはさずありき》（八五四）

蓬客等更贈歌三首

麻都良河波《まつらがは》　可波能世比可利《かはのせひかり》　阿由都流等《あゆつると》　多々勢流伊毛何《たたせるいもが》　毛能須蘇奴例奴《ものすそぬれぬ》（八五五）
麻都良奈流《まつらなる》　多麻之麻河波尓《たましまがはに》　阿由都流等《あゆつると》　多々世流古良何《たたせるこらが》　伊弊遅斯良受毛《いへぢしらずも》（八五六）
等富都比等《とほつひと》　末都良能加波尓《まつらのかはに》　和可由都流《わかゆつる》　伊毛我多毛等乎《いもがたもとを》　和礼許曽末加米《われこそまかめ》（八五七）

娘等更報歌三首

和可由都流《わかゆつる》　麻都良能可波能《まつらのかはの》　可波奈美能《かはなみの》　奈美邇之母波婆《なみにしもはば》　和礼故飛米夜母《われこひめやも》（八五八）
波流佐礼婆《はるされば》　和伎覇能佐刀能《わぎへのさとの》　加波度尓波《かはどには》　阿由故佐婆斯留《あゆこさばしる》　吉美麻知我弖尓《きみまちがてに》（八五九）
麻都良我波《まつらがは》　奈々勢能與騰波《ななせのよどは》　与等武等毛《よどむとも》　和礼波与騰麻受《われはよどまず》　吉美遠志麻多武《きみをしまたむ》（八六〇）

後人追和之詩三首　帥老

麻都良河波《まつらがは》　可波能世波夜美《かはのせはやみ》　久礼奈為能《くれなゐの》　母能須蘇奴例弖《ものすそぬれて》　阿由可都流良武《あゆかつるらむ》（八六一）
比等未奈能《ひとみなの》　美良武麻都良能《みらむまつらの》　多麻志末乎《たましまを》　美受弖夜和礼波《みずてやわれは》　故飛都々遠良武《こひつつをらむ》（八六二）
麻都良河波《まつらがは》　多麻斯麻能有良尓《たましまのうらに》　和可由都流《わかゆつる》　伊毛良遠美良牟《いもらをみらむ》　比等能等母斯佐《ひとのともしさ》（八六三）

当該作品は、その研究史において、実作者を推定することを中心に論じられて来た。その場合、当該作品の表記から推定する方法が採られて来たのである。[1] そうした中にあって、当該作品の「作品」としての理解に踏み込んだ研究として、神野志隆光氏「『松浦河に遊ぶ歌』追和三首の趣向」[2] が提出された。この論考は当該作品を研究するうえでの一つの画期であったと言えよう。その「作品」理解は現在認められているようである。[3] しかし、検証し直されるべき点も少なくないのではなかろうか。本論は、神野志論文で切り拓かれた「作品」としての理解を目指す研究のあり方を受け、神野志論文で示された作品理解を検証することを一つのきっかけとし、当該作品自体の理解を目指す。そして、そうした考察をとおして、筑紫文学圏の文学の質を見定めるひとつのきっかけを目指すものである。

二　序文から八六〇番歌までの構成について

（一）同一平面と断層

論述に先立って、この作品が自ずから持っている切れ目について確かめておこう。八六一～八六三番歌の題詞には「後人追和之詩三首」とある。「追和」がその和す対象を一つの「作品」として対象化するものであること（村瀬憲夫氏「熊凝の為に志を述ぶる歌」[4]、大久保廣行氏「追和歌の創出」[5]）を考えれば、序文から八六〇番歌までが一つのまとまりを成すということになろう。よって、本論としても、まずは、序文から八六〇番歌までを考察の対象とすることにしたい。

当該作品は、男の一首対女の一首、男の三首対女の三首とした整然とした構成を持つ。そして、序文から八六〇番歌までの構成を考える際には、まず、八五五～八五七番歌の題詞に「更贈」、八五八～八六〇番歌の題詞に「更報」とあることに注目しなければならないだろう。この「更」が如実に表わすように、八五五～八六〇番歌は、序文および八五三・八五四番歌の世界を受けて、それと同一平面に立とうとしていることがわかる。これは、この作品における虚構の登場人物についても言えよう。序文では、「余」「僕」「下官」というように一人称で語られる。また、八五三番歌もその序文に連接するわけであり、序文と同様に捉えられる。一方、八五五番歌以降の部分はどうか。八五五～八五七番歌の題詞には、「蓬客等更贈歌三首」とあるわけだが、その「蓬客等」について、古沢未知男氏『漢詩文引用より見た万葉集の研究』[6]が詳細かつ的確な指摘をおこなっている。その指摘をまとめれば、

①万葉集中の他の「蓬」の用例二つが卑称・謙辞であること。

②『遊仙窟』に、主人公が自らを「遠客卑微」[7]と称すること。

③当該作品自体に序文の娘等の発言に「貴客」とあり、それと関連すること。

となる。以上の論拠により、当該の「蓬客」も卑称・謙辞であるとするのである。おそらくこの古沢論文の指摘は動くまい。

その点、これらは均質なありようであるかに見える。しかし、語りの様相といったことがらに注意の目を向ける時、そこに一つの断層を見つけることができるのではなかろうか。つまり、序文および八五三・八五四番歌と、八五五〜八六〇番歌との間にである。そして、その断層に対する眼差しこそが、この作品を形作るモチーフを見極めるためにぜひとも必要なものと思われる。

いま、右において確認したように、序文およびそれに連接する八五三番歌では、「余」（「僕」「下官」）という語がはっきりと示すように、一人称で語られている。このことに対して、斎藤英喜氏「『遊於松浦河序』の分析」[8]は、

語られる出来事の中の人物がそのまま出来事を語る（叙述する）主体の位置に同化する、という構造

を見出している。これは的確な指摘であり逆に言えば、「語り手は主人公となっている」とも言うことができよう。つまり、完全に自己物語世界として示されているのである。しかし、一方の八五五〜八五七番歌はどうか。「蓬客等」のなかに自己を対象化する視座の存在を認めないわけにはいかないだろう。卑称・謙辞であっても、自己を対象化したうえでのものいいがあるだろう。「余（僕・下官）更贈歌」となっていないという違いは、決定的意味をもつと言えよう。

さらに、次の点に注目したい。作品上の事実として、序文および八五三・八五四番歌では、序文中で、

僕問曰「誰郷誰家兒等　若疑神仙者乎」

下官對曰「唯〻　敬奉㆓芳命㆒」

とあり、その序文の末尾、

因贈二詠歌一曰、

から連接する形で、八五三番歌がうたわれる。八五三番歌に鍵括弧（「　」）を付けて示すことがふさわしいごとくである。つまり、会話文なのか歌なのかの違いに拠らず、「曰」にはっきり示されているように、その一人称代名詞「余」（「僕」「下官」）によってまさに語られている体を採っているのである。そしてこれは、娘子たちについても同様である。

娘等皆咲答曰、「兒等者漁夫之舎兒……而今而後豈可レ非二偕老一哉」

答詩曰「多麻之末能　許能可波加美尓　伊返波阿礼騰　吉美乎夜佐之美　阿良波佐受阿利吉」（八五四）

と、「曰」が使われているように、まさに娘子たちによって語られているのである。

一方、八五五〜八六〇番歌では、「更贈歌三首」「更報歌三首」と一括されている。これは、万葉集にごく普通に見られる贈答歌の示し方と何ら変わらない。我々はともすると〈ウタと散文〉というタームに左右され、漢散文と歌とを最初から分けて考えてしまうきらいがないだろうか。当該作品の序文および八五三・八五四番歌の部分では、会話文・ウタの「文体」の違いによらず、「曰」によって発話していることを示し、その発話内容を示すという機能においては同一なのである。序文および八五三・八五四番歌と、八五五〜八六〇番歌との間に、はっきりとした断層があることを、この点からまず確認できるであろう。

そして、この断層のあと、八五五〜八五七番歌、八五八〜八六〇番歌というように三首まとめてあること、ここにこそ、この作品の構成を解く鍵があると考えられる。序文や八五三・八五四番歌の内容を承けて繋がりながらも、八五五〜八五七番歌の三首と八五八〜八六〇番歌の三首とによって、またどのような物語世界が築かれるのであろうか。次に、我々は、この問題へと進むことになる。

（二）齟齬の胚胎

八五五～八五七番歌の三首と八五八～八六〇番歌の三首との対応には不自然な点があることが従来指摘されて来た。窪田空穂氏『萬葉集評釈』は、そこのところを、

前の三首の歌は、男は婚約以前の心に立ち返つて、女に対する愛慕の情の強さを云つてゐるもので、その態度自体が既に余裕のあるものであり、又女の歓心をも買ひ得るものであるが、女は一旦婚約をすれば、さうした言葉には殆ど関心を持たず、現在の思慕の情の強さと、将来に対しての偸らぬ情を誓はうとしてゐるのである。これは何方も男女の性情の自然なる現はれで、事件的に見ると此の三首づつの贈報には連絡がなく見えるが、心理的に見れば必然な連絡のあるものである。

と述べている。しかし、「男女の性情の自然なる現はれ」で落ち着かせてしまうべきではなかろう。また、神野志隆光氏前掲論文は、(9)

端的にいって、「立たせる子等が家道知らずも」（八五六歌）という歌を含むB（八五五～八五七番歌のこと。廣川注）に対して、「我はよどまず君をし待たむ」（八六〇歌）という歌を含むC（八五八～八六〇番歌のこと。廣川注）は答えたことになるのであろうか。男の歌は逢会以前の求愛の歌である。しかし、女の歌は、すでに逢った後の思いとして恋い待つことを歌ったものではないか。訪れるはずの人を「恋ひ」「待つ」女の歌と、求愛の男の歌とでは局面が異なるというべきであろう。（波線、廣川）

と述べ、さらに、

「娘子は蓬客の求めにやんわりと応じたのである」（古典集成本頭注）というふうに、求愛→応諾という同じ局面で見るべきものではないと私は考える。……局面のずれたものと見るべきであり、それは意図されたずれと

見るべきだと考える。

と述べている。この「ずれ」の指摘は研究史において画期的かつ新鮮であった。神野志論文において、この「ずれ（ずらし）」の指摘は、後の追和三首においての把握の伏線となっているのだが、しかし、歌群のここにおけるその「ずれ」のもつ意味についての言及は無い。

神野志論文にあるように、八五五～八五七番歌は「逢会以前の求愛の歌」と捉えられよう。この三首について新潮日本古典集成版『萬葉集』が、八五六番歌の条で「前歌を承けて、家を訪れたいのだがと切りこんだ歌」とし、八五七番歌の条で「さらに切りこんで本心を打ち明けた歌」と指摘する把握が、的確な指摘として参照される。神野志論文も、

B（八五五～八五七番歌のこと。廣川注）は、「更贈」といいながら、A（八五三・八五四番歌のこと。廣川注）のやりとりがなかったものであるかのように出会いから始めて（八五五歌）、「玉島のこの河上に家はあれど」（八五四歌）という娘子の答えを無視して「家道知らずも」と歌いかけ（八五六歌）、さらには「妹が手本を我こそ枕かめ」と交情に及ばんとする（八五七歌）。

と述べている。ここにひたすらな求愛・求婚の展開を見出せよう。

しかし、一方の八五八～八六〇番歌の「娘等」の歌についての把握はどうだろうか。右の引用文の波線部にあるように、「すでに逢った後の思い」と無前提に決めることはできるのであろうか。そして、そもそもこの作品において、「逢会」はあったとアプリオリに言っていいのだろうか。万葉集中には左のような歌がある。

献二舎人皇子一歌二首（うちの一首）

春山は　散り過ぎぬとも　三輪山は　いまだふふめり　君待勝尓（9・一六八四）

大伴四綱宴席歌一首

何すとか　使の来つる　君乎社　かにもかくにも　待難為礼（4・六二九）

我がやどの　穂蓼古幹　摘み生し　実になるまでに　君乎志将待（11・二七五九）

神野志論文が「すでに逢った後の思い」の歌と認定した八五九番歌には、「君待ちがてに」とあるわけだが、それと同じ表現が右の第一例一六八四番歌の結句にある。この第一例の「いまだふふめり」は、決して「すでに逢った後の思い」とは相容れないだろう。また、同じく八五九番歌の「君待ちがてに」に近い表現として、右の第二例六二九番歌の「君をこそ……待ちがてにすれ」がある。この第二例については、周知の橋本四郎氏の指摘[10]が参照される。橋本論文は、この六二九番歌を含む六二七〜六三〇番歌の歌群が宴席における虚構であることを見極めた。その橋本論文はこの六二九番歌について、

二人称者を「君」と呼び、「待つ」と歌うこの歌は、女性を装う立場で歌われている。既述のように、女を装って歌うのは宴席歌の常道である。そのことで列席者の反応を期待したものであろう。

と述べる。そうした歌の次に、同じ宴席の歌として、

佐伯宿祢赤麻呂歌一首

初花の　散るべきものを　人言の　繁きによりて　よどむ頃かも（4・六三〇）

があることを考え合わせるべきだろう。「初花の　散るべきものを」からは、結婚前の女性が想定されるわけであり、六二九番歌の主体にもそうした女性が措定できる。第三例の「実になる」には、「結婚の成就をもにおわしている」（新潮日本古典集成版『萬葉集』）という譬喩があることが明瞭だろう。これらによれば、当該歌三首を「すでに逢った後の思い」を表わす歌と無前提に決めることはできないだろう。そして、そもそも、序文やこれまでの歌には逢会があったとは一言も述べられていないのである。

ここで、神野志論文が、逢会以前なのか以後なのかという「局面」にその「ずれ（ずらし）」のモチーフを見出

そうとしたその点を、改めて吟味しよう。これまで述べたように、八五八〜八六〇番歌を無前提に逢会以後の歌とは認められない。「ずれ（ずらし）」という、作品の展開を担うモチーフの存在を認めるならば、もっと別の点にこそ求められるのではないだろうか。

本論は、八五五〜八五七番歌の三首において「ひたすらに求婚する男」の姿が、八五八〜八六〇番歌の三首において「ひたすらに待ち続けると言う女」の姿が造型されているとすべきだと考える。つまり、八五五〜八五七番歌の三首では、先程掲げた『集成』と神野志論文の指摘が参照される。一方の「娘等」の歌の方はどうだろうか。こちらは、八五九番歌に君を待つことが表わされるわけだが、永遠に回帰するべく「春されば」とあり、永遠にひたすら待ち続けることが表明されている。また、八六〇番歌にも、「我れは淀まず　君をし待たむ」と、ひたすらに待つことが表明されている。さらに、これは、男の歌ではあるが、八五七番歌において、「遠つ人　松（待つ）浦の川に　若鮎釣る　妹」と歌われていることはゆるがせにできない。やはり、「ひたすらに待ち続けると言う女」の姿が歌群において造形されていると言えよう。

「ひたすらに求婚する男」と「ひたすらに待ち続けると言う女」。ここには、交わることのない二つの線がある。「ずれ」というならば、こうしたありようをもって言うべきではないか。本論では、こうした歌群のありように対して、神野志論文と同じタームの使用を避け、「齟齬」としておきたい。そして、以上のように、歌群においてここに双方の間の齟齬が胚胎されていることを見出しておきたい。

歌群のここまでをこう捉えたうえで、次には、八六一〜八六三番歌を含めた歌群全体ではどのような作品に仕上がっているのかを考えなくてはならないだろう。

三　追和三首について――齟齬の図式の完成――

（一）「後人追和」について

八六一～八六三番歌の題詞には「後人追和之詩三首」とある。その「後人」について確認しておこう。上代における「後人」の用例を調査すると、[11] 当該の「後人」が「後代の人」の意であることがわかる。ところで、作品のこれまで（序文、八五三・八五四番歌、八五五～八五七番歌・八五八～八六〇番歌）では、いつの出来事なのかを記すこともそもそもなかった。いわば神話時間のような無時間の世界である。ところが、ここでは、「後人」が登場する。この「後人」が配されるここに到って、〈時間の前後〉が作り出されているのである。この点を見逃してはならないだろう。そして、もうひとつ見逃せないのが、この「後人」という設定であろう。ここで注目すべきは村山出氏「松浦河に遊ぶ序―追和三首の虚構性と作者―」[12] と稲岡耕二氏「松浦河仙媛譚の形成・追攷」[13] の見解である。村山出氏論文が、

虚構の世界の中で「余」「僕」「下官」は旅人とは別個の存在でなくてはならない。さらに加えて言うならば「女子」「娘（子）」も同様に『遊仙窟』の中に見出される語であって、かれこれ現実と異なる虚構の世界に生きる人びとなのである。……この虚構的な作品において実作者は無名化されている。創作の意図から言えば当然のことで、「帥老」も同じ次元において理解すべきで（とは言っても、作中人物とモデルの関係のように現実の旅人を想像させずにいないが、混同は避けて）、虚構上の登場人物と見るべきなのである。……

と指摘したのに対し、稲岡耕二氏論文は、

しかしながら、注記された「帥老」は、村山論文に結論するような、「虚構の世界の人」なのであろうか。

……「帥老」を虚構の登場人物とするのは、無理であろう。「僕」「下官」「蓬客」「娘人」などと同様な、虚構のレベルでの語彙としては、「帥老」という題詞下の小字注記の語ではなく、「後人追和之詩三首」という題詞に見られる「後人」をあげるのが穏やかであろう。「後人」も「帥老」も等しく虚構の表現とするならば、三首の題詞を「帥老追和之詩三首」と記したとしても、同じことになるが、そうは言えないと思われる。

と指摘した。この両論考によって、他の用例とは一線を画した（巻五の「サヨヒメ物語」の八七二番歌題詞、八七三番歌題詞、八七四・八七五番歌題詞の用例は除く。本書第二章第五節「『サヨヒメ物語』の〈創出〉」を参照願いたい）当該作品の「後人」の虚構性に理解が届くのではなかろうか。こうした当該作品の「後人」の設定自体も見逃せないだろう。そして、その「後の代」の人物「後人」が「筑紫文学圏の歌作のスタイル」として案出された（大久保廣行氏前掲論文(14)）「追和」を為しているのである。「追和」について、村瀬憲夫氏前掲論文(15)が、

追和という形式は、後に加えたというだけの、単に時間を異にした贈答歌なのではなく、一種の創作的文学形式であった。「松浦河に遊ぶ序」に対する追和歌（5・八六一〜八六三）、松浦佐用姫関係の追和歌（5・八七二〜八七五）に見られるように、それは、ある素材に他の人が追和することによって共有・共感の世界、より幅広い文学世界を作ることであった。

と述べているように、歌群のここまでを、ひとつの作品世界として括り出すことになっていると捉えられよう。

（二）八六一〜八六三番歌の〈いま〉〈ここ〉〈わたし〉

さて、そうした「後人追和」と記されていることの歌群内の機能を確認したうえで、この八六一〜八六三番歌について考察したい。この三首のありようを考察するうえで、これらの歌の〈いま〉〈ここ〉〈わたし〉を考えることを分析者の分析の手段として採用することは極めて有効だと思われる。

そして、ここでも、当該作品の「作品」としての理解に大きな画期をもたらした神野志隆光氏前掲論文の分析を検証することをとおして本論なりの分析を進めることが、問題点を明瞭にするうえで意義があると考える。神野志氏前掲論文はこう述べている。少々長いが、この三首を考察するうえで欠くことができない記述であるだけに引用しよう。神野志論文は、

ずれといえば、追和三首もまたずれる。これも意図的なずれとして、ずらしかたというべきであろうが、そのずらしかたは、さきのA（八五三・八五四番歌のこと。廣川注）、B（八五五〜八五七番歌のこと。廣川注）、C（八五八〜八六〇番歌のこと。廣川注）の間のそれよりも大きいといえる。歌の場そのものを、松浦河における蓬客と娘子というところから全く別なものに転換してしまうのである。……

と述べる。これは、三首の「鮎か釣るらむ」（八六一番歌）、「人皆の見らむ松浦」（八六二番歌）、「若鮎釣る妹らを見らむ」（八六三番歌）に共通してある「らむ」を根拠にしての分析であり、きわめて妥当であろう。本論としても、三首の〈ここ〉が「松浦ではない場所」に設定されていると把握しておく(16)。しかし、次の記述はどうだろうか。

……松浦へは行かずにのこっている者の立場での歌である。『古義』が、「松浦河遊に遺居たる人のよしなり」と注したのは、「後人」をオクレタルヒトと訓むべきだとすることから出たのであって、「後人」の解としては領巾麾嶺の歌（八七一〜五歌）の如きに照らしても、やはり不適切というほかないが、八六一〜三歌の内容は正当に捉えていたといえる。あとになって「なつかしんで、心に反芻してゐる」のだという窪田『評釈』の説では、「人皆の見らむ」（八六二歌）が解けなくなってしまう。自分が見ていないからこう言うのであり、具体的には松浦行の人々を思いやってのことと見なければならぬ……。要するに留守の歌なのである。松浦とは全く別な場所へずらして、そこで松浦を「今ごろは……しているであろう」と推測する。時間という点では、A・Bと同じ時間にあるのだが、違う場所へとずらしてしまう。そして、蓬客と娘子との歌の場とは全然別な

ところで歌うのである。（波線、廣川）

右の記述は、三首の〈いま〉と〈わたし〉の把握についてのものである。このふたつの要素は密接に関わるわけだが、波線部のように、「時間という点では、A・Bと同じ時間にある」と〈いま〉を捉え、また、「松浦へは行かずにのこっている者の立場での歌である」と〈わたし〉を捉えることは、果たして妥当だと言えるのであろうか。

右の長い引用部分に明らかなように、神野志論文の論理において、「人皆」の解釈が大きな位置を占める。神野志氏自身これをあつかったものに神野志隆光氏前掲論文自体に付けられた「補説『人皆』について」がある。そこでは、伊藤博氏「釈万葉」(17)に対する批判が展開されている。伊藤博氏論文には以下のようにある。

まず、「人皆」について見るに、確例として次の六首がある。

(1)　日月は明しといへど、我《あ》がためは照りやたまはぬ　人皆か我《あ》のみや然る（巻五、八九二）

(2)　押照る難波の国は　葦垣の故りにし里と　人皆の思ひやすみて　つれもなくありしあひだに　続麻《うみを》なす長柄の宮に　真木柱太高敷きて　食《を》す国を治めたまへば……（巻六、九二八）

(3)　人皆は萩を秋といふよし我《われ》は尾花が末《うれ》を秋とは言はむ（巻十、二一一〇）

(4)　港葦に交れる草の知草の人皆知りぬ我が下思ひは（巻十一、二四六八）

(5)　路の辺の壱師の花のいちしろく人皆知りぬ我《あ》が恋ひ妻は（巻十一、二四八〇）

(6)　愛《うつく》しと我が思ふ妹を人皆の行く如見めや手にまかずして（巻十二、二八四三）

右が諸本一様に「人皆」と伝える例のすべてであるが、その文脈を追うに、「世間の人みんな」の意を示す例ばかりである。いいかえれば、限定されない広範囲の抽象的な対象を指す例ばかりで、したがって、「人皆」は不特定多数を称することばづかいであったことが知られる。これは当然のことである。「人皆」は、「人」と「皆」の複合で、「人々のみんな」「人々はみんな」の意になるわけだが、上位に立つその「人」自体が不特定多数を示すことばだからである。……

　こうした「人皆」に対して「皆人」は、特定多数を示す語であったらしい。「皆人」は「皆の人」「皆の者」の意で、「人皆」が二語であるのに対し一語である。限定された範囲の特定多数を具体的に指すことばであったという察しは容易につく。

これに対して、神野志隆光氏前掲論文の「補説『人皆』について」では、

しかし、この手続きには疑問がのこる。これらは訓字表記の例でしかないのである。訓字表記の場合諸本間でしばしば人と皆との転倒も見られるからというので、諸本一致したもので確例とするという慎重な態度をとりながら、確実という点ではより保証されたともいえる仮名書きの例二例を取り上げないのは、不当のそしりをまぬかれまい。仮名書き例は、当面の八六二歌と、14・三三九八歌とである。後者は、

　比等未奈乃《ひとみなの》　許等波多由登毛《ことはたゆとも》　波尓思奈能《はにしなの》　伊思井乃手児我《いしゐのてこが》　許登奈多延曽祢《ことなたえそね》

というのであって、この「人皆」は不特定多数とするのに支障はない。しかし、八六二歌の用例は、そうした理解で「人皆」を捉えるわけにはいかないことをはっきりと示し、論旨そのものに深くかかわるだけに、この用例を欠いた帰納はなお問題ではなかろうか。八六二歌は、「人皆」と「我」とを対比して歌う。その「人皆」は、仙郷松浦に赴いた人々をさしている。不特定多数では「見らむ」（今ごろは見ているであろう）という表現が全く意味をなさなくなってしまう。こうした用例を含めて『万葉集』における「人皆」を見るとき、伊藤説のごとくわり切れないといわねばなるまい。（傍線と波線、廣川）

と述べている。傍線部の批判は適切であろう。しかし、波線部のように、「八六二歌の用例は、そうした理解で『人皆』を捉えるわけにはいかないことをはっきりと示し」ているのだろうか。「八六二歌は、『人皆』と『我』とを対比して歌う」という指摘はよいにしても、

不特定多数では「見らむ」（今ごろは見ているであろう）という表現が全く意味をなさなくなってしまう。ということを根拠に、「その『人皆』は、仙郷松浦に赴いた人々をさしている」と言えるのだろうか。問題は、まさに、当該八六二番歌をどう捉えるかにかかっているのである。

問題の所在は明らかだ。題詞では「後代の人」たる「後人」があるわけだが、それを八六一〜八六三番歌の歌の〈いま〉に関わらせるか否かにかかっている。また、〈わたし〉に関わらせるか否かにかかっている。神野志氏論文は、〈いま〉を、〈松浦河にて「人皆」が娘子に会っている時間〉としている。また、〈わたし〉を、〈留守をしている私〉としている。しかし、三首の〈いま〉〈わたし〉を神野志氏論文のように捉えるならば、この虚構の作品において「後人」という虚構上の設定がなされ、その「後人」に「追和」させていることの意味をまったく無視することになってしまおう。もしも神野志氏論文がそのように捉えようとするのならば、「後人追和」がその見解にどう活かされるのかを神野志氏論文自体が説明しなければならないのではなかろうか。「やはり『松浦逍遥に参加できなかった人が後で和した形の歌』（古典集成本）というのが正当であろう」と述べるだけでは説明になっていない。

今、題詞にある「後人」をそのまま反映させて、〈いま〉を「後の代」、〈わたし〉を「後人」と把握し、三首の表現の分析に戻ることにしよう。

「後人」である〈わたし〉はどのように歌っているのか。三首には、娘子ら（「妹ら」）に対する思慕が綴られていると捉えられる。まず、八六一番歌では「松浦河　川の瀬速み　紅の　裳の裾濡れて　鮎か釣るらむ」と歌われるが、これは、八五五番歌の「松浦河　川の瀬光り　鮎釣ると　立たせる妹が　裳の裾濡れぬ」を受けていることが明瞭である。この八六一番歌では、「紅の裳の裾」とだけ示されているわけだが、その娘子たちへの思いが表わされている。そうした歌の次に位置づけられている八六二番歌では「恋ひつつ居らむ」とある。万葉集中の「恋ひつつ」を分析すれば、この歌のこの表現が、情を交わした恋の相手に今は逢えずに恋い慕い続けている状態を表わす表現であると捉えることができよう。(18)ここを神野志氏論文のように「留守の歌」という範疇で捉え、この歌の〈わたし〉を、留守の人と捉えるのでは、この「恋ひつつ居る」の表現の表わす内容から逸脱してしまおう。そして、三首目の八六三番歌において「妹らを見らむ人の羨しさ」と歌われ、その「妹ら」に逢えないことが示されるのである。

右に見るように、「後人」である〈わたし〉は、「妹ら」を恋い続ける人物として描き出されている。そうした〈わたし〉は、ここまでの歌群（物語世界）に出て来た「余」「僕」「下官」「蓬客等」の立場を志向することになろう。つまり、ここまでの歌群（物語世界）に対して、第三者的立場からではなく、娘子らと情を交わした当事者の立場に立って発話しているのである。ここに、「筑紫文学圏の歌作のスタイル」として案出された（大久保廣行氏前掲論文）「追和」の方法のありようを見出せよう。

さて、ここに到って、「後人追和之詩三首」を含めて、作品全体ではどのような作品に仕上がっているのかについてまとめよう。本論は、すでに、当該作品には「ひたすらに求婚する男」と「ひたすらに待ち続けると言う女」の像があり、双方の間の齟齬が胚胎されていることを見出しておいた。その双方の齟齬の図式が完成するのが、今考察し終えた「後人追和之詩三首」であろう。つまり、「後人追和」の三首は、双方が「逢えない」ことを後の代の時間において引き継いでいるのである。しかも松浦とは異なる場所においてである。つまり、ここに、松浦に行けずそして「妹ら」に逢うこと叶わずに後の代に至ってもずっと「妹ら」に恋い続けている〈わたし〉の姿が造型されるのである。

いま、歌群全体では、左のような〔図〕に表わせる対比が明瞭になった。

〔図〕
昔、玉島川で未来にわたってひたすら待ち続けると歌い、実際に〈いま〉も待ち続けている娘子たち（「妹ら」）
〈対比〉↔
昔、玉島川で娘子たちに求婚し、玉島川に行けないが〈いま〉もひたすらに娘子たちのことを恋い続けている〈わたし〉

四　まとめ

当該作品では、「蓬客等」と複数形で示してあった。これは、この作品を読んで享受する者を物語世界に参入させるひとつの仕掛けであったと思われる。そして、娘子と共寝をしたいことを述べるクライマックスにまでこの作品を享受する者をかかわらせておきながら、ふたつの線はついぞ交わらない。小島憲之氏が説くように[19]、当該作品の序文に『遊仙窟』の語句が用いられており、『遊仙窟』からの影響が色濃い[20]。しかし、『遊仙窟』的趣味の作品に仕上がっていながらも、ついに逢会を遂げることができない物語に仕上がって（筑紫文学圏の営為ということがらを表に立てれば、「仕上げて」）いるのである。これは、読者に対する〈はぐらかし〉にほかならない。〈仕掛け〉というタームは不用意に用いるべきではないが、この作品の理解がここに到っては、この作品について表わすのに的確なタームとして用いてもよいであろう。本論の題を「『松浦河に遊ぶ歌』の〈仕掛け〉」としたのはこのためである。

また、この〈仕掛け〉ということがらに関しては、「後人追和之詩三首」の下の「帥老」の注記も大いにあずかるものがあろう。研究史において、この「帥老」の注記は、原田貞義氏によって、「何人かが不用意につけた」ものと見做された。そして、「勿論、本文を改訂することの危険さは私自身十分知っている積りであるが、問題がこここにいたっては、敢えてその禁を犯したのである」と述べられたうえで、削除された[21]。この処置に対して、村山出氏前掲論文は、「この注記は認めなければならない」ことを説き、この注記が在るがままにこの作品を理解しなければならないことを説いている。現存する『万葉集』の諸本すべてにこの注記はあり、この村山氏論文の対応がきわめて妥当だと言えよう。つまり、我々には、その注記を含めてのあるがままの作品の理解が求められることになるのである。

本論では、これまで、「後の代の人」を意味する「後人」という設定によってこの作品の中に〈時間の前後〉が持ち込まれることを述べた。また、「追和三首」の〈わたし〉が、娘子らと情を交わした当事者の立場を志向していることも述べた。そのことと、この「帥老」の注記とをどう総合させて理解すればよいのだろうか。ここでは、「帥老」の「老」とあることの機能を考えなくてはならないだろう。つまり、「後の代の人」を意味する「後人」という設定と、序文から八六〇番歌までの主人公（余・僕・下官・蓬客等）が「後人」となっての「老人」とが、作品内において符合するのである。そして、次には、この注記により、「後人追和之詩三首」を作ったのが実は「帥（＝「大伴旅人」）」であることが明かされていることの意味を考え合わせなくてはならない。繰り返しになるが、「追和三首」の〈わたし〉は、娘子らと情を交わした主人公当事者の立場を志向していた。この点をどう理解するかである。

この作品を読んで享受する者は、序文や題詞に「余」「僕」「下官」「蓬客等」とあることから、これがフィクションだということを前提にして読み進めて来たわけだが、この注記があることによって、ここまでの物語が実は大伴旅人に関する話だったのではないかという思い（疑い）を抱くことになるのではないか。この作品のあるがままの姿の理解が求められている今、ここには、そのような趣向や仕掛けといった要素を見出しておくべきであろう。大宰府官人の中心であり、筑紫文学圏の中心である大伴旅人をあたかも物語の主人公であるかのように示す。読む者にそうした思いを抱かせつつ、煙に巻きつつ、作品は終わる。ここに、筑紫文学圏の文学のあり方を見出せるのではないか。

以上、このような考察を重ねることが筑紫文学圏の文学の質を見定めることに繋がるであろうことを述べて、まとめとしたい。

注

(1) 土居光知氏「『万葉集』巻五について」(『土居光知著作集 第二巻 古代伝説と文学』、一九七七年四月、岩波書店。初出、一九五九年七月・八月)、原田貞義氏「『遊於松浦河歌』から『領巾麾嶺歌』まで―その作者と制作事情をめぐって―」(『読み歌の成立 大伴旅人と山上憶良』、二〇〇一年五月、翰林書房。初出、一九六七年一一月)、稲岡耕二氏「大伴旅人・山上憶良」(『講座日本文学2 上代編Ⅱ』、一九六八年一一月)、稲岡耕二氏『萬葉表記論』(一九七六年一一月、塙書房)、村山出氏「松浦河に遊ぶ序―追和三首の虚構性と作者―」(『萬葉の風土・文学』、一九九五年六月、塙書房)、稲岡耕二氏「松浦河仙媛譚の形成・追攷」(『説話論集 第六集』、一九九七年四月、清文堂)など。参考のため、『代匠記』『私注』の見解もあわせて一覧表を示す。

	序文・八五三~八五四	八五五~八五七	八五八~八六〇	八六一~八六三
代匠記	旅人	旅人	旅人	旅人
私注	憶良	憶良	憶良	旅人
土居	旅人	大伴百代 小野大夫たち	大伴百代 小野大夫たち	女子
原田	旅人	旅人	旅人	憶良
稲岡 1968	旅人	大宰府官人	大宰府官人	旅人

稲岡 1976	旅人	大宰府官人	大宰府官人	憶良
村山	旅人	大宰府官人	大宰府官人	憶良
稲岡 1997	旅人	大宰府官人	大宰府官人	旅人

（2）神野志隆光氏「『松浦河に遊ぶ歌』追和三首の趣向」（『柿本人麻呂研究』、一九九二年四月、塙書房。初出、一九八六年八月）

（3）たとえば前掲注（1）の村山出氏「松浦河に遊ぶ序—追和三首の虚構性と作者—」など。

（4）村瀬憲夫氏「熊凝の為に志を述ぶる歌」（『万葉集を学ぶ　第四集』、一九七八年三月、有斐閣）

（5）大久保廣行氏「追和歌の創出」（『筑紫文学圏論　大伴旅人　筑紫文学圏』、笠間書院。初出、一九九三年一一月）

（6）古沢未知男氏『漢詩文引用より見た万葉集の研究』（一九六四年九月、南雲堂桜楓社）

（7）古沢未知男氏注（6）著では、「微」が「徴」となっている。

（8）斎藤英喜氏「『遊於松浦河序』の分析」（『研究と資料』七、一九八二年七月）

（9）注（2）に同じ。

（10）橋本四郎氏「帮間歌人佐伯赤麻呂と娘子の歌」（『橋本四郎論文集　万葉集編』、一九八六年一二月、角川書店。初出一九七四年一一月）

（11）本書第二章第五節の注（7）を御参照願いたい。

（12）前掲注（1）の村山出氏論文

（13）前掲注（1）の稲岡耕二氏論文

（14）注（5）に同じ。

（15）注（4）に同じ。

（16）ただし松浦ではないことにおいても神野志氏論文との差異はある。この点、以降の分析においておのずから明らかになる。

(17) 伊藤博氏「万葉歌釈義」（『萬葉集の表現と方法 下』一九七六年一〇月、塙書房。初出、「釈万葉」、一九七六年七月）

(18) 左のような歌の他、数多くの歌が、情を交わした恋の相手に今は逢えずに恋い慕い続けている状態を表わす例として、参照される。

かくばかり　戀乍不有者　高山の　岩根し巻きて　死なましものを（2・八六）

はしけやし　間近き里を　雲居にや　戀管将居　月も経なくに（4・六四〇）

ただし、万葉集中には左の歌もある。

ここにありて　春日やいづち　雨障み　出でて行かねば　戀乍曽乎流（8・一五七〇）

この歌は地名を詠み込んでいる点で当該歌と同じであり、この歌の結句は、多く、春日山を恋しく思う表現と捉えられている。しかし、この一五七〇番歌には、類句を持つ歌として、

ここにして　家やもいづち　白雲の　たなびく山を　越えて来にけり（3・二八七）

ここにありて　筑紫やいづち　白雲の　たなびく山の　方にしあるらし（4・五七四）

が挙げられている（新潮日本古典集成版『萬葉集』）。その五七四番歌は、「大宰帥大伴卿上レ京之後沙弥満誓贈レ卿歌」に対しての「大納言大伴卿和歌」であり、「筑紫」は歌を贈って来た沙弥満誓とともに過ごしたゆかりのある地である。また、二八七番歌は「家」を思っている。つまり、右の一五七〇番歌でも、「春日」は、まったくゆかりがなく行ったこともない土地ではなかろう。愛着のある土地として提示されているのであり、この一五七〇番歌を、当該八六二番歌を「留守の歌」と捉えることの例として挙げることはためらわれる。ここでは、当該八六二番歌については、前の八六一番歌に娘子たちへの思いが表わされ、次の八六三番歌に「妹ら」が明示される歌群上の位置も考え合わせ、情を交わした恋の相手に今は逢えずに恋い慕い続けている状態を表わしていると捉えるのが妥当であろう。

(19) 小島憲之氏『上代日本文學と中國文學 中』（一九六四年三月、塙書房）

(20) 辰巳正明氏「松浦河に遊ぶ序と歌」（『セミナー万葉の歌人と作品 第四巻』（二〇〇〇年五月、和泉書院）は、「男女の好色風流」という点を説き、「松浦河を舞台に男女が交情の歌を贈答するという好色風流は、何よりも『遊仙窟』が重要なテキストであった」と述べている。

(21) 前掲注（1）の原田貞義氏論文

第四章　時間と空間を方法化しての虚構の仕立て方

——大伴家持作品——

一　はじめに――家持作品における方法的〈時間〉について――

本日は、高岡市万葉歴史館開館二十周年記念行事「大伴家持研究の最前線Ⅱ」においてお話しできる機会をいただき、ありがとうございます。貴重な機会をお与え下さいました小野寛館長先生に御礼申し上げます。

「家持作品の時間と空間」と題しました。まずは、この「一　はじめに―家持作品における方法的〈時間〉について―」において、家持作品で時間が方法的に利用されている状況について確認しておきたいと思います。

その例として、次の作品を見てみましょう。

追㆓同処女《をとめ》墓歌㆒一首　并短歌

古《いにしへ》に　ありけるわざの　くすばしき　事と言ひ継ぐ　茅渟壮士《ちぬをとこ》　菟原壮士《うなひをとこ》の　うつせみの　名を争ふと　たまきはる　命も捨てて　争ひに　妻問ひしける　娘子《をとめ》らが　聞けば悲しさ　春花の　にほえ栄えて　秋の葉のにほひに照れる　あたらしき　身の盛りすら　ますらをの　言《こと》いたはしみ　父母に　申し別れて　家離《ざか》り　海辺に出で立ち　朝夕《あさよひ》に　満ち来る潮の　八重波に　なびく玉藻の　節の間も　惜《を》しき命を　露霜の　過ぎましにけれ　奥《おく》つ城《き》を　ここと定めて　後の世の　聞き継ぐ人も　いや遠に　偲ひにせよと　黄楊小櫛《つげをぐし》　然刺《しかさ》しけらし　生《お》ひてなびけり　（19・四二一一）

娘子らが　後《のち》のしるしと　黄楊小櫛　生ひ代はり生ひて　なびきけらしも　（四二一二）

右五月六日依㆑興大伴宿祢家持作之

これは家持が越中守在任中の作品です。いま皆さんがいらっしゃるこの高岡市から遥か三〇〇キロメートル以上離れた現在の神戸市に伝わる伝説を作品化したものです。

私の勤務している甲南大学がある神戸市東灘区および同市灘区には次の三つの古墳があります。東から西へ順に、

東求女塚《ひがしもとめづか》古墳（神戸市東灘区住吉宮町　阪神電鉄住吉駅よりすぐ）前方後円墳
処女塚《おとめづか》古墳（神戸市東灘区御影塚町　阪神電鉄石屋川駅よりすぐ）前方後方墳
西求女塚《にしもとめづか》古墳（神戸市灘区都通　阪神電鉄西灘駅よりすぐ）前方後方墳

となります。下の写真は私が撮影した処女塚古墳の写真です。

三つの古墳はほぼ等間隔（間隔は一、五～二㎞）に並んでおり、しかも、東側の東求女塚古墳と西側の西求女塚古墳はそれぞれ、真ん中の処女塚古墳の方を向いています。もちろん、この三つの墓に葬られたのはこの交通の要衝の地に勢力を持っていた族長達でしょう。しかし、右に述べた三つの古墳の状況は、見る者に大変興味を抱かせます。そのためでしょう。一人の若い娘子をめぐって二人の若い壮士が争ったという伝説が、この地に伝わっています。この三つの古墳は、大宰府など西国に向かう瀬戸内航路からよく見え、また、古代山陽道のすぐ近くに建っています。船の上の人々が、また、幹線道を行き交う人々が、三つの墓を眺めながらこの地の伝説を享受していたことでしょう。

なお、この伝説についてですが、廣川晶輝『死してなお求める恋心―「菟原娘子伝説」をめぐって―』（二〇〇八年五月、新典社新書）において、神戸市教育委員会に提供していただいた航空写真や出土土器の写真をふんだんに用いながら論じておりますので、詳しくは、そちらを御参照いただければ幸いです。

では、この当該家持作品の長歌四二一一番歌における時間について分析しましょう。長歌の冒頭には、

古に　ありけるわざの　くすばしき　事と言ひ継ぐ

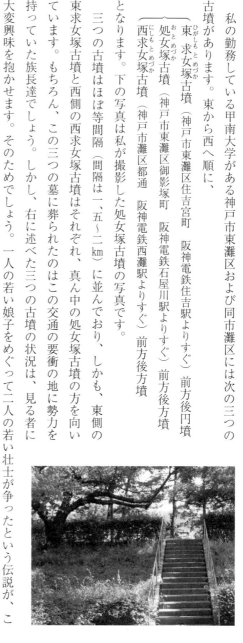

とあります。ここには、「古」の世界から現在に至るまで脈々と言い継ぎ語り継がれて来たことの言挙げがあります。また、「古」の世界から現在までの時間の流れを、現在の時点から描くという大枠の設定があると言えましょう。当該長歌では、こうした設定に基づいて、伝説内部の出来事（「古」の世界に属する）が過去形で描かれています。

妻問ひしける（過去の助動詞）

過ぎましにけれ（過去の助動詞）

然刺しけらし　※けらし＝「ける」（過去の助動詞）＋「らし」

というようにです。

そして、こうした「古」の世界の記述のすぐあとに、眼前の情景を描くというスタイルに則って、

生ひてなびけり

という現在形の表現が続いているのです。この部分を品詞分解するならば、

生ひ　て　なびけ　り（存続の助動詞）

となります。

私は、「追同處女墓歌」（『万葉歌人大伴家持―作品とその方法―』、二〇〇三年三月・五月、北海道大学大学院文学研究科・北海道大学図書刊行会。初出、一九九九年八月）という論を書きました。その論を引用しておきましょう。

作品内の時間を分析するという観点で、「然刺しけらし」と「生ひてなびけり」との間を眺めれば、そこには、伝説内部の世界から眼前の現在の情景へと、一足飛びに飛び越えている作品のありようが見出されよう。つまり、この二句の間には、時間の大きなすきまがあるのだ。

当該の長歌の中には、まさに、「時間の大きなすきま」があるのです。

一方、反歌四二一二番歌における時間の方はどうでしょうか。反歌をもう一度掲げましょう。

娘子らが　後《のち》のしるしと　黄楊小櫛　生ひ代はり生ひて　なびきけらしも（四二一二）

この「なびきけらしも」ですが、さきほど長歌でも見たように、「けらし」＝「ける」（過去の助動詞）＋「らし」です。過去形で表現されているわけです。

さて、となれば、この反歌は、長歌末尾「生ひてなびけり」の現在という時間（作品内の今）よりも時間的にさかのぼっている、ということになるわけです。

反歌の「黄楊小櫛　生ひ代はり生ひて」という表現については、次のような見解が参照されます。

「枯て又生かはり〳〵て、もとのごとくなびくとなり」（賀茂真淵『萬葉考』）

「老木になりて、枯れば、又其ノ根より、新に生ヒ出生ヒ出するをいへり」（鹿持雅澄『萬葉集古義』）

つまり、反歌の時間は、長歌の時間の大きなすきまを埋めているのです。それを図式化すれば次のようになります。

〔長歌四二一一番歌〕

奥つ城を　ここと定めて
後の世の　聞き継ぐ人も
いや遠に　偲ひにせよと
黄楊小櫛　然刺しけらし
生ひてなびけり

〔反歌四二一二番歌〕
娘子らが　後のしるしと　黄楊小櫛
生ひ代はり生ひて　なびきけらしも

また、廣川晶輝「追同處女墓歌」（前掲）では、さきほどの長歌の時間のすきまは、作者によって意図的に仕組まれ、この作品を享受する者に対して提示された「空所」であったのではないかと考えられる。反歌は、長歌が作り出したその空所を描き出し、いかにして菟原娘子の「後のしるし」が保ち続けられたのかを、この作品を享受する者にときあかす役割をおびていると言えるのではなかろうか。

と述べておいたのでした。

当該作品では、右の目的のために、時間が方法的に利用されているのです。こうした方法的な時間には、ギュメを付けて〈時間〉と表わした方がよいと思います。

ところで、こうした私の論を時間論の大家、粂川光樹氏は、その御論「大伴家持の時間（上）」（『上代日本の文学と時間』、二〇〇七年二月、笠間書院。初出、一九九三年一〇月）において、

……廣川晶輝著『万葉歌人大伴家持―作品とその方法』（二〇〇三年、北海道大学図書刊行会）には、触れておきたい。特に、その第Ⅱ部第二章第二節（五）の「長歌・反歌の時間の描き方について」で述べられている「長歌の時間のすきま」という指摘は、興味深いものに思われる。

と引用して下さいました。嬉しかったですね。

さて、このような方法的な〈時間〉が作品を形成しているありようを見れば、万葉歌人として『万葉集』に編集されている大伴家持の作品は、良い意味で「決して油断ができない」ということになりましょう。

彼の作品にはどんな方法が用いられているのか、私たちとしても、感覚を研ぎ澄まして作品に触れていかなければならないと言えましょう。

二　「教喩歌」に見る方法的〈時間〉と〈空間〉

（一）「教喩歌」

そこで、本日、取り上げますのが、次に掲げた作品です。家持によって〈時間〉と〈空間〉が方法的に利用されている様相に迫っていきましょう。御覧下さい。

教㆓喩史生尾張少咋㆒歌一首 并短歌
七出例云
但犯㆓一條㆒即合㆑出㆑之　無㆓七出㆒輙弃者徒一年半
三不去云
雖㆑犯㆓七出㆒不㆑合㆑弃㆑之　違者杖一百　唯犯姧悪疾得㆑弃㆑之
兩妻例云
有㆑妻更娶者徒一年　女家杖一百離㆑之
詔書云
愍㆓賜義夫節㆒婦
謹案　先件數條　建法之基　化道之源也　然則義夫之道　情存㆑無㆑別　一家同㆑財　豈有㆓忘㆑舊愛㆑新之
志㆒哉　所以綴㆓作數行之歌㆒令㆑悔㆓弃舊之惑㆒　其詞曰
大汝《おほなむち》　少彦名《すくなびこな》の　神代より　言ひ継ぎけらく　「父母を　見れば貴く　妻子《めこ》見れば　かなしくめぐし　うつせ
みの　世の理《ことわり》」と　かくさまに　言ひけるものを　世の人の　立つる言立《ことだ》て　ちさの花　咲ける盛りに　は

しきよし　その妻の子と　朝夕《あさよひ》に　笑みみ笑まずも　うち嘆き　語りけまくは　「とこしへに　かくしもあらめや　天地《あめつち》の　神言寄《ことよ》せて　春花の　盛りもあらむ」と　待たしけむ　時の盛りぞ　離れ居て　嘆かす妹《いも》がいつしかも　使ひの来《こ》むと　待たすらむ　心さぶしく　南風《みなみ》吹き　雪消《ゆきげ》溢《はふ》りて　射水川《いみづかは》　流る水沫《みなわ》の　寄るべなみ　左夫流《さぶる》その児に　紐の緒《を》の　いつがり合ひて　にほ鳥の　二人並び居　奈呉《なご》の海の　奥《おき》を深めて　さどはせる　君が心の　すべもすべなさ　言二佐夫流一者遊行女婦之字也（18・四一〇六）

反歌三首

あをによし　奈良にある妹が　高々《たかたか》に　待つらむ心　然《しか》にはあらじか（四一〇七）

里人《さとびと》の　見る目恥《は》づかし　左夫流児に　さどはす君が　宮出《みやで》後姿《しりぶり》（四一〇八）

紅は　うつろふものぞ　橡《つるはみ》の　なれにし衣《きぬ》に　なほ及《し》かめやも（四一〇九）

右五月十五日守大伴宿祢家持作之

先妻不レ待二夫君之喚使一自来時作歌一首

左夫流児が　斎《いつ》きし殿に　鈴掛けぬ　駅馬《はゆま》下れり　里もとどろに（四一一〇）

同月十七日大伴宿祢家持作之

この作品では、序文で法令の条文が畳み掛けられるように配置されています。一つ目の「七出例」は、「戸令」に載る夫の意志で妻を離縁できる条項です。そして、この条項に合致せずにしも離縁すれば懲役一年半と記されています。脅しているわけです。二つ目の「三不去」は、たとえ「七出例」に合致していても妻を離縁できない条項です。これに違反すれば「杖一百」、百たたきの刑が待っています。三つ目の「両妻例」は重婚を禁じる法律です（ただし「令」の条文には未見）。違反すれば懲役一年。女性も「杖一百」です。このように条文などが列挙され、妻を棄てる惑いを悔い改めさせようという目的が序文に記されています。

（二）表現について

（1）ちさの花——糟糠の妻——

いくつかの表現について確認しておきましょう。まず、

ちさの花　咲ける盛りに　はしきよし　その妻の子と……

とあるところの、「ちさの花」についてです。この「ちさの花」について、エゴノキの花とする説もあることは良く承知していますが、次の新編日本古典文学全集版『萬葉集』の記述が参照されましょう。

チサは食用になるきく科のちしゃ。夏期、黄色く目立たない小花を開く。下の「春花の盛りもあらむ」に対して、貧しいながらも未来の富栄を夢見つつ暮した結婚当初の少咋夫婦の生活状態を示す。三不去の第二項を主眼にして言う。（傍線、廣川。以下同じ）

その「戸令」（二十八、七出条）を引用しておきましょう（「令」の引用は、日本思想大系版『律令』に拠る。以下同じ）。

……妻、棄つる状有りと雖も、三の去てざること（原文：三不去）有り。一には舅姑の喪持《たす》くるに経たる。二には娶《ま》いし時に賤《いや》しくして後に貴き。三には受けし所有りて帰す所無き。……

『倭名類聚抄』には次の記述があります（十巻本『箋注倭名類聚抄』。巻九、蔬菜部、菜類、四四オ）。

苣　孟詵食経云、白苣、……知作、……寒、補㆓筋力㆒者也、

御覧のように、「蔬菜部、菜類」の記述であり、傍線部に「知作」とあるように、「ちさ」という菜があったことがわかります。余談ですが、明日香の地を歩くと、明日香村農林産物等直売所「あすか夢の楽市」（奈良県高市郡明日香村大字飛鳥一一二）に立ち寄ることができます。そこの店主さんにお聞きすると、チシャ菜はよく食べられているそうです。（注）ここは、新編日本古典文学全集版『萬葉集』が指摘するように捉えられましょう。

（2）いつがり合ひて

次に、「いつがり合ひて」について見てみましょう。「いつがる」の「い」は接頭語ですので、「いつがる」の他に「つがる」も合わせて見ていくことになります。

『万葉集』中の「つがる」の用例には、

　　抜気大首任㆓筑紫㆒時娶㆓豊前国娘子紐児㆒作歌三首

豊国《とよくに》の　香春《かはる》は我家《わぎへ》　紐《ひも》の児《こ》に　伊都我里（いつがり）居《を》れば　香春は我家（9・一七六七）

があります。題詞の「抜気大首」は読み方が定まっていませんが、筑紫に赴任した官人であることがわかります。

ところで、この歌は衝撃的な内容となっていると言えるのではないでしょうか。つまり、伊藤博氏「『家』と『旅』」（『萬葉のいのち』、一九八三年六月、塙書房。初出、一九七八年二月）を参照しても明らかなように、諸国に赴任した官人にとっての「家」とは、明日香の都や奈良の都の「家」であるはずです。そして、その「家」の中心には、都で待つ愛しい「妻」「妹」がいるのが大前提なのではないでしょうか。しかるに、この歌では、

　豊国の　香春は我家

と歌ってはばからないのです。しかも結句で繰り返しています。あまりにも能天気な男の歌です。

題詞で「娶㆓豊前国娘子紐児㆒」とあり、歌の方で「紐の児に　いつがり居れば」とあります。この「いつがる」では、男性が女性と一緒にいることを、性的な意味合いをも含めにおわせて述べている、と言えましょう。

「いつがる」「つがる」の他の例は古代には無いので、少し後代の例を見てみれば、長寛元年（一一六三）に加点された石山寺本『大唐西域記』にその用例を見出すことができます（巻第三、烏仗那国条）。

中田祝夫氏『古点本の国語学的研究　訳文篇』（一九五八年三月、大日本雄弁会講談社）の釈文を挙げましょう。

……山の嶺に龍池有（り）。……池の龍の少女《スナキムスメ》、水―濱に遊《アソ》覧ブ。忽に釋―種を見《ミ》（て）〔不得〕當《アタ》ルマジキ

コト（を）恐る。變（じ）て人の形を爲《（つ）ク》（り）……殷《ネムゴロ》ニナヌ〔勤〕。淩逼（し）て野合《トツ》ガレヌ。……釋種乃（し）心に誓《チ（か）》（て）曰（く）、凡ソ我（が）有（つ）所の、福徳（の）〔之〕力、此（の）《（ママ）》龍女を令（て）體を擧《コゾ》（て）人と成（らむ）トイフ。福力の感ずる所、龍遂《（ママ）》の形を改（めて）既に人身を得ツ。深く自（ら）慶悦す。……龍女池に還（て）父母に白（して）曰（く）、今者、遊〔スル〕―覧〔の〕シテ、忽に釋種に逢（へ）リ。福力の感（ず）る所《（とこ）ロ》、我を變（じて）人と爲ラシム。情に好（き）合《ツガリ》ヲ存（す）。敢て事の實を陳《ノ》ブ。

……

これは、御覧のように、「龍の少女」と「釋種」（釈迦族のひとりの青年）との、出会いと「結婚」がつづられている条です。傍線部を見てみましょう。「野合」とあります。「野合」とは父母の許しを得るというきちんとした手続きを踏まない正式ではない結婚を意味します。引用文の後ろから三行目に、この龍の少女が父母にこの「結婚」を報告しに行くことからも、そのことがわかりましょう。その「野合」が「トツガレヌ」と訓まれ、また、「合」が「ツガリ」と訓まれているわけです。このことから、「つがる」には、「男女がつながっている」という少々きわどい意味があることがわかります。

ここで、ふたたび、右に見た『万葉集』巻9・一七六七番歌をも考え合わせてみましょう。そうすれば、「いつがる」「つがる」という言葉において、「男女がつながっている」という意味が、古代から院政期にかけて保存されていたことに理解が届くでしょう。そして、そうした「いつがる」「つがる」が用いられて表現されている当該歌の尾張少咋についても、作品の中でどのように描かれているのかについて理解が届きましょう。従来あまり指摘されて来なかったわけですが、こうした性的な描写の存在から、相当滑稽に描かれていると言えましょう。

（3）恥づかし・宮出後姿

そのような尾張少咋の姿は、反歌四一〇八番歌において「恥づかし」「宮出後姿」と表現されています。『時代別国語大辞典 上代編』は、「はづかし」について、

自らの態度・行為を恥じる感情を表わすほかに、他の態度などを見てこちらが気がひける・見ていて当事者以外のものがきまりが悪いの意に用いることもあったらしい。

と指摘しています。また、新編日本古典文学全集版『萬葉集』は、「宮出後姿」について、

シリブリは後ろから見た有様。特に後ろ姿と限定したのは、一般庶民にとっては史生は下級ながらも国司であり、正面からはその行状を非難できず、裏から陰口する意で言ったのであろう。

と指摘しています。つまり、ここには、だらしのない尾張少咋の姿があることになり、その姿を滑稽味を出して描いていることになります。

（三）当該「作品」について

さて、個々の表現について見てきました。ここで、この講座として確認しておかなければならないことがらを二点、この（三）と次の（四）において確認しておくことにしたいと思います。

まずは、どこまでを「作品」として扱えるのか、扱うべきか、についてです。つまり、すでに挙げましたように、長歌作品（四一〇六～四一〇九番歌）とそれに連接する短歌（四一一〇番歌）とがあるわけですが、双方を無前提に関連させて論じることはしてはいけないのではないでしょうか。関連をきちんと把握したうえでの立論が求められると思います。長歌作品（四一〇六～四一〇九番歌）とそれに連接する短歌（四一一〇番歌）との関わりを図式化すれば、次のようになります。

（長歌作品
｛長歌四一〇六「離れ居て　嘆かす妹が　いつしかも　使ひの来むと　待たすらむ　心さぶしく」
｛反歌四一〇七「あをによし　奈良にある妹が　高々に　待つらむ心」
（短歌四一一〇題詞「先妻不㆑待㆓夫君之喚使㆒」

御覧のように、短歌四一一〇番歌は、長歌作品との関わりにおいて作られていることが明瞭です。つまり、テキスト自体が、長歌作品（四一〇六〜四一〇九番歌）とそれに連接する短歌（四一一〇番歌）との関連を志向していることになりましょう。

（四）律令精神に基づく教化なのか、それとも戯笑性を帯びた虚構なのか

次には、この作品が律令精神に基づく教化のための作品なのか、それとも戯笑性を帯びた虚構の作品なのか、という問題についてです。前者の代表として例えば、窪田空穂氏『萬葉集評釈』があります。窪田氏は、

史生の尾張の少咋が、国府にゐる遊行婦の左夫流といふに溺れ、故郷にゐるその妻を棄てたがやうにしてゐるのを、守としての家持が、懇切を極めた喩し方をしてゐる歌である。……家持は、奈良にゐた当時は、若い女性に取り囲まれてゐたのであるが、越中守となつた後は、その妻の坂上の大嬢を恋ふる歌は詠んでゐるが、その他には一首の恋の歌も詠まず、謹厳そのものの如くにしてゐた。多分教化といふ上から、身を以つて範を垂れようとする心があつてのことであつたらう。その点から見ると少咋は、下位の者ではあるが同じく国司の一人なので、黙視することはできないとも思つてのことであらう。

と述べています。また、土屋文明氏『萬葉集私注』は、

偶部下の史生の糟糠の妻を忘れて遊行女婦にうかれて居るのを見て、……律令精神に基いて作つた歌であると

いふことが出来よう。

と述べているわけです。

一方、後者に立つものとして、澤瀉久孝氏『萬葉集注釈』は、

「鈴掛けぬ」と云つて、「里もとどろに」とつゞけたところに、何の音沙汰もなく突然やつて来て、そのあと村中の評判になつた有様が想像されるやうに描かれてゐる。

と述べています。傍線部の指摘は重要でしょう。なぜなら、そのように描く、虚構としてそのように描く、そうした筆法に注意の目を向けているからです。また、『萬葉集全注　巻第十八』（伊藤博氏担当）は、

それにしても、妻が勝手にやって来たのは、夫の行状を知ってのことだが、いかにしてこのことを知り、いかにしてすばやく遠い道のりをやって来たのか、考えてみれば不審を極める。こんなことが都と越中とに離れている夫婦、それも史生のごとき身分の夫婦に、実際にありえたのであろうか。その間の事情に筆者は暗いのであるが、ひょっとしてこれは、少咋に対する家持のおどしで、いい気になって四一〇六～四一〇九のごとくいつがり合っているとかくのごとき目を見るという次第で詠んだものと思われてならない。つまりは家持四一一〇は、家持の歌詠上の事件と考える方が自然のように考えられる。

……その事件に家持は実際にはさしたる義憤など感じることなく、教喩ということを題材に国守の立場からの歌を詠むということ自体を楽しんだために、戯笑性と物語性とを表立てることになり、……

と述べています。

ここで、「公式令」（九、飛駅式条）を見てみましょう。

飛駅式

下式

　　勅す、其の国の司官位姓名等に。其の事云云。勅到らば奉り行へ。

　　　年　月　日　辰

　　　鈴　剋

御覧になっておわかりのように、これは公文書の書式、いわゆるフォーマットです。日本思想大系版『律令』「公式令」（九、飛駅式条）の「補注」では、

　飛駅とは、緊急事態の発生に際して、中央と在外諸司あるいは軍所との連絡のために駅を発する場合の呼称で、これによって発遣される使節の携行すべき公文書が、本条および次条に定める上式・下式の文書である。……令条には、中央から地方に対して、如何なる場合に飛駅を発すべきかについて、全く規定がない。それは、本条下式の書式が示すように、中央からの飛駅の発遣はすべて勅命によるものであったためである。中央からの飛駅は必要とあらば随時勅命により発せられ、使節は本条に則った勅符を携行する。

と述べられ、また、日本思想大系版『律令』「厩牧令」（十四、須置駅条）の補注では、

　……交通機関は駅馬と伝馬の二種があり、いずれも官人のみに使用が認められた。……

と述べられています。

　当該作品の四一一〇番歌の題詞および歌では、尾張少咋の妻が駅鈴を掛けない駅馬に乗ってやって来たことが記されているわけですが、夫の浮気は右の一つ目の傍線部にあるような「緊急事態の発生」ではありません。また、尾張少咋の妻は中央から地方へと下ってきたわけですが、二つ目の傍線部のように「勅命」を得てやって来たのでしょうか。そんなことはあり得ないでしょう。さらに、三つ目の傍線部のように、そもそも、官人のみに使用が認められていたわけです。下級国司である史生の妻が、そもそも利用できるはずもありません。このように見てくれば、「奈良の都にいる尾張少咋の妻が駅鈴を掛けない駅馬に乗ってやって来た」などということは、そもそもあり

得ないことがらであったと言えましょう。まさに、虚構であったわけです。また、そもそも、駅馬が鈴を掛けて行くことは令の規定にあるわけでして、「鈴掛けぬ駅馬」が虚構であることは、律令体制に則る国家官人には、はなから承知のことがらであったでしょう。

四一一〇番歌の「斎く」は、神や天皇に畏れ多い気持ちを抱き敬意を払ってお仕えする意味であり、「殿」は御殿の意味です。下級国司である史生の家に対してはきわめてオーバーな表現であり、滑稽味を伴なう表現となっているわけですが、「虚構」と理解すれば、こうした表現の質にも理解が届くでしょう。

さてここで、本日の講座の重要な問題設定をしておきたいと思います。この作品が虚構に拠ることを指摘するのはある意味当然であり、そう指摘するだけでは不十分なのではないでしょうか。この作品を読み解いていくうえでの肝要な問題は、古代の貴族官人の誰でもわかるこの虚構が、どのように仕立てられているかにあるのです。問題は、その仕立て方をどう理解するかにあるのです。本日の講座のキーワードは、ずばり、この「虚構の仕立て方」です。

（五）虚構の仕立て方

（1）「駅馬」をめぐって

では、右の問題設定に基づいて、どのように虚構が仕立てられているかについて、分析を加えていきましょう。まずは、「駅馬」をめぐって、その駅制の成立について確認しておきましょう。

①駅制の成立について

参照すべきは、古代の交通の研究に大きな足跡を残された坂本太郎氏の指摘です。坂本太郎氏「古代日本の交通」（『古代の駅と道　坂本太郎著作集第八巻』、一九八九年五月、吉川弘文館。初出、『古代日本の交通』、一九五五年一二月、弘文堂）は、

今日、汽車の停車場を駅という。明治時代にはステーションというような英語が広く行われたが、いまは例外

> なく駅という。ところがよく考えれば、蒸汽や電気で走る汽車・電車のとまる所を馬へんで現すわけであり、字としては見当ちがいといわねばならぬ。これは全くこの大化改新以来律令国家で採用した駅制で、交通機関としての馬を駅馬といい、その継替をした宿場を駅と称したことの伝統を引いたものである以外の何ものでもない。

とわかりやすい喩えを用いて説明しています。その文中にある『日本書紀』（大化二年春正月、「改新の詔」）の記述を見てみましょう（『日本書紀』の引用は新編日本古典文学全集版『日本書紀』に拠る。以下同じ）。

> 其の二に曰はく、初めて京師を修め、畿内国の司・郡司・関塞・斥候・防人・駅馬・伝馬を置き、及鈴契を造り、山河を定めよ。……凡そ駅馬・伝馬給ふことは、皆鈴・伝符の剋数に依れ。凡そ諸国と関には、鈴契を給ふ。

また、坂本太郎氏「上代駅制の研究」（『古代の駅と道 坂本太郎著作集 第八巻』、一九八九年五月、吉川弘文館。初出、『上代駅制の研究』、一九二八年五月、至文堂）は、右に挙げた『日本書紀』の前半の記事に対して、

> 本邦駅制の創設を示した確実なる文献である。誠に、駅制は、かの大化の改新に当つて、その他の新制度と共に初めて、我が国に設定せられたのであつた。

と述べています。坂本氏は、その後に刊行された「古代日本の交通」（前掲）において、

> ……もちろん駅制を始めたといっても、直に全国に駅がおかれ、駅馬がすみずみまで走ったと考えることはできない。その実施にはなお多くの年月を要したであろうが、ただそうした方針の採用の決定があったというのである。改新後二十余年の壬申の乱の時に隠《なばり》駅家（名張）とか伊賀駅家とかいう駅の存在していたことが知られるが、これは年月の関係がちょうどよいのである。

と慎重な姿勢で臨んでいます。当該作品を分析する本講座としては、坂本氏も指摘し、そして、よく取り上げられ

る『日本書紀』（天武天皇元年六月）の壬申の乱の折の記事を確認しておきましょう。

……天皇、……駅鈴を乞はしめたまふ。……復奏して曰さく、「鈴を得ず」とまをす。……夜半に及《いた》りて隠《なばりの》郡《こほり》に到り、隠駅家を焚《や》く。……即ち急《いそぎ》行《すす》みて伊賀郡に到り、伊賀駅家を焚く。……

この記事により、壬申の乱の当時、すでに駅制が敷かれていたことを辿れるわけです。

また、『万葉集』には、「はゆま（ぢ）」の用例として、当該歌以外に、

驛路（はゆまぢ）に　引き舟渡し　直《ただ》乗りに　妹は心に　乗りにけるかも（11・二七四九）

鈴が音《ね》の　波由馬宇馬夜（はゆまうまや）の　堤井の　水を飲《たま》へな　妹が直手《ただて》よ（14・三四三九）

があります。これらの用例によっても、当該作品が作られた天平感宝元年（七四九）当時には、律令制により駅制が敷かれ、幹線道には駅が存在していたことが明瞭です。

さらに、「厩牧令」（十四、須置駅条）を見てみましょう。

凡そ諸道に駅置くべくは、卅里毎に一駅を置け。若し地勢阻《へだた》り険《さが》しからむ、及び水草無からむ処は、便に随ひて安置せよ。里の数を限らず。

この「卅里」は約十六キロメートルであること、日本思想大系版『律令』の頭注に記されています。

つまり、約十六キロメートルをそれぞれの駅の間の距離の基本として、古代駅制は敷かれ、古代の幹線道に駅が置かれていたことがわかるのです。

②亘理駅―当該作品で駅馬が歌われていることについて―

ところで、当該作品では、四一一〇番歌において駅馬が歌われます。このことについて参照したいのが、小林健太郎氏「越中国　亘理駅」（藤岡謙二郎氏編『古代日本の交通路Ⅱ』、一九七八年六月、大明堂）です。小林氏は、

この歌（四一一〇番歌のこと。廣川注）によって、亘理駅が越中国府にきわめて近接した位置、すなわち射水川の左岸に位置していたことが知られる。また、亘理湊から積み出される物資は、その多くが一旦国府の官倉に集積されたものであったから、亘理湊の主要施設もまた射水川の左岸に立地していたであろう。すなわち、段丘上の国府と射水川河口左岸の駅家および湊が一体となって、古代越中の中心地区を形成していたのである。

と述べています。藤岡謙二郎氏「国府の地理的位置と地形に関する研究」（『都市と交通路の歴史地理学的研究―わが国律令時代における地方都市及び交通路の歴史地理学的研究の一試論―』、一九六〇年六月、大明堂）も亘理駅を射水川左岸に比定しています。また、千田稔氏「国津と国府津（その二）」（『埋れた港』、一九七四年五月、学生社）も同様に亘理湊（および亘理駅）を射水川左岸に比定しています。つまり、当該作品で駅馬が歌われることは十分にあり得た、そして、虚構の材料として使われた、ということになります。問題は、繰り返し申し上げますが、「虚構の仕立て方」にあります。その方法をどう見定めるかにあるわけです。

（2）日付の設定

さて、では、いよいよその「虚構の仕立て方」の問題に分け入って行きましょう。まず、問題としたいのは、「日付の設定」です。

まず参照されるのは、奥村和美氏「家持歌の日付について」（『国語国文』六〇―一一、一九九一年一一月）です。奥村氏の論文は、「安積皇子挽歌」（巻3・四七五〜四八〇番歌）の日付について論じています。「安積皇子挽歌」では、題詞に「十六年甲申春二月安積皇子薨之時内舎人大伴宿祢家持作歌六首」とあり、四七五〜四七七番歌の左注には「右三首二月三日作歌」、四七八〜四八〇番歌の左注には「右三首三月廿四日作歌」というように日付が付けられています。奥村氏は、この日付の表現効果について、これらの日付（「安積皇子挽歌」の日付のこと。廣川注）は、挽歌の連作的構成の上で、二つ連続することによって「いや日異《ひけ》に　変《かは》らふ見れば　悲しきろかも」（四七八）や「あり通《がよ》ひ見《め》しし活道《いくぢ》の路は荒れにけり」（四七九）と詠む時間の推移を客観的に跡づけており、それまでの散発的に歌の場をあらわしていただけの日時記録とは性格を異にする。忌日を起点にした時の推移を示すことを通じて、日付は、作品世界の形成に積極的な要因として関与しだしているのである。

と指摘しています。きわめて貴重な指摘であると言えましょう。

また、鉄野昌弘氏「大伴家持論（前期）―「歌日誌」の編纂を中心に―」（『大伴家持「歌日誌」論考』、二〇〇七年一月、塙書房。初出、二〇〇二年五月）は、

家持作歌の多くは、題詞・左注に固有の日付（場合によっては時間帯まで）を伴って存在する。しかも、……その題詞・左注は、作品の内容と深く関わる、と言うより、むしろ作品の一部である。

と指摘しています。こちらも貴重な指摘です。

こうした奥村氏・鉄野氏の指摘を、当該作品のあり方にも向けてみましょう。当該作品のうちの長歌作品に付けられた左注の日付と、短歌に付けられた左注の日付は、次に示すとおりです。

長歌作品の左注　「右五月十五日守大伴宿祢家持作之」
四一一〇番歌の左注　「同月十七日大伴宿祢家持作之」　｝二日間

御覧のように、その間、二日間です。

ここで、「公式令」（四十二、給駅伝馬条）を見てみましょう。

凡そ駅伝馬《やくでんめ》給はむことは、皆鈴、伝符、剋の数に依れ。〔事速《すみやか》ならば、一日十駅以上。事緩《ゆる》くは八駅。還らむ日に事緩くは、六駅以下。〕……

とあります。傍線部のように一日十駅以上を飛ばして走ることができるわけです。そして、さらに参照したいのが、『国史大辞典　第二巻』（吉川弘文館）の「古代駅配置図」です。これは、『延喜式』の記述に依拠したものであり平安京を起点としていますが、古代奈良朝の駅制ついても十分に参照されます。平城京からは、

穴多─和爾─三尾─鞆結─松原─鹿蒜─淑羅─丹生─朝津─足羽─阿味─三尾─朝倉─潮津─安宅─比楽─田上─深見─坂本─川合─曰（亘）理

というように、二十一駅ほどで越中国府の近くにあった「亘理駅」へとつながります。つまり、さきほどの二つの左注の間の二日間があれば、到着できるのです。「五月十五日」「同月十七日」という日付はこのために設定されたのでしょう。律令体制に則り、令に熟知している国家官人にとって、ここには、「虚構上のリアリティ」があります。

（3）虚構上のリアリティ

この「虚構上のリアリティ」を見定めるために、比較参照したいのが、次の歌々です。

龍《たつ》の馬《ま》も　今も得てしか　あをによし　奈良の都に　行《ゆ》きて来《こ》むため（5・八〇六、大伴旅人「歌詞両首」）

龍の馬を　吾《あ》れは求めむ　あをによし　奈良の都に　来む人のたに（5・八〇八、「答歌」）

君が行く　道の長手を　繰《く》り畳《たた》ね　焼き滅ぼさむ　天《あめ》の火もがも（15・三七二四）

一首目と二首目は大宰府にいる大伴旅人と奈良の都にいる或る人物との間の歌です。この二首では、「龍の馬」が求められています。がっしりとした体に羽が生えているいわばペガサスの「龍の馬」は、決して求められるものではありません。そのペガサスに乗り大宰府から奈良の都に行ってそしてまた大宰府に帰って来る、などということは、あまりにも荒唐無稽であり、リアリティはありません。また、三首目は、巻十五に載る中臣宅守と佐野弟上娘

子との贈答歌群のうちの娘子の一首です。愛しい夫である中臣宅守が越の国に流されて行くその道を手繰り寄せて畳んでそれを焼いてしまえるそんな天の火なんて、こちらにもリアリティのかけらもありません。

これらの三首の中にも、当該作品と同様に、茫漠と広がる空間があります。その空間を一気に飛び越え、一気に圧縮する要素もあるわけですが、その〈空間の圧縮〉は絵空事のようであり、荒唐無稽であり、リアリティのかけらもありません。それに対して、当該作品はどうでしょうか。虚構においても、求められるべきリアリティを追究した、と言えましょう。

（4）空間の圧縮

さて、ここで、当該作品における妻の描かれ方に注目してみたいと思います。

……離れ居て　嘆かす妹が　いつしかも　使ひの来むと　待たすらむ　心さぶしく……（長歌四一〇六番歌）
あをによし　奈良にある妹が　高々に　待つらむ心　然にはあらじか（反歌四一〇七番歌）

というように、二度、現在視界外推量の「らむ」が用いられています。

また、反歌四一〇七番歌には「高々に」という表現があります。その「高々に」の『万葉集』中の用例には、次のような歌があります。

石上《いそのかみ》　布留《ふる》の高橋　高〻尒　妹が待つらむ　夜ぞ更けにける（12・二九九七）
母父《おもちち》も　妻も子どもも　高〻丹　来むと待つらむ　人の悲しさ（13・三三四〇）
はしけやし　妻も子どもも　多可多加尒　待つらむ君や　島隠《しまがく》れぬる（15・三六九二）

これらの歌では、かかとを上げて少しでも遠くを見られるようにして、ひたすらに待っている姿が、現在視界外推量の「らむ」を伴なって表現されています。

さきほど見たように、当該作品では現在視界外推量の「らむ」が二度も用いられています。ことさらに現在視界外推量「らむ」が用いられることで、今まさに遠く離れた奈良の都でひたすらに待っているであろうその妻の姿が、造形されるのです。そして、この表現効果でもう一つ指摘しておくべきは、当該作品内において〈妻は都に居る〉、奈良の都と越中との間の〈空間〉が内在している・横たわっているということが、強調される、ということです。

ところが、この長歌作品に連接する短歌四一一〇番歌においては、

先妻不レ待二夫君之喚使一自来時作歌一首

左夫流児が　斎《いつ》きし殿に　鈴掛けぬ　駅馬《はゆま》下れり　里もとどろに（四一一〇）

とあるように、「駅馬」に乗った妻が越中まで駆けて来たと歌われています。長歌作品に内在する空間が、短歌四一一〇番歌が連接されることにより、一気に圧縮されるわけです。当時の最速の交通手段「駅馬」が歌われることによる作品上の表現効果をここに見出せましょう。私は特急サンダーバード号に乗り、三〇〇キロメートルを三時間一〇分で駆けて来ました。尾張少咋の妻は当時の最速の交通手段「駅馬」に乗って、三〇〇キロメートルをたったの二日間で駆けて来たのです。もちろん虚構であり、作品の中で、そう仕立てられているわけです。

最後に、反歌四一〇七番歌の表現に目を向けましょう。

あをによし　奈良にある妹が　高々に　待つらむ心　然にはあらじか

と、「奈良にある」と表現されています。当該作品には、虚構を虚構として仕立てるためのさまざまな布置・仕掛けがありました。となると、右の「奈良にある妹」にも油断ができないのではないでしょうか。卑近な例ですが、推理小説を思い起こしていただきたいと思います。犯人が、その時そこにいたことをことさらに強調してアリバイ作りをする、そのような記述に出くわしたことがあると存じます。テレビなどの「名探偵」物でも同様でしょう。

つまり、当該作品の長歌と反歌の方では、尾張少咋の妻が奈良の都に居ることをことさらに強調しておいて、そ

の後、四一一〇番歌で、当時の最速の交通手段で妻が一足飛びに越中にやって来て空間が一気に圧縮されるのです。そうした演出のために、あらかじめ奈良の都と越中との間の〈空間〉が作品内に構築されているのです。

三　まとめ

長歌作品とそれに連接する短歌によって形成される当該作品「教喩歌」においては、長歌作品に内在する空間が、短歌が連接されることによって一気に圧縮されるという様相を見出すことができます。そして、この圧縮には、長歌作品・短歌それぞれに付けられた日付が、機能しているのです。

以上、『万葉集』の中に編集されている大伴家持の作品における、〈時間〉と〈空間〉を方法化して利用しているありようを見定めて、まとめとしたいと思います。本日の講座で、皆様に「おみやげ」としてお持ち帰りいただくキーワードは「虚構の仕立て方」でした。皆様、ありがとうございました。

注　当秋季セミナーにて、チシャ菜の話をしていた時、会場の最前列の席にお座りの女性が、「高岡市でもチシャ菜をよく食べます」と教えて下さいました。会場からのお心温かな反応に心より感謝いたします。

収録論文覚書

第一章　本書の目的と視座

「山上憶良と大伴旅人の作品を論じるための序説」（『甲南大學紀要　文学編』第一六五号、二〇一五年三月）

第二章　山上憶良作品に見られる趣向・構成

第一節　日本挽歌

「山上憶良の漢文・漢詩・歌「日本挽歌」の論―「亡妻挽歌」の〈系譜〉上の作品として―」（『高岡市万葉歴史館紀要』第一七号、二〇〇七年三月）

「山上憶良作漢文中の「再見」小考」（『甲南大學紀要　文学編　日本語日本文学特集』第一四八号、二〇〇七年三月）

第二節　令反或情歌

「山上憶良「令反或情歌」について」（『美夫君志』（美夫君志会）第七五号、二〇〇七年一一月）

補説

「畏俗先生」について

第三節　思子等歌

「山上憶良「令反或情歌」の「畏俗先生」について」（『甲南大學紀要　文学編　日本語日本文学特集』第一五三号、二〇〇八三月）

補説
「山上憶良「子等を思ふ歌」について」（『甲南大學紀要 文学編』第一六四号、二〇一四年三月）
「瓜食めば子ども思ほゆ　栗食めばまして偲はゆ」について
「山上憶良「思子等歌」の「瓜食めば子ども思ほゆ　栗食めばまして偲はゆ」について」（『甲南大學紀要 文学編 日本語日本文学特集』第一五八号、二〇〇九年三月）
第四節　哀世間難住歌
第一項　題詞の「哀」について
「山上憶良「哀世間難住歌」の題詞の「哀」について」（『美夫君志』（美夫君志会）第八一号、二〇一〇年一二月）
第二項　序文の「賞樂」をめぐって
「山上憶良「哀世間難住歌」の序文の「賞樂」をめぐって」（『国語と国文学』（東京大学国語国文学会）第八七巻一一号、二〇一〇年一一月）
第三項　序文と長歌との関連を中心に
「山上憶良「哀世間難住歌」について―序文と長歌との関連を中心に―」（『甲南大學紀要 文学編』第一六〇号、二〇一〇年三月）
第五節　「サヨヒメ物語」の〈創出〉
「「サヨヒメ物語」の〈創出〉―筑紫文学圏の営為―」（『上代文学』（上代文学会）第九〇号、二〇〇三年四月）
第六節　熊凝哀悼歌
「山上憶良「熊凝哀悼歌」」（『古代文学論集―村山出先生御退休記念―』（万葉集研究会）、二〇〇五年三月）
第七節　貧窮問答歌

「山上憶良「貧窮問答歌」について」（『萬葉語文研究　第7集』（萬葉語学文学研究会）、二〇一一年九月、和泉書院）

第三章　大伴旅人作品に見られる趣向・構成

第一節　歌詞両首

「大伴旅人「歌詞両首」について」（『国語国文研究』（北海道大学国語国文学会）第一三六号、二〇〇九年七月）

第二節　日本琴の歌

「大伴旅人「日本琴の歌」の〈趣向〉について―冒頭部分を中心として―」（『甲南大學紀要　文学編』第一六三号、二〇一三年三月）

第三節　「松浦河に遊ぶ歌」の〈仕掛け〉

「「松浦河に遊ぶ歌」の〈仕掛け〉―筑紫文学圏の営為―」（『北海道大学文学研究科紀要』第一一〇号、二〇〇三年七月）

第四章　時間と空間を方法化しての虚構の仕立て方―大伴家持作品―

「家持作品の時間と空間」（『高岡市萬葉歴史館叢書23　大伴家持研究の最前線』（高岡市万葉歴史館）、二〇一一年三月）

引用文献一覧

凡例

一、掲出を、研究論文と研究書に限った。
一、著者の五十音順に配列し、同一の著者に複数の論文・著書のある場合は、初出の年月順とした。
一、『周易』『毛詩』『論語』『周礼』『礼記』『文選』『芸文類聚』『初学記』『北堂書鈔』など、漢籍は割愛した。
一、『文選』などの漢籍の日本における注釈書も割愛した。
一、『増壱阿含経』『佛本行集経』『大智度論』『方廣大荘嚴経』など、仏典は割愛した。
一、『説文解字』『篆隷万象名義』『新撰字鏡』『類聚名義抄』『倭名類聚抄』など、古辞書・古字書は割愛した。
一、『万葉集』のテクスト、『万葉集』の注釈書は割愛した。
一、『古事記』『日本書紀』『懐風藻』『続日本紀』、律令などは割愛した。
一、『大日本古文書』など、資料となる工具書の類は割愛した。
一、「大正新脩大藏經テキストデータベース」(http://www.l.u-tokyo.ac.jp/~sat/japan/)などの情報も割愛した。

あ　行

青木和夫氏『奈良の都』(日本の歴史 三、一九六五年四月、中央公論社)
青木周平氏「目頬子と大葉子」(『古代文学の歌と説話』、二〇〇〇年一〇月、若草書房。初出、一九九八年三月)
青木生子氏「山上憶良の芸術性―その評価をめぐって」(『青木生子著作集　第一巻　日本抒情詩論』、一九九七年一二月、お

うふう。初出、「憶良の芸術性―その評価をめぐって」、一九五七年一月）
青木生子氏「山上憶良の歌における『死』」（『青木生子著作集　第四巻　萬葉挽歌論』、一九九八年四月、おうふう。初出、「憶良の歌における『死』―その用法と意味―」、一九六九年一二月）
青木生子氏「亡妻挽歌の系譜―その創作的虚構性―」（『萬葉挽歌論』、一九八四年三月、塙書房。初出、一九七一年一月）
アリストテレース『詩学』（松本仁助氏・岡道男氏訳、岩波文庫版『アリストテレース詩学・ホラーティウス詩論』、一九九七年一月、岩波書店）
五十嵐力氏『国歌の胎生及び発達』（一九四八年一二月、改造社。初出、一九二四年八月）
石井純子氏「『後人追和歌』考」（『国文目白』一八、一九七九年二月）
石田茂作氏「奈良朝現在一切経疏目録」（『写経より見たる奈良朝仏教の研究』、一九三〇年五月、東洋文庫）
石母田正氏『日本古代国家論　第一部』（一九七三年五月、岩波書店）
伊藤　益氏「非在の構図―『萬葉集』巻十九、四二九二の論―」（『淑徳大学研究紀要』二八、一九九四年三月）
伊藤　博氏「学士の歌」（『萬葉集の歌人と作品　下　古代和歌史研究4』、一九七五年七月、塙書房。初出、一九六九年三月）
伊藤　博氏「貧窮問答歌の成立」（『萬葉集の歌人と作品　下　古代和歌史研究4』、一九七五年七月、塙書房。初出、一九六九年九月）
伊藤　博氏「憶良歌巻から万葉集巻五へ」（『萬葉集の構造と成立　上』、一九七四年九月、塙書房。初出、一九七一年六月）
伊藤　博氏「万葉歌釈義」（『萬葉集の表現と方法　下』、一九七六年一〇月、塙書房。初出、「釈万葉」、一九七六年七月）
伊藤　博氏「家と旅」（『萬葉のいのち』、一九八三年六月、塙書房）
伊藤　博氏「万葉集のなりたち」（『萬葉集釈注十二』、一九九九年三月、集英社）
乾　善彦氏「子等を思ふ歌」（『セミナー万葉の歌人と作品　第五巻　大伴旅人・山上憶良（二）』、二〇〇〇年九月、和泉書院）
稲岡耕二氏「巻五の論」（『萬葉表記論』、一九七六年一一月、塙書房。この「巻五の論」の端書に、初出は『国語と国文学』一九六〇年六月号・七月号の「万葉集巻五の音仮名に就いて」であること、書き改めて著書『萬葉表記論』に収めたことが記されている）

稲岡耕二氏「大伴旅人・山上憶良」（『講座日本文学２　上代篇Ⅱ』、一九六八年一一月）
稲岡耕二氏「志貴親王挽歌の『短歌』について―金村の構成意識―」（『萬葉集研究　第十四集』、一九八六年八月、塙書房）
稲岡耕二氏「松浦河仙媛譚の形成・追攷」（『説話論集　第六集』、一九九七年四月、清文堂）
井村哲夫氏「思子等歌の論」（『憶良と虫麻呂』、一九七三年四月、桜楓社。初出、一九六一年一〇月・一九六三年七月）
井村哲夫氏「若い虫麻呂像」（『憶良と虫麻呂』、一九七三年四月、桜楓社。初出、一九六六年七月）
井村哲夫氏「令反或情歌と哀世間難住歌」（『憶良と虫麻呂』、一九七三年四月、桜楓社。初出、「憶良『令反或情歌』と『哀世間難住歌』」、一九六八年一二月）
井村哲夫氏「松浦の虚構―仙女と佐用姫と―」（『万葉集物語』、一九七七年六月、有斐閣）
植垣節也氏「貧窮問答歌の一解釈」（『国語教育相談室』（光村図書出版）一六二、一九七三年六月）
植垣節也氏「山上憶良―領巾振り伝説歌の表現を通して―」（『論集　万葉集』、一九八七年一二月、笠間書院）
內田賢德氏「『見る・見ゆ』と『思ふ・思ほゆ』―『萬葉集』におけるその相関―」（『萬葉』一一五、一九八三年一〇月）
內田賢德氏「動詞シノフの用法と訓詁」（『上代日本語表現と訓詁』、二〇〇五年九月、塙書房。初出、「上代語シノフの意味と用法」、一九九〇年二月）
內田賢德氏「孝徳紀挽歌二首の構成と発想―庾信詩との関連を中心に―」（『萬葉』一三八、一九九一年三月）
內田賢德氏「助動詞ラシの方法」（『記紀萬葉論叢』、一九九二年五月、塙書房）
內田賢德氏「大伴熊凝哀悼歌」（『セミナー万葉の歌人と作品　第五巻』、二〇〇〇年九月、和泉書院）
大浦誠士氏「初期万葉の作者異伝をめぐって」（『万葉集の様式と表現　伝達可能な造形としての〈心〉』、二〇〇八年六月、笠間書院。初出、二〇〇四年四月、塙書房）
大浦誠士氏「山上憶良『思子等歌』の構造と主題」（『萬葉集研究　第三十二集』、二〇一一年一〇月、塙書房）
大久保廣行氏「領巾麾の嶺歌群の形成」（『筑紫文学圏論　大伴旅人　筑紫文学圏』、一九九八年二月、笠間書院。初出、一九七九年三月）
大久保廣行氏「追和歌の創出」（『筑紫文学圏論　大伴旅人　筑紫文学圏』、一九九八年二月、笠間書院。初出、一九九三年一一月）
大久保廣行氏「熊凝哀悼歌群」（『筑紫文学圏論　山上憶良』、一九九七年三月、笠間書院。初出、「熊凝哀悼歌群の形成」、一

九九四年六月）
大久保廣行氏『筑紫文学圏論　山上憶良』（一九九七年三月、笠間書院）
大久保廣行氏『筑紫文学圏論　大伴旅人　筑紫文学圏』（一九九八年二月、笠間書院）
大久保廣行氏「世間の住み難きことを哀しぶる歌」（『セミナー万葉の歌人と作品　第五巻　大伴旅人・山上憶良（二）』、二〇〇〇年九月、和泉書院）
大久保廣行氏「筑紫文学圏の世界—その集団性を中心に—」（『上代文学』八七、二〇〇一年一一月）
大坪併治氏『訓点語の研究』（一九六一年三月、風間書房）
大野　晋氏「さびしい」（『日本語の年輪』、一九六六年五月、新潮文庫）
岡内弘子氏「『命』考—萬葉集を中心に—」（『萬葉』一一〇、一九八二年六月）
岡田正之氏『日本漢文学史』（一九二九年九月、共立社書店）
奥村和美氏「家持歌の日付について」（『国語国文』六〇—一一、一九九一年一一月）
小野機太郎氏「上代文学と漢文学」（『上代日本文学講座　第二巻　特殊研究篇上』、一九三三年一二月、春陽堂）
小野　寛氏「万葉集追和歌覚書—大宰の時の梅花に追和する新しき歌六首の論の続編として—」（『論集上代文学　第十八冊』、一九九〇年一〇月、笠間書院）
小尾郊一氏「謝霊運と自然」（『漢文学紀要』五、一九五〇年六月）
小尾郊一氏「山水をうたう詩」（『中国文学に現われた自然と自然観』、一九六二年一一月、岩波書店）

か　行

柿村重松氏『本朝文粋註釈　下』（一九二二年四月初版発行、一九六八年九月新修版発行。冨山房）
梶川信行氏「日本琴の周辺—大伴旅人序説—」（『美夫君志』三二、一九八六年四月）
亀井　孝氏「憶良の貧窮問答のうたの訓ふたつ」（『萬葉』四、一九五二年七月）
菊川恵三氏「作品と歌人」（『別冊国文学　［必携］万葉集を読むための基礎百科』、二〇〇二年一一月、学燈社）
菊池英夫氏「山上憶良と敦煌遺書」（『国文学　解釈と教材の研究』一九八三年五月号）

岸　俊男氏「律令制の社会機構」（『日本古代籍帳の研究』、一九七三年五月、塙書房。初出、「古代後期の社会機構」、一九五二年九月）
木下正俊氏「『返』の仮名から」（『国語国文』三六―八、一九六七年八月）
金田一春彦氏「国語アクセント史の研究が何に役立つか」（『金田一博士古稀記念言語・民俗論叢』、一九五三年五月、三省堂出版）
金田一春彦氏「去声点ではじまる語彙について―本誌第90集所載の望月郁子氏の論文を読んで―」（『国語学』九三、一九七三年六月）
粂川光樹氏「大伴家持の時間（上）」（『上代日本の文学と時間』、二〇〇七年二月、笠間書院。初出、一九九三年一〇月）
高　潤生氏「貧窮問答歌」（『セミナー万葉の歌人と作品　第五巻　大伴旅人・山上憶良（二）』、二〇〇〇年九月、和泉書院）
神野志隆光氏「『松浦河に遊ぶ歌』追和三首の趣向」（『柿本人麻呂研究』、一九九二年四月、塙書房。初出、一九八六年八月）
神野志隆光氏の発言部分（内田賢徳氏・神野志隆光氏・坂本信幸氏・毛利正守氏「座談会　萬葉学の現況と課題―『セミナー万葉の歌人と作品』完結を記念して―」、『萬葉語文研究　第2集』、二〇〇六年三月、和泉書院）
神野志隆光氏『万葉集をどう読むか―歌の「発見」と漢字世界』（二〇一三年九月、東京大学出版会）
神戸市外国語大学外国学研究所『正倉院本王勃詩序の研究Ⅰ』（一九九五年三月）
小島憲之氏「万葉集と中国文学との交流」（『万葉集大成　第七巻　様式研究　比較文学篇』、一九五四年一〇月、平凡社）
小島憲之氏「貧窮問答歌の素材」（『上代日本文學と中國文學　中―出典論を中心とする比較文學的考察―』、一九六四年三月、塙書房。初出、「出典問題をめぐる貧窮問答歌」、一九六〇年一月）
小島憲之氏「出典の問題」（『上代日本文學と中國文學　上　―出典論を中心とする比較文學的考察―』、一九六二年九月、塙書房）
小島憲之氏「日本書紀と中国史書」（『上代日本文學と中國文學　上―出典論を中心とする比較文學的考察―』、一九六二年九月、塙書房）
小島憲之氏「日本書紀の述作」『上代日本文學と中國文學　上―出典論を中心とする比較文學的考察―』、一九六二年九月、塙書房）

小島憲之氏『上代日本文學と中國文學　中―出典論を中心とする比較文學的考察―』（一九六四年三月、塙書房）
小島憲之氏「山上憶良の述作」（『上代日本文學と中國文學　中―出典論を中心とする比較文學的考察―』、一九六四年三月、塙書房）
小島憲之氏「遊仙窟の投げた影」（『上代日本文學と中國文學　中―出典論を中心とする比較文學的考察―』、一九六四年三月、塙書房）
小島憲之氏『上代日本文學と中國文學　下―出典論を中心とする比較文學的考察―』（一九六五年三月、塙書房）
小島憲之氏「上代に於ける詩歌の表現」（『國風暗黒時代の文學　上―序論としての上代文學―』（一九六八年一二月、塙書房）
小島憲之氏「大伴淡等謹状」（『萬葉』七四、一九七〇年一〇月）
小島憲之氏『漢語逍遙』（一九九八年三月、岩波書店）
小林健太郎氏「越中国　亘理駅」（藤岡謙二郎氏編『古代日本の交通路Ⅱ』、一九七八年六月、大明堂）
駒木　敏氏「万葉歌における人名表現の傾向」（『和歌の生成と機構』、一九九九年三月、和泉書院。初出、一九九四年六月）
五味保義氏『万葉集作家の系列』（一九五二年四月、弘文堂）

さ　行

斎藤英喜氏「『遊於松浦河序』の分析」（『研究と資料』七、一九八二年七月）
佐伯梅友氏「可可良波志考」（『萬葉語研究』、一九六三年四月、有朋堂。初出、一九三〇年一〇月）
坂本太郎氏「上代駅制の研究」（『古代の駅と道　坂本太郎著作集　第八巻』、一九八九年五月、吉川弘文館。初出、『上代駅制の研究』、一九二八年五月、至文堂）
坂本太郎氏「古代日本の交通」（『古代の駅と道　坂本太郎著作集　第八巻』、一九八九年五月、吉川弘文館。初出、『古代日本の交通』、一九五五年一二月、弘文堂）
佐竹昭広氏「『火氣』・『如』の訓など」（『萬葉』一二、一九五四年七月）

ジェラール・ジュネット氏『物語の詩学 続・物語のディスクール』（一九八三年。和泉涼一氏・神郡悦子氏訳、一九八五年一二月、書肆風の薔薇）
清水克彦氏「『憶良作品攷』続貂」（『萬葉論序説』、一九六〇年一月、青木書店。初出、一九五七年一月）
杉本一樹氏「戸籍制度と家族」（『日本の古代 第11巻 ウヂとイエ』、一九八七年八月、中央公論社）
杉山　宏氏「遣唐使船の航路について」（『日本海事史の諸問題 対外関係編』、一九九五年五月、文献出版）
関根真隆氏『奈良朝食生活の研究』（一九六九年七月、吉川弘文館）
千田　稔氏「国津と国府津（その二）」（『埋れた港』、一九七四年五月、学生社）

た行

高木市之助氏「二つの生」（『吉野の鮎』、一九四一年九月、岩波書店）
高木市之助氏「万葉の美しさ」（『萬葉集大成 第二十巻 美論篇』、一九五五年八月、平凡社）
高木市之助氏「孤語」（『文学・語学』二、一九五六年一二月）
高木市之助氏『大伴旅人・山上憶良』（日本詩人選4、一九七二年六月、筑摩書房）
高木市之助氏『貧窮問答歌の論』（一九七四年三月、岩波書店）
高崎正秀氏「大伴旅人」（『日本歌人講座 一』、一九六一年七月、弘文堂）
田中塊堂氏『古写経綜鑒』（一九四二年九月、鵤故郷舎出版部）
田中塊堂氏『日本写経綜鑒』（一九五三年八月、三明社）
田中塊堂氏編『日本古写経現存目録』（一九七三年七月、思文閣）
辰巳正明氏「美景と賞心」（『万葉集と中国文学 第二』、一九九三年五月、笠間書院。初出、「美景と賞心―額田王から家持へ」、一九八九年二月）
辰巳正明氏「王梵志の文学と山上憶良」（『万葉集と中国文学 第二』、一九九三年五月、笠間書院）
辰巳正明氏「松浦河に遊ぶ序と歌」（『セミナー万葉の歌人と作品 第四巻』、二〇〇〇年五月、和泉書院）
築島　裕氏『平安時代訓點本論考 ヲコト點圖 假名字體表』（一九八六年一〇月、汲古書院）

辻善之助氏『日本仏教史　第一巻　上世篇』（一九四四年一一月、岩波書店）
土田知男氏「大伴旅人・京人贈答歌私考」（『語学文学』一二、一九七四年三月）
土橋　寛氏『古代歌謡全注釈　日本書紀編』（一九七六年八月、角川書店）
土屋文明氏『旅人と憶良』（一九四二年五月、創元社）
露木悟義氏「龍の馬の贈答歌」（『セミナー万葉の歌人と作品　第四巻　大伴旅人・山上憶良（一）』、二〇〇〇年五月、和泉書院）
鉄野昌弘氏「古代のナをめぐって―家持の『祖の名』を中心に―」（『大伴家持「歌日誌」論考』、二〇〇七年一月、塙書房。初出、一九九七年三月）
鉄野昌弘氏「日本挽歌」（『セミナー万葉の歌人と作品　第五巻　大伴旅人・山上憶良（二）』、二〇〇〇年九月、和泉書院）
鉄野昌弘氏「大伴家持論（前期）―「歌日誌」の編纂を中心に―」（『大伴家持「歌日誌」論考』、二〇〇七年一月、塙書房。初出、二〇〇二年五月）
土居光知氏「『万葉集』巻五について」（『土居光知著作集　第二巻　古代伝説と文学』、一九七七年四月、岩波書店。初出、一九五九年七月・八月）
東野治之氏「ありねよし　対馬の渡り―古代の対外交流における五島列島―」（『続日本紀の時代』、一九九四年一二月、塙書房）
東野治之氏『遣唐使』（二〇〇七年一一月、岩波新書）
冨原カンナ氏「『熊凝哀悼挽歌』考」（『萬葉』一七三、二〇〇〇年五月）

な　行

内藤虎次郎氏「正倉院尊蔵二旧鈔本に就きて」（『内藤湖南全集　第七巻』、一九七〇年二月、筑摩書房。初出、一九二二年一〇月）
中田祝夫氏『古点本の国語学的研究　訳文篇』（一九五八年三月、大日本雄弁会講談社）
中田勇治郎氏監修・大阪市立美術館編『唐鈔本』（一九八一年二月、同朋舎出版）

中西　進氏「長安の生活」（『山上憶良』、一九七三年六月、河出書房新社。初出、「長安の憶良」、一九六五年三月）
中西　進氏「渡唐」（『山上憶良』、一九七三年六月、河出書房新社。初出、「憶良の渡唐」、一九六九年一一月）
中西　進氏「嘉摩三部作」（『山上憶良』、一九七三年六月、河出書房新社。初出、一九七一年三月）
中西　進氏「日本挽歌」（『山上憶良』、一九七三年六月、河出書房新社。初出、一九七一年九月）
中西　進氏「貧窮問答」（『山上憶良』、一九七三年六月、河出書房新社）
中村　元氏「『愛』の理想と現実」（『仏教思想1　愛』、一九七五年六月、平楽寺書店）
中村元氏・福永光司氏・田村芳朗氏・今野達氏編『岩波仏教辞典』（一九八九年一二月、岩波書店）
奈良国立博物館編『奈良朝写経』（一九八三年四月、東京美術）
南部　昇氏「戸籍・計帳研究史概観―岸・平田理論いわゆる『歪拡大説』・『家族構成非再現説』の検討を中心に―」（『日本古代戸籍の研究』、一九九二年二月、吉川弘文館。初出、一九七六年三月）
西　一夫氏「憶良・旅人の言葉と典拠」（『セミナー万葉の歌人と作品　第五巻　大伴旅人・山上憶良（二）』、二〇〇〇年九月、和泉書院）
仁科　明氏「見えないことの顕現と承認―『らし』の叙法的性格―」（『国語学』一九五、一九九八年一二月）
西宮一民氏「『堅塩』考―万葉集訓詁の道―」（『上代の和歌と言語』、一九九一年四月、和泉書院。初出、一九七四年二月）

は　行

芳賀紀雄氏「理と情―憶良の相剋」（『萬葉集における中國文學の受容』、二〇〇三年一〇月、塙書房。初出、一九七三年四月）
芳賀紀雄氏「山上憶良―子らを思ふ二つの歌―」（『萬葉集における中國文學の受容』、二〇〇三年一〇月、塙書房。初出、一九七五年四月）
芳賀紀雄氏「貧窮問答の歌―短歌をめぐって―」（『萬葉集における中國文學の受容』、二〇〇三年一〇月、塙書房。初出、一九七六年一二月）
芳賀紀雄氏「憶良の挽歌詩」（『萬葉集における中國文學の受容』、二〇〇三年一〇月、塙書房。初出、一九七八年六月）

芳賀紀雄氏「憶良の熊凝哀悼歌」（『萬葉集における中國文學の受容』、二〇〇三年一〇月、塙書房。初出、一九八四年六月）
芳賀紀雄氏「萬葉集における『報』と『和』の問題─詩題・書簡との関連をめぐって─」（『萬葉集における中國文學の受容』、二〇〇三年一〇月、塙書房。初出、一九九一年五月）
芳賀紀雄氏「典籍受容の諸問題」（『萬葉集における中國文學の受容』、二〇〇三年一〇月、塙書房。初出、「万葉集比較文学事典」、一九九三年八月）
橋本四郎氏「幇間歌人佐伯赤麻呂と娘子の歌」（『橋本四郎論文集　万葉集編』、一九八六年一二月、角川書店。初出、「幇間歌人　佐伯赤麻呂」、一九七四年一一月）
橋本進吉氏「万葉集の語釈と漢文の古訓点」（『上代語の研究』、一九五一年一〇月、岩波書店。初出、一九三二年六月）
橋本達雄氏「めおとの嘆き─万葉悼亡歌と人麻呂─」（『国文学　解釈と鑑賞』三五─八、一九七〇年七月）
橋本達雄氏「大伴家持の追和歌」（『万葉集を学ぶ　第八集』、一九七八年一二月、有斐閣）
原田貞義氏「『遊於松浦河歌』から『領巾麾嶺歌』まで─その作者と制作事情をめぐって─」（『読み歌の成立　大伴旅人と山上憶良』、二〇〇一年五月、翰林書房。初出、一九六七年一一月）
原田貞義氏「旅人と房前─倭琴献呈の意趣とその史的背景─」（『読み歌の成立　大伴旅人と山上憶良』、二〇〇一年五月、翰林書房。初出、一九八〇年六月）
原田貞義氏「松浦佐用姫の歌群」（『セミナー万葉の歌人と作品　第四巻』、二〇〇〇年五月、和泉書院）
久松潜一氏「萬葉集抄（二十四）─貧窮問答歌─」（『国文学　解釈と鑑賞』一八─三、一九五三年三月）
廣川晶輝「越中賦の敬和について」（『万葉歌人大伴家持─作品とその方法─』、二〇〇三年三月・五月、北海道大学大学院文学研究科・北海道大学図書刊行会。初出、一九九八年三月）
廣川晶輝「大伴家持の悲緒を申ぶる歌」（『美夫君志』五七、一九九八年一二月）
廣川晶輝「追同處女墓歌」（『万葉歌人大伴家持─作品とその方法─』、二〇〇三年三月・五月、北海道大学大学院文学研究科・北海道大学図書刊行会。初出、一九九九年八月）
廣川晶輝『万葉歌人大伴家持─作品とその方法─』（二〇〇三年三月、北海道大学より各大学図書館への寄贈用として発行。二〇〇三年五月、北海道大学図書刊行会）

廣川晶輝『死してなお求める恋心―「菟原娘子伝説」をめぐって―』（二〇〇八年五月、新典社新書）
廣川晶輝「ふたりの壮士―高橋虫麻呂「菟原娘子伝説歌」をめぐって―」（『日本文学』五九―六、二〇一〇年六月）
廣川晶輝「笠金村『播磨国印南野行幸歌』について」（『美夫君志』八九、二〇一四年一二月）
藤岡謙二郎氏「国府の地理的位置と地形に関する研究」（『都市と交通路の歴史地理学的研究―わが国律令時代における地方都市及び交通路の歴史地理学的研究の一試論―』、一九六〇年六月、大明堂）
藤田宏達氏「初期大乗経典にあらわれた愛」（『仏教思想1 愛』一九七五年六月、平楽寺書店）
富士谷御杖『北辺随筆』（『日本随筆大成〈第一期〉15』、一九七六年一月、吉川弘文館）
古沢未知男氏「淡等謹状（万葉）と琴賦（文選）」（『国語と国文学』三六―五、一九五九年五月）
古沢未知男氏『漢詩文引用より見た万葉集の研究』（一九六四年九月、南雲堂桜楓社）
本田義憲氏「万葉集と死生観・他界観」（『萬葉集講座　第二巻　思想と背景』、一九七三年五月、有精堂）

ま　行

益田勝実氏「「貧窮問答歌」の憶良」（『国文学　解釈と教材の研究』一―三、一九五六年八月）
松下貞三氏『漢語「愛」とその複合語・思想から見た国語史』（一九八二年九月、あぽろん社）
身﨑　壽氏「作者／作家／〈作家〉」（『別冊国文学［必携］万葉集を読むための基礎百科』、二〇〇二年一一月、学燈社）
村瀬憲夫氏「熊凝の為に志を述ぶる歌」（『万葉集を学ぶ　第四集』、一九七八年三月、有斐閣）
村田右富実氏「山上憶良日本挽歌論」（『女子大文学　国文篇』五五、二〇〇四年三月）
村山　出氏「憶良の長歌に関する覚書―伝統継承の側面―」（『国語国文研究』二九、一九六四年一〇月）
村山　出氏「熊凝の歌―表現の位置―」（『奈良前期万葉歌人の研究』、一九九三年三月、翰林書房。初出、「『熊凝歌』の位置」、一九七三年三月）
村山　出氏「貧窮問答歌―基礎的考察―」（『山上憶良の研究』、一九七六年一〇月、桜楓社。初出、一九七六年三月）
村山　出氏「惑情を反さしむる歌」（『万葉集を学ぶ　第四集』、一九七八年三月、有斐閣）
村山　出氏「歌詞両首―基礎的考察―」（『奈良前期万葉歌人の研究』、一九九三年三月、翰林書房。初出、「『歌詞両首』―

大伴旅人と京人の贈答―」、一九九二年八月）
村山　出氏「大伴淡等謹状―旅人と房前の接点―」（『青木生子博士頌寿記念論集　上代文学の諸相』、一九九三年一二月、塙書房）
村山　出氏「松浦河に遊ぶ序―追和三首の虚構性と作者―」（『萬葉の風土・文学　犬養孝博士米寿記念論集』、一九九五年六月、塙書房）
森　克己氏『遣唐使　増補版』（一九六六年一一月、至文堂。初版は一九五五年一〇月）
森　公章氏「大宝度の遣唐使とその意義」（『遣唐使と古代日本の対外政策』、二〇〇八年一一月、吉川弘文館。初出、『続日本紀研究』三五五、二〇〇五年四月）
森本治吉氏『萬葉精粋の鑑賞　上巻』（一九四二年五月、大日本雄弁会講談社。引用は一九四二年一一月の二版に拠る）

や行

山口佳紀氏「語源とアクセント―いわゆる金田一法則の例外をめぐって―」（『松村明教授古稀記念国語研究論集』、一九八六年一〇月、明治書院）
山田孝雄氏「吉備酒と糟湯酒」（『萬葉集考叢』、一九五五年五月、宝文館。初出、一九二三年三月）
山田孝雄氏「『母等奈』考」（『萬葉集考叢』、一九五五年五月、宝文館。初出、一九二七年一〇月）
山田孝雄氏「堅鹽考」（『萬葉集考叢』、一九五五年五月、宝文館。初出、一九二九年一一月）
吉井　巖氏「サヨヒメ誕生」（『天皇の系譜と神話　二』、塙書房。初出、一九七一年六月）
吉永　登氏「大宰帥大伴卿の贈答歌」（『万葉―その探求』、一九八一年四月、現代創造社。初出、一九七〇年三月）

人名・研究機関索引（敬称略）

あ行

か行

事項・和書・漢籍・仏典索引

※『万葉集』の注釈書は割愛した。

さ 行

ま行

や行

ら行

わ行

あとがき

本書は、独立行政法人日本学術振興会平成二十七年度科学研究費助成事業（科学研究費補助金）（研究成果公開促進費）に応募し、審査に合格、交付を受け、刊行することができた。

また、本書は、和泉書院代表取締役社長廣橋研三氏の御好意により世に出ることができた。心よりの感謝の念を申し上げたい。廣橋研三氏への御紹介を賜わった大阪府立大学教授村田右富実氏にも深甚なる感謝の念を申し上げたい。本年度、私は、勤務先の甲南大学文学部日本語日本文学科にて学科主任教授を務めている。小学校の頃から教員を目指していた私にとって、講義や演習や卒業論文指導などの教育に勤しむ毎日は幸せである。教員として、学生の指導と教育は何事にも優先することがらである。一方、学科主任教授としての仕事は殊の外多い。度重なるオープンキャンパスなどの学科説明をこなし、毎月、巨大な国際会議場や高等学校に出向いての模擬講義もこなす。他に学内予算申請の書類作成などの仕事もある。学生の教育を優先することは教員として至極当然であるが、これら学科主任教授としての公務も私事に優先すべきであり、必然、本書の校正の仕事が滞ってしまうこともたびたびであった。その際、御担当いただいた編集スタッフの方々には適切かつ的確な御助言および御尽力を賜わった。ここに、心よりの御礼を申し上げたい。

北海道大学にて御教導を賜わったのは身﨑壽教授（現在は名誉教授）である。文学部三年生の時の身﨑教授の演習のテーマは山上憶良の「令反或情歌」であった。身﨑教授の指導は厳しく、年度初めの四月に題詞を読み始め漢文序文を読み終えたのが十一月下旬の初雪の頃という濃密さであった。この厳しく濃密な演習において、決して妥協しない厳しさをもお教えいただいた。この上ない御教導を賜ったことに、改めて御礼申し上げたい。

最後に、私的なことを書くことをお許しいただきたい。中学一年生の春、私は、中学校の教員であった父親の書斎に入り込み、日本古典文学大系版『萬葉集』（岩波書店）を手に取った。廣川少年は「なぜこの本は漢字だらけなのかな」と思いながら、訳も分からずノートに写してみた。この時に写したのが、「貧窮問答歌」であり、これが『万葉集』との最初の出会いであった。その書斎の主の父親は、二年前に他界した。父親に本書を見てもらうことができなかったことは残念である。今度、郷里の群馬県安中市に帰郷した時には、墓前にて本書の刊行を報告したいと思っている。墓前での報告の際には、研究会や学会や職場で多くの人に支えられて生きていることの有り難さを報告したい。また、家族とともに生きていることの幸せも報告したいと思っている。

二〇一五年一一月

廣川晶輝

■著者紹介
廣川晶輝（ひろかわ　あきてる）
一九六八年　群馬県安中市に生まれる
一九九九年　北海道大学大学院文学研究科博士後期課程国文学専攻単位取得退学
同　　年　北海道大学文学部助手
二〇〇〇年　北海道大学大学院文学研究科博士後期課程国文学専攻修了
博士（文学）北海道大学
同　　年　北海道大学大学院文学研究科助手
二〇〇五年　甲南大学文学部助教授
二〇〇七年　甲南大学文学部准教授
二〇〇九年　甲南大学文学部教授（現在に至る）
著書：『万葉歌人大伴家持―作品とその方法―』（二〇〇三年、北海道大学図書刊行会）、『南大阪の万葉学』（二〇〇七年、大阪公立大学共同出版会。村田右富実氏との共著）、『死してなお求める恋心―「菟原娘子伝説」をめぐって―』（二〇〇八年、新典社新書）

本刊行物は、JSPS科研費 15HP5036の助成を受けたものです。

研究叢書465

山上憶良と大伴旅人の表現方法
―和歌と漢文の一体化―

二〇一五年一二月二五日初版第一刷発行
（検印省略）

著　者　廣川晶輝
発行者　廣橋研三
印刷所　亜細亜印刷
製本所　渋谷文泉閣
発行所　有限会社　和泉書院
大阪市天王寺区上之宮町七―六
〒五四三―〇〇三七
電話　〇六―六七七一―一四六七
振替　〇〇九七〇―八―一五〇四三

ISBN978-4-7576-0771-2 C3395

研究叢書

近世武家社会における待遇表現体系の研究 桑名藩下級武士による『桑名日記』を例として　佐藤志帆子著　451　一〇〇〇〇円

平安後期歌書と漢文学 真名序・跋・歌会注釈　鈴木徳男・北山円正著　452　七五〇〇円

天野桃隣と太白堂の系譜並びに南部畔李の俳諧　松尾真知子著　453　八五〇〇円

現代日本語の受身構文タイプとテクストジャンル　志波彩子著　454　一〇〇〇〇円

対称詞体系の歴史的研究　永田高志著　455　七〇〇〇円

心敬十体和歌 評釈と研究　島津忠夫監修　456　一八〇〇〇円

語源辞書 松永貞徳『和句解』本文と研究　土居文人著　457　一一〇〇〇円

拾遺和歌集論攷　中周子著　458　一〇〇〇〇円

『西鶴諸国はなし』の研究　宮澤照恵著　459　一三五〇〇円

蘭書訳述語攷叢　吉野政治著　460　一三〇〇〇円

（価格は税別）